T0034702

# MARQUÉS

AGENTES DE LA CORONA

Libro 2

# Cómo casarse
## - CON UN -
# MARQUÉS

## JULIA QUINN

ITANIA

Argentina • Chile • Colombia • España
Estados Unidos • México • Perú • Uruguay

Título original: *How to Marry a Marquis*
Editor original: Avon Books, An Imprint of HarperCollins*Publishers*, New York
Traducción: Victoria E. Horrillo Ledesma

2.ª edición Mayo 2022

Copyright © 1999 by Julie Cotler Pottinger
© de la traducción 2009 *by* Victoria E. Horrillo Ledesma
Published by arrangement with Avon. An Imprint of HarperCollins*Publishers*
All Rights Reserved
© 2022 *by* Ediciones Urano, S.A.U.
Plaza de los Reyes Magos, 8, piso 1.º C y D – 28007 Madrid
www.titania.org
atencion@titania.org

ISBN: 978-84-17421-57-1
E-ISBN: 978-84-9944-075-0
Depósito legal: B-4.754-2022

Fotocomposición: Ediciones Urano, S.A.U.
Impreso por: Romanyà-Valls – Verdaguer, 1 – 08786 Capellades (Barcelona)

Impreso en España – *Printed in Spain*

*En memoria de*
*Ted Cotler (1915-1973)*
*Rutherford Swatzburg (1910-1992)*
*Betty Goldblatt Swatzburg (1910-1997)*
*Edith Block Cotler (1917-1998)*
*Ernest Anderson (1911-1998)*

*Me apoyo sobre vuestros hombros cada día de mi vida.*

*Y para Paul, aunque crea que siempre puede salirse*
*con la suya diciendo: «¡Pero qué graciosa eres!».*

# 1

*Surrey, Inglaterra*
*Agosto de 1815*

Cuatro más seis, más ocho, más siete, más uno, más uno, más uno, menos ocho y me llevo dos...

Elizabeth Hotchkiss sumó la columna de números por cuarta vez, obtuvo el mismo resultado que las tres veces anteriores y soltó un gruñido.

Cuando levantó la vista, tres caras muy serias la miraban fijamente: las caras de sus tres hermanos pequeños.

—¿Qué pasa, Lizzie? —preguntó Jane, la de nueve años.

Elizabeth esbozó una sonrisa mientras intentaba averiguar cómo ahorrar el suficiente dinero para comprar combustible con el que calentar su casita en invierno.

—Eh... Me temo que no tenemos mucho dinero.

Susan, que tenía catorce años y era la más cercana en edad a Elizabeth, frunció el ceño.

—¿Estás segura? Debemos de tener algo. Cuando vivía papá, siempre...

Elizabeth la hizo callar lanzándole una intensa mirada. Cuando su padre vivía, tenían muchas cosas, pero el señor Hotchkiss no les había dejado nada, aparte de una pequeña cuenta corriente. Ni rentas, ni propiedades. Nada, excepto recuerdos. Y no de los que calentaban el corazón (al menos, los que Elizabeth llevaba consigo).

—Ahora es distinto —dijo con firmeza, confiando en zanjar la cuestión—. No se puede comparar.

Jane sonrió.

—Podemos usar el dinero que Lucas ha estado metiendo en la hucha del soldadito.

Lucas, el único muchacho del clan Hotchkiss, soltó un grito.

—¿Qué hacías tú con mis cosas? —Se volvió hacia Elizabeth con una expresión que podría describirse como «fulminante» si no adornara la cara de un niño de ocho años—. ¿Es que en esta casa no hay intimidad?

—Parece ser que no —contestó Elizabeth distraídamente, mirando los números que tenía delante. Apuntó unas cuantas cosas con el lápiz mientras intentaba encontrar nuevas formas de ahorrar.

—Hermanas... —refunfuñó Lucas, muy enfadado—. Son una plaga.

Susan se asomó al libro de cuentas de Elizabeth.

—¿No podemos mover un poco el dinero? ¿Hacer algo para que dé un poco más de sí?

—No hay nada que mover. Por suerte la renta de la casa está pagada. Si no, estaríamos hasta las orejas.

—¿Tan mal? —susurró Susan.

Elizabeth asintió con un gesto.

—Tenemos lo justo para llegar a fin de mes, y un poco más cuando lady Danbury me pague, pero luego... —Su voz se apagó y apartó la mirada. No quería que Jane y Lucas vieran que tenía lágrimas en los ojos. Llevaba cinco años cuidando de ellos, desde que tenía dieciocho. De ella dependía darles alimento y abrigo y, lo que era más importante, darles estabilidad.

Jane dio un codazo a Lucas y luego, al ver que él no respondía, le clavó un dedo en el hueco entre el hombro y la clavícula.

—¿Qué? —espetó él—. Me haces daño.

—«¿Qué?» es de mala educación —dijo Elizabeth de forma automática—. Es preferible decir «perdón».

Lucas abrió la boquita, indignado.

—La maleducada es ella por clavarme así el dedo. Y no pienso pedirle perdón, eso desde luego.

Jane levantó los ojos al cielo y suspiró.

—Debes recordar que solo tiene ocho años.

Lucas sonrió con suficiencia.

—Y tú solo tienes nueve.

—Siempre seré más mayor que tú.

—Sí, pero pronto yo seré más grande, y entonces lo lamentarás.

Elizabeth curvó los labios en una sonrisa agridulce mientras los veía pelearse. Había oído la misma discusión un millón de veces, pero también había visto a Jane entrando de puntillas en la habitación de Lucas, ya oscurecido, para darle un beso de buenas noches en la frente.

La suya podía no ser una familia típica (a fin de cuentas, estaban solo ellos cuatro, y hacía años que eran huérfanos), pero el clan Hotchkiss era especial. Elizabeth había conseguido mantener unida a la familia durante cinco años tras la muerte de su padre, y no iba a permitir que la escasez de fondos los separara ahora.

Jane se cruzó de brazos.

—Deberías darle tu dinero a Lizzie, Lucas. No está bien guardárselo así.

Él asintió con solemnidad y salió de la habitación con la rubia cabeza agachada. Elizabeth miró a Susan y Jane. Ellas también eran rubias y tenían los ojos azules y brillantes de su madre. Y ella era igual. Formaban un pequeño batallón rubio sin dinero para comer.

Suspiró de nuevo y miró muy seria a sus hermanas.

—Voy a tener que casarme. No hay más remedio.

—¡Oh, no, Lizzie! —gritó Jane, levantándose de un salto de la silla y casi saltando por encima de la mesa para subirse al regazo de su hermana—. ¡Eso no! ¡Cualquier cosa menos eso!

Elizabeth miró a Susan con perplejidad, preguntándole en silencio si sabía por qué se disgustaba tanto Jane. Pero Susan sacudió la cabeza y se encogió de hombros.

—No es para tanto —dijo Elizabeth mientras acariciaba el pelo de su hermana pequeña—. Si me caso, seguramente tendré un bebé y entonces serás tía. ¿No te gustaría?

—Pero el único que te lo ha pedido es el señor Nevins, y es horrible. ¡Horrible!

Elizabeth sonrió con poca convicción.

—Estoy segura de que podemos encontrar a otro candidato, aparte del señor Nevins. A alguien menos... eh... horrible.

—Yo no pienso vivir con él —dijo Jane cruzándose de brazos con aire rebelde—. Me niego. Prefiero ir a un orfanato. O a una de esas horribles fábricas.

Elizabeth no podía reprochárselo. El señor Nevins era viejo, gordo y mezquino. Y siempre la miraba de un modo que le daba sudores fríos. A decir verdad, tampoco le gustaba demasiado cómo miraba a Susan. Ni a Jane.

No, no podía casarse con el señor Nevins.

Lucas volvió de la cocina llevando una cajita metálica. Se la ofreció a Elizabeth.

—He ahorrado una libra con cuarenta —dijo—. Iba a usarla para... —Tragó saliva—. Da igual. Quiero que te lo quedes tú. Para la familia.

Elizabeth tomó la caja sin decir nada y miró dentro. La libra con cuarenta de Lucas estaba allí, casi toda ella en peniques y medios peniques.

—Lucas, cariño —dijo con dulzura—, son tus ahorros. Has tardado años en reunir todas estas monedas.

A Lucas le tembló el labio, pero logró hinchar su pequeño pecho como uno de sus soldaditos de plomo.

—Ahora soy el hombre de la casa. Tengo que manteneros.

Elizabeth asintió con solemnidad y metió el dinero de Lucas en la caja donde guardaba el dinero de la casa.

—Muy bien. Lo usaremos para comprar comida. Quizá puedas venir a comprar conmigo la semana que viene y escoger algo que te guste.

—Mi huerto empezará pronto a dar verduras —dijo Susan con ánimo de ayudar—. Habrá suficientes para que comamos, y puede que sobren algunas que podamos vender o cambiar por otra cosa en el pueblo.

Jane empezó a retorcerse en el regazo de Elizabeth.

—Por favor, dime que no plantaste más nabos. Odio los nabos.

—Todos odiamos los nabos —contestó Susan—, pero son fáciles de cultivar.

—Y no tan fáciles de comer —gruñó Lucas.

Elizabeth lanzó un suspiro y cerró los ojos. ¿Cómo habían llegado a aquella situación? La suya era una familia antigua y honorable: ¡el pequeño Lucas era baronet, incluso! Y, sin embargo, se veían reducidos a plantar nabos (que todos ellos detestaban) en un huertecillo.

Estaba fracasando. Había creído que podría criar a sus hermanos. Cuando murió su padre pasó la peor época de su vida, y lo único que la hacía seguir adelante era el deber de proteger a sus hermanos pequeños, de mantenerlos abrigados y felices. Y juntos.

Ahuyentó a las tías, tíos y primos que se ofrecieron a llevarse a uno de los niños, lógicamente al pequeño Lucas, que, con su título, tendría con el tiempo esperanzas de casarse con una muchacha provista de una buena dote. Pero Elizabeth se negó incluso cuando sus amigos y vecinos la instaron a dejarle marchar.

Quería mantener a la familia unida, les dijo. ¿Era mucho pedir?

Pero estaba fracasando. No había dinero para lecciones de música o tutores, ni para ninguna de esas cosas que Elizabeth daba por descontadas cuando era pequeña. Solo Dios sabía cómo se las iba a arreglar para mandar a Lucas a Eton. Porque tenía que ir. Todos los Hotchkiss varones iban a Eton desde hacía cuatrocientos años. No todos habían conseguido graduarse, pero habían ido.

Iba a tener que casarse. Y su marido tendría que tener un montón de dinero. Era así de sencillo.


—Abraham engendró a Isaac, e Isaac engendró a Jacob, y Jacob engendró a Judas...

Elizabeth carraspeó un poco y levantó la vista con expresión esperanzada. ¿Se habría dormido ya lady Danbury? Se inclinó hacia delante y observó el rostro de la vieja dama. Costaba saberlo.

—... y Judas engendró a Fares y a Zara de Tamar, y Fares engendró a Esrom...

La anciana llevaba un rato con los ojos cerrados, pero aun así había que andarse con cuidado.

—... y Esrom engendró a Aram, y...

¿Era eso un ronquido? Elizabeth bajó la voz hasta dejarla en un susurro.

—... y Aram engendró a Aminadab, y Aminadab engendró a Naason, y...

Elizabeth cerró la Biblia y empezó a salir de puntillas del salón, marcha atrás. No solía importarle leer en voz alta para lady Danbury; en realidad, era una de las tareas menos penosas de cuantas desempeñaba como dama de compañía de la condesa viuda, pero ese día tenía que volver a casa. Se sentía fatal por haberse marchado estando Jane tan disgustada aún ante la perspectiva de que el señor Nevins entrara a formar parte de su pequeña familia. De hecho, le había asegurado que no se casaría con él ni aunque fuera el último hombre sobre la faz de la tierra, pero Jane no estaba muy convencida de que fuera a pedírselo alguien más y...

¡Bum!

Elizabeth se llevó un susto de muerte. Nadie sabía hacer más ruido golpeando en el suelo con un bastón que lady Danbury.

—¡No estoy dormida! —tronó la voz de lady Danbury.

Elizabeth dio media vuelta y esbozó una sonrisa.

—Lo siento mucho.

Lady Danbury se rio.

—No lo sientes lo más mínimo. Vuelve aquí.

Elizabeth sofocó un gruñido y volvió a su silla de respaldo recto. Le gustaba lady Danbury, de veras. De hecho, estaba deseando que llegara el día en que, escudándose en su edad, pudiera decir cuanto se le antojara, igual que lady Danbury.

Pero tenía que volver a casa y...

—Eres una tramposa —dijo lady Danbury.

—¿Cómo dice?

—Todos esos «engendró». Lo has hecho a propósito para que me durmiera.

Elizabeth sintió que un sonrojo de culpabilidad calentaba sus mejillas e intentó imprimir un tono interrogativo a su voz.

—No sé a qué se refiere.

—Te has adelantado. Deberíamos estar todavía en Moisés y el diluvio, y no en la genealogía.

—Creo que el del diluvio no era Moisés, lady Danbury.

—Tonterías. Claro que sí.

Elizabeth pensó que Noé entendería su deseo de eludir una larga discusión bíblica con lady Danbury y cerró la boca.

—En cualquier caso, da igual a quién pillara el diluvio. La cuestión es que te has adelantado para hacerme dormir.

—Yo... Eh...

—Vamos, reconócelo, niña. —Los labios de lady Danbury se estiraron en una sonrisa astuta—. La verdad es que te admiro por ello. Yo a tu edad habría hecho lo mismo.

Elizabeth levantó los ojos al cielo. Si aquello no era un caso de «malo si lo hago y malo si no», no sabía qué era. Así que se limitó a suspirar, tomó la Biblia y dijo:

—¿Qué pasaje quiere que le lea?

—Ninguno. Es un tostón. ¿No tenemos nada más emocionante en la biblioteca?

—Seguro que sí. Podría mirar, si quiere.

—Sí, hazlo. Pero antes de irte, ¿podrías alcanzarme ese libro de cuentas? Sí, ese de encima de la mesa.

Elizabeth se levantó, se acercó a la mesa y tomó el libro encuadernado en piel.

—Aquí tiene —dijo, dándoselo a lady Danbury.

La condesa lo abrió con precisión castrense antes de volver a mirar a Elizabeth.

—Gracias, mi niña. Hoy llega el nuevo administrador y quiero memorizar todos estos números para asegurarme de que no me roba hasta la camisa en menos de un mes.

—Lady Danbury —dijo Elizabeth con la mayor sinceridad—, ni el mismo diablo se atrevería a robarle.

Lady Danbury dio un golpe con su bastón a modo de aplauso y se echó a reír.

—Bien dicho, mi niña. Es agradable ver a alguien joven con cerebro en la mollera. Mis hijos... En fin, no voy a entrar en detalles, pero te diré que a mi hijo se le quedó una vez atascada la cabeza entre los barrotes de la verja del castillo de Windsor.

Elizabeth se tapó la boca con la mano, intentando contener la risa.

—Adelante, ríete —suspiró lady Danbury—. He descubierto que el único modo de no sentirme fracasada como madre es considerarle una fuente de diversión.

—Bueno —dijo Elizabeth con cautela—, eso parece bastante sensato...

—Serías una diplomática estupenda, Lizzie Hotchkiss —gorjeó lady Danbury—. ¿Dónde está mi bebé?

Elizabeth ni siquiera movió una pestaña. Los bruscos cambios de tema de lady Danbury eran legendarios.

—Su gato —dijo con énfasis— lleva una hora durmiendo en la otomana —añadió señalando hacia el otro lado de la habitación.

Malcolm levantó su peluda cabeza, intentó enfocar sus ojos azules algo estrábicos, decidió que no valía la pena y volvió a echarse.

—Malcolm —ronroneó lady Danbury—, ven con mamá.

Malcolm la ignoró.

—Tengo una golosina para ti.

El gato bostezó, reconoció a lady Danbury como su principal fuente de alimento y bajó al suelo de un salto.

—Lady Danbury —la reprendió Elizabeth—, ya sabe usted que ese gato está demasiado gordo.

—Tonterías.

Elizabeth sacudió la cabeza. Malcolm pesaba al menos seis kilos, aunque buena parte fuera pelo. Elizabeth se pasaba un buen rato quitando pelos de la ropa cuando volvía a casa por las tardes.

Lo cual era digno de mención, puesto que el muy engreído no había dejado que le sujetara en brazos en cinco años.

—Minino lindo —dijo lady Danbury, tendiéndole los brazos.

—Gato estúpido —masculló Elizabeth cuando el felino de color marfil se detuvo, la miró fijamente y siguió luego su camino.

—Eres una preciosidad. —Lady Danbury frotó su tripa peluda—. Una preciosidad.

El gato se estiró sobre el regazo de la anciana, tendido de espaldas, con las patas colgando por encima de la cabeza.

—Eso no es un gato —dijo Elizabeth—. Es una alfombra de tres al cuarto.

Lady Danbury levantó una ceja.

—Sé que no lo dices en serio, Lizzie Hotchkiss.

—Sí que lo digo en serio.

—Tonterías. Tú quieres a Malcolm.

—Tanto como a Atila el huno.

—Pues Malcolm te quiere a ti.

El gato levantó la cabeza y Elizabeth habría jurado que le sacaba la lengua.

Se levantó, soltando un chillido indignado.

—Ese gato es un peligro. Me voy a la biblioteca.

—Buena idea. Ve a buscar otro libro.

Elizabeth se dirigió a la puerta.

—¡Y nada de «engendros»!

Se rio a su pesar y cruzó el pasillo camino de la biblioteca. El repiqueteo de sus pasos dejó de sonar cuando pisó la alfombra y suspiró. ¡Santo cielo, cuántos libros había allí! ¿Por dónde empezaría?

Escogió unas cuantas novelas y una colección de comedias de Shakespeare. Un librito de poesía romántica engrosó el montón y entonces, justo cuando se disponía a cruzar el pasillo para volver al salón de lady Danbury, otro libro llamó su atención.

Era muy pequeño y Elizabeth nunca había visto un cuero más rojo que el de sus tapas. Pero lo más extraño era que estaba puesto de lado en un estante de la biblioteca, lo que daba un nuevo significado a la palabra «orden». El polvo no se atrevía a posarse en aquellos estantes, ni los libros a ponerse de lado, faltaría más.

Elizabeth dejó su montón y sacó el librito rojo. Estaba del revés, así que tuvo que darle la vuelta para leer el título.

*Cómo casarse con un Marqués.*

Soltó el libro, esperando a medias que la fulminara un rayo allí mismo, en la biblioteca. Tenía que ser una broma. Había decidido esa misma tarde que tenía que casarse, y muy bien.

—¡¿Susan?! —gritó—. ¿Lucas? ¿Jane?

Sacudió la cabeza. Estaba haciendo el ridículo. Sus hermanos, por traviesos que fueran, no entrarían a escondidas en casa de lady Danbury para dejar allí un libro falso y...

Bueno, a decir verdad, se dijo mientras daba la vuelta al fino volumen rojo, el libro no parecía falso, pensándolo bien. La encuadernación parecía recia y el cuero de la tapa, de alta calidad. Miró alrededor para asegurarse de que nadie la veía (aunque no sabía muy bien por qué estaba tan azorada) y lo abrió con cuidado por la primera página.

La autora era una tal señora Seeton, y el libro había sido publicado en 1792, el año de su nacimiento. Una curiosa coincidencia, se dijo Elizabeth, a pesar de que no era supersticiosa. Y desde luego no necesitaba que un librito le dijera cómo vivir su vida.

Además, pensándolo bien, ¿qué sabía esa tal señora Seeton? Porque, si se hubiera casado con un Marqués, ¿no se llamaría «lady Seeton»?

Elizabeth cerró el libro con decisión y lo devolvió a su sitio en el estante, asegurándose de ponerlo de lado, como lo había encontrado. No quería que nadie pensara que había estado ojeando aquella bobada.

Recogió su montón de libros y volvió al salón, donde lady Danbury seguía sentada en su sillón, acariciando a su gato y mirando por la ventana como si esperara a alguien.

—He encontrado unos libros —dijo Elizabeth con voz enérgica—. No creo que haya muchos *engendros* en ellos, aunque puede que en el de Shakespeare...

—No serán las tragedias, espero.

—No. He pensado que, estando del humor que está, las comedias le parecerían más entretenidas.

—Buena chica —dijo lady Danbury con satisfacción—. ¿Algo más?

Elizabeth parpadeó y miró los libros que tenía en los brazos.

—Un par de novelas y un poco de poesía.

—La poesía quémala.

—¿Cómo dice?

—Bueno, no la quemes. Los libros valen más que la leña, claro está. Pero no quiero oírla. Ese libro debió de comprarlo mi difunto marido. Era un soñador.

—Entiendo —dijo Elizabeth, sobre todo porque tenía la impresión de que se esperaba que dijera algo.

Con un movimiento repentino, lady Danbury se aclaró la garganta y agitó una mano en el aire.

—¿Por qué no te vas hoy pronto a casa?

Elizabeth se quedó boquiabierta. Lady Danbury nunca la despedía temprano.

—Tengo que hablar con ese condenado administrador, y para eso no te necesito. Además, si estás aquí y le gustan las muchachas bonitas, no me hará ni caso.

—Lady Danbury, no creo que yo...

—Tonterías. Eres muy atractiva. A los hombres les encanta el cabello rubio. Si lo sabré yo. Lo tenía tan rubio como tú.

Elizabeth sonrió.

—Todavía lo tiene rubio.

—Lo tengo blanco —dijo lady Danbury, riendo—. Eres un sol. No deberías estar aquí conmigo, sino por ahí, buscando marido.

—Yo... Eh... —¿Qué decir a aquello?

—Es muy noble por tu parte consagrarte a tus hermanos pequeños, pero también tienes que vivir.

Elizabeth se quedó mirando a su empleadora, horrorizada por las lágrimas que empezaban a formarse en sus ojos. Hacía cinco años que trabajaba para lady Danbury, y nunca habían hablado de esas cosas.

—Yo... me marcho, si dice que puedo irme temprano.

Lady Danbury asintió con la cabeza. Parecía extrañamente desilusionada. ¿Confiaba en que Elizabeth siguiera hablando un poco más de aquel tema?

—Pero pon ese libro de poesía en su sitio antes de irte —le ordenó—. Yo no voy a leerlo, y no puedo fiarme de que los criados mantengan mis libros en orden.

—Enseguida. —Elizabeth dejó el resto de los libros sobre un extremo de la mesa, recogió sus cosas y se despidió. Cuando salía de la habitación, Malcolm se bajó de un salto del regazo de lady Danbury y la siguió.

—¿Lo ves? —dijo lady Danbury—. Ya te he dicho que te quería.

Elizabeth miró al gato con aire de sospecha al salir al pasillo.

—¿Qué es lo que quieres, Malcolm?

Él estiró la cola, enseñó los dientes y bufó.

—¡Uy! —exclamó Elizabeth, soltando el libro de poesía—. ¡Serás bruto! Seguirme hasta aquí solo para bufar...

—¡¿Le has tirado un libro a mi gato?! —gritó lady Danbury.

Elizabeth decidió ignorar la pregunta y recogió el libro, señalando con el dedo a Malcolm.

—Vuelve con lady Danbury, horrible criatura.

Malcolm estiró la cola en el aire y se alejó con tranquilidad.

Elizabeth lanzó un largo suspiro y entró en la biblioteca. Se dirigió a la sección de poesía, manteniéndose escrupulosamente de espaldas al librito rojo. No quería pensar en él, no quería mirarlo...

Pero aquella cosa casi despedía calor. Elizabeth no había sido tan consciente de un objeto inanimado en toda su vida.

Volvió a depositar el volumen de poesía en la estantería y se encaminó a la puerta con paso enérgico. Empezaba a enfadarse consigo misma. Aquel estúpido librito rojo no debería afectarla de ningún modo. Huyendo de él como si fuera la peste solo le estaba concediendo un poder que no merecía, y...

—¡Oh, por el amor de Dios! —estalló por fin.

—¡¿Has dicho algo?! —gritó lady Danbury desde el cuarto de al lado.

—¡No! Es que... eh... me he tropezado con el borde de la alfombra. Nada más. —Masculló otro «¡santo cielo!» en voz baja y se acercó de puntillas al libro. Para su sorpresa, estaba boca abajo. Su mano salió disparada y le dio la vuelta.

*Cómo casarse con un Marqués.*

Ahí estaba, lo mismo que antes. Mirándola, burlándose de ella, colocado allí como insinuando que no tenía agallas para leerlo.

—Es solo un libro —masculló—. Solo un estúpido librito de color rojo chillón.

Y sin embargo...

Elizabeth necesitaba dinero con urgencia. Había que mandar a Lucas a Eton, y Jane se pasó una semana llorando cuando se acabaron sus últimas acuarelas. Y los dos crecían más deprisa que las malas hierbas un día de verano. Jane podía apañárselas con las enaguas viejas de Susan, pero Lucas necesitaba ropa a la altura de su posición.

El único modo de hacerse rica era casarse, y aquel descarado librito aseguraba tener todas las respuestas. Elizabeth no era tan tonta como para creer que podía interesar a un Marqués, pero quizás algún consejo pudiera ayudarla a atrapar a un apuesto caballero rural con una renta desahogada. Hasta estaba dispuesta a casarse con un burgués. Su padre se revolvería en su tumba si supiera que iba a emparentar con un mercader, pero una tenía que ser práctica, y estaba segura de que había muchos comerciantes ricos a los que les gustaría casarse con la hija empobrecida de un baronet.

Además, la culpa de que estuviera en aquel aprieto era de su padre. Si no hubiera...

Elizabeth sacudió la cabeza. No era momento de pensar en el pasado. Tenía que concentrarse en el dilema que la ocupaba.

Lo cierto era que no sabía mucho de hombres. Ignoraba qué se suponía que tenía que decirles, o cómo debía comportarse para que se enamoraran de ella.

Miró el libro. Fijamente.

Miró a su alrededor. ¿Venía alguien?

Respiró hondo y, rauda como una centella, se guardó el libro en el bolso.

Luego salió corriendo de la casa.

A James Sidwell, Marqués de Riverdale, le gustaba pasar desapercibido. Nada le gustaba más que mezclarse con la multitud, en el anonimato, y obtener datos y descubrir intrigas. Posiblemente por eso había disfrutado tanto durante sus años de trabajo en el Ministerio de Guerra.

Y se le daba de perlas. La misma cara y el mismo cuerpo que llamaban la atención en los salones de baile de Londres, desaparecían entre el gentío con asombrosa eficacia. James se limitaba a despojar a su mirada de aquel brillo de aplomo y a encorvar los hombros, y nadie sospechaba nunca que era de noble linaje.

Naturalmente, su cabello castaño y sus ojos marrones ayudaban un poco. Convenía tener un color de pelo corriente. Dudaba de que hubiera muchos agentes pelirrojos que tuvieran éxito.

Pero, hacía un año, un espía de Napoleón había revelado su identidad a los franceses, arruinando así su tapadera. Y ahora el Ministerio de Guerra se negaba a asignarle misiones emocionantes, como no fuera alguna que otra redada para atrapar a contrabandistas de mala muerte.

James había aceptado su aburrido destino con un hondo suspiro y cierto aire de resignación. De todos modos, puede que fuera hora de dedicarse a sus fincas y su título. Tenía que casarse en algún momento, por desagradable que le pareciera la idea, y dar un heredero al marquesado. Por eso había fijado su atención en la escena social de Londres, donde un Marqués (sobre todo uno joven y guapo) nunca pasaba desapercibido.

James se había sentido sucesivamente asqueado, aburrido y divertido. Asqueado porque las señoritas jóvenes (y sus mamás) le miraban como a un gran pez al que había que clavar el anzuelo y arrastrar con el sedal. Aburrido porque, después de años de intrigas políticas, el color de unas cintas o el corte de un chaleco no le fascinaban como temas de conversación. Y divertido porque, para ser sincero, si no se hubiera aferrado a su sentido del mundo para superar aquel calvario, se habría vuelto loco.

Cuando la nota de su tía llegó por correo especial, estuvo a punto de dar un grito de alegría. Ahora, mientras se acercaba a la casa de lady Danbury en Surrey, la sacó de su bolsillo y volvió a leerla.

*Riverdale:*

*Necesito tu ayuda urgentemente. Por favor, preséntate en Danbury
House lo antes posible. No viajes con tus mejores ropas. Le diré a todo
el mundo que eres mi nuevo administrador. Ahora te llamas James
Siddons.*

*Lady Agatha Danbury*

James ignoraba de qué se trataba, pero sabía que era justo lo que necesitaba para aliviar su hastío y abandonar Londres sin sentirse culpable por eludir sus obligaciones. Viajó en coche de punto porque un administrador no solía tener caballos propios tan buenos como los suyos, y recorrió a pie la última milla, desde el centro del pueblo a Danbury House. Llevaba todo lo que necesitaba en una sola bolsa.

A ojos del mundo, era el señor James Siddons, un caballero, sin duda, aunque tal vez con poco dinero. Su ropa procedía del fondo de su armario: estaba bien hecha, pero raída por los hombros y pasada de moda desde hacía dos años. Un par de tijeretazos habían bastado para deslucir el corte de pelo que le habían hecho una semana antes. El Marqués de Riverdale había desaparecido a todos los efectos, y James no podía estar más contento.

El plan de su tía tenía, por supuesto, un gran defecto, pero era de esperar habiéndolo ideado una aficionada. Hacía casi una década que James no visitaba Danbury House. Su trabajo en el Ministerio de Guerra no le dejaba mucho tiempo para visitar a su familia, y no había querido poner a su tía en peligro. Pero seguramente había alguien (algún criado anciano; el mayordomo, quizá) que le reconocería. A fin de cuentas, había pasado casi toda su infancia allí.

Claro que la gente veía lo que esperaba ver, y cuando James se comportaba como un administrador, la gente solía ver un administrador.

Estaba casi en Danbury House (en los escalones de entrada, en realidad) cuando la puerta se abrió de golpe y apareció una mujer menuda y rubia que, con la cabeza agachada y los ojos fijos en el suelo, echó a correr como una potrilla en pleno galope. James ni siquiera tuvo oportunidad de abrir la boca antes de que tropezara con él.

Sus cuerpos chocaron con un golpe seco y la muchacha soltó un gritito de sorpresa muy femenino, rebotó contra él y aterrizó en el suelo. Un pasador, o una cinta, o comoquiera que las mujeres llamaran a esas cosas, salió despedido de su cabeza, y un grueso mechón de cabello dorado se le salió de la cofia y se posó de forma desmañada sobre su hombro.

—Le ruego me disculpe —dijo James, tendiéndole la mano para ayudarla a levantarse.

—No, no —contestó ella mientras se sacudía las faldas—. Ha sido culpa mía. No iba mirando por dónde iba.

No se molestó en tomar su mano, y James se descubrió curiosamente decepcionado. Ella no llevaba guantes, ni tampoco él, y sintió el extraño impulso de sentir el contacto de la mano de la muchacha.

Pero no podía decir tales cosas en voz alta, así que se inclinó para ayudarla a recoger sus cosas. Su bolso se había abierto al caer al suelo, y sus pertenencias se habían desperdigado a sus pies. James le dio los guantes y ella se sonrojó.

—Hace tanto calor... —explicó, mirando los guantes con resignación.

—Por mí no se los ponga —repuso él con una espontánea sonrisa—. Como verá, yo también he utilizado el buen tiempo como excusa para no ponerme los míos.

Ella se quedó mirando sus manos un momento antes de sacudir la cabeza y murmurar:

—¡Qué conversación tan extraña!

Se arrodilló para recoger el resto de sus cosas y James hizo lo mismo. Recogió un pañuelo y había estirado el brazo para alcanzar un libro cuando de pronto ella profirió un extraño ruido (una especie de gemido estrangulado) y se lo quitó de debajo de los dedos.

James se descubrió ansioso por saber qué había en aquel libro.

Ella carraspeó unas seis veces y luego dijo:

—Es usted muy amable por ayudarme.

—No es ninguna molestia, se lo aseguro —murmuró él mientras intentaba echar una ojeada al libro. Pero ella había vuelto a guardarlo en su bolso.

Elizabeth le sonrió con nerviosismo y deslizó la mano dentro del bolso para asegurarse de que el libro estaba allí, bien escondido. Si la sorprendían leyendo aquello, no podría soportar la vergüenza. Se daba por sentado que todas las mujeres solteras andaban buscando marido, pero solo las más patéticas se dejarían sorprender leyendo un manual sobre el tema.

Él no dijo nada, limitándose a mirarla con una atención que la puso aún más nerviosa. Por fin balbució:

—¿Es usted el nuevo administrador?

—Sí.

—Entiendo. —Ella se aclaró la garganta—. Bueno, entonces supongo que debería presentarme, porque estoy segura de que nuestros caminos volverán a cruzarse. Soy la señorita Hotchkiss, la dama de compañía de lady Danbury.

—¡Ah! Yo soy el señor Siddons, de Londres.

—Ha sido un placer conocerle, señor Siddons —dijo con una sonrisa que a James le pareció curiosamente atractiva—. Lamento muchísimo este accidente, pero tengo que irme.

Esperó a que él inclinara la cabeza y luego echó a correr por la avenida, agarrando su bolso como si su vida dependiera de ello.

James la vio alejarse, incapaz de apartar sus ojos de ella.

# 2

¡James! —Agatha Danbury no solía gritar, pero James era su sobrino favorito. A decir verdad, seguramente le gustaba más que cualquiera de sus hijos. Él, al menos, era lo bastante listo como para no meter la cabeza entre los barrotes de una verja de hierro—. ¡Qué alegría verte!

James se inclinó de forma obediente y le ofreció la mejilla para que le diera un beso.

—¿Qué alegría verme? —preguntó—. Casi pareces sorprendida por mi llegada. Venga, vamos, sabes perfectamente que, si tú me llamas, es como si me llamara el mismísimo príncipe regente.

—Oh, ese.

Su respuesta desdeñosa le hizo entornar los ojos.

—Agatha, no estarás jugando conmigo, ¿verdad?

Ella se puso de pronto tiesa como un palo en su sillón.

—¿No pensarás eso de mí?

—Lo pensaría al instante —contestó él con una sonrisa fácil mientras se sentaba—. Aprendí mis mejores trucos de ti.

—Sí, bueno, alguien tenía que tomarte bajo su ala —contestó ella—. Pobre chiquillo. Si yo no hubiera...

—Agatha... —dijo James con energía. No tenía ganas de enzarzarse en una discusión sobre su infancia. Le debía a su tía hasta su alma, pero no quería hablar de eso ahora.

—Da la casualidad —dijo ella con un bufido desdeñoso— de que no estoy jugando a nada. Me están chantajeando.

James se inclinó hacia delante. ¿Chantajeándola? Agatha era una anciana muy astuta, pero honrada a más no poder, y James no alcanzaba a imaginar que hubiera hecho algo que se mereciera un chantaje.

—¿Te lo puedes creer? —preguntó ella—. ¿Que alguien se atreva a chantajearme a mí? ¡Uf! ¿Dónde está mi gato?

—¿Dónde está tu gato? —repitió él.

—¡Maaaaaalcoooooooooolm!

James parpadeó y vio entrar con sigilo en la habitación a un obeso felino. El gato se acercó a él, le olfateó y saltó sobre su regazo.

—¿No es un encanto? —preguntó su tía.

—Odio a los gatos.

—Malcolm te va a encantar.

James pensó que aguantar al gato era más sencillo que ponerse a discutir con su tía.

—¿Tienes idea de quién puede ser la persona que te está chantajeando?

—No.

—¿Puedo preguntarte por qué te están chantajeando?

—Es muy embarazoso —respondió ella, y sus ojos azul claro brillaron, llenos de lágrimas.

James empezó a preocuparse. La tía Agatha nunca lloraba. Había muy pocas cosas en su vida que fueran constantes, pero una de ellas era Agatha. Su tía era muy lista, tenía un fino sentido del humor, le quería sin medida y nunca lloraba. Nunca jamás.

Quiso acercarse a ella, pero se contuvo. Ella no querría que la consolara. Lo consideraría una constatación de aquella momentánea muestra de debilidad. Además, el gato no parecía tener ganas de bajarse de sus rodillas.

—¿Tienes la carta? —preguntó él con amabilidad—. Porque supongo que recibiste una carta.

Ella asintió con la cabeza, alcanzó un libro que había junto a la mesa, a su lado, y sacó una hoja de papel de entre sus páginas. Se la tendió en silencio.

James puso suavemente al gato sobre la alfombra y se levantó. Dio un par de pasos hacia su tía y tomó la carta. Todavía de pie, miró el papel que tenía en las manos y comenzó a leer.

*Lady Danbury:*

*Conozco sus secretos. Y los de su hija. Mi silencio tiene un precio.*

James levantó la vista.

—¿Esto es todo?

Agatha sacudió la cabeza y le tendió otra hoja de papel.

—También recibí esta otra.

James la tomó.

*Lady Danbury:*

*Quinientas libras por mi silencio. Déjelas en un saco detrás de El Saco de Clavos el viernes a medianoche. No se lo diga a nadie. No me defraude.*

—¿El Saco de Clavos? —preguntó James enarcando una ceja.

—La taberna del pueblo.

—¿Dejaste el dinero?

Ella asintió con la cabeza, avergonzada.

—Pero solo porque sabía que no estarías aquí el viernes.

James hizo una pausa mientras decidía cómo expresar lo que iba a decir a continuación.

—Creo —dijo con dulzura— que será mejor que me cuentes ese secreto.

Agatha sacudió la cabeza de un lado a otro.

—Es demasiado embarazoso. No puedo.

—Agatha, tú sabes que soy discreto. Y sabes que te quiero como a una madre. Lo que me digas no saldrá de estas paredes. —Al ver que ella no hacía nada, salvo morderse el labio, preguntó—: ¿Cuál de tus hijas comparte ese secreto?

—Melissa —murmuró Agatha—. Pero ella no lo sabe.

James cerró los ojos y soltó un largo suspiro. Sabía lo que venía después y decidió ahorrarle a su tía la vergüenza de tener que decírselo.

—Es ilegítima, ¿no?

Agatha asintió con la cabeza.

—Tuve una aventura. Duró solo un mes. En aquel entonces era joven e idiota.

James intentó que no se le notara la impresión. Su tía había sido siempre muy puntillosa en cuestiones de decoro; era inconcebible que hubiera mariposeado fuera del matrimonio. Pero, como ella misma decía, había sido joven y tal vez un poco idiota, y después de todo lo que había hecho por él, no creía que tuviera derecho a juzgarla. Agatha había sido su salvadora, y si hacía falta él daría su vida por ella sin pensárselo un segundo.

Ella sonrió con tristeza.

—No sabía lo que hacía.

James sopesó sus palabras con cuidado antes de preguntar:

—¿Temes, entonces, que el chantajista revele el secreto y avergüence a Melissa?

—La gente me importa un bledo —bufó Agatha—. La mitad de ellos son bastardos. Y puede que también lo sean dos tercios de los segundones. Es Melissa quien me preocupa. Está muy bien casada con un conde, así que el escándalo no la tocará, pero estaba muy unida a lord Danbury. Él decía siempre que era su favorita. Le rompería el corazón saber que no era su verdadero padre.

James no recordaba que lord Danbury tuviera más apego por Melissa que por el resto de sus hijos. De hecho, no recordaba que lord Danbury tuviera apego por sus hijos, y punto. Era un hombre simpático, pero distante. De esos que pensaban que los niños tenían que quedarse en su cuarto y bajar solo una vez al día, para que sus padres les vieran. Aun así, si Agatha creía que Melissa era su favorita, ¿quién era él para llevarle la contraria?

—¿Qué vamos a hacer, James? —preguntó Agatha—. Tú eres la única persona de confianza que puede ayudarme a salir de este apuro. Y con tu experiencia.

—¿Has recibido más notas? —la interrumpió James. Su tía sabía que había trabajado para el Ministerio de Guerra. No había nada de malo en ello, puesto que ya no era un agente en activo, pero Agatha siempre había sido curiosa y no paraba de preguntarle por sus hazañas. Y había ciertas cosas de las que uno no le hablaba a su tía. Eso por no mencionar que podían colgarle por divulgar la información que había obtenido con el paso de los años.

Agatha sacudió la cabeza.

—No. Ninguna más.

—Voy a hacer algunas pesquisas preliminares, pero sospecho que no averiguaremos nada hasta que recibas otra carta.

—¿Crees que habrá otra?

James asintió, muy serio.

—Los chantajistas no saben cuándo dejarlo. Es el error que les pierde. Entre tanto, fingiré ser tu nuevo administrador. Pero no sé cómo esperas que lo haga sin que me reconozcan.

—Creía que pasar desapercibido era tu fuerte.

—Y lo es —contestó él con tranquilidad—, pero no crecí en Francia, España o la costa sur, sino aquí. O casi, al menos.

Los ojos de Agatha se desenfocaron de pronto. James sabía que estaba pensando en su niñez, en todas las veces que se había enfrentado a su padre en voz baja y había insistido, furiosa, en que James estaba mejor con los Danbury.

—Nadie te reconocerá —le aseguró por fin.

—¿Y Cribbins?

—Murió el año pasado.

—¡Ah! Lo siento. —Siempre le había caído bien el viejo mayordomo.

—El nuevo está bien, supongo, aunque el otro día tuvo la desfachatez de pedirme que le llamara «Wilson».

James no sabía por qué se molestaba, pero preguntó:

—No será ese su nombre, ¿verdad?

—Supongo que sí —dijo ella con un pequeño bufido—. Pero ¿cómo quiere que lo recuerde?

—Acabas de recordarlo.

Ella le miró con el ceño fruncido.

—Es mi mayordomo, así que le llamo Cribbins. A mi edad los cambios importantes son peligrosos.

—Agatha —dijo James con mucha más paciencia de la que tenía—, ¿podemos volver al tema que nos ocupa?

—A si van a reconocerte.

—Sí.

—Han muerto todos. Hace casi diez años que no vienes a verme.

James ignoró su tono de reproche.

—Nos vemos en Londres todo el tiempo y lo sabes.

—Eso no cuenta.

Él se negó a preguntar por qué. Sabía que su tía se moría por darle una razón.

—¿Hay algo en particular que tenga que saber antes de asumir mi puesto como administrador? —preguntó.

Ella negó con la cabeza.

—¿Qué necesitas saber? Te eduqué como es debido. Deberías saber todo lo necesario para llevar una finca.

Eso era cierto, aunque James había preferido dejar que fueran los capataces quienes se encargaran de sus fincas desde que había asumido el título. Era más fácil, y a él no le gustaba pasar mucho tiempo en Riverdale Castle.

—Muy bien, entonces —dijo, poniéndose en pie—. Dado que Cribbins I no está ya con nosotros, Dios tenga en Su gloria su alma de eterna paciencia.

—¿Qué quieres decir con eso?

Él echó un poco la cabeza hacia delante y hacia un lado de manera muy sarcástica.

—Cualquiera que haya sido tu mayordomo durante cuarenta años merece que le canonicen.

—Bribón impertinente —masculló ella.

—¡Agatha!

—¿Qué sentido tiene morderse la lengua a mi edad?

Él sacudió la cabeza.

—Como intentaba decirte, puesto que Cribbins ha fallecido, ser tu administrador es tan buen disfraz como cualquier otro. Además, me apetece estar al aire libre mientras haga buen tiempo.

—¿Estabas muy agobiado en Londres?

—Mucho.

—¿Por el aire o por la gente?

James sonrió.

—Por las dos cosas. Ahora, dime dónde pongo mis cosas. ¡Ah! Y tía Agatha... —Se inclinó y la besó en la mejilla—. Me alegro mucho de verte.

Ella sonrió.

—Yo también te quiero, James.

Cuando llegó a casa, Elizabeth estaba sin aliento y cubierta de barro. Estaba tan ansiosa por alejarse de Danbury House que casi había hecho corriendo el primer cuarto de milla. Por desgracia, aquel estaba siendo un verano especialmente húmedo en Surrey, y ella nunca había sido muy ágil. Y en cuanto a aquella raíz que sobresalía..., en fin, no había habido modo de esquivarla, así que, con un chapoteo, Elizabeth vio arruinado su mejor vestido.

Su mejor vestido no estaba, de todos modos, en muy buen estado. En las arcas de los Hotchkiss no había dinero para ropa nueva, a no ser que a uno se le hubiera quedado completamente pequeña la vieja. Pero aun así, Elizabeth tenía su orgullo, y si no podía vestir a su familia a la moda, al menos podía asegurarse de que fueran todos bien limpios.

Ahora tenía el fajín de terciopelo lleno de barro y, lo que era aún peor, le había robado un libro a lady Danbury. Y no un libro cualquiera. Había robado el que sin duda era el libro más estúpido y ridículo desde la invención de la imprenta. Y todo porque tenía que ofrecerse al mejor postor.

Tragó saliva con los ojos llenos de lágrimas. ¿Y si no había ningún postor? ¿Qué haría?

Se limpió los pies en el felpudo para quitarse el barro y empujó la puerta de su casita. Intentó cruzar el pasillo y subir a su habitación sin que nadie la viera, pero Susan fue más rápida.

—¡Santo cielo! ¿Qué te ha pasado?

—Resbalé —gruñó Elizabeth sin apartar los ojos de las escaleras.

—¿Otra vez?

Aquello bastó para que se diera la vuelta y clavara en su hermana una mirada asesina.

—¿Qué quieres decir con «otra vez»?

Susan tosió.

—Nada.

Elizabeth se volvió de nuevo con intención de subir las escaleras, pero su mano chocó con una mesa.

—¡Ayyyy! —aulló.

—¡Uf! —dijo Susan, haciendo una mueca compasiva—. Eso tiene que doler.

Elizabeth se limitó a mirarla entornando los ojos con furia.

—Lo siento muchísimo —se apresuró a decir Susan, notando el mal humor de su hermana.

—Me voy a mi cuarto —dijo Elizabeth, pronunciando cada palabra como si una dicción cuidadosa pudiera transportarla a su habitación más rápidamente—. Quiero echarme a dormir un rato. Y si alguien me molesta, no respondo de las consecuencias.

Susan asintió.

—Jane y Lucas están fuera, jugando en el jardín. Me aseguraré de que no hagan ruido si vuelven.

—Bien, yo... ¡Ayyyy!

Susan dio un respingo.

—¿Y ahora qué?

Elizabeth se inclinó y recogió un pequeño objeto metálico. Uno de los soldaditos de Lucas.

—¿Hay alguna razón —dijo— para que esto esté en el suelo, donde cualquiera puede pisarlo?

—A mí no se me ocurre ninguna —respondió Susan, intentando sonreír sin ganas.

Elizabeth suspiró.

—No estoy teniendo un buen día.

—No, eso me parecía.

Elizabeth procuró sonreír, pero solo consiguió estirar los labios. No logró levantar las comisuras.

—¿Quieres que te traiga una taza de té? —le preguntó Susan con dulzura.

Elizabeth asintió.

—Sería estupendo, gracias.

—Es un placer. Voy a... ¿Qué es eso que llevas en el bolso?

—¿El qué?

—Ese libro.

Elizabeth maldijo en voz baja y metió el libro debajo de un pañuelo.

—No es nada.

—¿Le has pedido prestado un libro a lady Danbury?

—En cierto modo.

—¡Qué bien! Yo ya he leído todos los que tenemos. Aunque ya no nos quedan muchos, claro.

Elizabeth se limitó a asentir con un gesto e intentó pasar por su lado.

—Sé que te rompió el corazón vender los libros —dijo Susan—, pero sirvieron para pagar las lecciones de latín de Lucas.

—Tengo que irme...

—¿Puedo ver el libro? Me gustaría leerlo.

—No puedes —replicó Elizabeth con un tono de voz mucho más fuerte de lo que le habría gustado.

Susan retrocedió.

—Perdona.

—Tengo que devolverlo mañana. Eso es todo. No te dará tiempo a leerlo.

—¿Puedo echarle un vistazo?

—¡No!

Susan se lanzó hacia delante.

—Quiero verlo.

—¡He dicho que no! —Elizabeth dio un salto hacia la derecha, esquivando por los pelos la mano de su hermana, y corrió hacia las escaleras. Pero justo cuando pisó el primer escalón, notó que Susan le agarraba la tela de la falda.

—¡Te tengo! —exclamó su hermana.

—¡Suéltame!

—No hasta que me enseñes el libro.

—Susan, soy tu tutora y te ordeno...

—Eres mi hermana y quiero ver lo que estás escondiendo.

Elizabeth decidió que razonar no iba a servir de nada, así que agarró su falda y tiró con fuerza, con lo que solo consiguió resbalar del escalón y tirar el bolso al suelo.

—¡Ajajá! —gritó Susan triunfalmente, mientras se apoderaba del libro.

Elizabeth soltó un gruñido.

—¿*Cómo casarse con un Marqués?* —Susan levantó los ojos, entre divertida y pasmada.

—No es más que un libro estúpido. —Elizabeth notó que empezaban a arderle las mejillas—. Es solo que he pensado..., bueno, he pensado que...

—¿Un Marqués? —preguntó Susan, extrañada—. ¿No estás apuntando muy alto?

—¡Por el amor de Dios! —contestó Elizabeth—. No voy a casarme con un Marqués. Pero puede que en ese libro haya algún consejo útil, porque tengo que casarme con alguien y nadie me lo pide.

—Excepto el señor Nevins —murmuró Susan mientras pasaba las hojas.

Elizabeth se tragó un pequeño reflujo de bilis. La idea de que el señor Nevins la tocara o la besara hacía que se le helara la piel. Pero si era el único modo de salvar a su familia...

Cerró los ojos con fuerza. Tenía que haber algo en aquel libro que le enseñara a encontrar marido. ¡Lo que fuera!

—¡Qué interesante! —dijo Susan, dejándose caer en la alfombra, junto a ella—. Escucha esto: «Edicto número uno...».

—¿Edicto? —repitió Elizabeth—. ¿Hay edictos?

—Por lo visto, sí. Parece que eso de cazar marido es más complicado de lo que creía.

—Dime cuál es ese edicto.

Susan parpadeó y bajó los ojos.

—«Sé única. Pero no demasiado.»

—¿Qué demonios significa eso? —estalló Elizabeth—. Es lo más ridículo que he oído nunca. Mañana devuelvo este libro. ¿Quién es esa tal señora Seeton, de todos modos? No es marquesa, así que no veo por qué tendría que hacerle caso.

—No, no —dijo Susan, agitando un brazo hacia su hermana sin mirarla—. Ese es solo el título del edicto. Luego lo explica.

—No sé si quiero oírlo —refunfuñó Elizabeth.

—Pues es bastante interesante.

—Dame eso. —Elizabeth le quitó el libro y leyó en silencio:

*Es imprescindible que seas única. Tu magia debe embelesar a tu amado hasta tal punto que no vea la habitación más allá de tu cara.*

Elizabeth soltó un resoplido.

—¿«Tu magia»? ¿«Hasta tal punto que no vea la habitación más allá de tu cara»? Pero ¿dónde aprendió a escribir esta mujer? ¿En una perfumería?

—A mí eso de la habitación y tu cara me parece bastante romántico —dijo Susan encogiéndose de hombros.

Elizabeth no le hizo caso.

—¿Dónde está lo de «no ser demasiado única»? Ah, aquí.

*Debes refrenar tu individualidad, aquello que te hace única, para que solo él pueda verlo. Tienes que demostrarle que, como esposa, serás una gran baza a su favor. Ningún caballero desea verse esposado con el oprobio y el escándalo.*

—¿Has llegado ya a lo del oprobio? —preguntó Susan.

Elizabeth no le hizo caso y siguió leyendo.

*En otras palabras, debes sobresalir entre la multitud, pero solo para él, porque él es el único que importa.*

Elizabeth levantó la vista.

—Aquí hay un problema.

—¿Sí?

—Sí. —Se dio unos golpecitos en la frente con el dedo, como tenía por costumbre cuando pensaba con ahínco en algún tema—. Todo esto presupone que una ya ha puesto sus miras en un hombre soltero.

A Susan se le desorbitaron los ojos.

—¡No vas a ponerlas en un hombre casado!

—Me refería a un hombre en particular —replicó Elizabeth, dándole una palmada en el hombro.

—Ya. Bueno, la señora Seeton tiene razón. No puedes casarte con dos.

Elizabeth hizo una mueca.

—Claro que no. Pero pensaba que tendría que mostrarme interesada por más de uno si quiero que alguno se me declare. ¿No decía siempre nuestra madre que no debíamos poner todos los huevos en la misma cesta?

—Mmm... —Susan se quedó pensando—. Tienes razón. Esta noche me informaré sobre la cuestión.

—¿Cómo dices?

Pero Susan ya se había levantado de un salto y subía las escaleras a toda prisa.

—Voy a leer el libro esta noche —le dijo desde el descansillo—. Y te informaré por la mañana.

—¡Susan! —dijo Elizabeth en su tono más severo—. ¡Devuélveme ese libro ahora mismo!

—¡Descuida! ¡A la hora del desayuno tendré lista nuestra estrategia! —Y un instante después, Elizabeth oyó girar una llave en su cerradura: Susan acababa de encerrarse en la habitación que compartía con Jane.

—¿A la hora del desayuno? —masculló Elizabeth—. ¿Es que piensa saltarse la cena?

Al parecer, sí. Nadie volvió a verle el pelo esa noche, ni oyó el más leve ruido procedente de su habitación. El clan Hotchkiss se redujo a tres esa noche en la mesa de la cena, y la pobre Jane no pudo entrar en su cuarto y tuvo que dormir con Elizabeth.

A Elizabeth no le hizo ni pizca de gracia. Jane era un cielo, pero le robaba todas las mantas.

A la mañana siguiente, cuando Elizabeth bajó a desayunar, Susan ya estaba a la mesa, con el librito rojo en la mano. Elizabeth notó, malhumorada, que el fogón no mostraba indicios de uso.

—¿No podrías haber empezado a hacer el desayuno? —preguntó, gruñona, mientras buscaba unos huevos en la alacena.

—He estado ocupada —contestó Susan—. Muy ocupada.

Elizabeth no contestó. ¡Qué fastidio! Solo tres huevos. Tendría que pasar sin el suyo y confiar en que lady Danbury planeara tomar un buen almuerzo ese día. Puso una sartén de hierro sobre un trébede, encima del fuego del hogar, y rompió los huevos.

Susan se dio por aludida y empezó a cortar pan para hacer tostadas.

—Algunas de estas reglas no son muy difíciles —dijo mientras trabajaba—. Creo que hasta tú podrías seguirlas.

—Me abruma la confianza que tienes en mí —contestó Elizabeth con sarcasmo.

—De hecho, deberías empezar a practicar ya. ¿No va a dar lady Danbury una fiesta este verano? Seguro que asistirá algún buen partido.

—La que no asistirá seré yo.

—¡¿Lady Danbury no piensa invitarte?! —exclamó Susan, visiblemente indignada—. ¡Pero bueno! Puede que seas su dama de compañía, pero también eres la hija de un baronet y por tanto...

—Claro que me invitará —contestó Elizabeth con calma—. Pero yo rechazaré su invitación.

—Pero ¿por qué?

Elizabeth tardó un momento en contestar. Se quedó ahí, mirando cómo se volvían opacas las claras de los huevos.

—Susan —dijo por fin—, mírame.

Susan la miró.

—¿Y?

Elizabeth agarró con una mano la tela descolorida de su vestido verde y la sacudió.

—¿Cómo voy a ir a una fiesta elegante vestida así? Puede que esté desesperada, pero tengo mi orgullo.

—Nos enfrentaremos al problema de tu ropa cuando lleguemos a él —decidió Susan con firmeza—. De todos modos, no debería importar, si tu futuro marido no ve la habitación más allá de tu cara.

—Si oigo esa frase una sola vez más...

—Mientras tanto —la interrumpió Susan—, hay que afinar tus habilidades.

Elizabeth contuvo las ganas de aplastar las yemas.

—¿No dices que hay un capataz nuevo en casa de lady Danbury?

—¡Yo no he dicho eso!

—¿No? ¡Ah! Bueno, entonces habrá sido Fanny Brinkley, que se lo habrá oído decir a su criada, que lo sabrá por...

—Al grano, Susan —gruñó Elizabeth.

—¿Por qué no practicas con él? A no ser que sea repulsivo, claro.

—No lo es —masculló Elizabeth. Empezaron a arderle las mejillas y mantuvo la cara bajada para que Susan no la viera sonrojarse. El nuevo administrador de lady Danbury distaba mucho de ser repulsivo. De hecho, puede que fuera el hombre más guapo que había visto nunca. Y su sonrisa le había producido un efecto extrañísimo en las entrañas.

Lástima que no tuviera dinero a espuertas.

—¡Estupendo! —exclamó Susan, dando una palmada—. Lo único que tienes que hacer es conseguir que se enamore de ti.

Elizabeth dio la vuelta a los huevos.

—¿Y luego qué? Susan, es el administrador. No tiene dinero suficiente para mandar a Lucas a Eton.

—No vas a casarte con él, boba. Solo vas a practicar.

—Eso suena muy cruel —dijo Elizabeth con el ceño fruncido.

—Bueno, no hay nadie más con quien puedas poner a prueba tus habilidades. Ahora, escúchame con atención. He escogido varias reglas por las que empezar.

—¿Reglas? Creía que eran edictos.

—Edictos, reglas, todo viene a ser lo mismo. Así que...

—¡Jane! ¡Lucas! —dijo Elizabeth—. ¡El desayuno está listo!

—Como iba diciendo, creo que deberíamos empezar por los edictos segundo, tercero y quinto.

—¿Y el cuarto?

Susan se sonrojó.

—Bueno, ese... eh... trata sobre vestir a la última moda.

Elizabeth resistió a duras penas la tentación de lanzarle un huevo frito.

Susan frunció el ceño.

—La verdad es que quizá convenga que empieces por el número ocho.

Elizabeth sabía que no debía decir ni una palabra, pero algún diablillo que llevaba dentro la obligó a preguntar:

—¿Y cuál es?

Susan leyó:

—«Tu encanto debe parecer natural».

—¿Que mi encanto debe parecer natural? ¿Qué demonios significa e...? ¡Ay!

—Creo —dijo Susan con voz tan suave que resultaba exasperante— que tal vez quiera decir que no debes hacer aspavientos de modo que acabes golpeándote las manos con el tablero de la mesa.

Si las miradas mataran, Susan habría sangrado profusamente por la frente.

Susan levantó la nariz.

—Solo digo la verdad —dijo con un resoplido.

Elizabeth siguió mirándola con enfado mientras se besaba el dorso de la mano, como si apretando los labios contra la piel dolorida fuera a evitar que le doliera.

—¡Jane! ¡Lucas! —dijo otra vez, gritando—. ¡Daos prisa! ¡El desayuno se enfría!

Jane entró corriendo en la cocina y se sentó. La familia Hotchkiss había prescindido hacía tiempo de servir una comida formal en el comedor. El desayuno se servía siempre en la cocina. Además, a todos les gustaba sentarse junto al fogón en invierno. Y en verano..., en fin, costaba romper con la costumbre, suponía Elizabeth.

Elizabeth sonrió a su hermana pequeña.

—Estás un poco despeinada esta mañana, Jane.

—Será porque anoche alguien no me dejó entrar en mi cuarto —dijo Jane mirando con rabia a Susan—. Ni siquiera he podido cepillarme el pelo.

—Podrías haber usado el cepillo de Lizzie —contestó Susan.

—Me gusta mi cepillo —replicó Jane—. Es de plata.

No era plata de verdad, pensó Elizabeth con sarcasmo, o ya habría tenido que venderlo.

—Funciona igual —contestó Susan.

Elizabeth zanjó la discusión gritando:

—¡Lucas!

—¿Hay leche? —preguntó Jane.

—Me temo que no, cariño —contestó Elizabeth mientras ponía un huevo en un plato—. La justa para el té.

Susan puso una rebanada de pan en el plato de Jane y le dijo a Elizabeth:

—En cuanto al edicto número dos...

—Ahora no —siseó Elizabeth, y miró a Jane con mucha intención. Por suerte, su hermana pequeña estaba tan atareada metiendo el dedo en el pan que no les prestaba atención.

—Mi tostada está cruda —dijo.

Elizabeth ni siquiera tuvo tiempo de gritarle a Susan por haber olvidado tostar el pan; en ese momento, Lucas entró saltando en la cocina.

—¡Buenos días! —dijo alegremente.

—¡Qué contento estás hoy! —dijo Elizabeth, y le revolvió el pelo antes de servirle el desayuno.

—Voy a ir a pescar con Tommy Fairmount y su padre. —Lucas engulló tres cuartas partes de su huevo antes de añadir—: ¡Esta noche cenaremos bien!

—Eso es maravilloso, querido —dijo Elizabeth. Miró el relojito de la encimera y añadió—: Tengo que irme. ¿Seguro que vais a recoger la cocina?

Lucas asintió con la cabeza.

—Yo seré el supervisor.

—Tú vas a ayudar.

—Eso también —gruñó él—. ¿Puedo comerme otro huevo?

A Elizabeth le sonaron las tripas.

—No hay más —dijo.

Jane la miró con sospecha.

—Tú no has comido nada, Lizzie.

—Yo desayuno con lady Danbury —mintió ella.

—Cómete el mío. —Jane empujó sobre la mesa lo que quedaba de su desayuno: dos bocados de huevo y un trozo de pan tan manoseado que Elizabeth habría tenido que estar realmente hambrienta para olerlo siquiera.

—Acábatelo tú, Janie —dijo—. Yo comeré en casa de lady Danbury. Te lo prometo.

—Voy a tener que pescar un pez muy grande —oyó que le susurraba Lucas a Jane.

Y aquello fue la gota que colmó el vaso. Elizabeth se había resistido a intentar cazar un marido; odiaba sentirse una mercenaria por sopesarlo siquiera, pero ya estaba bien. ¿Qué clase de vida era aquella, cuando un niño de ocho años se preocupaba por pescar, no por diversión, sino por llenar el estómago de sus hermanas?

Elizabeth echó los hombros hacia atrás y se dirigió hacia la puerta.

—Susan —dijo con energía—, ¿puedo hablar contigo un momento?

Jane y Lucas se miraron.

—Le va a echar la bronca porque ha olvidado tostar el pan —susurró Jane.

—Tostadas crudas —dijo Lucas muy serio, sacudiendo la cabeza—. Va contra la naturaleza misma del ser humano.

Elizabeth levantó los ojos al cielo mientras salía. ¿De dónde sacaba su hermano esas cosas?

Cuando estuvieron a una distancia prudencial, se volvió hacia Susan y dijo:

—Primero de todo, no quiero que hables de... de caza de marido delante de los niños.

Susan levantó el libro de la señora Seeton.

—Entonces, ¿vas a seguir sus consejos?

—No creo que tenga elección —masculló Elizabeth—. Dime cuáles son esas normas.

# 3

Elizabeth iba refunfuñando en voz baja cuando entró en Danbury House esa mañana. A decir verdad, no había dejado de refunfuñar en todo el camino. Le había prometido a Susan que intentaría practicar los edictos de la señora Seeton con el nuevo administrador de lady Danbury, pero no veía cómo iba a hacerlo sin incumplir automáticamente el Edicto Número Dos:

*Nunca persigas a un hombre. Procura que sea siempre él quien te busque a ti.*

Suponía que iba a tener que romper aquella regla. Y se preguntaba, además, cómo reconciliar los Edictos Tercero y Quinto, que eran:

*Nunca seas grosera. Un hombre de elevada cuna necesita que su esposa sea el epítome de la elegancia, la dignidad y los buenos modales.*

Y:

*No hables nunca con un hombre más de cinco minutos. Si pones fin a la conversación, él fantaseará con lo que podrías haber dicho después.*
*Discúlpate y desaparece en el tocador de señoras, si es necesario. Su fascinación por ti aumentará si cree que tienes posibilidades de casarte con otros.*

Aquello la desconcertaba. Tenía la impresión de que, aunque se disculpara, sería bastante grosero dejar una conversación pasados apenas cinco minutos. Y según la señora Seeton, un hombre de elevada cuna necesitaba una esposa que jamás incurriera en la grosería.

Y eso por no hablar de las demás normas que Susan le había gritado esa mañana al salir de casa. Sé encantadora. Sé dulce. Deja que hable él. Si eres más lista que él, que no se te note.

Con todas aquellas pamplinas de que preocuparse, Elizabeth empezaba a ansiar seguir siendo la señorita Hotchkiss, solterona de por vida.

Cuando entró en Danbury House, se dirigió inmediatamente al salón, como tenía por costumbre. En efecto, lady Danbury estaba allí, sentada en su sillón favorito, escribiendo una carta mientras mascullaba para sí misma. Malcolm sesteaba en la ancha repisa de la ventana. Abrió un ojo, juzgó a Elizabeth indigna de su atención y volvió a dormirse.

—Buenos días, lady Danbury —dijo, sacudiendo la cabeza—. ¿Quiere que le escriba yo la carta?

Lady Danbury tenía artrosis, y Elizabeth solía encargarse de escribir su correspondencia.

Pero lady Danbury se limitó a guardar el papel en un cajón.

—No, no, nada de eso. Esta mañana tengo los dedos perfectamente. —Flexionó las manos y los clavó en el aire, como una bruja lanzando un hechizo—. ¿Lo ves?

—Me alegra que se encuentre tan bien —contestó Elizabeth, vacilante, mientras se preguntaba si acababa de embrujarla.

—Sí, sí, hace un día precioso. Muy bueno, sí. Siempre y cuando no empieces a leerme la Biblia otra vez, claro.

—No se me ocurriría.

—La verdad es que hay algo que sí puedes hacer por mí.

Elizabeth levantó sus cejas rubias de forma inquisitiva.

—Necesito ver al nuevo administrador. Está trabajando en el despacho que hay junto a los establos. ¿Puedes ir a buscarle?

Elizabeth consiguió no quedarse boquiabierta en el último instante. ¡Genial! Iba a ver al nuevo administrador y no tendría que romper el Edicto Número Dos.

Bueno, técnicamente imaginaba que aquello equivalía a perseguirle, pero, como se lo había ordenado su empleadora, no contaba.

—¡Elizabeth! —dijo lady Danbury alzando la voz.

Elizabeth parpadeó.

—¿Sí?

—Presta atención cuando te hablo. No es propio de ti ponerte a soñar despierta.

No pudo evitar hacer una mueca por lo irónico del asunto. Hacía cinco años que no soñaba despierta. Antes lo hacía con el amor, con el matrimonio, con ir al teatro y viajar a Francia. Pero todo eso había acabado al morir su padre, cuando sus nuevas responsabilidades dejaron claro que sus anhelos eran sueños imposibles, destinados a no hacerse realidad.

—Lo siento muchísimo, señora —dijo.

Por el modo de torcerse los labios de lady Danbury, Elizabeth comprendió que en realidad no estaba enfadada.

—Ve a buscarle —dijo lady Danbury.

—Enseguida —contestó Elizabeth con una inclinación de cabeza.

—Tiene el pelo castaño y los ojos marrones y es bastante alto. Para que sepas de quién estoy hablando.

—¡Oh! Conocí al señor Siddons ayer. Me tropecé con él al salir de aquí.

—¿Ah, sí? —Lady Danbury parecía perpleja—. No me dijo nada.

Elizabeth ladeó la cabeza, sorprendida.

—¿Y por qué razón tendría que habérselo dicho? No creo que yo vaya a influir lo más mínimo en su trabajo.

—No, supongo que no. —Lady Danbury frunció otra vez la boca como si estuviera sopesando un gran problema filosófico sin resolver—. Anda, vete. Te mandaré llamar cuando acabe con Ja... con el señor Siddons. ¡Ah! Y mientras hablo con él, tráeme el bordador.

Elizabeth sofocó un gruñido. Para lady Danbury, bordar consistía en verla trabajar a ella con el dechado, dándole un sinfín de instrucciones y supervisando todo lo que hacía. Y Elizabeth odiaba bordar. Ya cosía suficiente en casa, con toda la ropa que había que remendar.

—El cojín verde, no el amarillo —añadió lady Danbury.

Elizabeth asintió distraídamente con la cabeza y retrocedió hacia la puerta.

—Sé única —se dijo en voz baja—, pero no demasiado.

Sacudió la cabeza. El día que descubriera qué significaba aquello, sería el mismo en que un ser humano caminara por la Luna.

En otras palabras, nunca.

Cuando llegó a los establos, se había repetido las normas al menos diez veces y estaba tan aturdida que de buena gana habría tirado a la señora Seeton por un puente si la dama en cuestión hubiera estado por allí.

Naturalmente, no había puentes en aquella región, pero Elizabeth prefería pasar eso por alto.

El despacho del administrador estaba en un pequeño edificio, justo a la izquierda de los establos. Era una casita de tres habitaciones, con una gran chimenea de piedra y techumbre de brezo. La puerta principal daba a un pequeño cuarto de estar, y al fondo había un dormitorio y una oficina.

El edificio tenía un aspecto limpio y ordenado, cosa que a Elizabeth le pareció lógica, teniendo en cuenta que el administrador solía ocuparse del buen mantenimiento de los edificios. Se quedó un momento frente a la puerta, respiró hondo varias veces y se recordó que era una joven medianamente atractiva y presentable. No había razón para que aquel hombre (en el que en realidad no estaba tan interesada, pensándolo bien) la despreciara.

Era curioso, se dijo con ironía, que nunca antes se hubiera puesto nerviosa al conocer a alguien. Era todo por culpa de aquella dichosa búsqueda de marido y de aquel condenado libro.

—Podría estrangular a la señora Seeton —se dijo en voz baja al levantar la mano para llamar—. De hecho, lo haría de muy buena gana.

La puerta no estaba bien cerrada y se abrió unos centímetros cuando llamó. Dijo alzando la voz:

—¿Señor Siddons? ¿Está usted ahí? ¿Señor Siddons?

No hubo respuesta.

Empujó la puerta unos centímetros más y metió la cabeza.

—¿Señor Siddons?

¿Y ahora qué hacía? Estaba claro que el señor Siddons no estaba en casa. Suspiró y apoyó el hombro izquierdo en el marco de la puerta mientras metía un poco más la cabeza en la habitación. Imaginaba que tendría que ir en su busca, y solo Dios sabía dónde estaría. La finca era enorme, y no le apetecía especialmente recorrerla de arriba abajo buscando al errático señor Siddons, aunque le necesitara para poner en práctica los edictos de la señora Seeton.

Mientras estaba ahí, perdiendo el tiempo, dejó que sus ojos se pasearan por la habitación. Había estado otras veces en aquella casa y sabía qué cosas pertenecían a lady Danbury. Daba la impresión de que el señor Siddons no había llevado consigo muchas pertenencias. Solo una bolsa pequeña que había en un rincón y...

Elizabeth sofocó un grito. Un librito rojo. Allí, sobre la mesa. ¿Cómo diablos había conseguido el señor Siddons un ejemplar de *Cómo casarse con un Marqués*? Elizabeth suponía que no era la clase de libro que se exhibía en las librerías de caballeros. Cruzó la habitación, boquiabierta por la sorpresa, y alcanzó el libro.

¿Los *Ensayos* de Francis Bacon?

Cerró los ojos y se maldijo a sí misma. ¡Santo Dios! Se estaba obsesionando. Le parecía ver aquel absurdo librito a la vuelta de cada esquina.

—Idiota, más que idiota —masculló, y se volvió para dejar el libro sobre la mesa—. La señora Seeton no lo sabe todo. Tienes que parar de... ¡Ay!

Gritó cuando su mano derecha chocó con la lámpara de bronce que había sobre la mesa. Todavía con el libro en la mano izquierda, sacudió la derecha, intentando aliviar el dolor.

—¡Ay, ay, ay! —gimió. Aquello era peor que darse un golpe en un dedo del pie, y bien sabía Dios que en eso tenía mucha experiencia.

Cerró los ojos y suspiró.

—Soy la muchacha más torpe de Inglaterra, la más patosa de toda Gran Bretaña...

*Crunch.*

Levantó la cabeza. ¿Qué había sido eso? Parecía un pie rozando gravilla suelta. Y había gravilla a la entrada de la casa del administrador.

—¡¿Quién anda ahí?! —gritó, y su voz le pareció estridente.

Nadie contestó.

Elizabeth sintió un escalofrío: mala señal, teniendo en cuenta que llevaba todo el mes haciendo mucho calor. Nunca había creído mucho en la intuición, pero allí había gato encerrado.

Y temía ser ella quien sufriera las consecuencias.


James había pasado la mañana recorriendo la finca a caballo. La conocía de cabo a rabo, claro; de niño había pasado más tiempo allí, en Danbury House, que en Riverdale Castle. Pero si iba a hacerse pasar por el nuevo administrador, tenía que inspeccionar las tierras.

Hacía calor, sin embargo, y cuando acabó su paseo de tres horas, tenía la frente sudorosa y la camisa de hilo pegada a la piel. Habría sido perfecto poder darse un baño, pero, disfrazado de administrador, no podía pedir a los sirvientes de Danbury House que le llenaran una bañera, y estaba deseando mojar un paño en la palangana de agua fresca que había dejado en su cuarto.

No esperaba encontrar abierta la puerta de su casita.

Ajustó el paso para que sus pisadas sonaran lo menos posible y se acercó a la puerta. Al asomarse vio la espalda de una mujer. La dama de compañía de lady Agatha, a juzgar por su pelo rubio y su cuerpo menudo.

Aquella muchacha había picado su curiosidad el día anterior, pero no supo cuánto hasta que la vio inclinada sobre su ejemplar de los *Ensayos* de Francis Bacon.

¿Francis Bacon? Para ser una ladrona, la muchacha tenía gustos muy intelectuales en materia literaria.

Observarla era casi hipnótico. Su cara estaba de perfil, y arrugaba la nariz de un modo graciosísimo mientras examinaba el libro. Unos mechones sedosos de cabello rubio habían escapado de su moño y se rizaban sobre su nuca.

Su piel parecía cálida.

James respiró hondo, intentando ignorar el calorcillo que sentía en el vientre.

Se acercó al marco de la puerta todo lo que pudo sin descubrir su presencia. ¿Qué demonios estaba diciendo la muchacha? Se obligó a concentrarse en su voz, lo cual no era fácil, porque sus ojos se deslizaban constantemente hacia la curva suave de sus pechos y a aquel lugar en la nuca en el que...

Se dio un pellizco. El dolor solía actuar como antídoto contra los instintos más bajos.

La señorita Hotchkiss estaba farfullando algo, y parecía bastante enfadada.

—... idiota...

Con eso estaba de acuerdo. Colarse en su casa a plena luz del día no era muy sensato por su parte.

—... la señora Seeton...

¿Quién demonios era esa?

—¡Ay!

James la miró con más atención. Sacudía la mano y miraba su lámpara con enfado. Entonces tuvo que sonreír. Parecía tan furiosa que no le habría sorprendido que la lámpara estallara en llamas de forma espontánea.

Y dejaba escapar pequeños maullidos de dolor que le producían una sensación extraña en el estómago.

Su primer impulso fue ir a socorrerla. Seguía siendo un caballero, a fin de cuentas, se pusiera el disfraz que se pusiese. Y un caballero siempre acudía en auxilio de una dama en apuros. Pero dudó. No estaba tan dolorida después de todo y, además, ¿qué diablos hacía en su casa?

¿Sería ella la chantajista?

Y, si lo era, ¿cómo se había enterado de que él había ido a investigar? Porque, si no le estaba espiando, ¿por qué hurgaba en sus cosas? Las buenas muchachas (las que solían servir como damas de compañía de ancianas condesas) no hacían esas cosas.

Naturalmente, podía no ser más que una ladronzuela de tres al cuarto convencida de que el nuevo administrador podía ser un caballero venido a menos, dueño de algún que otro objeto valioso heredado de su familia. Un reloj, una joya de su madre, cosas de las que un hombre rehusaría deshacerse aunque las circunstancias le obligaran a buscar empleo.

Ella cerró los ojos y suspiró, dándose la vuelta.

—Soy la muchacha más torpe de Inglaterra, la más patosa de Gran Bretaña...

James se acercó un poco más y alargó el cuello, tratando de oírla.

*Crunch.*

—¡Maldita sea! —dijo James sin emitir sonido, y se apartó rápidamente, pegando la espalda a la pared exterior de la casa. Hacía años que no cometía un descuido semejante.

—¡¿Quién anda ahí?! —gritó ella.

James ya no la veía. Se había apartado demasiado de la puerta. Pero parecía asustada. Como si fuera a salir huyendo en cualquier momento.

Él se alejó, colocándose con rapidez entre los establos y la casa. Cuando oyera que la dama de compañía de la tía Ágata salía del edificio, aparecería tranquilamente como si acabara de llegar.

En efecto, unos segundos después oyó cerrarse la puerta de su casita. Siguió un ruido de pasos, y entonces James hizo su aparición.

—Buenos días, señorita Hotchkiss —dijo alzando la voz y colocándose en unas pocas zancadas en el camino de la muchacha.

Ella dio un respingo.

—¡Ay! —gritó—. No le había visto.

James sonrió.

—Lamento haberla asustado.

Ella sacudió la cabeza. Sus mejillas empezaban a sonrojarse.

James se llevó un dedo a la boca para disimular una sonrisa triunfante. La muchacha se sentía culpable por algo. Uno no se ponía así de colorado sin ningún motivo.

—No, no, no pasa nada —tartamudeó ella—. Yo... eh... tengo que aprender a mirar por dónde voy.

—¿Qué la trae por aquí? —preguntó él—. Tenía la impresión de que sus deberes exigían su presencia en la casa.

—Sí. Quiero decir que así es. Pero la verdad es que me han mandado a buscarle. Lady Danbury quiere hablar con usted.

James entornó los ojos. No dudaba de la muchacha. Obviamente, era demasiado inteligente para contar una mentira que podía descubrirse con tanta facilidad, pero ¿por qué se había colado en sus habitaciones?

Aquella muchacha estaba tramando algo. Y por el bien de su tía, él tenía que averiguar qué era. Había interrogado a mujeres otras veces, y siempre había conseguido que le dijeran lo que quería saber. De hecho, sus superiores en el Ministerio de Guerra bromeaban a menudo diciendo que había perfeccionado el arte de interrogar a mujeres.

James había descubierto hacía tiempo que las mujeres eran de una pasta algo distinta a la de los hombres. Eran básicamente egocéntricas. Para que una mujer desvelara todos sus secretos, solo había que preguntarle por sí misma. Había una o dos excepciones a dicha regla, naturalmente (lady Danbury era una de ellas), pero...

—¿Ocurre algo? —preguntó la señorita Hotchkiss.

—¿Cómo dice?

—Está usted muy callado —comentó ella, y luego se mordió el labio.

—Estaba un poco distraído —mintió—. Confieso que no se me ocurre por qué reclama lady Danbury mi presencia. La he visto esta misma mañana.

Ella abrió la boca, pero no supo qué contestar.

—No sé —dijo por fin—. He descubierto que lo mejor es no preguntarse por los motivos de lady Danbury. Es agotador intentar comprender cómo funciona su mente.

James se rio a su pesar. No quería sentir simpatía por aquella muchacha, pero ella parecía abordar la vida con gracia y sentido del humor. Y estaba claro que había descubierto el mejor modo de tratar con su tía: seguirle la corriente y hacer lo que quería. A él siempre le había funcionado.

James estiró el brazo, dispuesto a engatusarla hasta que le revelara todos sus secretos.

—¿Me acompaña a casa? Siempre y cuando no tenga nada más que hacer aquí fuera, claro.

—No.

Él levantó las cejas.

—Quiero decir que no tengo nada más que hacer aquí. —Ella esbozó una sonrisa—. Y sí, le acompaño encantada.

—Excelente —dijo él con dulzura—. Estoy deseando que nos conozcamos mejor.

Elizabeth dejó escapar un largo suspiro al pasar el brazo por el suyo. Había metido un poco la pata al final de la conversación, pero, aparte de eso, creía estar ciñéndose a las normas de la señora Seeton con admirable diligencia. Hasta había logrado hacer reír al señor Siddons, cosa que tenía que estar en aquellos edictos, en alguna parte. Y si no lo estaba, debería estarlo. No había duda de que a los hombres les gustaban las mujeres que sabían dar un giro ingenioso a una frase.

Elizabeth frunció el ceño. Quizás aquello quedara bajo el epígrafe de «ser única».

—Está usted muy seria —dijo él.

Elizabeth se sobresaltó. ¡Maldición! Tenía que concentrarse en aquel caballero. ¿No decía el libro que una tenía que prestar a los señores toda su atención? Durante cinco minutos, antes de cortar la conversación, claro.

—Casi parece que está muy concentrada en algo —continuó él.

Elizabeth estuvo a punto de soltar un gemido. Adiós a su encanto espontáneo y natural. No sabía muy bien cómo se aplicaba dicha norma en aquella situación, pero estaba convencida de que a una no tenía que notársele que estaba siguiendo un manual.

—Naturalmente —continuó el señor Siddons, ajeno a su desasosiego—, las mujeres serias siempre me han parecido de lo más interesantes.

Elizabeth podía hacerlo. Sabía que podía. Era una Hotchkiss, ¡maldita sea!, y podía hacer cualquier cosa que se propusiera. Tenía que encontrar marido, pero antes tenía que aprender cómo encontrarlo. Y en cuanto al señor Siddons, en fin, estaba ahí, y tal vez fuera un poco cruel utilizarle como conejillo de indias, pero una tenía que hacer lo que tenía que hacer. Y ella estaba desesperada.

Se volvió, pegando a su cara una sonrisa radiante. Iba a embelesar a aquel hombre hasta que..., bueno, hasta que estuviera embelesado.

Abrió la boca para seducirle con un comentario ingenioso y sofisticado, pero antes de que pudiera formar siquiera un sonido, él se inclinó hacia ella con una mirada cálida y peligrosa y dijo:

—Esa sonrisa me mata de curiosidad.

Ella parpadeó. Si no supiera que era imposible, habría pensado que era él quien intentaba embelesarla a ella.

No, pensó sacudiendo mentalmente la cabeza, eso era absurdo. Él apenas la conocía, y aunque no era la muchacha más fea de todo Surrey, tampoco era ninguna sirena.

—Le pido disculpas, señor Siddons —dijo con coquetería—. Igual que usted, tiendo a perderme en mis pensamientos. No pretendía ser grosera, desde luego.

Él sacudió la cabeza.

—No lo ha sido.

—Pero, verá... —¿Qué era lo que le había leído Susan del libro? Que siempre había que invitar a un hombre a hablar de sí mismo. Los hombres eran básicamente unos egocéntricos.

—¿Señorita Hotchkiss?

Ella se aclaró la garganta y compuso otra sonrisa.

—Sí. Bueno, verá, la verdad es que me estaba preguntando por usted.

Hubo una breve pausa y luego él dijo:

—¿Por mí?

—Desde luego. No todos los días llega alguien nuevo a Danbury House. ¿De dónde es?

—De aquí y de allá —contestó él, esquivo—. Últimamente, de Londres.

—¡Qué emocionante! —comentó ella, intentando que su voz sonara ilusionada. Ella odiaba Londres. Era sucio, maloliente y estaba atestado de gente—. ¿Y siempre ha sido administrador de fincas?

—Nooo —contestó él con lentitud—. No hay muchas fincas en Londres.

—¡Ah, claro! —masculló ella.

Él ladeó la cabeza y la miró con calidez.

—¿Siempre ha vivido aquí?

Elizabeth asintió con la cabeza.

—Toda mi vida. No me imagino viviendo en otra parte. No hay nada tan encantador como la campiña inglesa cuando se abren las flores. Y además no puede una... —Se interrumpió de golpe. Se suponía que no debía ponerse a hablar de sí misma.

James se puso alerta. ¿Qué había estado a punto de decir?

Elizabeth batió las pestañas.

—Pero a usted no le interesa mi vida.

—¡Oh, claro que sí! —contestó él, obsequiándola con su mirada más encendida. A las mujeres les encantaba aquella mirada.

Pero, por lo visto, a aquella no. Elizabeth echó la cabeza hacia atrás y se puso a toser.

—¿Le ocurre algo? —preguntó él.

Ella negó rápidamente con la cabeza, a pesar de que parecía haberse tragado una araña. Luego (y era absurdo, pero James habría jurado que así era) cuadró los hombros como si se dispusiera a acometer una tarea desagradable y dijo con asombrosa dulzura:

—Estoy segura de que ha llevado usted una vida mucho más interesante que la mía, señor Siddons.

—¡Oh! Y yo estoy seguro de que eso no es cierto.

Elizabeth carraspeó. Tenía ganas de dar un zapatazo contra el suelo de pura exasperación. Aquello no funcionaba. Se suponía que a los señores les gustaba hablar de sí mismos, y el señor Siddons no paraba de preguntarle por ella. Elizabeth tenía la extraña sensación de que estaba jugando a algo con ella.

—Señor Siddons —dijo con la esperanza de haber borrado de su voz todo rastro de irritación—, vivo en Surrey desde que nací. ¿Cómo puede ser mi vida más interesante que la suya?

Él alargó el brazo y le tocó la barbilla.

—Por alguna razón, señorita Hotchkiss, tengo la impresión de que podría usted fascinarme infinitamente si se lo propusiera.

Elizabeth sofocó una exclamación de sorpresa y luego dejó de respirar. Ningún hombre la había tocado así, y puede que fuera una desvergonzada de la peor especie por pensarlo, pero había algo casi hipnótico en el calor de su mano.

—¿No le parece? —susurró él.

Elizabeth se tambaleó hacia él una fracción de segundo y después oyó a la señora Seeton (cuya voz, dicho sea de paso, se parecía mucho a la de Susan) dentro de su cabeza.

—*Si zanjas la conversación* —murmuró la voz de Susan—, *fantaseará sobre lo que podrías haber dicho a continuación.*

Y entonces Elizabeth, que nunca había sentido la embriaguez que producía saber que un hombre se interesaba por ella, volvió a armarse de valor por segunda vez esa mañana y dijo con considerable energía:

—Tengo que irme, señor Siddons.

Él sacudió la cabeza lentamente, sin apartar los ojos de su cara.

—¿Cuáles son sus intereses, señorita Hotchkiss? —preguntó—. ¿Sus aficiones? ¿Sus aspiraciones? Me parece usted una joven muy inteligente.

Sí, no había duda: intentaba engatusarla. No la conocía lo suficiente como para haberse formado una opinión sobre su intelecto. Elizabeth entornó los ojos. El señor Siddons quería saber cuáles eran sus aspiraciones, ¿no? Pues iba a decírselo.

—Lo que más me gusta hacer —dijo con los ojos brillantes y muy abiertos— es trabajar en mi huerto.

Él estuvo a punto de atragantarse.

—¿En su huerto?

—¡Oh, sí! Este año hemos plantado sobre todo nabos. Montones de nabos. ¿Le gustan a usted los nabos?

—¿Los nabos? —repitió él.

Ella asintió enfáticamente con la cabeza.

—Los nabos. A algunas personas les parecen sosos, más bien insípidos, de hecho, pero no encontrará usted un tubérculo más fascinante.

James miró a derecha e izquierda, buscando un medio de escapar. ¿De qué demonios estaba hablando aquella muchacha?

—¿Nunca ha plantado usted nabos?

—Eh... No, nunca.

—¡Qué lástima! —dijo ella con gran sentimiento—. Los nabos pueden enseñarle a uno muchas cosas sobre la vida.

James inclinó un poco la cabeza hacia delante, atónito. Aquello era digno de oírse.

—¿En serio? Y, dígame, ¿qué pueden enseñar los nabos?

—Eh...

Lo sabía. La muchacha intentaba engatusarle. ¿Qué estaba tramando? James sonrió con inocencia.

—¿Decía usted?

—¡Diligencia! —balbució ella—. Puede aprender mucho sobre la virtud de la diligencia.

—¿De veras? ¿Cómo es eso?

Ella suspiró teatralmente.

—Señor Siddons, si tiene usted que preguntarlo, me temo que nunca lo entenderá.

Mientras James intentaba digerir aquella afirmación, ella gorjeó:

—¡Oh, mire! Ya estamos en Danbury House. Por favor, dígale a lady Danbury que estaré en la rosaleda si me necesita.

Y entonces, sin despedirse siquiera, echó a correr.

James se quedó allí parado un momento, intentando comprender la que sin duda era la conversación más estrambótica de toda su vida. Y entonces vio su sombra a un lado del edificio.

A la rosaleda: ¡y un cuerno! Aquella condenada muchacha acechaba al otro lado de la esquina, espiándole. James se propuso averiguar qué estaba tramando aunque fuera lo último que hiciera.

Diez horas después, Elizabeth cruzó el umbral de su casa arrastrando los pies. Como era de esperar, Susan la esperaba sentada en el primer peldaño de las escaleras, con el libro todavía en la mano.

—¿Qué ha pasado? —preguntó, levantándose de un salto—. ¡Cuéntamelo todo!

Avergonzada, Elizabeth contuvo las ganas de echarse a reír.

—¡Ay, Susan! —dijo sacudiendo lentamente la cabeza—. El Edicto Número Uno está dominado. No hay duda: el señor Siddons piensa que soy única.

# 4

—¿A que hace un día precioso?

Elizabeth miró la cara alegre de su hermana desde el otro lado de la mesa. Solo el sol (que prometía otro día de fuerte calor) podía eclipsar la sonrisa de Susan.

—¿A que sí? —insistió Susan.

Elizabeth hizo como si no la hubiera oído y siguió apuñalando su magdalena con un cuchillo.

—Si no vas a comerte eso, ¿puedo comérmelo yo? —preguntó Lucas.

Elizabeth empujó su plato por la mesa.

—¡Espera! Yo también quiero más —dijo Jane.

Elizabeth retiró el plato, partió la magdalena masacrada en dos y volvió a apartarla de sí.

—Estás muy gruñona esta mañana —dijo Jane al alcanzar su mitad.

—Sí, lo estoy.

Como si ejecutaran una coreografía, los tres pequeños Hotchkiss se echaron hacia atrás y se miraron entre sí. Era raro que Elizabeth estuviera de mal humor, pero cuando lo estaba...

—Creo que voy a salir a jugar —dijo Lucas, y se levantó tan deprisa que volcó su silla.

—Y yo creo que me voy contigo —dijo Jane, y se metió el resto de la magdalena en la boca.

Los dos niños cruzaron a toda prisa la puerta de la cocina. Elizabeth miró a Susan con insolencia.

—Yo no voy a ir a ninguna parte —dijo su hermana—. Tenemos mucho de qué hablar.

—Tal vez hayas notado que no me apetece demasiado conversar.

—Elizabeth tomó su taza de té y bebió un sorbo. Estaba tibio. Dejó la taza y se levantó para poner más agua a calentar en el fogón.

El día anterior había sido un completo chasco. Un auténtico desastre. ¿En qué estaba pensando? Se suponía que tenía que practicar sus habilidades sociales y no ponerse a hablar de nabos.

¡De nabos!

Odiaba los nabos.

Había intentado convencerse de que no le había quedado otro remedio. El señor Siddons tenía intenciones ocultas, y saltaba a la vista que estaba jugando con ella. Pero lo de los nabos... ¿Por qué había tenido que elegir los nabos? ¿Y por qué había dicho que tenían que ver con la virtud de la diligencia? ¡Santo Dios! ¿Cómo iba a explicar eso?

Seguramente el señor Siddons habría comentado en Danbury House su estrafalario interés por los tubérculos. Esa mañana, cuando ella llegara a trabajar, la anécdota habría circulado entre los establos y la cocina, y viceversa. Sería el hazmerreír de todo el mundo. Y aunque no le importaba demasiado perder al señor Siddons como *Marqués de pega*, tendría que trabajar con él durante meses (¡quizá durante años!), y puede que pensara que estaba loca.

Elizabeth dio un paso hacia la escalera.

—Me estoy poniendo mala.

—¡Ah, no, nada de eso! —exclamó Susan y, rodeando rápidamente la mesa, la agarró del brazo—. Esta mañana vas a ir a Danbury House aunque te cueste la vida.

—Me está costando la vida. Créeme.

Susan puso su mano libre sobre su cadera.

—No sabía que fueras una cobarde, Elizabeth Hotchkiss.

Elizabeth apartó el brazo y la miró con enfado.

—No soy una cobarde, pero sé cuándo una batalla está perdida. Y te aseguro que esto tiene toda la pinta de ser Waterloo.

—En Waterloo ganamos —contestó Susan con una sonrisa satisfecha.

—Pues finge que somos francesas —replicó Elizabeth—. Te digo que el señor Siddons no es una buena elección.

—¿Qué tiene de malo?

—¿Que qué tiene de malo? ¡¿Que qué tiene de malo?! —Elizabeth alzó la voz, exasperada—. No tiene nada de malo. Y lo tiene todo.

Susan se rascó la cabeza.

—Puede que sea mi juventud, o que mi cerebro no está tan desarrollado como el tuyo, pero...

—¡Oh, venga, Susan!

—... pero no tengo ni la menor idea de a qué te refieres. Si ese hombre no tiene nada de malo...

—Ese hombre es un peligro. Estaba jugando conmigo.

—¿Estás segura?

—Ha seducido a cientos de mujeres. Estoy segura.

—¿Un administrador de fincas? —preguntó Susan, incrédula—. ¿No suelen ser bajos y gordos?

—Este es guapo a más no poder. Y...

—¿Guapo a más no poder? ¿En serio? —A Susan se le abrieron mucho los ojos—. ¿Cómo es?

Elizabeth hizo una pausa, intentando no sonrojarse mientras la cara del señor Siddons aparecía flotando en su mente. ¿Qué tenía aquel hombre que le hacía tan irresistible? Era su boca, quizá. Sus labios bien moldeados tenían tendencia a curvarse muy levemente, como si conocieran la clave de una broma secreta. Claro que quizá fueran sus ojos. Eran de un tono castaño más bien corriente, del mismo color que su pelo, y deberían haber sido vulgares, pero eran tan profundos... y cuando la miraba ella sentía...

—¿Elizabeth?

Sofocos. Eso sentía: sofocos.

—¿Elizabeth?

—¿Qué? —preguntó distraídamente.

—¿Qué aspecto tiene?

—¡Oh! Es... ¡Dios mío! ¿Cómo quieres que te lo describa? Es un hombre.

—¡Cuánta elocuencia! —dijo Susan con sarcasmo—. Recuérdame que no te aconseje nunca que busques trabajo como novelista.

—No podría inventar una historia más ridícula que la que estoy viviendo en este momento.

Susan se puso seria.

—¿Tan terrible es?

—Sí —contestó Elizabeth con un suspiro compuesto de dos partes de frustración y una de enfado—, lo es. El dinero que dejó papá casi se ha acabado, y el salario que me paga lady Danbury no basta para mantenernos... y menos aún cuando expire el alquiler de la casa. Tengo que casarme, pero el único hombre disponible en esta zona, aparte del señor Nevins, es el nuevo administrador de lady Danbury. Y, aparte de ser demasiado guapo y peligroso, y de creer que estoy completamente chiflada, no puede ganar dinero suficiente para ser un buen candidato. Así que dime —añadió, levantando la voz—, dado que ya has afirmado que no puedo hacerme rica publicando mis cartas, ¿qué propones que haga?

Cruzó los brazos, bastante satisfecha por su discurso.

Susan se limitó a parpadear y preguntó:

—¿Por qué cree que estás chiflada?

—Eso da igual —gruñó Elizabeth—. Lo que importa es que estoy en un aprieto.

—Da la casualidad —dijo su hermana con una lenta sonrisa— de que tengo la solución.

Elizabeth vio que su hermana estiraba el brazo hacia algo que estaba detrás de ella y sintió que la ira estallaba en su interior.

—¡Ah, no! No te atrevas a sacar otra vez ese libro.

Pero Susan ya había abierto el librito.

—Escucha esto —dijo, emocionada—. Edicto Número Diecisiete...

—¿Ya estamos en el diecisiete?

—Calla. «Edicto Número Diecisiete: La vida es un ensayo hasta que conoces al hombre con el que te casas.» —Susan asintió con entusiasmo—. ¿Lo ves?

Silencio.

—¿Elizabeth?

—Estás de broma, ¿no?

Susan miró el libro y luego volvió a mirar a su hermana.

—Noooo —dijo lentamente—. Yo...

—¡Dame eso! —Elizabeth le arrancó el libro de las manos y lo miró.

*La vida es simplemente un ensayo hasta que conoces al hombre con el que te casas. Así pues, debes practicar estos edictos en toda ocasión y con todos los hombres a los que conozcas. No importa si no tienes intención de casarte con determinado hombre: debes tratarle como si fuera un Marqués. Porque si pierdes la costumbre de seguir mis normas, olvidarás qué es lo que te propones cuando conozcas a un buen partido. Afina tus habilidades. Mantente en guardia. Tu Marqués puede estar al otro lado de la esquina.*

—¿Es que se ha vuelto loca? —preguntó Elizabeth—. Esto no es un cuento de hadas. Aquí no hay marqueses a la vuelta de la esquina. Y, sinceramente, todo esto me parece insultante.

—¿El qué?

—Todo. Por cómo se expresa esta mujer, cualquiera diría que una no existe hasta que encuentra marido. Es ridículo. Si soy tan insignificante, ¿qué he estado haciendo estos últimos cinco años? ¿Cómo he conseguido mantener unida a esta familia? No será quedándome de brazos cruzados y esperando a que un caballero se digne a casarse conmigo.

Susan entreabrió la boca, sorprendida. Por fin dijo:

—No creo que quiera decir que...

—Ya lo sé. —Elizabeth se interrumpió, un poco avergonzada por la violencia de su estallido—. Lo siento. No me refería a... Por favor, olvida lo que he dicho.

—¿Estás segura? —preguntó Susan en voz baja.

—No es nada —dijo Elizabeth rápidamente, y se apartó para mirar por la ventana. Lucas y Jane estaban jugando en el jardín. Habían inventado un juego para el que se necesitaba un trozo de tela azul atado a un palo, y estaban gritando de alegría.

Elizabeth tragó saliva, rebosante de cariño y orgullo. Se pasó la mano por el pelo, deteniéndose al tocar lo alto de su trenza.

—Lo siento —le dijo a Susan—. No he debido de contestarte así.

—No pasa nada —contestó Susan con cariño—. Has tenido mucha presión. Lo sé.

—Es solo que estoy preocupada. —Elizabeth se llevó la mano a la frente y se la frotó. De pronto se sentía muy cansada y mayor—. ¿Qué sentido tiene practicar con el señor Siddons si no tengo posibilidades de encontrar un verdadero Marqués?

—Lady Danbury tiene invitados todo el tiempo —dijo Susan con una sonrisa animosa—. ¿No? Y tú me has dicho que todos sus amigos son ricos y nobles.

—Sí, pero cuando recibe visitas me da el día libre. Dice que no necesita mi compañía cuando tiene invitados.

—Pues tienes que encontrar un modo de arreglarlo. Inventa alguna excusa para visitarla. ¿Y qué me dices de esa fiesta a final de mes? ¿No dijiste que siempre te invita?

—Va a ser un baile de disfraces, en realidad. Me lo dijo ayer.

—¡Mejor aún! No podemos hacer un vestido de baile, pero sí un disfraz. Así no tendrás que vestirte a la moda.

Susan movía animadamente las manos al hablar, y por un instante Elizabeth pensó que se veía a sí misma a los catorce años, cuando creía que todo era posible. Antes de que su padre muriera y le dejara montones de responsabilidades. Antes de que su padre se llevara consigo a la tumba la inocencia de su niñez.

—Nos parecemos tanto, tú y yo... —murmuró.

Susan parpadeó.

—¿Cómo dices?

—Nada. Es solo que... —Elizabeth hizo una pausa y lanzó a su hermana una sonrisa melancólica—. Es solo que nos parecemos tanto que a veces me recuerdas cómo era antes.

—¿Y ya no lo eres?

—No, ya no lo soy. Solo a veces, un ratito. —Se inclinó de forma impulsiva hacia delante y le besó en la mejilla—. Esos son mis momentos favoritos.

Susan parpadeó sospechosamente, como si intentara contener las lágrimas, y luego volvió a asumir su pragmatismo de siempre.

—Hay que volver al tema que nos ocupa.

Elizabeth sonrió.

—He olvidado cuál era.

—¿Cuándo tiene invitados lady Danbury? —preguntó Susan con un suspiro de impaciencia—. No me refiero al baile de disfraces. Solo visitas.

—¡Ah, eso! —dijo Elizabeth con sarcasmo—. Espera gente a fines de esta semana. Creo que va a ser una pequeña fiesta campestre. Más una reunión informal que una verdadera fiesta. Yo escribí las invitaciones.

—¿Cuántos invitados va a haber?

—No más de diez o doce, creo. Será solo por la tarde. A fin de cuentas estamos bastante cerca de Londres, y los invitados pueden ir y volver en el mismo día.

—Tienes que asistir.

—¡Susan, no me han invitado!

—Seguro que es porque cree que no vas a aceptar. Si le dices...

—No voy a insinuarle que me invite —dijo Elizabeth con vehemencia—. Hasta a mí me sobra orgullo para eso.

—¿No puedes dejarte algo allí por un descuido el viernes? Así tendrías que volver el sábado a recogerlo. —Susan hizo una mueca más esperanzada que convincente—. Puede que así te inviten a unirte a la fiesta.

—¿Y no crees que a lady Danbury le parecerá un poquito raro? —bufó Elizabeth—. Hace cinco años que soy su dama de compañía, y nunca me he olvidado una sola de mis pertenencias.

—Puede que sí. O puede que no. —Susan se encogió de hombros—. Pero no lo sabrás hasta que no lo intentes. Y tampoco encontrarás marido si te escondes aquí todo el día.

—Está bien —dijo Elizabeth con gran reticencia—. Lo haré. Pero solo después de mirar la lista de invitados, y solo si estoy segura de que va a asistir algún hombre soltero. No voy a ponerme en ridículo delante de lady Danbury solo para descubrir que todos sus invitados están casados.

Susan se puso a dar palmas.

—¡Excelente! Y mientras tanto, puedes practicar con el señor...

—¡No! —dijo Elizabeth con energía—. De eso nada.

—Pero...

—He dicho que no. No pienso perseguir a ese hombre.

Susan levantó las cejas con aire inocente.

—Muy bien. No hace falta que le persigas. De todos modos, la señora Seeton dice que no conviene hacerlo. Pero si te cruzas con él por casualidad...

—Eso no es probable, porque pienso evitarle como si tuviera la peste.

—Solo por si acaso...

—¡Susan! —Elizabeth le lanzó su mirada más severa.

—Muy bien, pero si...

Elizabeth levantó una mano.

—Ni una palabra más, Susan. Me voy a Danbury House, donde me ocuparé de lady Danbury y solo de ella. ¿Me he expresado con claridad?

Susan asintió con la cabeza, pero saltaba a la vista que fingía.

—Buenos días, entonces. Estoy segura de que no tendré nada de lo que informarte cuando vuelva a casa. —Elizabeth se acercó a la puerta con paso firme y la abrió de un tirón—. Hoy va a ser un día muy aburrido. Absoluta y felizmente aburrido. Estoy segura de ello. De hecho, es muy probable que no vea al señor Siddons ni de lejos.

Se equivocaba. Completamente. El señor Siddons estaba esperándola en la puerta.

—Señorita Hotchkiss —dijo en tono tan afable que Elizabeth desconfió enseguida—, es un placer volver a verla.

Elizabeth se descubrió dividida entre el deseo de huir hacia el interior de la casa y las ganas de borrar aquella sonrisa de suficiencia de su cara. Venció el orgullo. Levantó una de sus cejas rubias en un gesto desdeñoso que había aprendido de lady Danbury y dijo con notoria acidez:

—¿Ah, sí?

Él levantó una comisura de su boca, aunque aquello no podía considerarse una sonrisa.

—No parece que me crea.

Elizabeth soltó un largo suspiro entre sus labios fruncidos. ¿Qué demonios se suponía que debía hacer? Se había jurado que no iba a practicar los edictos de *Cómo casarse con un Marqués* con aquel hombre. Estaba claro que el señor Siddons conocía al dedillo el arte del coqueteo; era imposible que se dejara engañar por sus patéticos intentos.

Y después del desastre de los nabos, seguramente la consideraba una perfecta imbécil. Lo cual planteaba la pregunta: ¿qué diablos quería de ella ahora?

—Señorita Hotchkiss —comenzó a decir él, tras esperar en vano a que ella dijera algo—, confiaba en que fuéramos amigos. A fin de cuentas, vamos a trabajar algún tiempo juntos aquí, en Danbury House. Y los dos ocupamos esos puestos intermedios parecidos a los de las gobernantas: somos demasiado finos para mezclarnos con los sirvientes, pero obviamente no pertenecemos a la familia.

Ella sopesó sus palabras. O, para ser más precisos, su tono de voz, que sonaba sospechosamente amistoso. Luego miró su cara, que parecía también bondadosa y amable.

Excepto sus ojos. Había algo agazapado en aquellos ojos de color chocolate. Algo... lleno de astucia.

—¿Por qué es tan amable conmigo? —balbució.

Él se sobresaltó y soltó una tosecilla.

—No sé a qué se refiere.

Elizabeth estiró un dedo y lo agitó con lentitud.

—Sé lo que se propone, así que no intente engañarme.

Aquello le hizo levantar una ceja, lo cual molestó a Elizabeth, porque era evidente que él dominaba mejor aquel gesto.

—¿Cómo dice? —preguntó él.

—Es usted encantador, ¿sabe?

Él entreabrió un poco los labios y luego, tras un instante de silencio, dijo:

—No puedo responder nada a eso, excepto gracias.

—No era necesariamente un cumplido.

—Pero ¿podría serlo? —preguntó él en broma.

Ella sacudió la cabeza.

—Usted quiere algo de mí.

—Solo su amistad.

—No, quiere algo, y está intentando engatusarme para conseguirlo.

—¿Y está dando resultado?

—¡No!

Él suspiró.

—¡Qué lástima! Suele darlo.

—¿Lo admite, entonces?

—Supongo que tengo que admitirlo. —Levantó las manos, derrotado—. Si quiere que conteste a sus preguntas, tendrá que darme la satisfacción de pasear unos minutos conmigo por el jardín.

Ella sacudió la cabeza de un lado a otro. Ir a cualquier parte con aquel hombre era un grave error.

—No puedo. Lady Danbury me está esperando.

Él abrió su reloj de bolsillo.

—No la espera hasta dentro de un cuarto de hora.

—¿Y cómo sabe usted eso? —preguntó ella.

—Quizá recuerde usted que lady Danbury me ha contratado para llevar sus asuntos.

—Pero no es usted su secretario. —Elizabeth cruzó los brazos—. Los administradores de fincas no llevan la agenda de sus señores.

Quizá fueran imaginaciones suyas, pero los ojos del señor Siddons parecieron volverse más cálidos e intensos.

—Según mi experiencia —dijo—, no hay nada más poderoso que la buena información. Lady Danbury es una mujer muy exigente. He creído prudente estar al corriente de sus horarios para no trastornarlos.

Elizabeth frunció los labios. Tenía razón, el muy bribón. Lo primero que había hecho ella al entrar a trabajar para lady Danbury había sido memorizar sus horarios.

—Veo que está de acuerdo conmigo, aunque se resista a halagarme admitiéndolo.

Ella le miró con enfado. Aquel hombre era arrogante a más no poder.

—¡Vamos! —dijo él, intentando persuadirla—. Seguro que puede dedicar unos minutos a ayudar a un recién llegado.

—Muy bien —contestó Elizabeth, incapaz de negarse después de que él expresara su petición como un ruego de ayuda. Nunca había podido dar la espalda a una persona en apuros—. Daré un paseo con usted. Pero solo dispone de diez minutos de mi tiempo.

—¡Qué generosa es usted! —murmuró él, y la tomó del brazo.

Elizabeth tragó saliva cuando la mano del señor Siddons enlazó el hueco de su codo. Volvió a sentir aquella extraña turbación que la dejaba sin aliento y la envolvía cuando él estaba cerca. Y lo peor era que él parecía tan fresco y tranquilo como siempre.

—Quizá podamos dar un corto paseo por la rosaleda —sugirió él.

Elizabeth asintió con la cabeza, incapaz de decir nada. El calor de su mano le había subido por el brazo, y parecía haberse olvidado de respirar.

—¿Señorita Hotchkiss?

Ella tragó saliva y recuperó la voz.

—¿Sí?

—Confío en que no se sienta incómoda porque busque su compañía.

—En absoluto —contestó ella con voz aguda.

—Bien —dijo James con una sonrisa—. Es solo que no sabía a qué otra persona recurrir. —La miró. Ella tenía las mejillas deliciosamente coloradas.

No dijeron nada mientras cruzaban el arco de piedra que llevaba a la rosaleda. James la llevó hacia la derecha, más allá de las famosas rosas escarlata escocesas de Danbury House, que florecían en un radiante despliegue de amarillos y rosas. Se inclinó para oler una, intentando ganar tiempo mientras decidía el mejor modo de proceder.

Se había pasado toda la noche y parte de la mañana pensando en ella. Era lista, y no había duda de que tramaba algo. Y él se había dedicado demasiado tiempo a descubrir complots secretos, como para no saber cuándo una persona actuaba de manera sospechosa. Y todos sus instintos le decían que la señorita Hotchkiss se había comportado de forma extraña el día anterior.

Al principio le había extrañado que la chantajista pudiera ser ella. A fin de cuentas, no podía tener mucho más de veinte años. No era mayor que Melissa, que tenía veintidós, así que no podía conocer de primera mano la aventura extramatrimonial de lady Danbury.

Pero había vivido siempre en aquella región; ella misma se lo había dicho. Quizá sus padres le hubieran hecho alguna confidencia. En los pueblos pequeños, los secretos perduraban años y años.

Eso por no hablar de que la señorita Hotchkiss andaba a su antojo por Danbury House. Si la tía Agatha había dejado alguna prueba incriminatoria por ahí, lo más probable era que la hubiera encontrado su dama de compañía.

Lo mirara por donde lo mirase, siempre acababa volviendo a la señorita Elizabeth Hotchkiss.

Pero si quería descubrir sus secretos tenía que conseguir que confiara en él. O, al menos, que bajara la guardia lo justo para que alguna confidencia escapara por aquellos deliciosos labios sonrosados. Le parecía que el mejor modo de conseguirlo era pedirle ayuda. Las mujeres como ella pecaban de demasiado amables. Era imposible que le dijera que no si le pedía que le ayudara a familiarizarse con el vecindario. Aunque fuera la chantajista (y, por tanto, egoísta hasta la médula), tenía que mantener las apariencias. La señorita Elizabeth Hotchkiss, dama de compañía de la condesa de Danbury, no podía permitir que la consideraran poco amable y poco bondadosa.

—Quizá sepa usted que soy nuevo en esta comarca —comenzó a decir.

Ella asintió lentamente, con mirada recelosa.

—Y ayer me dijo que llevaba toda la vida viviendo en este pueblo.

—Sí...

James sonrió de forma afectuosa.

—Necesito una especie de cicerone. Alguien que me enseñe las vistas. O, al menos, que me hable de ellas.

Ella parpadeó.

—¿Quiere ver las vistas? ¿Qué vistas?

¡Maldición! Ahí le había pillado. A fin de cuentas, el pueblo no rebosaba cultura e historia.

—Puede que «vistas» no sea la palabra más adecuada —improvisó—. Pero todos los pueblos tienen sus peculiaridades, y si quiero administrar bien la mayor finca de la comarca, necesito estar al tanto de tales cosas.

—Eso es cierto —dijo ella, asintiendo pensativa con la cabeza—. Por supuesto, yo nunca he administrado una finca, así que no sé qué es lo que necesita saber exactamente. Y es lógico pensar que usted también esté un poco perdido, dado que tampoco había administrado ninguna antes.

Él la miró de repente.

—Yo no he dicho eso.

Ella se detuvo.

—¿No? Ayer, cuando me dijo que era de Londres.

—Dije que no había dirigido ninguna en Londres, no que no lo hubiera hecho nunca.

—Entiendo. —Volvió la cabeza hacia un lado y le miró de forma calculadora—. ¿Y dónde administraba usted fincas, si no era en Londres?

Aquella condenada muchacha le estaba poniendo a prueba. James no sabía por qué, pero estaba seguro de ello. Sin embargo, no estaba dispuesto a permitir que le pillara en una mentira. James Sidwell había asumido otras identidades más veces de las que podía contar, y nunca había cometido un desliz.

—En el condado de Buckingham —dijo—. Allí es donde crecí.

—He oído decir que es muy bonito —dijo ella con amabilidad—. ¿Por qué se fue?

—Por las razones habituales.

—¿Que son...?

—¿Por qué es usted tan curiosa?

Ella se encogió de hombros.

—Siempre lo soy. Pregúntele a cualquiera.

James se detuvo y arrancó una rosa.

—Son preciosas, ¿verdad?

—Señor Siddons —dijo ella suspirando exageradamente—, me temo que hay algo que no sabe usted de mí.

James sintió que su cuerpo se tensaba, esperando una confesión.

—Tengo tres hermanos pequeños.

Él parpadeó. ¿Qué demonios tenía que ver aquello?

—Así pues —continuó ella, sonriéndole de tal modo que James ya no supo si estaba tramando algo o si solo quería mantener una conversación ingeniosa—, sé cuándo una persona intenta eludir una pregunta. De hecho, mis hermanos me consideran una experta en la materia.

—Estoy seguro de que así es —masculló él.

—Sin embargo —continuó ella con amabilidad—, usted no es uno de mis hermanos, ni tiene la obligación de hablarme de su pasado, desde luego. Todos tenemos derecho a guardar en privado nuestros sentimientos.

—Eh... Sí —dijo él, y se preguntó si ella era solo lo que parecía: una amable señorita de provincias.

Elizabeth volvió a sonreírle.

—¿Tiene usted hermanos, señor Siddons?

—¿Yo? No. Ninguno. ¿Por qué?

—Como le decía, soy muy curiosa. Y la familia de una persona puede revelar muchas cosas sobre su carácter.

—¿Y qué revela su familia sobre su carácter, señorita Hotchkiss?

—Que soy leal, supongo. Y que haría cualquier cosa por mis hermanos.

¿Incluido el chantaje? James se inclinó hacia ella apenas una pulgada, pero ello bastó para que el labio inferior de Elizabeth comenzara a temblar. Él sintió una punzada de satisfacción al verlo.

Elizabeth se quedó mirándole. Estaba claro que le faltaba experiencia para enfrentarse a un macho depredador como aquel. Sus ojos se veían enormes, y del azul más cristalino y oscuro que James había visto jamás.

El corazón empezó a latirle un poco más deprisa.

—¿Señor Siddons?

Su piel empezó a calentarse.

—¿Señor Siddons?

Iba a tener que besarla. No quedaba más remedio. Era la idea más descabellada que había tenido en años, pero no parecía poder contenerse. Se acercó, salvando la distancia que los separaba mientras saboreaba por anticipado el momento en que sus labios se encontrarían y...

—¡Hip!

¿Qué demonios...?

Ella profirió una especie de gorjeo y se apartó bruscamente, haciendo aspavientos con los brazos.

Y entonces resbaló (aunque James no supo con qué, porque el suelo estaba más seco que un hueso), empezó a agitar los brazos en el aire como una loca para no caer a tierra y, de paso, le dio una bofetada debajo de la barbilla. Con fuerza.

—¡Ay! —aulló él.

—¡Uy, lo siento! —se apresuró a decir ella—. Espere, déjeme ver.

Le pisó.

—¡Ay!

—Lo siento, lo siento, lo siento. —Parecía preocupadísima, y en circunstancias normales James habría sacado el máximo partido a la situación, pero, ¡maldición!, el pie le dolía de verdad.

—Estoy bien, señorita Hotchkiss —dijo—. Lo único que necesito es que se aparte de mi pie y...

—¡Uy, lo siento! —dijo ella por enésima vez, o eso pareció. Dio un paso atrás.

James hizo una mueca al doblar los dedos de los pies.

—Lo siento —dijo ella.

Él se estremeció.

—No vuelva a decir eso.

—Pero...

—Insisto.

—Déjeme ver su pie, al menos. —Se inclinó.

—No, por favor. —Había pocas situaciones en las que James considerara apropiado suplicar, pero esta era una de ellas.

—Está bien —dijo ella, incorporándose—. Pero debería...

*¡Zas!*

—¡Ay, mi cabeza! —gritó ella, frotándose la coronilla.

—Mi barbilla —logró decir James a duras penas.

Los ojos azules de Elizabeth se llenaron al instante de preocupación y vergüenza.

—Lo siento.

—Excelente puntería, señorita Hotchkiss —dijo él, cerrando los ojos por el dolor—. Me ha acertado justo donde me dio antes con la mano.

La oyó tragar saliva.

—Lo siento.

Y entonces fue cuando él cometió un error fatal. Nunca más volvería a cerrar los ojos estando al lado de una mujer tan torpe, por muy atractiva que fuera. No supo qué pasó, pero oyó un grito de sorpresa y un momento después Elizabeth chocó contra él, y él se tambaleó y cayó al suelo.

O eso pensó.

Si se le hubiera ocurrido esperar algo, habría esperado caer al suelo.

En realidad, debería habérselo pedido al cielo. Porque habría sido mucho más agradable que caer entre los rosales.

# 5

—¡Lo siento!

—No diga eso —gruñó él mientras intentaba decidir qué parte del cuerpo le dolía más.

—¡Pero es cierto! —gimoteó ella—. Espere, déjeme ayudarle a levantarse.

—¡No! —gritó James frenéticamente, y concluyó con voz algo más baja—: No me toque. Por favor.

Elizabeth abrió los labios con una expresión de espanto y vergüenza, comenzó a parpadear muy rápido y James pensó por un momento que iba a echarse a llorar.

—No pasa nada —se obligó a mentir—. No estoy herido. —Al ver su mirada incrédula, añadió—: De gravedad.

Ella tragó saliva.

—Soy tan torpe... Hasta Susan se niega a bailar conmigo.

—¿Susan?

—Mi hermana. Tiene catorce años.

—¡Ah! —dijo él, y añadió en voz baja—: Una muchacha lista.

Ella se mordió el labio inferior.

—¿Está seguro de que no quiere que le eche una mano?

James, que intentaba liberarse de su espinosa prisión, afrontó por fin la verdad: en un combate cuerpo a cuerpo, el rosal saldría vencedor.

—Voy a darle la mano —dijo con amabilidad—. Y luego va a tirar usted de mí hacia arriba y hacia fuera. ¿Está claro?

Ella asintió con la cabeza.

—No hacia un lado, ni hacia delante, ni...

—¡He dicho que está claro! —le espetó ella. Antes de que él tuviera tiempo de reaccionar, le tomó de la mano y le sacó del rosal.

James se quedó mirándola un momento, sorprendido por la fuerza que escondía aquella menuda figura.

—Soy torpe —dijo ella—. No idiota.

Él se quedó otra vez sin hablar. Dos veces en un minuto tenía que ser un nuevo récord.

—¿Está herido? —preguntó ella de repente, y le quitó una espina de la chaqueta y otra de la manga—. Tiene arañazos en las manos. Debería haberse puesto guantes.

—Hace demasiado calor para llevar guantes —murmuró James mientras la veía quitar espinas de su ropa. Tenía que ser una perfecta inocente: ninguna dama de mundo se acercaría tanto y pasaría sus manos arriba y abajo por su cuerpo, ni siquiera con intención de coquetear.

Muy bien, se dijo, se estaba dejando llevar por su imaginación y permitiendo que su libido se apoderara de él. Ella no estaba pasando las manos arriba y abajo por su cuerpo, pero podría haber sido así, a juzgar por su reacción. Y estaba tan cerca... James podía estirar los brazos y tocar su cabello... Ver si de verdad era tan suave y...

¡Oh, Dios! Podía olerla.

Su cuerpo se puso rígido en un segundo.

Ella apartó la mano y levantó los ojos con una mirada inocente y azulada.

—¿Ocurre algo?

—¿Por qué iba a ocurrir nada? —preguntó él con voz estrangulada.

—Se ha puesto usted tenso.

Él sonrió sin ganas. Si ella supiera...

Elizabeth le quitó otra espina que tenía prendida en el cuello de la chaqueta.

—Y, si quiere que le sea sincera, su voz también suena rara.

James tosió, intentando ignorar la forma en que sus nudillos rozaban accidentalmente un lado de su mandíbula.

—Tengo carraspera —dijo con voz ronca.

—¡Ah! —Ella se apartó y contempló su obra—. ¡Uy! Me he dejado una.

James siguió su mirada... hasta su muslo.

—Ya la quito yo —se apresuró a decir.

Ella se sonrojó.

—Sí, será lo mejor, pero...

—Pero ¿qué?

—Hay otra —dijo ella con una tosecilla de vergüenza, y señaló con el dedo.

—¿Dónde? —preguntó él, solo para que se sonrojara aún más.

—Ahí. Un poco más arriba. —Señaló y apartó la mirada, poniéndose colorada como un tomate.

James sonrió. Había olvidado lo divertido que era hacer sonrojarse a las damas.

—Bueno, ya está. ¿Estoy limpio?

Ella se volvió, le miró de arriba abajo y asintió con la cabeza.

—Siento muchísimo lo del... eh... lo del rosal —dijo ladeando la cabeza—. Lo siento muchísimo, de verdad.

En cuanto la oyó decir «lo siento» otra vez, James tuvo que contener las ganas de agarrarla por los hombros y zarandearla.

—Sí, creo que eso ya ha quedado claro.

Ella se llevó una de sus delicadas manos a la mejilla con aire preocupado.

—Lo sé, pero tiene la cara arañada y deberíamos curársela con ungüento y... Dígame, ¿por qué olisquea?

Le había pillado.

—¿Estaba olisqueando?

—Sí.

James le dedicó su sonrisa más infantil.

—Huele usted a rosas.

—No —contestó ella con una sonrisa divertida—, es usted quien huele a rosas.

James empezó a reírse. Le dolía la barbilla, donde ella le había golpeado dos veces, y también el pie que le había pisado, y notaba el cuerpo entero como si hubiera cruzado un rosal a nado (lo cual no estaba tan lejos de la realidad como podía parecer). Y aun así se echó a reír.

Miró a la señorita Hotchkiss, que seguía mordisqueándose el labio inferior y le miraba con incredulidad.

—No me estoy volviendo loco, si es eso lo que le preocupa —dijo con una sonrisa alegre—. Aunque me gustaría aceptar la atención médica que me ofrece.

Ella asintió con vigor.

—Será mejor que entremos, entonces. Hay un cuartito no muy lejos de la cocina donde lady Danbury guarda sus medicinas. Estoy segura de que tiene que haber algún tipo de pomada o de loción que podamos aplicarle en las heridas.

—¿Va usted a... eh... a curarme los...?

—¿Los arañazos? —concluyó ella en su lugar, y sus labios se tensaron en una sonrisa humilde—. No se preocupe, tengo la habilidad suficiente como para curarle esos arañazos sin causarle heridas mortales. He limpiado más cortes y rasguños de los que quiero recordar.

—¿Sus hermanos son más jóvenes que usted, entonces?

Ella asintió con la cabeza.

—Y más aventureros. Ayer mismo, Lucas y Jane me informaron de que planean construir un fuerte subterráneo. —Soltó una risa incrédula—. Me dijeron que para tener madera para las vigas, solo tenían que cortar un árbol. Nunca sabré de dónde sacan esas ideas, pero... ¡Uy, lo siento! ¡Qué maleducada soy, ponerme ahora a hablar de mi familia!

—No —dijo James, y a él mismo le sorprendió lo rápido que había contestado—. Me gusta oírla hablar de sus hermanos. Parecen encantadores.

Los ojos de Elizabeth se suavizaron, y James tuvo la impresión de que su mente vagaba hacia un lugar muy lejano: un lugar que, a juzgar por su expresión soñadora, era muy, muy agradable.

—Lo son —contestó ella—. Reñimos y nos peleamos como todas las familias, pero... ¡Oh, fíjese! Ya estoy otra vez. Solo quería asegurarle que tengo mucha experiencia en heridas de poca importancia.

—En ese caso —dijo él con gran gentileza—, confío en usted totalmente. Cualquiera que haya curado a niños pequeños tiene experiencia de sobra para ocuparse de estas heridas irrisorias.

—Me alegra saber que me da su aprobación —dijo ella con ironía.

James le tendió la mano.

—¿Hacemos una tregua? ¿Puedo considerarme su amigo?

Ella dijo que sí con la cabeza.

—Trato hecho.

—Estupendo. Entonces, volvamos a la casa.

Salieron de la rosaleda hablando y riendo, y solo cuando estaban a medio camino de Danbury House recordó James que sospechaba que era una chantajista.


Elizabeth mojó su pañuelo en el ungüento de olor acre.

—Puede que le escueza un poco —le advirtió.

El señor Siddons hizo una mueca.

—Me creo lo bastante hombre como para... ¡Au! ¿Qué es eso?

—Ya le he dicho que podía escocerle.

—Sí, pero no me ha dicho que tuviera dientes.

Elizabeth se llevó el frasco a la nariz y olfateó.

—Creo que lleva alcohol de alguna clase. Huele un poco a coñac. ¿Es normal? ¿A estas cosas se les pone coñac?

—No —masculló él—, si uno no quiere hacerse enemigos.

Ella volvió a olfatear el frasco y se encogió de hombros.

—No sé. Podría ser coñac. O quizás algún otro licor. Yo no lo mezclé.

—¿Quién lo hizo? —preguntó él con cara de temer la respuesta.

—Lady Danbury.

Él gruñó.

—Eso me temía.

Elizabeth le miró con curiosidad.

—¿Por qué? Apenas la conoce.

—Cierto, pero nuestras familias tienen amistad desde hace muchos años. Créame cuando le digo que entre la generación de mis padres es toda una leyenda.

—¡Oh, le creo! —Elizabeth se rio—. Es una leyenda entre mi generación. Tiene a todos los niños del pueblo atemorizados.

—Eso también me lo creo —dijo el señor Siddons con sarcasmo.

—No sabía que conociera a lady Danbury de antes —dijo ella mientras untaba de nuevo el pañuelo en el ungüento.

—Sí, por... —James hizo una mueca cuando le aplicó un poco en la frente— por eso me contrató, no me cabe duda. Seguramente pensó que sería más fiable que el administrador que pudiera enviarle una agencia.

—Es curioso. Antes de que usted llegara, lady Danbury quiso repasar sus libros y memorizar los números. Quería asegurarse de que no iba a quitarle usted hasta la camisa.

James disimuló la risa poniéndose a toser.

—¿Eso dijo?

—Mmm... —Ella se inclinó hacia delante y entornó los ojos, escudriñando su cara—. Pero yo no me lo tomaría como algo personal. Lo diría de cualquiera, hasta de su propio hijo.

—Sobre todo de su propio hijo.

Elizabeth se rio.

—La conoce bien, entonces. Siempre se está quejando de él.

—¿Le ha contado lo de cuando se le quedó la cabeza atascada en...?

—¿En el castillo de Windsor? Sí. —Sonrió y se llevó los dedos a los labios, soltando una risita—. Nunca me he reído tanto.

James le devolvió la sonrisa. Su cercanía le estaba desarmando. Se sentía casi aturdido.

—¿Le conoce usted?

—¿A Cedric? —Se echó un poco hacia atrás para que pudieran conversar con más comodidad—. Bueno, supongo que ahora debería llamarle «lord Danbury», ¿no?

Él se encogió de hombros.

—Delante de mí puede llamarle lo que quiera. A mí, por ejemplo, me gusta llamarle...

Ella agitó un dedo.

—Creo que usted tiene muy malas ideas, señor Siddons. Y que intenta engatusarme para que diga algo de lo que puedo arrepentirme.

Él sonrió de forma astuta.

—Preferiría persuadirla para que hiciera algo de lo que pudiera arrepentirse.

—¡Señor Siddons! —dijo ella en tono de reproche.

Él se encogió de hombros.

—Discúlpeme.

—Da la casualidad de que sí conozco al flamante lord Danbury —dijo ella mientras le aplicaba el ungüento en la barbilla, y le miró para darle a entender que cambiaban oficialmente de tema—. No mucho, claro. Es un poco más mayor que yo, así que no jugamos juntos de niños, pero viene a visitar a su madre de vez en cuando y nuestros caminos se cruzan a veces.

A James le dio por pensar que, si Cedric decidía visitar a su madre pronto, su identidad quedaría arruinada. Aunque tía Agatha y él consiguieran advertirle de antemano, era imposible confiar en que mantuviera la boca cerrada. Aquel hombre tenía un sentido de la discreción nulo, y aún menos sentido común. Por suerte, la estupidez no era cosa de familia.

—¿Qué sucede? —preguntó la señorita Hotchkiss.

—Nada. ¿Por qué?

—Ha sacudido la cabeza.

—¿Sí?

Ella asintió.

—Puede que no esté siendo muy delicada. Lo siento muchísimo.

Él le agarró la mano y la miró con voracidad.

—Ni un ángel podría ser más delicado.

Ella abrió mucho los ojos, y por un instante fugaz le miró a los suyos antes de bajar la mirada hacia sus manos unidas. James esperó a que protestara, pero no lo hizo, y él dejó que su pulgar se deslizara por su muñeca al soltarla.

—Le ruego me perdone —murmuró—. No sé qué me ha pasado.

—No... no pasa nada —balbució ella—. Se ha llevado usted una impresión muy fuerte. No todos los días le empujan a uno a un rosal.

James no dijo nada. Se limitó a volver la cara para que ella le curara un arañazo que tenía junto a la oreja.

—Espere, no se mueva —dijo ella con voz dulce—. Tengo que ponerle ungüento a ese otro arañazo tan profundo.

Él cerró la boca, y Elizabeth contuvo el aliento al acercarse. El arañazo estaba a la izquierda, justo por debajo de su boca, en el hueco que había bajo su labio inferior.

—Tiene un poco de tierra aquí —murmuró—. Yo... Estese quieto un poco más. Tengo que...

Se mordió el labio y dobló las piernas para quedar a la altura de su cara. Le puso los dedos en el labio y se lo estiró con delicadeza hacia arriba para que el pequeño arañazo quedara a la vista.

—Ya está —murmuró mientras limpiaba la herida, y le sorprendió ser capaz de emitir algún sonido que se superpusiera al golpeteo de su corazón. Nunca había estado tan cerca de un hombre, y aquel hombre en concreto le producía un efecto de lo más extraño. Sentía un deseo absurdo de dejar vagar sus dedos por la superficie esculpida de su cara y de pasar la mano por el elegante arco de sus cejas oscuras.

Se obligó a exhalar y miró su cara. Él la estaba mirando con una expresión extraña que era a medias divertida y a medias otra cosa completamente distinta. Ella seguía con los dedos sobre sus labios, y por alguna razón el verse tocándole le pareció más peligroso aún que su contacto.

Con un suave gemido, ella apartó la mano.

—¿Ha acabado? —preguntó él.

Ella dijo que sí con la cabeza.

—Yo... confío en que no le haya dolido mucho.

Los ojos de James se oscurecieron.

—No he sentido en absoluto el arañazo.

Elizabeth sintió que sonreía avergonzada y dio otro paso atrás: cualquier cosa con tal de recobrar el equilibrio.

—Como paciente, es usted muy distinto a mi hermano —dijo, intentando llevar la conversación a temas menos arriesgados.

—Seguramente él no da ni la mitad de respingos que yo —bromeó el señor Siddons.

—No —dijo Elizabeth con una risa sofocada—, pero grita mucho más.

—¿Ha dicho usted que se llama Lucas?

Ella asintió con la cabeza.

—¿Se parece a usted?

Los ojos de Elizabeth, que habían estado observando un cuadro de la pared en un esfuerzo por no mirar al señor Siddons, volaron de pronto hacia él.

—Es una pregunta extraña.

Él se encogió de hombros.

—Yo, al igual que usted, soy más bien curioso.

—¡Ah! Bueno, entonces sí, se parece a mí. Todos nos parecemos. Mis padres eran los dos rubios.

James se quedó callado un momento mientras sopesaba su respuesta. Era difícil pasar por alto que había hablado de ambos en pasado.

—¿Han fallecido, entonces? —preguntó con dulzura.

Ella asintió con la cabeza, y James no pudo menos que notar una leve tensión en su cara cuando volvió la cabeza hacia un lado.

—Hace más de cinco años —dijo—. Ya estamos acostumbrados a estar solos, pero aún sigue siendo... —tragó saliva— difícil.

—Lo siento.

Ella guardó silencio un momento. Luego soltó una risita forzada.

—Creía que habíamos acordado no volver a decir eso.

—No —bromeó él, intentando aligerar la conversación. Respetaba su deseo de no compartir su tristeza—. Hemos acordado que usted no volvería a decirlo. Yo, en cambio...

—Muy bien —dijo ella, visiblemente aliviada por que él no tuviera intención de seguir indagando—. Si de veras quiere disculparse, escribiré encantada una lista de afrentas.

James se inclinó hacia delante, apoyando los codos en las rodillas.

—¿Ah, sí?

—¡Oh, sí! Naturalmente, solo puedo anotar las de tres días, pero estoy convencida de que puedo llenar al menos una página.

—¿Solo una página? Tendré que esforzarme más... ¿Señorita Hotchkiss?

Ella se había puesto rígida y miraba fijamente la puerta.

—Fuera de aquí —siseó.

James se levantó para mirar por encima del mostrador. El gato de la tía Agatha estaba sentado en el umbral, apoyado sobre sus peludas ancas.

—¿Pasa algo? —preguntó.

Ella no apartó los ojos del animal.

—Ese gato es un peligro.

—¿Malcolm? —James sonrió y se acercó al gato—. No haría daño ni a una mosca.

—No lo toque —le advirtió Elizabeth—. Es un salvaje.

Pero se limitó a tomarlo en brazos. Malcolm soltó un ronroneo y escondió la cara en el cuello de James, frotándose perezosamente contra él.

Elizabeth se quedó boquiabierta.

—Ese pequeño traidor... ¡Me he pasado tres años intentando hacerme amiga suya!

—Creía que trabajaba aquí desde hace cinco.

—Sí, pero desistí al tercero. No hay mujer que resista tantos bufidos.

Malcolm la miró, levantó la nariz y volvió a restregarse contra el cuello de James.

James se rio y volvió a su silla.

—Estoy seguro de que me considera un reto. Odio a los gatos.

Elizabeth echó la cabeza hacia delante con gesto sarcástico.

—Pues no lo parece.

—Bueno, a este ya no lo odio.

—¡Qué conveniente! —masculló ella—. Un hombre que odia a todos los gatos, menos a uno; a un gato que odia a todas las personas, menos a una.

—A dos, si cuenta usted a lady Danbury. —James sonrió y se recostó en su asiento. De pronto se sentía muy satisfecho con su vida. Estaba fuera de Londres, lejos de debutantes de sonrisa afectada y mamás ansiosas, y se encontraba en compañía de aquella joven deliciosa, que posiblemente no estaba chantajeando a su tía, y aunque lo estuviese... En fin, hacía años que el corazón no le latía tan fuerte como cuando ella le había tocado los labios.

Teniendo en cuenta que no había mostrado el más mínimo interés por las señoritas casaderas que había visto desfilar ante sí en Londres, aquello tenía mucho mérito.

Y tal vez, pensó con una ilusión melancólica que hacía años que no sentía, si estaba de veras chantajeando a su tía, tuviera un buen motivo para hacerlo. Tal vez tuviera un pariente enfermo, o pesara sobre ella el peligro del desahucio. Quizá necesitaba el dinero por una razón importante y valiosa y no tenía intención de avergonzar a Agatha difundiendo habladurías.

James le sonrió. Había decidido que la tendría entre sus brazos al acabar la semana, y si era tan deliciosa como se imaginaba, empezaría a pensar en conocerla mejor.

—Con el debido aliciente —bromeó él—, tal vez interceda por usted ante nuestro peludo amigo aquí presente.

—Ya no me interesa... ¡Oh, Dios mío!

—¿Qué?

—¿Qué hora es?

Él sacó su reloj de bolsillo, y para su sorpresa ella se acercó y se lo arrancó de las manos.

—¡Ay, Dios! —exclamó—. Tenía que haberme encontrado con lady Danbury en el salón hace veinte minutos. Le leo todas las mañanas y...

—Estoy seguro de que no le importará. A fin de cuentas... —James señaló los arañazos de su cara— hay pruebas sobradas de que estaba atendiendo a un necesitado.

—Sí, pero usted no lo entiende. Se supone que no... Quiero decir que se supone que tengo que estar practicando... —Sus ojos se llenaron de vergüenza, y se tapó la boca con la mano.

James se levantó, alzándose en toda su estatura, y se cernió sobre ella con la única intención de intimidarla.

—¿Qué iba a decir?

—¡Nada! —gritó ella—. Juré no volver a hacerlo.

—¿Qué es lo que juró?

—Nada. Se lo juro. Seguro que nos veremos luego.

Y así, antes de que James pudiera retenerla, salió corriendo de la habitación.


James se quedó un minuto mirando la puerta por la que ella había desaparecido antes de ponerse por fin en acción. La señorita Elizabeth Hotchkiss era de lo más extraña. Justo cuando por fin empezaba a comportarse con espontaneidad (y James estaba convencido de que aquella mujer amable y generosa, de ingenio irónico y afilado como una cuchilla, era la verdadera Elizabeth), se volvía esquiva y se ponía a balbucir y a farfullar toda clase de pamplinas.

¿Qué era lo que había dicho que tenía que hacer? ¿Leerle a su tía? También había dicho algo sobre practicar, y luego había jurado que no volvería a hacerlo. Pero ¿a qué demonios se refería?

James asomó la cabeza al pasillo y miró a su alrededor. Todo parecía en calma. De Elizabeth (¿cuándo había empezado a pensar en ella como en «Elizabeth» y no como en «la señorita Hotchkiss»?) no había ni rastro. Seguramente estaba en la biblioteca, escogiendo algo que leerle a su tía...

¡Eso era! El libro. Cuando la había visto en la casa del administrador, estaba encorvada sobre su ejemplar de los *Ensayos* de Bacon.

Un fogonazo de recuerdos y se vio intentando recoger su librito rojo, el día en que se conocieron. A ella le había entrado el pánico: casi había saltado delante de él para agarrar primero el delgado volumen. Debía de haber creído que le había puesto las manos encima.

Pero ¿qué demonios había en ese libro?

# 6

Estuvo todo el día vigilándola. Sabía cómo seguir a una persona, deslizándose por las esquinas y escondiéndose en habitaciones vacías. Elizabeth, que no tenía motivos para pensar que alguien podía estar siguiéndola, no se enteró de nada. Él la oyó leer en voz alta, la vio cruzar una y otra vez el pasillo para llevarle cosas innecesarias a su tía.

Trataba a Agatha con respeto y afecto. James permanecía atento por si advertía algún signo de impaciencia o de enfado, pero cada vez que su tía se comportaba irracionalmente, Elizabeth reaccionaba con una indulgencia llena de humor que él encontraba encantadora.

Su templanza a la hora de afrontar los caprichos de su tía resultaba admirable. Él ya habría perdido los nervios a mediodía. Pero la señorita Hotchkiss seguía sonriendo cuando salió de Danbury House a las cuatro de la tarde.

James la vio alejarse por la avenida desde la ventana. Iba moviendo la cabeza de un lado a otro y él tuvo la impresión, extraña y cálida, de que estaba canturreando. Sin darse cuenta, empezó a silbar.

—¿Qué canción es esa?

James levantó la mirada. Su tía estaba de pie en la puerta del salón, apoyada en su bastón.

—No creo que quieras saber la letra —respondió él con una sonrisa traviesa.

—Tonterías. Si es picante, quiero saberla.

James se echó a reír.

—Tía Agatha, no te dije la letra de aquella tonada de marineros cuando me pillaste cantándola a los doce años, y no voy a decirte la letra de esta.

—Mmm... —Dio un golpe con el bastón y se volvió—. Ven a hacerme compañía mientras tomo el té.

James la siguió al salón y se sentó frente a ella.

—La verdad —comenzó a decir— es que me alegra que me hayas invitado a hacerte compañía. Quería hablar contigo de tu dama de compañía.

—¿De la señorita Hotchkiss?

—Sí —dijo él, intentando aparentar desinterés—. Rubia, menuda...

Agatha sonrió. Sus ojos azul claro parecían tan astutos como siempre.

—¡Ah! Así que te has fijado.

James fingió no entenderla.

—¿En que es rubia? Sería difícil no fijarse, tía.

—Me refería a que es linda como una flor y tú lo sabes.

—La señorita Hotchkiss es atractiva, desde luego —contestó él—, pero...

—Pero no es tu tipo —concluyó ella—. Lo sé. —Levantó la vista—. He olvidado cómo tomas el té.

James entornó los ojos. La tía Agatha nunca olvidaba nada.

—Con leche y sin azúcar —dijo con desconfianza—. ¿Y por qué crees que la señorita Hotchkiss no es mi tipo?

Agatha se encogió de hombros con delicadeza y se puso a servir el té.

—A fin de cuentas, su elegancia es muy discreta.

James esperó un momento.

—Creo que acabas de insultarme.

—Bueno, reconocerás que esa otra mujer era un pelín... eh... ¿cómo lo diría?... —Le dio su té—. ¿Ostentosa?

—¿Qué otra mujer?

—Ya sabes. Esa con el pelo rojo y las... —Levantó las manos al nivel del pecho y empezó a hacer vagos movimientos circulares—. Ya sabes.

—¡Era cantante de ópera, tía Agatha!

—Pues no debiste presentármela —resopló ella.

—No te la presenté —respondió él con cierta aspereza—. Te vi venir por la calle hacia mí con la discreción de una bola de cañón.

—Si vas a insultarme...

—Intenté evitarte —dijo él—. Intenté escapar, pero no me lo permitiste.

Ella se puso una mano en el pecho con aire teatral.

—Discúlpame por preocuparme por ti. Hace años que intentamos que te cases, y tenía curiosidad por saber quién era tu acompañante.

James respiró hondo para tranquilizarse y procuró relajar los músculos de sus hombros. Nadie, excepto su tía, podía hacerle sentir como un muchacho de dieciséis años.

—Creo que estábamos hablando de la señorita Hotchkiss —dijo con firmeza.

—¡Ah, sí! —Agatha bebió un sorbo de té y sonrió—. La señorita Hotchkiss. Una muchacha encantadora. Y tan sensata... No como esas señoritingas de Londres que me encuentro en Almacks. Pasas una velada allí y llegas a la conclusión de que la inteligencia y el sentido común se han extinguido entre la población británica.

James estaba completamente de acuerdo con ella en eso, y aquel no era momento de hablar de ello.

—¿Y la señorita Hotchkiss...? —le recordó.

Su tía levantó la cabeza, parpadeó una vez y dijo:

—No sé qué sería de mí sin ella.

—Puede que fueras quinientas libras más rica —sugirió él.

La taza de Agatha resonó con estrépito en su platillo.

—No sospecharás de Elizabeth.

—Tiene acceso a tus efectos personales —señaló él—. ¿Es posible que guardes algo que pueda incriminarte? Puede que esa muchacha lleve años husmeando en tus cosas.

—No —dijo ella con dulzura, y sin embargo su voz rebosaba autoridad—. Elizabeth, no. Ella nunca haría eso.

—Perdóname, tía, pero ¿cómo puedes estar tan segura?

Ella le traspasó con la mirada.

—Creo que eres consciente de que soy muy capaz de juzgar a la gente, James. Eso debería bastar como prueba.

—Claro que sabes juzgar a la gente, Agatha, pero...

Ella levantó una mano.

—La señorita Hotchkiss no podría ser más bondadosa, amable y honesta, y me niego a escuchar una sola palabra más en su contra.

—Muy bien.

—Si no me crees, pasa un poco de tiempo con ella. Verás cómo tengo razón.

James se recostó en su asiento, satisfecho.

—Eso pienso hacer.


Soñó con ella esa noche.

Estaba inclinada sobre su condenado librito rojo, con el pelo largo y rubio suelto y brillante a la luz de la luna. Llevaba un virginal camisón blanco que la cubría de los pies a la cabeza, pero James sabía exactamente cómo era su cuerpo bajo él, y la deseaba con ardor...

Luego, Elizabeth huía de él, miraba hacia atrás y se reía, y su pelo flotaba a su espalda, haciéndole cosquillas en la cara cada vez que se acercaba a ella. Pero cada vez que alargaba el brazo para tocarla, ella le esquivaba. Y cada vez que creía estar lo bastante cerca como para leer el título del librito, las letras doradas se emborronaban y él se descubría aturdido y falto de aire.

Que era exactamente como se sentía cuando se sentó en la cama. La luz de la mañana empezaba apenas a tocar el horizonte. Estaba algo mareado, le costaba respirar y solo pensaba en una cosa.

Elizabeth Hotchkiss.


Esa mañana, al llegar a Danbury House, Elizabeth llevaba el ceño fruncido. Había jurado no mirar siquiera la tapa de *Cómo casarse con un Marqués*, pero al entrar en casa el día anterior había encontrado el libro sobre su cama, y su roja encuadernación casi parecía desafiarla a abrirlo.

Se había dicho que solo iba a echar un vistazo; que solo quería ver si decía algo sobre ser ingeniosa y hacer reír a un hombre, pero en cuanto se descuidó se halló sentada en el borde de la cama, absorta en el libro.

Y ahora tenía tantas normas y directrices en la cabeza que estaba aturullada. No debía coquetear con hombres casados, ni intentar dar consejo a un caballero, pero sí desairar a cualquier pretendiente que olvidara su cumpleaños.

—Algo es algo —murmuró para sus adentros al entrar en el enorme vestíbulo de Danbury House. Aún faltaban más de nueve meses para su cumpleaños, tiempo suficiente para no tener que desprenderse de los pretendientes que pudiera...

¡Oh, por el amor de Dios! ¿En qué estaba pensando? Se había dicho a sí misma que no iba a permitir que la señora Seeton le dijera qué hacer, y allí estaba...

—Está usted muy seria esta mañana.

Elizabeth levantó la mirada, sobresaltada.

—Señor Siddons —dijo, y le tembló un poco la voz al decir la primera sílaba de su nombre—, es un placer verle.

Él hizo una reverencia.

—El sentimiento es mutuo, se lo aseguro.

Ella sonrió, crispada. De pronto se sentía muy torpe en presencia de aquel hombre. El día anterior se habían entendido a las mil maravillas, y Elizabeth incluso había sentido que podían considerarse amigos, pero eso fue antes de...

Ella tosió. Antes de que se pasara media noche en vela pensando en él.

El señor Siddons le ofreció su pañuelo al instante.

Elizabeth notó que se sonrojaba y rezó por que no fuera demasiado evidente.

—No es necesario —dijo rápidamente—. Solo estaba aclarándome la garganta.

*¡Bum!*

—Debe de ser lady Danbury —murmuró el señor Siddons, sin molestarse siquiera en volverse hacia el lugar de donde procedía aquel sonido.

Elizabeth sofocó una sonrisa compasiva y volvió la cabeza. En efecto, lady Danbury estaba al otro lado del pasillo, dando golpes con su bastón. Malcolm estaba en el suelo, a su lado, sonriendo satisfecho.

—Buenos días, lady Danbury —dijo Elizabeth, y enseguida comenzó a acercarse a ella—. ¿Cómo se encuentra?

—Como si tuviera setenta y dos años —replicó ella.

—¡Vaya, qué mala pata! —contestó Elizabeth, muy seria—. Yo estaba convencida de que no tenía más de sesenta y siete.

—Chiquilla impertinente. Lo sabes perfectamente.

Elizabeth disimuló su sonrisa.

—¿Quiere que la ayude a llegar al salón? ¿Ha desayunado ya esta mañana?

—Ya he comido dos huevos y tres tostadas, y esta mañana no me apetece sentarme en el salón.

Elizabeth parpadeó, sorprendida. Lady Danbury y ella siempre pasaban las mañanas en el salón. Y de los muchos sermones de lady Danbury, su predilecto era el que versaba sobre las propiedades profilácticas de la rutina.

—He decidido sentarme en el jardín —anunció lady Danbury.

—¡Ah! —dijo Elizabeth—. Ya veo. Es una idea estupenda. Esta mañana hace fresco y la brisa es bastante...

—Voy a echar una siesta.

Aquella afirmación dejó a Elizabeth sin habla. Lady Danbury dormitaba con frecuencia, pero jamás lo reconocía, y nunca usaba la palabra «siesta».

—¿Quiere que la ayude a llegar al jardín? —preguntó el señor Siddons—. Será un placer acompañarla.

Elizabeth dio un respingo. Había olvidado por completo que él estaba allí.

—Nada de eso —dijo lady Danbury con energía—. No me muevo muy deprisa últimamente, pero aún no estoy muerta. Vamos, Malcolm. —Se alejó cojeando, con Malcolm trotando a su lado.

Elizabeth se quedó mirándolos pasmada, con una mano en la mejilla.

—Es increíble cómo ha amaestrado a ese gato —comentó James.

Elizabeth se volvió hacia él con cara de asombro.

—¿A usted le parece enferma?

—No, ¿por qué?

Ella agitó torpemente las manos hacia el lugar por el que se alejaba lady Danbury, incapaz de expresar con palabras su perplejidad.

James la observaba con expresión divertida.

—¿Tan raro es que quiera echar una cabezadita en el jardín? Hace muy buen tiempo.

—¡Sí! —contestó ella con voz chillona por la preocupación—. Es muy extraño.

—Bueno, estoy seguro de que...

—Le digo que es muy extraño. —Elizabeth sacudió la cabeza—. Esto no me gusta. No me gusta ni pizca.

Él ladeó la cabeza y la miró inquisitivamente.

—¿Qué propone que hagamos?

Ella cuadró los hombros.

—Voy a espiarla.

—¿Mientras duerme? —preguntó con incredulidad.

—¿Se le ocurre algo mejor?

—¿Mejor que ver dormir a una señora mayor? Pues la verdad es que, si me esforzara mucho, quizá se me ocurrieran uno o dos pasatiempos más...

—¡Oh, cállese! —dijo ella, irritada—. De todos modos, no necesito su ayuda.

James sonrió.

—¿Me la había pedido?

—Como usted mismo ha señalado con tanta amabilidad —contestó ella levantando orgullosamente la barbilla—, no es muy difícil vigilar a una anciana mientras duerme. Estoy segura de que tiene usted cosas mucho más importantes que hacer. Buenos días.

James entreabrió los labios, sorprendido, mientras ella se alejaba. ¡Caray! No había pretendido ofenderla.

—¡Elizabeth, espera!

Ella se detuvo y se volvió, seguramente más sorprendida por que la hubiera tuteado que por aquel estallido repentino. Hasta él estaba asombrado, ¡qué demonios! Había pensado tanto en ella durante esos días que ya la llamaba «Elizabeth» para sus adentros, y...

—¿Sí? —dijo ella por fin.

—Voy con usted.

Ella le miró con enfado.

—No sabe estarse callado, ¿verdad? No quiero que nos sorprenda espiándola.

James comenzó a tensar los labios, y tuvo que hacer un esfuerzo para no romper a reír.

—Puede estar segura de que por mí no nos descubrirá —dijo con toda gravedad—. Me precio de ser un buen espía.

Ella frunció el ceño.

—¡Qué cosas tan extrañas dice usted! Y... ¿se encuentra bien?

—Estupendamente, ¿por qué?

—Da la impresión de que está a punto de estornudar.

James vio un jarrón lleno de flores y se aferró a él mentalmente.

—Las flores siempre me hacen estornudar.

—Ayer en la rosaleda no estornudó.

Él carraspeó y pensó a toda prisa.

—Eso no son rosas —dijo, señalando el jarrón.

—En todo caso, no puede venir conmigo —dijo ella inclinando la cabeza a modo de despedida—. Hay flores en todo el perímetro del jardín. No puede estar estornudando cada dos minutos.

—¡Oh! No lo haré —se apresuró a decir él—. Solo me pasa con las flores cortadas.

Ella entrecerró los ojos, desconfiada.

—Nunca había oído hablar de esa dolencia.

—Yo tampoco. Nunca he conocido a nadie a quien le pase lo mismo. Debe de ser algo del tallo. Algo que... eh... desprende la flor cuando se corta su tallo.

Ella le lanzó otra mirada desconfiada, así que James adornó su embuste diciendo:

—Lo paso fatal cuando estoy cortejando a una dama. Que Dios me ayude si se me ocurre regalarle flores.

—Muy bien —dijo ella con energía—. Venga conmigo, pero si mete la pata...

—No lo haré —le aseguró él.

—Si mete la pata —repitió ella en voz más alta—, nunca se lo perdonaré.

Él inclinó un poco la cabeza y los hombros en una pequeña reverencia.

—Usted primero, señorita Hotchkiss.

Ella dio unos pasos, luego se detuvo y se volvió. Sus ojos azules tenían una expresión un poco vacilante.

—Antes me ha llamado «Elizabeth».

—Discúlpeme —murmuró él—. He sido un imprudente.

James vio cruzar distintas emociones por su cara. No estaba segura de si debía permitirle la libertad de que la tuteara. Entonces observó cómo su carácter, amistoso por naturaleza, batallaba con su necesidad de mantenerle a raya. Por fin tensó las comisuras de la boca y dijo:

—No tiene importancia. Aquí, en Danbury House, los sirvientes no somos muy estirados. Si la cocinera y el mayordomo me llaman «Elizabeth», usted también puede hacerlo.

James sintió que su corazón se llenaba de una satisfacción absurda.

—Entonces tú debes llamarme «James» —contestó.

—James. —Elizabeth saboreó el nombre y añadió—: Pero no te llamaré así si alguien me pregunta por ti, claro.

—Claro. Pero si estamos a solas, no hace falta ser tan formales.

Ella asintió con la cabeza.

—Muy bien, señor Siddons... —Sonrió con timidez—. James. Deberíamos irnos.

Elizabeth decidió dar un rodeo para no despertar las sospechas de lady Danbury, y James la siguió por el laberinto de pasillos. Se dijo que su presencia en el salón de baile, el cuarto del desayuno y el invernadero en una misma mañana solo podía despertar sospechas, pero se guardó de decírselo a Elizabeth. Saltaba a la vista que ella disfrutaba haciendo de líder y, además, a él le gustaba mirarla desde atrás.

Cuando por fin salieron al aire libre, estaban en el lado este de la casa, cerca de la fachada, lo más lejos del jardín que era posible.

—Podríamos haber salido por las puertas del salón de música —explicó Elizabeth—. Pero así podemos ir por detrás de ese seto y dar la vuelta siguiéndolo.

—Una idea excelente —murmuró él mientras la seguía hacia el otro lado del seto. Los arbustos se alzaban a tres metros y medio de altura, ocultándolos completamente a la vista si alguien miraba desde la casa. Para su sorpresa, en cuanto dobló la esquina del seto, Elizabeth echó a correr. Bueno, quizá no a correr, pero empezó a moverse entre un paso enérgico y un suave trotecillo.

Él tenía las piernas mucho más largas y solo tuvo que alargar el paso para seguir su ritmo.

—¿Tanta prisa hay? —preguntó.

Elizabeth se volvió, pero no dejó de andar.

—Estoy muy preocupada por lady Danbury —dijo ella, y volvió a apretar el paso.

Para James, aquel momento a solas con Elizabeth era una excelente oportunidad para observarla. Sin embargo, su pragmatismo le obligó a preguntar:

—La vida en Danbury House no será tan rutinaria que lo más raro que pueda pasar un verano sea que una mujer de sesenta y seis años eche una siesta.

Ella se giró otra vez.

—Lamento que mi compañía te parezca aburrida, pero te recuerdo que no tienes por qué acompañarme.

—¡Oh! Tu compañía no es en absoluto aburrida —contestó él, lanzándole su sonrisa más dulce—. Pero no entiendo la gravedad de la situación.

Ella se paró en seco, puso los brazos en jarras y le miró muy seria.

—Con esa pose, pareces una gobernanta —dijo él.

—Lady Danbury nunca echa la siesta —gruñó ella, y le miró con enfado—. Vive y respira rutina. Dos huevos y tres tostadas para desayunar. Todos los días. Treinta minutos de bordado. Todos los días. Por la tarde clasifica y responde la correspondencia. Todos los días. Y...

James levantó una mano.

—Me ha quedado claro.

—Nunca echa siestas.

Él asintió lentamente, preguntándose qué diablos podía añadir a la conversación.

Ella soltó un último bufido, dio media vuelta y siguió andando a toda velocidad. James la siguió con paso tranquilo y ágil. La distancia entre ellos se agrandó un poco, y él tuvo que resignarse a apretar el ritmo hasta un leve trote al ver que una raíz sobresalía del suelo más adelante.

—Cuidado con esa...

Ella aterrizó en el suelo con un brazo estirado como un elegante pájaro alado y el otro echado hacia delante para parar la caída.

—... raíz —acabó él. Corrió hacia ella—. ¿Te has hecho daño?

Ella sacudió la cabeza y masculló:

—Claro que no. —Pero hizo una mueca, y James no se sintió inclinado a creerla.

Se agachó a su lado y alargó el brazo hacia la mano con la que ella había parado la caída.

—¿Qué tal tu mano?

—Estoy bien —insistió ella, apartándola, y empezó a sacudirse el polvo y la gravilla que se le había incrustado en la piel.

—Me temo que debo insistir en verlo con mis propios ojos.

—No sé por qué —gruñó ella—, pero esto tiene que ser culpa tuya.

Él no pudo refrenar una sonrisa de sorpresa.

—¿Culpa mía?

—No sé cómo ni por qué, pero si hay justicia en este mundo, esto es culpa tuya.

—Si es culpa mía —dijo James con lo que le pareció la mayor gravedad—, debo redimirme curándote las heridas.

—No tengo...

—Rara vez acepto un no por respuesta.

Lanzando un fuerte suspiro, ella estiró la mano y masculló con bastante aspereza:

—Ten.

James le hizo flexionar un poco la muñeca. Ella no reaccionó hasta que él le dobló la mano con delicadeza hacia atrás.

—¡Au! —exclamó, visiblemente molesta consigo misma por mostrar su dolor—. No me ha dolido mucho —se apresuró a decir—. Estoy segura de que solo es una contusión.

—Seguro que tienes razón —dijo él. No había indicios de hinchazón—. Pero deberías utilizar solo la otra un día o dos. Y quizá convendría que volvieras a la casa y te pusieras un poco de hielo o un trozo de carne fría.

—No tengo tiempo —dijo ella con energía mientras se ponía en pie—. Tengo que ir a ver cómo está lady Danbury.

—Si de veras está echando la siesta, como temes, creo que tu miedo a que se escape es exagerado.

Elizabeth le miró enfadada.

—Dicho de otro modo —dijo él con toda la suavidad que pudo—, no hace falta que te juegues la vida por correr.

Notó que ella sopesaba sus palabras. Pero por fin sacudió la cabeza y dijo:

—Eres libre de hacer lo que quieras. —Giró sobre sus talones y se alejó a toda prisa.

James dejó escapar un gruñido e intentó recordar por qué iba corriendo tras ella. Por la tía Agatha, se dijo. Todo aquello era por la tía Agatha. Tenía que averiguar si Elizabeth era la chantajista.

Sus tripas le decían que no lo era: alguien que demostraba tanta preocupación por una señora tan mandona y fastidiosa (casi siempre) como su tía no podía chantajearla.

Pero James no tenía otros sospechosos, así que siguió trotando tras ella. La perdió de vista cuando ella dobló una esquina, pero de unas pocas zancadas volvió a verla de espaldas al seto, muy quieta y erguida, con la cabeza girada para mirar por encima del hombro.

—¿Qué ves? —le preguntó James.

—Nada —reconoció ella—, pero me está dando una tortícolis horrorosa.

James sofocó la sonrisa que borboteaba dentro de él y dijo en tono muy serio:

—¿Quieres que mire yo?

Ella volvió a mirar al frente, hizo una mueca de fastidio, ladeó la cabeza y la levantó. James torció el gesto al oír un chasquido.

Ella se frotó el cuello.

—¿Crees que podrás hacerlo sin que te vean?

El recuerdo de sus misiones pasadas (en Francia, en España y allí, en Inglaterra) cruzó su mente. Volverse invisible era su especialidad.

—Bueno —dijo con tranquilidad—, creo que puedo apañármelas.

—Muy bien. —Ella retrocedió—. Pero si sospechas, aunque sea un segundo, que puede verte, retírate.

James sonrió e hizo un saludo militar.

—El general eres tú.

En ese momento, Elizabeth se olvidó de todo.

Se olvidó de que no sabía cómo iba a mantener a sus hermanos.

Se olvidó de que lady Danbury se comportaba de manera extraña y de que temía que su empleadora estuviera enferma.

Hasta se olvidó del dichoso librito de edictos de la señora Seeton y, sobre todo, de que aquel hombre hacía que le diera un vuelco el estómago cada vez que levantaba una ceja.

Se olvidó de todo, excepto de la levedad de aquel instante y de la sonrisa traviesa de James Siddons. Con una risita, alargó la mano y le dio una palmada juguetona en el hombro.

—¡Oh, para ya! —dijo, y apenas reconoció su voz.

—¿Que pare qué? —preguntó él con expresión ridículamente candorosa.

Ella imitó su saludo.

—Llevas un rato dando órdenes con gran soltura —añadió él—. Es lógico que te compare con un...

—Mira a lady Danbury —le interrumpió ella.

James sonrió de forma astuta y se asomó a la esquina del seto.

—¿Ves algo? —susurró Elizabeth.

Él echó la cabeza hacia atrás.

—Veo a lady Danbury.

—¿Nada más?

—No sabía que te interesara el gato.

—¿Malcolm?

—Está en su regazo.

—No me importa lo que haga el gato.

Él bajó la barbilla al lanzarle una mirada algo condescendiente.

—Ya me parecía.

—¿Qué está haciendo lady Danbury? —le preguntó Elizabeth en tono gruñón.

—Está durmiendo.

—¿Durmiendo?

—Eso es lo que dijo que iba a hacer, ¿no?

Ella le miró con el ceño fruncido.

—Quiero decir que si está durmiendo de forma normal. ¿Le cuesta respirar? ¿Parece agitarse?

—¿En sueños? —preguntó él, indeciso.

—No seas alcornoque. La gente se mueve continuamente en sueños... —Entornó los ojos—. ¿Por qué sonríes?

James tosió intentando tapar sus traicioneros labios y procuró recordar la última vez que una mujer le había llamado «alcornoque». Las señoritas a las que había conocido en su última temporada en Londres eran de las de risa afectada, de esas que halagaban todo el tiempo su ropa, su cara y su figura. Cuando una de ellas llegó al extremo de alabar la curva de su frente, James comprendió que era hora de largarse.

Nunca hubiera imaginado, sin embargo, lo divertido que era dejarse insultar por Elizabeth Hotchkiss.

—¿Por qué sonríes? —repitió ella con impaciencia.

—¿Estaba sonriendo?

—Ya sabes que sí.

Él se inclinó tanto hacia ella que Elizabeth contuvo el aliento.

—¿Quieres que te diga la verdad?

—Eh... Sí. La verdad es preferible casi siempre.

—¿Casi siempre?

—Bueno, si la alternativa es herir los sentimientos de otra persona sin necesidad, entonces... —explicó ella—. ¡Espera un momento! Se supone que eres tú quien tiene que contestar a mi pregunta.

—¡Ah, sí! La sonrisa —dijo él—. Era por lo de «alcornoque».

—¿Sonríes porque te he insultado?

James se encogió de hombros y estiró las manos en lo que esperaba fuera un gesto encantador.

—Las mujeres no suelen insultarme.

—Entonces es que no te rodeas de las mujeres adecuadas —masculló ella.

James soltó una carcajada.

—Calla —siseó ella, apartándole del seto de un tirón—. Te va a oír.

—Ronca tan fuerte que podría despertar a un rebaño de ovejas —replicó él—. Dudo que nuestras travesuras vayan a despertarla.

Elizabeth sacudió la cabeza con el ceño fruncido.

—Esto no me gusta. Lady Danbury nunca duerme la siesta. Siempre dice que es antinatural.

James le lanzó una sonrisa, listo para volver a tomarle el pelo, pero se contuvo al ver la profunda preocupación de sus ojos azules.

—Elizabeth —dijo con dulzura—, ¿qué es lo que temes en realidad?

Ella dejó escapar un largo suspiro.

—Podría estar enferma. Cuando la gente se cansa de pronto... —Tragó saliva—. Puede ser un síntoma de enfermedad.

Él se quedó callado un momento antes de preguntar con calma:

—¿Estuvieron enfermos tus padres antes de fallecer?

Los ojos de Elizabeth volaron hacia los suyos, y James se dio cuenta de que la pregunta la había pillado completamente desprevenida.

—Mi madre murió en un accidente de carruaje, y mi padre... —Se detuvo y apartó la mirada. Su semblante se tensó dolorosamente hasta que por fin dijo—: No estaba enfermo.

James deseó más que cualquier otra cosa seguir interrogándola, averiguar por qué no quería hablar de la muerte de su padre. De pronto se dio cuenta de que quería saberlo todo sobre ella.

Quería conocer su pasado, su presente y su futuro. Quería saber si hablaba francés y si le gustaban los bombones, y si había leído a Molière.

Pero sobre todo quería conocer los secretos que escondía la leve sonrisa que cruzó su cara.

James casi dio un paso atrás al pensarlo. Nunca había sentido aquel ardiente deseo de llegar a los recovecos más remotos del alma de una mujer.

Elizabeth llenó el tenso silencio preguntando:

—¿Tus padres viven aún?

—No —contestó él—. Mi padre murió de repente. El médico dijo que fue el corazón. —Se encogió de hombros—. O la falta de él.

—¡Oh, vaya! —balbució ella.

—No es nada —dijo él girando con desdén la mano—. No era un buen hombre. No le echo de menos, ni le lloré.

Las comisuras de los labios de Elizabeth se tensaron, pero James creyó ver un asomo de algo (¿de empatía, quizá?) en sus ojos.

—Mi madre murió cuando yo era bastante pequeño —añadió de repente, sin saber muy bien por qué le contaba aquello—. Apenas la recuerdo.

—Lo siento —dijo Elizabeth en voz baja—. Espero que no fuera doloroso.

James temió no haber logrado impedir que sus ojos le delataran, porque ella tragó saliva y repitió:

—Lo siento.

Él asintió con la cabeza para agradecer su compasión, pero no dijo nada.

Elizabeth le miró a los ojos un momento y luego estiró el cuello para volver a mirar a lady Danbury.

—Me horrorizaría que lady Danbury estuviera sufriendo. Sé que no se lo diría a nadie. Puede ser orgullosa hasta un punto insoportable, y no sabría reconocer el cariño y la preocupación; solo vería piedad.

James la observó mirar a su tía y de pronto le extrañó lo menuda que era. Los campos de Danbury Park se extendían tras ella en un infinito tapiz verde, y Elizabeth parecía muy pequeña y sola en contraste con aquella vasta extensión de terreno. La brisa veraniega levantaba los mechones sedosos de su pelo rubio, recogido en un moño, y sin pensarlo alargó la mano, tomó uno y se lo puso detrás de la oreja.

Ella se quedó sin respiración y enseguida levantó una mano. Rozó con los dedos los nudillos de James, y él tuvo que contener el absurdo deseo de tomarla de la mano. Solo tendría que mover un poco los dedos. Era una tentación exquisita, pero apartó la mano y murmuró:

—Perdóname. El viento te ha revuelto el pelo.

Ella abrió mucho los ojos y entreabrió los labios como si fuera a decir algo, pero al final solo se apartó.

—Lady Danbury ha sido muy buena conmigo —dijo con voz entrecortada—. Nunca podré pagarle lo bondadosa que ha sido conmigo.

James nunca había oído que nadie se refiriera a su tía, aquella señora deslenguada y gruñona, como «bondadosa». En sociedad se la respetaba, se la temía y hasta se reían sus bromas cortantes, pero él nunca había visto reflejado en los ojos de otra persona el cariño que sentía por la mujer que posiblemente había salvado su alma.

Y entonces su cuerpo cobró vida propia y sintió que se movía hacia delante. No controlaba el movimiento; era casi como si un poder superior se hubiera apoderado de su cuerpo e hiciera que sus manos se alargaran y tomaran a Elizabeth por la nuca y que sus dedos se deslizaran por su cabello sedoso mientras la atraía hacia sí, cada vez más cerca, y luego...

Y luego sus labios se tocaron y la fuerza hipnótica que le había forzado a besarla se esfumó, y solo quedó él: él y la necesidad abrumadora de poseerla en todos los sentidos en que un hombre podía poseer a una mujer.

Mientras metía una mano entre su pelo, deslizó la otra hasta posarla en la curva delicada del arranque de su espalda. Sentía que ella empezaba a reaccionar. Era completamente inocente, pero su corazón empezaba a latir más deprisa. Y entonces fue el corazón de James el que comenzó a palpitar con violencia.

—¡Dios mío, Elizabeth! —dijo con voz ahogada, mientras deslizaba la boca hacia su mejilla y luego hasta su oído—. Quiero... quiero...

Su voz pareció despertar algo en ella, porque de pronto se puso rígida y James la oyó murmurar:

—¡Oh, no!

James quería tumbarla en el suelo y besarla hasta que perdiera la razón, pero debía de ser más honorable de lo que imaginaba, porque la soltó en cuanto ella comenzó a apartarse.

Elizabeth se quedó frente a él unos segundos, más asombrada que otra cosa. Con una mano se tapaba la boca, y sus ojos dilatados no parpadeaban.

—No pensaba... —murmuró sin quitarse la mano de la boca—. No puedo creer...

—¿No puedes creer qué?

Ella sacudió la cabeza.

—¡Oh! Esto es horrible.

Aquello era más de lo que podía soportar su ego.

—Bueno, yo no diría...

Pero ella ya había escapado.

# 7

A la mañana siguiente, Elizabeth llegó a Danbury House con una sola idea en la cabeza: mantenerse lo más alejada posible de James Siddons.

Él la había besado. ¡La había besado! Es más, ella se lo había permitido. Y lo que era peor aún, había echado a correr como una cobarde... y no había parado hasta llegar a casa. En todos los años que llevaba trabajando como dama de compañía de lady Danbury, solo se había ido del trabajo antes de tiempo una vez, y fue cuando tuvo una pulmonía. E incluso entonces intentó permanecer en su puesto y solo se marchó cuando lady Danbury amenazó con atenderla en persona.

Pero esta vez solo había hecho falta un beso de un hombre guapo para que se marchara lloriqueando como una boba. Estaba tan mortificada por su conducta, que había mandado a Lucas a Danbury House con una nota para lady Danbury explicándole que se encontraba mal. No era del todo mentira, se decía. Estaba acalorada y febril, y tenía el estómago revuelto.

Además, la alternativa era quedarse y morirse de vergüenza. En resumidas cuentas, tardó muy poco en decidir que su mentirijilla estaba del todo justificada.

Había pasado la tarde encerrada en su cuarto, leyendo obsesivamente *Cómo casarse con un Marqués*. No se hablaba mucho de besos. Estaba claro que la señora Seeton pensaba que quien hubiera tenido el buen juicio de comprar su libro era lo bastante listo como para saber que no se debía besar a un caballero con el que no se tenía una relación profunda y potencialmente duradera.

Y, desde luego, no había que disfrutar.

Elizabeth gruñó al acordarse de todo aquello. De momento el día estaba transcurriendo como cualquier otro, de no ser porque había mirado hacia atrás tantas veces que lady Danbury le había preguntado si se le había declarado un tic nervioso.

La vergüenza la obligó a dejar de torcer el cuello, pero seguía sobresaltándose cada vez que oía pasos.

Intentaba decirse que no sería muy difícil evitarle. El señor Siddons debía de tener mil responsabilidades como administrador de la finca, novecientas de las cuales exigían que estuviera fuera. Así que, si ella se atrincheraba en Danbury House, estaría a salvo. Y si él decidía dedicarse a esas extrañas tareas que desempeñaba de puertas para adentro..., entonces estaba segura de que podría encontrar varias excusas para salir de la casa y disfrutar del cálido sol inglés.

Entonces empezó a llover.

Elizabeth dejó caer la frente contra el cristal de la ventana del cuarto de estar, produciendo un ruido sordo.

—Esto no puede estar pasando —masculló—. No puede estar pasando.

—¿Qué no puede estar pasando? —preguntó lady Danbury con energía—. ¿Que llueva? No seas boba. Estamos en Inglaterra, por tanto, tiene que llover.

—Pero no hoy —suspiró Elizabeth—. Hacía tanto sol esta mañana, cuando vine...

—¿Y desde cuándo importa eso?

—Desde que... —Cerró los ojos y sofocó un gemido. Cualquiera que hubiera pasado toda su vida en Surrey debía de saber que no podía uno fiarse de una mañana soleada—. ¡Oh, da igual! No tiene importancia.

—¿Te preocupa cómo llegar a casa? Descuida. Le diré a alguien que te lleve en coche. No debes exponerte a los elementos habiendo estado enferma hace tan poco tiempo. —Lady Danbury entrecerró los ojos—. Aunque debo decir que pareces muy recuperada.

—No me siento recuperada —dijo Elizabeth con sinceridad.

—¿Qué has dicho que te pasaba?

—El estómago —masculló ella—. Creo que fue algo que comí.

—Mmm... Nadie más se ha puesto enfermo. No sé qué pudiste comer, pero si te pasaste la tarde echando las vísceras...

—¡Lady Danbury! —exclamó Elizabeth. No se había pasado la tarde anterior «echando las vísceras», naturalmente, pero aun así no hacía falta hablar de tales funciones corporales.

Lady Danbury sacudió la cabeza.

—¡Cuánto pudor! ¿Desde cuándo son tan remilgadas las mujeres?

—Desde que decidimos que los vómitos no era un tema agradable de conversación —replicó Elizabeth.

—¡Así me gusta! —gorjeó lady Danbury, batiendo palmas—. Te aseguro, Elizabeth Hotchkiss, que cada día que pasa te pareces más a mí.

—Que Dios se apiade de mí —gruñó Elizabeth.

—Mejor me lo pones. Eso es exactamente lo que yo habría dicho. —Lady Danbury se recostó en su asiento, se dio unos golpecitos en la frente con el dedo índice y frunció el ceño.

—Bueno, ¿de qué estaba hablando? ¡Ah, sí! Íbamos a asegurarnos de que no volvías a casa andando con esta lluvia. No te preocupes, encontraremos a alguien que te lleve en coche. Mi nuevo administrador, si hace falta. Bien sabe Dios que con esta lluvia no podrá hacer nada productivo.

Elizabeth tragó saliva.

—Estoy segura de que escampará muy pronto.

Un rayo cruzó el cielo (solo para burlarse de ella, estaba segura), seguido por un trueno tan fuerte que Elizabeth dio un respingo.

—¡Ay! —exclamó.

—¿Qué te ha pasado ahora?

—Es solo la rodilla —contestó con una falsa sonrisa —. Pero no me duele lo más mínimo.

Lady Danbury soltó un resoplido de incredulidad.

—No, de veras —insistió Elizabeth—. Pero es curioso que nunca me hubiera fijado en esa mesita de ahí.

—Ah, eso. Hice que la trajeran ayer. Me lo sugirió el señor Siddons.

—No me extraña —masculló Elizabeth.

—¿Qué dices?

—Nada —contestó alzando demasiado la voz.

—Mmm... —refunfuñó lady Danbury—. Tengo sed.

Elizabeth se alegró enseguida de tener algo que hacer, aparte de mirar por la ventana y preocuparse por que el señor Siddons hiciera acto de presencia.

—¿Le apetece un té, lady Danbury? ¿O quiere que le diga a la cocinera que le prepare una limonada?

—Es demasiado temprano para limonada —espetó lady Danbury—. Y también para tomar el té, de hecho, pero de todos modos tomaré un poco.

—¿No ha tomado té con el desayuno? —le preguntó Elizabeth.

—Ese era el té del desayuno. Es completamente distinto.

—¡Ah! —Algún día, pensó Elizabeth, la harían santa por aquello.

—Asegúrate de que la cocinera ponga unas pastas en la bandeja. Y no olvides decirle que prepare algo para Malcolm. —Lady Danbury estiró el cuello a un lado y a otro—. ¿Dónde está ese gato?

—Tramando un nuevo plan para atormentarme, sin duda —masculló Elizabeth.

—¿Eh? ¿Qué has dicho?

Elizabeth se volvió hacia la puerta, mirando todavía a lady Danbury.

—Nada, lady Danbury. Voy a...

Lo que iba a decir se esfumó cuando su hombro chocó con algo grande, cálido y decididamente humano.

Elizabeth soltó un gemido. El señor Siddons. Tenía que ser él. Ella nunca había tenido mucha suerte.

—Quieta ahí —le oyó decir un instante antes de que la agarrara con suavidad por los brazos.

—¡Señor Siddons! —gorjeó lady Danbury—. ¡Qué alegría verle tan pronto esta mañana!

—Sí —dijo Elizabeth entre dientes.

—¿Le apetece un té? —continuó lady Danbury—. Elizabeth iba ahora mismo a buscar la bandeja.

Elizabeth seguía negándose (por principio, aunque no supiera muy bien de qué principio se trataba) a mirarle a la cara, pero de todos modos notaba su sonrisa llena de astucia.

—Será un placer —dijo él.

—Excelente —contestó lady Danbury—. Elizabeth, vete, anda. Vamos a necesitar té para tres.

—No puedo ir a ninguna parte —refunfuñó ella— mientras el señor Siddons siga agarrándome por los brazos.

—¿Estaba agarrándola? —preguntó él con inocencia, y la soltó—. Ni me había dado cuenta.

Si hubiera tenido un poco de buena suerte, pensó Elizabeth con amargura, habría apostado allí mismo a que mentía.

—Quería hacerle unas preguntas a nuestra querida señorita Hotchkiss —dijo el señor Siddons.

Elizabeth abrió los labios, sorprendida.

—Pero pueden esperar a que vuelva, estoy seguro —murmuró él.

Elizabeth volvió la cabeza a un lado y a otro para mirarlos mientras intentaba comprender la extraña tensión que había en la habitación.

—Si está seguro... —dijo—. Iré encantada a...

—Cree que me estás chantajeando —dijo lady Danbury sin rodeos.

—¿Cree que estoy qué? —dijo Elizabeth casi gritando.

—¡Agatha! —exclamó el señor Siddons como si fuera a maldecir a la anciana señora—. ¿Es que no conoces la palabra «sutileza»?

—Mmm... A mí nunca me ha funcionado.

—No me digas —masculló él.

—¿Acaba de llamarla «Agatha»? —preguntó Elizabeth. Miró a lady Danbury con sorpresa. Llevaba cinco años trabajando para la condesa y jamás se le había ocurrido llamarla por su nombre de pila.

—Conocí a la madre del señor Siddons —dijo lady Danbury, como si eso lo explicara todo.

Elizabeth puso los brazos en jarras y miró con enfado al apuesto administrador.

—¿Cómo se atreve a pensar que yo podría chantajear a esta dulce ancianita?

—¿Dulce? —repitió el señor Siddons.

—¿Ancianita? —bramó lady Danbury.

—Yo jamás me rebajaría a eso —dijo Elizabeth, resoplando—. Jamás. Es una vergüenza que lo piense siquiera.

—Eso le dije yo —dijo lady Danbury encogiéndose de hombros—. Necesitas el dinero, claro, pero no eres de las que...

El señor Siddons volvió a asirla del brazo.

—¿Necesita dinero? —preguntó.

Elizabeth levantó los ojos al cielo.

—¿No lo necesita todo el mundo?

—Yo tengo mucho —dijo lady Danbury.

Sus dos empleados giraron la cabeza al unísono y la miraron con enfado.

—Bueno, es la verdad —contestó ella con un resoplido.

—¿Para qué necesita el dinero? —preguntó el señor Siddons con dulzura.

—¡Eso no es asunto suyo!

Pero lady Danbury parecía pensar que sí lo era, porque dijo:

—Todo empezó cuando...

—¡Lady Danbury, por favor! —Elizabeth le lanzó una mirada suplicante. Bastante duro era ya tener tan poco dinero. Pero que la condesa la avergonzara delante de un desconocido...

Lady Danbury pareció darse cuenta (por una vez) de que se había pasado de la raya y cerró la boca.

Elizabeth cerró los ojos y dejó escapar un suspiro.

—Gracias —murmuró.

—Tengo sed —afirmó lady Danbury.

—Ya —dijo Elizabeth para sí misma, aunque habló tan fuerte que los otros dos la oyeron—. El té.

—¿Qué estás esperando? —preguntó lady Danbury, golpeando el suelo con su bastón.

—Que me hagan santa —masculló Elizabeth en voz baja.

El señor Siddons abrió mucho los ojos. ¡Vaya! La había oído. Estaba tan acostumbrada a estar sola con lady Danbury que ya no se preocupaba de lo que mascullaba para sí misma.

Pero para su sorpresa el señor Siddons le soltó bruscamente el brazo y empezó a toser. Y luego, justo cuando a cualquier persona normal se le habría pasado la tos, se dobló por la cintura, se dejó caer contra la pared y se puso a toser aún más fuerte.

El enfado de Elizabeth dio paso a la preocupación. Se inclinó hacia él.

—¿Se encuentra bien?

Él asintió rápidamente con la cabeza, sin quitarse la mano de la boca.

—¿Se ha atragantado con algo? —preguntó lady Danbury, chillando.

—No sé con qué —contestó Elizabeth—. No estaba comiendo nada.

—Dale una palmada en la espalda —dijo lady Danbury—. Dale fuerte.

El señor Siddons sacudió la cabeza y salió corriendo de la habitación.

—Quizá deberías ir tras él —sugirió lady Danbury—. Y no olvides darle una palmada.

Elizabeth parpadeó dos veces, se encogió de hombros y salió del salón pensando que darle una palmada en la espalda podía ser una empresa sumamente satisfactoria.

—¿Señor Siddons?

Y entonces lo oyó. Grandes carcajadas procedentes del otro lado de la esquina. Cerró la puerta rápidamente.

Cuando dobló la esquina, el señor Siddons estaba sentado en un banco, intentando recobrar el aliento.

—¿Señor Siddons? ¿James?

Él levantó la mirada y de pronto ya no le pareció tan peligroso como el día anterior.

—Que te hagan santa —dijo él con voz aguda—. ¡Dios mío! Sí, eso nos merecemos todos.

—Bueno, tú solo llevas aquí unos días —contestó Elizabeth—. Creo que tienes que pasar al menos un par de años en su compañía para que se te considere un mártir.

El señor Siddons intentó contener la risa, pero se le escapó en un gran chorro de aire. Cuando logró dominarse, dijo:

—Las calladitas como tú son las más astutas y peligrosas.

—¿Yo? —preguntó Elizabeth, incrédula—. Yo no soy nada callada.

—Puede que no, pero escoges con mucho cuidado tus palabras.

—Bueno, sí —dijo ella ladeando la cabeza de forma inconsciente—. Ya soy lo bastante torpe sin necesidad de enredarme con mi propia lengua.

James resolvió allí mismo que Elizabeth no podía ser la chantajista. Sabía que no había reunido pruebas suficientes para afirmarlo, pero su instinto le decía desde hacía días que ella era inocente. Sin embargo, él no había tenido la sensatez de escucharlo.

La miró un momento y luego preguntó:

—¿Te ayudo a traer el té?

—Seguro que tienes cosas más importantes que hacer que acompañar a una dama de compañía a la cocina.

—He notado a menudo que las damas de compañía son quienes más necesitan que las acompañen.

Sus labios se curvaron en una sonrisa.

—Bueno, lady Danbury es muy buena.

James miraba su boca con descaro. Se dio cuenta de que quería besarla. Lo cual no era sorprendente por sí mismo: desde el día anterior prácticamente no pensaba en otra cosa. Lo extraño era que quisiera hacerlo allí mismo, en el pasillo. Solía ser mucho más discreto.

—¿Señor Siddons?

Él pestañeó, un poco avergonzado por que le hubiera sorprendido mirándola fijamente.

—¿Quién está chantajeando a lady Danbury?

—Si lo supiera, no te habría acusado a ti.

—Mmm... No creas que te he perdonado por eso.

—¡Santo Dios! —dijo él, sobresaltado—. Empiezas a hablar igual que ella.

Los ojos de Elizabeth se abrieron mucho, horrorizados.

—¿Igual que lady Danbury?

Él asintió con la cabeza y resopló imitando a la perfección a Elizabeth y a lady Danbury.

Ella sofocó un gemido.

—Yo no he hecho eso, ¿verdad?

Él asintió otra vez con un brillo danzarín en los ojos.

—Voy a traer el té —gruñó ella.

—Entonces, ¿me perdonas por haber sospechado de ti?

—Supongo que debo hacerlo. A fin de cuentas no me conocías lo suficiente como para descartarme enseguida.

—¡Cuánta amplitud de miras por tu parte!

Ella le lanzó una mirada que decía claramente que no apreciaba su comentario, hecho tan a la ligera.

—Pero lo que no entiendo es qué puede haber hecho lady Danbury para que la chantajeen.

—Eso no me corresponde a mí decirlo —dijo él en voz baja.

Elizabeth asintió con la cabeza.

—Voy por el té.

—Te acompaño.

Ella levantó una mano.

—No, nada de eso.

James tomó sus dedos y le besó las puntas.

—Sí, te acompaño.

Elizabeth se quedó mirando su mano. ¡Santo cielo, había vuelto a besarla! Allí, en el pasillo. Demasiado pasmada para apartar la mano, miró a derecha e izquierda, temiendo que algún sirviente se topara con ellos.

—Ayer fue la primera vez que te besaron —murmuró él.

—¡Claro que no!

—Ni siquiera te habían besado en la mano. —Soltó sus dedos, tomó su otra mano y le besó los nudillos.

—¡Señor Siddons! —dijo ella, ahogando un grito—. ¿Está usted loco?

Él sonrió.

—Me alegra que no te hayan besado nunca.

—Estás loco. Completamente loco. Y —añadió a la defensiva— claro que me habían besado la mano.

—Tu padre no cuenta.

Elizabeth deseó más que nada en el mundo encontrar un agujero en el suelo y meterse en él. Sintió que le ardían las mejillas y comprendió que no hacía falta que dijera nada para que él supiera que tenía razón. No había muchos hombres solteros en el pueblo, y ninguno de ellos era lo bastante sofisticado como para besarle la mano.

—¿Quién eres? —murmuró.

Él la miró de forma extraña, entornando los ojos castaños.

—James Siddons. Ya lo sabes.

Ella sacudió la cabeza.

—Nunca habías trabajado como administrador. Apostaría mi vida a que tengo razón.

—¿Quieres ver mis referencias?

—No te comportas como es debido. Un sirviente se...

—¡Ah! Pero yo no soy exactamente un sirviente —la interrumpió él—. Lo mismo que tú. Tengo entendido que perteneces a la nobleza local.

Ella asintió con la cabeza.

—Mi familia también es antigua —continuó él—. Pero por desgracia no perdimos el orgullo junto con el dinero.

—¿Por desgracia?

—Da lugar a situaciones embarazosas.

—Como esta —dijo Elizabeth con firmeza—. Tienes que regresar al salón ahora mismo. Seguro que lady Danbury está preguntándose por qué diablos he cerrado la puerta y qué estamos haciendo, y no sé qué opinarás tú, pero yo no tengo ganas de dar explicaciones.

James se quedó mirándola, preguntándose por qué de pronto se sentía como si le hubiera echado un rapapolvo su institutriz. Sonrió.

—Se te da bien eso.

Elizabeth había logrado dar tres pasos en dirección a la cocina. Soltó un suspiro exasperado y se volvió.

—¿El qué?

—Hablar a un hombre adulto como si fuera un niño. Siento que me has puesto en mi sitio.

—No es cierto —replicó ella, agitando la mano—. Mírate. No pareces arrepentido en absoluto. Estás sonriendo como un bobo.

Él ladeó la cabeza.

—Lo sé.

Elizabeth levantó las manos.

—Tengo que irme.

—Tú me haces sonreír.

Sus palabras, suaves e intensas, la detuvieron en seco.

—Date la vuelta, Elizabeth.

Había una especie de vínculo entre los dos. Ella no sabía nada del amor, pero sabía que podía enamorarse de aquel hombre. Lo sentía en el fondo del corazón y estaba asustada. No podía casarse con él. James no tenía dinero; él mismo se lo había dicho. ¿Cómo iba a mandar a Lucas a Eton teniendo a un administrador de fincas por marido? ¿Cómo iba a alimentar y a vestir a Susan y a Jane? Susan solo tenía catorce años, pero pronto querría debutar en sociedad. Londres estaba descartado, pero hasta un pequeño debut de provincias costaba dinero.

Y eso era lo único que no tenían ni Elizabeth ni el hombre parado delante de ella (posiblemente el único que podía conquistar su corazón).

¡Santo cielo! Ya antes creía que la vida la había tratado injustamente, pero esto... esto era una agonía.

—Date la vuelta, Elizabeth.

Ella siguió andando. Fue lo más duro que había hecho nunca.

Esa noche, ya tarde, Susan, Jane y Lucas Hotchkiss se sentaron en el frío suelo del pasillo de arriba, frente a la puerta del cuarto de su hermana mayor.

—Creo que está llorando —susurró Lucas.

—Claro que está llorando —repitió Jane—. Hasta un tonto se daría cuenta.

—La cuestión es —les interrumpió Susan— por qué llora.

Nadie conocía la respuesta.

Dieron un respingo un instante después, cuando oyeron un sollozo más fuerte de lo normal, y a continuación tragaron saliva, incómodos, al oír un resoplido.

—Últimamente está muy preocupada por el dinero —dijo Lucas, vacilante.

—Siempre está preocupada por el dinero —replicó Jane.

—Es natural —añadió Susan—. La gente que no tiene dinero siempre se preocupa por él.

Los dos pequeños le dieron la razón asintiendo con la cabeza.

—¿De verdad no tenemos nada? —murmuró Jane.

—Me temo que no —dijo Susan.

A Lucas empezaron a empañársele los ojos.

—No voy a poder ir a Eton, ¿verdad?

—Sí, sí —se apresuró a decir Susan—, claro que sí. Solo tenemos que ahorrar.

—¿Cómo vamos a ahorrar si no tenemos nada? —preguntó él.

Susan no contestó.

Jane le dio un codazo en las costillas.

—Creo que uno debería entrar a consolarla.

Antes de que a Susan le diera tiempo a asentir con la cabeza, oyeron un estrépito seguido por el inaudito sonido de su hermana gritando.

—¡Maldito seas! ¡Vete al infierno!

Jane sofocó un gemido.

Susan se quedó boquiabierta.

—No puedo creer que haya dicho eso —susurró Lucas, pasmado—. Me pregunto a quién estará maldiciendo.

—No es como para estar muy orgulloso —replicó Jane, clavándole un dedo en la parte blanda de encima de la clavícula.

—¡Ay!

—Y no maldigáis —añadió Susan.

—Sí que es para estar orgulloso. Aunque yo nunca lo haya dicho.

Jane levantó los ojos al cielo.

—¡Hombres!

—Dejad de pelearos —dijo Susan de forma distraída—. Creo que será mejor que entre a verla.

—Sí —dijo Jane—, lo que yo decía...

—¿Por qué todo tiene que ser idea tuya? —dijo Lucas, enfurruñado—. Siempre estás...

—¡Ha sido idea mía!

—¡Callaos! —dijo Susan gritando—. Abajo los dos. Y si me entero de que alguno de vosotros me desobedece, os almidono la ropa interior un mes entero.

Los dos niños asintieron con la cabeza y bajaron corriendo las escaleras. Susan respiró hondo y llamó a la puerta de Elizabeth.

No hubo respuesta.

Susan volvió a llamar.

—Sé que estás ahí.

Se oyeron pasos y un instante después se abrió de golpe la puerta.

—Claro que sabes que estoy aquí —le espetó Elizabeth—. Seguramente se me oye hasta en Danbury House.

Susan abrió la boca, volvió a cerrarla y la abrió de nuevo.

—Iba a preguntarte si te pasa algo, pero me he dado cuenta de que sonaba ridículo, así que quizá deba preguntarte qué es lo que te pasa.

La respuesta de Elizabeth no fue verbal. Volvió la cabeza y miró con rabia un objeto de color rojo que había tirado en un rincón.

—¡Santo cielo! —exclamó Susan, cruzando la habitación—. ¿Eso era el golpe que he oído?

Elizabeth miró con desdén el ejemplar de *Cómo casarse con un Marqués* que su hermana sostenía con cuidado entre las manos.

—¡Este libro pertenece a lady Danbury! —dijo Susan—. Tú misma me hiciste prometer que no le haría ni un arañazo en el lomo. ¿Y lo tiras al otro lado de la habitación?

—Mis prioridades han cambiado. Me da igual que arda. Me da igual que arda la señora Seeton.

La boca de Susan formó un círculo perfecto.

—¿Estabas mandando a la señora Seeton al infierno?

—Puede que sí —dijo Elizabeth en tono insolente.

Susan se tapó la boca con la mano, estupefacta.

—Elizabeth, no pareces tú.

—Me siento como si no fuera yo.

—Tienes que contarme qué ha pasado para que estés tan disgustada.

Elizabeth lanzó un suspiro corto y rápido.

—Ese libro ha arruinado mi vida.

Susan parpadeó.

—Tú nunca has sido muy dada al melodrama.

—Quizás haya cambiado.

—Quizá —dijo Susan, a la que empezaban a exasperar las evasivas de su hermana— convendría que me explicaras cómo ha podido arruinar tu vida este libro.

Elizabeth miró para otro lado para que Susan no viera cómo le temblaba la cara.

—No habría coqueteado con él. No me habría acercado a él si no se me hubiera metido en la cabeza...

—¡Santo cielo! —la interrumpió Susan—. ¿Qué te ha hecho? ¿Te ha deshonrado?

—¡No! —contestó Elizabeth mientras las lágrimas corrían por su cara—. Podría quererle. Podría quererle de verdad.

—Entonces, ¿qué tiene de malo? —preguntó Susan en un suave susurro.

—¡No tiene ni un céntimo, Susan! ¡Es el administrador de una finca!

—¿Y no podrías ser feliz llevando una vida sencilla?

—Claro que sí —replicó Elizabeth—. Pero ¿y la educación de Lucas? ¿Y tu debut? ¿Y las acuarelas de Jane? ¿Es que no has escuchado una sola palabra de lo que te he dicho esta última semana? ¿Creías que estaba buscando marido por diversión? Necesitamos dinero, Susan. Dinero.

Susan ni siquiera se atrevió a mirar a los ojos a su hermana.

—Siento que creas que tienes que sacrificarte.

—Lo curioso es que no creía que fuera un sacrificio. Muchas mujeres se casan con hombres a los que no quieren. Pero ahora... —Hizo una pausa y se enjugó los ojos—. Ahora es duro. Eso es lo que es. Duro.

Susan tragó saliva y dijo con dulzura:

—Quizá deberías devolver el libro.

Elizabeth asintió con la cabeza.

—Lo devolveré mañana.

—Luego podemos... luego podemos decidir qué hacemos. Estoy segura de que puedes encontrar marido sin tener que practicar con...

Elizabeth levantó una mano.

—No hablemos de eso ahora.

Susan asintió con la cabeza y esbozó una sonrisa mientras levantaba el libro.

—Voy a sacarle el polvo. Mañana puedes devolverlo.

Elizabeth no se movió mientras la veía salir de la habitación. Luego se echó en la cama y empezó a llorar. Pero esta vez se tapó la cabeza con la almohada para sofocar sus sollozos.

Lo último que quería era que la compadecieran aún más.

# 8

A la mañana siguiente, Elizabeth llegó a Danbury House antes que de costumbre con la esperanza de entrar a hurtadillas en la biblioteca y dejar el libro en su sitio antes de que lady Danbury acabara de desayunar. Lo único que quería era perderlo de vista y librarse de él para siempre.

Había imaginado la escena cien veces. Deslizaría el libro en la estantería y cerraría la puerta de la biblioteca a sus espaldas. Y confiaba en que ahí acabara todo.

—Solo me has traído desdichas —susurró dirigiéndose al interior de su bolso.

¡Santo Dios! Se estaba convirtiendo en una auténtica idiota. Estaba hablando con un libro. ¡Con un libro! Pero aquel libro no tenía poderes, no iba a cambiar su vida, y desde luego no iba a responderle si ella cometía la estupidez de hablarle.

Era solamente un libro. Un objeto inanimado. El único poder que tenía era el que ella decidiera darle. Solo podía afectar a su vida si ella lo consentía.

Naturalmente, eso no explicaba por qué esperaba a medias que refulgiera en la oscuridad cada vez que miraba dentro de su bolso.

Recorrió el pasillo de puntillas, y por una vez en su vida dio gracias al cielo porque lady Danbury se aferrara firmemente a su rutina. La condesa estaría todavía en pleno desayuno, lo que significaba que quedaban al menos veinte minutos para que su ama apareciera en el salón.

Dos minutos para devolver el libro a la estantería y dieciocho para calmarse.

Cuando dobló la esquina, ya había metido la mano en el bolso y agarrado el libro. La puerta de la biblioteca estaba entreabierta. Perfecto. Cuanto menos ruido hiciera, menos probabilidades había de que se tropezara con alguien. De todos modos no había mucha actividad en aquella parte de la casa antes de que lady Danbury acabara de desayunar, pero aun así tenía que ser prudente.

Se deslizó de costado por el hueco de la puerta con la mirada fija en el estante en el que había encontrado el libro a principios de esa semana. Lo único que tenía que hacer era cruzar la habitación, dejar el libro en su sitio y marcharse. Sin rodeos ni paradas innecesarias.

Sacó el libro con los ojos clavados en el estante. Dos pasos más y...

—Buenos días, Elizabeth.

Pegó un grito.

James dio un leve respingo de sorpresa.

—Te pido disculpas por haberte asustado.

—¿Qué haces tú aquí? —preguntó ella.

—Estás temblando —dijo él, preocupado—. Te he asustado de verdad, ¿no?

—No —contestó ella con voz chillona—. Es solo que no esperaba que hubiera nadie. La biblioteca suele estar vacía a estas horas de la mañana.

Él se encogió de hombros.

—Me gusta leer. Lady Danbury me dijo que podía usar libremente su colección. Pero ¿qué es eso que llevas en la mano?

Elizabeth siguió la mirada de James hasta su mano y sofocó un grito. ¡Santo Dios! Seguía con el libro en la mano.

—No es nada —balbució, intentando volver a meterlo en su bolso—. Nada. —Pero los nervios entorpecían sus dedos y el libro cayó al suelo.

—Es el libro que intentabas que no viera el otro día —dijo él con un brillo triunfal en los ojos.

—¡No! —dijo ella casi gritando, y se dejó caer al suelo para taparlo—. No es más que una novela estúpida que tomé prestada y...

—¿Es buena? —dijo él con sarcasmo—. Puede que quiera leerla.

—Te repugnaría —se apresuró a decir ella—. Es de amor.

—Me gusta el amor.

—Claro, a todo el mundo le gusta —balbució ella—, pero ¿de veras quieres leer sobre él? Yo diría que no. Es muy melodramático. Te aburrirías como una ostra.

—¿Tú crees? —murmuró él, y una comisura de su boca se alzó en una media sonrisa.

Ella asintió con la cabeza frenéticamente.

—En resumidas cuentas, es un libro de mujeres.

—Eso es muy discriminatorio, ¿no te parece?

—Solo intento ahorrarte tiempo.

Él se agachó.

—Eres muy considerada.

Elizabeth cambió de postura para sentarse encima del libro.

—Es bueno ser considerada.

Él se acercó con un brillo en los ojos.

—Es una de las cosas que más me gustan de ti, Elizabeth.

—¡¿Qué?! —gritó ella.

—Lo considerada que eres.

—Eso es imposible —replicó ella precipitadamente—. Ayer mismo pensabas que estaba chantajeando a lady Danbury. ¿Eso te parece considerado?

—Intentas cambiar de tema —la reprendió él—, pero que conste que ya había llegado a la conclusión de que no eras la chantajista. Es verdad que al principio sospeché de ti. A fin de cuentas, tienes libre acceso a las pertenencias de lady Danbury. Pero no hace falta pasar mucho tiempo en tu compañía para formarse una idea precisa de tu carácter.

—¡Qué considerado por tu parte! —respondió ella con sarcasmo.

—Apártate del libro, Elizabeth —ordenó él.

—No.

—Apártate.

Ella gruñó audiblemente. Su vida no podía haber llegado a aquel extremo. La palabra «vergüenza» no podía describir ni de lejos su estado de ánimo. Y la palabra «tomate» no podía describir el estado de sus mejillas.

—Solo estás empeorando las cosas. —James alargó el brazo y logró agarrar el libro por una esquina.

Ella se agazapó al instante.

—No pienso moverme.

Él la miró con lascivia y movió los dedos.

—Y yo no pienso quitar la mano.

—Serás bribón... —murmuró ella—. Acariciar el trasero de una señora...

Él se inclinó un poco más.

—Si te estuviera acariciando el trasero, tendrías una expresión muy distinta.

Ella le dio una palmada en el hombro. Seguramente era lo que se merecía, pensó James, pero no iba a marcharse de la biblioteca sin echar un vistazo a aquel librito rojo.

—Puedes insultarme todo lo que quieras —dijo ella en tono altivo—, que no te servirá de nada. No voy a moverme.

—Elizabeth, pareces una gallina intentando empollar un libro.

—Si fueras un caballero...

—¡Ah! Pero hay momentos y lugares para comportarse como un caballero, y este no es uno de ellos. —Metió los dedos un poco más debajo de ella y consiguió agarrar el libro. Un empujón más y podría meter el pulgar por el borde del libro y apoderarse de él.

Ella tensó la mandíbula.

—Saca la mano de ahí —masculló.

Él hizo lo contrario: introdujo los dedos un centímetro más.

—Es una hazaña que seas capaz de decir todo eso entre dientes.

—¡James!

Él levantó la mano libre.

—Un momento, por favor. Me estoy concentrando.

Mientras ella le miraba con enfado, enganchó con el pulgar el borde superior del libro. Su boca se distendió en una sonrisa mortífera.

—Está usted perdida, señorita Hotchkiss.

—¿Qué...? ¡Aaaaaah!

De un tirón, James le sacó el libro de debajo, lanzándola hacia atrás.

—¡Nooooo! —gritó ella como si el destino del mundo dependiera de que ella pudiera recuperar aquel librito.

James cruzó corriendo la habitación, enarbolando triunfalmente el libro. Elizabeth era treinta centímetros más baja que él: no podría alcanzarlo.

—James, por favor —suplicó.

Él sacudió la cabeza y deseó no sentirse como un canalla. La expresión de Elizabeth era conmovedora. Pero llevaba días preguntándose por aquel libro, y ya había llegado hasta allí, así que levantó la cabeza, dio la vuelta al libro y leyó el título.

*Cómo casarse con un Marqués.*

Parpadeó. Sin duda ella no sabía que... No, no podía conocer su verdadera identidad.

—¿Por qué has hecho eso? —dijo ella con voz ahogada—. ¿Por qué has tenido que hacer eso?

James ladeó la cabeza hacia ella.

—¿Qué es esto?

—¿A ti qué te parece? —le espetó ella.

—Yo... eh... no lo sé. —Con el libro todavía en alto, lo abrió y pasó unas cuantas páginas—. Parece una especie de manual.

—Eso es lo que es —replicó ella—. Ahora, por favor, devuélvemelo. Tengo que devolvérselo a lady Danbury.

—¿Esto es de mi... de lady Danbury? —preguntó él con incredulidad.

—¡Sí! Devuélvemelo.

James sacudió la cabeza, volvió a mirar el libro y fijó de nuevo la mirada en Elizabeth.

—Pero ¿para qué necesita ella un libro así?

—No lo sé —respondió ella casi gimiendo—. Es viejo. Puede que lo comprara antes de casarse con lord Danbury. Pero, por favor, deja que lo ponga en la estantería antes de que vuelva de desayunar.

—Dentro de un momento. —James pasó otra página y leyó:

*Nunca separes los labios cuando sonrías. Una sonrisa apretada es infinitamente más misteriosa, y tu labor consiste en fascinar a tu Marqués.*

—¿Por eso siempre sonríen así? —murmuró. Miró a Elizabeth—. El Edicto Número Doce explica muchas cosas.

—El libro —gruñó ella, tendiendo la mano.

—Por si te interesa —dijo él con un amplio ademán—, yo prefiero a las mujeres que saben sonreír. Esto... —estiró los labios en una tensa sonrisa fingida— no es nada favorecedor.

—No creo que la señora Seeton se refiera a esto. —Imitó su tensa sonrisa—. Creo que se supone que lo que hay que hacer es esto. —Curvó los labios en una media sonrisa delicada, y James sintió un estremecimiento que le llegó hasta...

—Sí —dijo, tosiendo—, eso es bastante más efectivo.

—No puedo creer que esté discutiendo esto contigo —dijo ella, más para sí misma que para él—. ¿Puedes poner el libro en su sitio, por favor?

—Todavía quedan al menos diez minutos para que lady Danbury acabe de desayunar. No te preocupes. —Volvió a fijar su atención en el librito rojo—. Esto me parece fascinante.

—A mí no —refunfuñó ella.

James volvió a mirarla. Estaba rígida como una tabla y con los puños cerrados junto a los costados. En sus mejillas se veían dos manchas muy coloradas.

—Estás enfadada conmigo —dijo él.

—Tu sensibilidad es asombrosa.

—Pero si solo estaba pinchándote... Seguro que sabes que no pretendía ofenderte.

Los ojos de Elizabeth se endurecieron un poco más.

—¿Tú me ves reír?

—Elizabeth —dijo él en tono conciliador—, ha sido todo una broma. ¿No te estarás tomando este libro en serio?

Ella no respondió. El silencio se hizo más denso y James vio un destello de dolor en aquellos ojos de color zafiro. Las comisuras de los labios de Elizabeth temblaron y se tensaron, y apartó la mirada.

—¡Ay, Dios! —murmuró él, notando una punzada de mala conciencia en el costado—. Lo siento mucho.

Ella levantó la barbilla, pero James vio la expresión contenida de su semblante cuando dijo:

—¿Podemos dejarlo ya?

Él bajó los brazos sin decir nada y le devolvió el libro. Ella no le dio las gracias, se limitó a agarrarlo y a apretarlo contra su pecho.

—No sabía que estabas buscando marido —dijo él con dulzura.

—Tú no sabes nada de mí.

Él señaló el libro con torpeza.

—¿Te ha servido de algo?

—No.

Su tono anodino fue como un puñetazo en el vientre. James comprendió de pronto que tenía que arreglar aquello. Tenía que borrar aquella expresión mortecina de sus ojos, devolver la alegría a su voz. Tenía que hacerla reír, tenía que oírse a sí mismo riéndose de alguna de sus bromas.

No sabía por qué. Solo sabía que tenía que hacerlo.

Se aclaró la garganta y dijo:

—¿Puedo hacer algo por ayudarte?

—¿Cómo dices?

—¿Puedo ayudarte de alguna manera?

Ella le miró con sospecha.

—¿Qué quieres decir?

James entreabrió un poco los labios mientras intentaba decidir cómo demonios podía contestar.

—Es solo que... Bueno, da la casualidad de que sé una o dos cosas sobre encontrar marido..., o más bien, en mi caso, esposa.

A ella se le desorbitaron los ojos.

—¿Estás casado?

—¡No! —respondió él, y a él mismo le sorprendió la fuerza con que había respondido.

Ella se relajó visiblemente.

—¡Gracias a Dios! Porque... porque...

—¿Porque te besé?

—Sí —masculló ella, y sus mejillas se sonrojaron en torno a aquellas manchas coloradas.

James alargó el brazo y le puso los dedos bajo la barbilla, obligándola a mirarle.

—Si estuviera casado, Elizabeth, puedes estar segura de que no tontearía con otra mujer.

—¡Qué... considerado por tu parte!

—Quería decir que si de verdad estás buscando marido, sería un placer ayudarte en lo que esté en mi mano.

Elizabeth se quedó mirándole, pasmada por lo irónico de aquel instante. Allí estaba, de pie delante del hombre por el que se había pasado llorando toda la noche, y él le ofrecía ayudarla a encontrar marido.

—Esto no puede estar pasando —dijo para sí misma—. No puede estar pasando.

—No veo por qué no —dijo él con dulzura—. Te considero una amiga y...

—¿Y se puede saber cómo podrías ayudarme? —dijo ella, y se preguntó por qué demonios le seguía la corriente—. Eres nuevo en esta comarca. No puedes presentarme a ningún candidato conveniente. Y —añadió, señalándole— está claro que no sabes mucho de moda.

Él dio un respingo.

—¿Cómo dices?

—Tu ropa está muy bien, pero hace varios años que pasó de moda.

—Igual que la tuya —dijo él con una sonrisa satisfecha.

—Lo sé —replicó Elizabeth—. Por eso necesito ayuda de alguien que sepa de qué está hablando.

James ladeó la cabeza y volvió a enderezarla, intentando contenerse para no replicar. Aquella muchacha impertinente debería ver su ropero de Londres. Tenía ropa a montones, toda ella a la última moda, y sin rayas ni volantes ridículos.

—¿Por qué estás tan ansiosa por casarte? —le preguntó él. Había llegado a la conclusión de que era más importante valorar su situación que defender su atuendo.

—Eso no es asunto tuyo.

—No estoy de acuerdo. Si voy a ayudarte, tiene que ser asunto mío.

—Yo no he dicho que vaya a permitir que me ayudes —replicó ella.

Él fijó los ojos en el libro.

—¿Tiene que ser un Marqués?

Ella parpadeó, desconcertada.

—¿Cómo dices?

—¿Tiene que ser un Marqués? —repitió él—. ¿Tiene que tener título? ¿Tan importante es?

Ella dio un paso atrás al oír su tono estridente.

—No.

James sintió que sus músculos se relajaban. Ni siquiera se había dado cuenta de lo tenso que estaba, ni de lo mucho que le importaba que Elizabeth le contestara que no. Toda su vida había sido dolorosamente consciente de que era su posición lo que importaba, no su carácter. Su padre nunca le llamaba su «hijo», sino su «heredero». El difunto Marqués no sabía cómo relacionarse con un niño; le trataba como un adulto en miniatura. Cualquier travesura era considerada una afrenta para el título, y James había aprendido a ocultar su personalidad, normalmente expansiva, bajo una máscara de obediencia y seriedad, al menos cuando estaba en presencia de su padre.

En el colegio era un muchacho popular (los muchachos con su encanto y sus dotes atléticas solían serlo), pero había tardado algún tiempo en distinguir a sus verdaderos amigos de quienes le consideraban un medio para acceder a una vida y una posición mejores.

Y luego en Londres... ¡Santo Dios! Podría haber tenido dos cabezas y el tronco de un elefante, para lo que les importaba a todas aquellas damas.

«El Marqués, el Marqués —las oía murmurar—. Es Marqués. Dueño de una fortuna. Vive en un castillo.»

Había oído que se referían a su apariencia y su juventud como a un aliciente, pero ni una sola vez había oído hablar a nadie de su ingenio, de su sentido del humor o de su sonrisa.

Pensándolo bien, Elizabeth Hotchkiss era la primera mujer que conocía desde hacía mucho tiempo a la que parecía gustarle por sí mismo.

James la miró.

—¿No tiene que ser Marqués? —murmuró—. ¿Por qué el libro, entonces?

A Elizabeth le temblaron las manos cerradas junto a los costados. Parecía a punto de dar un zapatazo en cualquier momento.

—Porque estaba aquí. Porque no ponía *Cómo casarse con un caballero sin título, de cierta fortuna y razonable buen humor*. No lo sé.

James tuvo que sonreír.

—Pero dudo que pueda atraer a un caballero con título —añadió ella—. No tengo dote y tampoco soy un diamante pulido, desde luego.

En eso no estaban de acuerdo, pero James sospechaba que ella no le creería si se lo decía.

—¿Tienes algún candidato en mente? —preguntó.

Ella esperó un momento largo y revelador antes de decir:

—No.

—Entonces sí lo tienes —dijo él con una sonrisa.

Ella permaneció de nuevo callada durante unos segundos antes de decir en un tono que advirtió a James de que su vida corría peligro si insistía:

—No es adecuado.

—¿Y qué es adecuado, según tú?

Ella suspiró de forma cansina.

—No quiero que me peguen, preferiría que no me abandonara...

—¡Caray! Sí que apuntas alto.

—Olvídalo —le espetó ella—. No sé por qué te estoy contando esto, de todos modos. Está claro que no tienes ni idea de lo que es estar desesperada, sin alternativas y saber que hagas lo que hagas...

—Elizabeth —dijo él con suavidad, agarrándola de la mano—, lo siento.

—Tiene que tener dinero —dijo ella débilmente, mirando sus manos unidas—. Necesito dinero.

—Entiendo.

—Dudo que lo entiendas, pero bastará con que sepas que estoy en la ruina.

—¿Lady Danbury no te paga lo suficiente como para mantenerte? —preguntó él con calma.

—Sí, pero no para mantener a mis hermanos. Y Lucas tiene que ir a Eton.

—Sí —dijo él distraídamente—. Tendría que ir. ¿Dijiste que es baronet?

—No, no te lo había dicho. Pero sí, lo es.

—Debe de habérmelo dicho lady Danbury.

Ella se encogió de hombros y lanzó un suspiro mezclado con una risa avergonzada.

—Es de dominio público. Somos el ejemplo oficial de nobleza empobrecida de esta comarca. Así que ya ves, no soy precisamente un buen partido. Lo único que puedo ofrecer es el linaje de mi familia. Y tampoco es muy impresionante. No pertenezco a la aristocracia.

—No —dijo él—, pero creo que muchos hombres desearían casarse con una señorita de la pequeña nobleza local, sobre todo si tiene título. Y tú tienes la ventaja de ser preciosa.

Ella levantó la vista de repente.

—Por favor, no te pongas paternalista conmigo.

Él sonrió con incredulidad. Estaba claro que ella no tenía ni idea de sus encantos.

—Me han dicho que soy pasable... —comenzó a decir.

Bueno, quizá tuviera cierta idea.

—... pero decir que soy preciosa es exagerar.

Él agitó la mano, desdeñando su protesta.

—En esto tienes que confiar en mí. Como te iba diciendo, estoy convencido de que tiene que haber varios hombres en la comarca a los que les gustaría casarse contigo.

—Hay uno —dijo ella con desagrado—. Un caballero del pueblo. Pero es viejo, gordo y mezquino. Mi hermana pequeña siempre dice que huirá a una fábrica si me caso con él.

—Entiendo. —James se frotó la barbilla mientras buscaba una solución al dilema de Elizabeth. Parecía un crimen que se casara con un hombre viejo y desagradable que le doblaba la edad. Quizás él pudiera hacer algo. Tenía dinero suficiente para mandar a su hermano mil veces a Eton.

O, mejor dicho, lo tenía el Marqués de Riverdale. James Siddons, un hombre corriente, no tenía nada más que la ropa que llevaba puesta.

Pero quizá pudiera organizar una especie de donación anónima. Seguramente Elizabeth no era tan orgullosa como para rechazar un regalo inesperado. No dudaba de que, si fuera solo por ella, se negaría a aceptarlo, pero no estando en juego el bienestar de su familia.

James tomó nota de que debía ponerse en contacto con su abogado lo antes posible.

—Así que —dijo ella con una risa incómoda—, a no ser que tengas una fortuna escondida, no veo cómo puedes ayudarme.

—Bueno —dijo él, evitando mentirle directamente—, había pensado ayudarte de otra manera.

—¿Qué quieres decir?

Él escogió sus palabras con cuidado.

—Sé un poco sobre el arte del flirteo. Antes de buscar empleo, no estaba... no estaba muy activo, pero alternaba en los círculos de la buena sociedad.

—¿En Londres? —preguntó ella con incredulidad—. ¿Con la nobleza?

—Nunca entenderé las complejidades de una temporada en Londres —dijo él con mucho énfasis.

—¡Oh! Bueno, eso no importa, supongo, porque no tengo fondos para pasar una temporada allí. —Levantó la vista y le ofreció una sonrisa reticente—. Y si los tuviera, serían para la educación de Lucas, de todos modos.

Él la miró, absorto en la delicadeza de su cara ovalada y sus grandes ojos azules. Tenía que ser la persona menos egoísta que había conocido.

—Eres una buena hermana, Elizabeth Hotchkiss —dijo en voz baja.

—No, nada de eso —contestó ella con voz triste—. A veces estoy tan resentida... Si fuera mejor persona, me...

—Tonterías —la interrumpió él—. No hay nada de malo en indignarse ante la injusticia.

Ella se rio.

—No es injusticia, James, es solo pobreza. Estoy segura de que lo entiendes.

James nunca había pasado necesidades. Cuando vivía su padre, disponía de una renta enorme. Y luego, al tomar posesión del título, había heredado una fortuna aún más grande.

Elizabeth ladeó la cabeza y miró por la ventana. Más allá, la brisa suave agitaba las hojas del olmo favorito de lady Danbury.

—A veces deseo... —murmuró.

—¿Qué deseas? —preguntó James con intensidad.

Ella sacudió un poco la cabeza.

—No importa. Y tengo que atender a lady Danbury. Llegará al cuarto de estar en cualquier momento y estoy segura de que me necesita.

—¡Elizabeth! —se oyó gritar desde el otro lado del pasillo.

—¿Ves? ¿Ves lo bien que la conozco?

James inclinó la cabeza con respeto y murmuró:

—Es impresionante.

—¡Elizabeth!

—¡Santo cielo! —dijo Elizabeth—. ¿Qué querrá ahora?

—Compañía —contestó James—. Eso es lo único que ella necesita. Compañía.

—¿Dónde está ese ridículo gato cuando lo necesito? —Ella se volvió para marcharse.

—¡Elizabeth! —la llamó James.

Ella se volvió.

—¿Sí?

—El libro. —Señaló el librito rojo, que ella todavía llevaba bajo el brazo—. No querrás llevártelo al salón, ¿no?

—¡Ay, no! —Se lo puso en las manos—. Gracias. Había olvidado por completo que lo tenía en la mano.

—Ya lo pongo yo en su sitio.

—Va en ese estante de ahí —dijo ella, señalando al otro lado de la biblioteca—. De lado. Boca abajo. Asegúrate de dejarlo exactamente como te he dicho.

Él sonrió con indulgencia.

—¿Te sentirás mejor si lo dejas tú?

Ella se quedó callada un momento y luego dijo:

—La verdad es que sí.

Volvió a agarrar el libro. James la vio cruzar a toda prisa la habitación y colocarlo con cuidado en el estante. Ella inspeccionó su obra un momento y luego lo movió un poco hacia la izquierda, por abajo. Torció la boca, pensativa, lo miró un momento más y luego lo movió hacia la derecha.

—Estoy seguro de que lady Danbury no notará si está movido un par de centímetros.

Pero ella no le hizo caso. Cruzó la habitación hacia él mientras decía:

—Luego nos vemos.

James asomó la cabeza por la puerta y la vio desaparecer en el cuarto de estar de Agatha. Después cerró la puerta, cruzó la biblioteca, tomó el libro y empezó a leer.

# 9

—¿Que quiere hacer qué?

Elizabeth estaba delante de lady Danbury, boquiabierta de sorpresa.

—Ya te lo he dicho: voy a echar una siesta.

—Pero si nunca echa siestas...

Lady Danbury levantó una ceja.

—Eché una hace dos días.

—Pero... pero...

—Cierra la boca, Elizabeth. Empiezas a parecer un pez.

—Pero me ha dicho usted una y otra vez —protestó ella— que la rutina es el puntal de la civilización.

Lady Danbury se encogió de hombros y profirió una especie de leve gorjeo.

—¿Es que una no puede cambiar de cuando en cuando de costumbres? Toda rutina necesita reajustes periódicos.

Elizabeth consiguió cerrar la boca, aunque aún no podía creer lo que estaba oyendo.

—Puede que eche una siesta todos los días —afirmó lady Danbury, cruzando los brazos—. Pero ¿qué diablos estás buscando?

Elizabeth, que no dejaba de mirar con perplejidad a un lado y a otro de la habitación, contestó:

—A un ventrílocuo. Esas palabras no pueden haber salido de su boca.

—Te aseguro que sí. He descubierto que dormir por la tarde es muy estimulante.

—Pero la que echó el otro día..., su única siesta desde la niñez, debo añadir... fue por la mañana.

—Mmm... Puede que sí. O puede que no.

—Lo fue.

—Pues habría sido mejor por la tarde.

Elizabeth no sabía cómo argumentar contra semejante falta de lógica, así que levantó los brazos y dijo:

—La dejo para que pueda dormir, entonces.

—Sí, hazlo. Y cierra la puerta al salir. Voy a necesitar un completo silencio.

—No esperaba que pidiera menos.

—Chiquilla desvergonzada... ¿De dónde has sacado tanto descaro?

Elizabeth la miró con enfado.

—Sabe usted muy bien que procede de usted, lady Danbury.

—Sí, te estoy moldeando bastante bien, ¿no te parece?

—Que Dios me asista —masculló Elizabeth.

—¡Te he oído!

—Supongo que no hay ninguna posibilidad de que pierda usted el oído.

Lady Danbury se echó a reír.

—Tú sí que sabes entretener a una anciana, Elizabeth Hotchkiss. No creas que no lo valoro. Te tengo mucho cariño.

Elizabeth parpadeó, sorprendida por la inesperada muestra de afecto de lady Danbury.

—¡Vaya! Gracias.

—No siempre soy una gruñona. —Lady Danbury miró el relojito que llevaba alrededor del cuello, colgado de una cadena—. Creo que quiero que me despiertes dentro de setenta minutos.

—¿Setenta minutos? —¿De dónde diablos se sacaba lady Danbury aquellas cifras tan raras?

—Una hora no es suficiente, pero estoy demasiado ocupada para malgastar una hora y media. Además —añadió con una mirada astuta—, me gusta tenerte en ascuas.

—De eso no me cabe duda —dijo Elizabeth entre dientes.

—Setenta minutos, entonces. Ni un minuto menos.

Elizabeth sacudió la cabeza, asombrada, mientras se dirigía a la puerta. Pero antes de salir se dio la vuelta y preguntó:

—¿Seguro que está bien?

—Todo lo bien que puede estar una señora de cincuenta y ocho años.

—Lo cual es una bendición —dijo Elizabeth—, dado que tiene sesenta y seis.

—Muchacha impertinente... Sal de aquí antes de que te baje el sueldo.

Elizabeth enarcó las cejas.

—No se atreverá.

Lady Danbury sonrió al verla cerrar la puerta a sus espaldas.

—Estoy haciendo un buen trabajo —se dijo en un tono lleno de ternura y quizá con un asomo de complacencia—. Cada día se parece más a mí.


Elizabeth lanzó un largo suspiro y se dejó caer en un banco tapizado del pasillo. ¿Qué se suponía que debía hacer ahora? De haber sabido que lady Danbury iba a adoptar la costumbre de echar la siesta, se habría llevado algo que remendar, o quizá las cuentas de su casa. Bien sabía Dios que las finanzas de los Hotchkiss siempre eran revisables.

Naturalmente, estaba *Cómo casarse con un Marqués*. Había jurado no volver a mirar el dichoso libro, pero quizá debiera asomarse a la biblioteca para asegurarse de que James no lo había movido, o le había dado la vuelta, o lo había hojeado, o... o había hecho cualquier cosa con él.

No, se dijo con firmeza, agarrándose al terciopelo marrón del asiento del banco para no levantarse. No quería volver a saber nada de la señora Seeton y sus edictos. Iba a quedarse ahí sentada, fijada al banco como con pegamento, hasta que decidiera cómo pasar los siguientes setenta minutos.

Sin entrar en la biblioteca. Hiciera lo que hiciese, no iba a entrar en la biblioteca.

—¿Elizabeth?

Levantó los ojos y vio a James, o mejor dicho su cabeza, asomada a la puerta de la biblioteca.

—¿Puedes venir un momento?

Ella se levantó.

—¿Hay algún problema?

—No, no. Al contrario.

—Eso suena prometedor —murmuró ella. Hacía mucho tiempo que nadie la llamaba para darle una buena noticia. «¿Puede venir un momento?» solía ser el modo amable de decir: «Hace tiempo que debe la cuenta y, si no paga inmediatamente, tendré que dar parte a las autoridades».

James le hizo una seña con la mano.

—Tengo que hablar contigo.

Ella entró en la biblioteca. Adiós a su determinación.

—¿Qué ocurre?

Él levantó *Cómo casarse con un Marqués* y frunció el ceño.

—He estado leyendo esto.

¡Oh, no!

—Es fascinante.

Ella gruñó y se tapó los oídos con las manos.

—No quiero oírlo.

—Estoy convencido de que puedo ayudarte.

—No pienso escucharte.

James la agarró de las manos y tiró de ellas hasta que Elizabeth tuvo los brazos estirados como una estrella de mar.

—Puedo ayudarte —repitió.

—Lo mío no tiene remedio.

Él se echó a reír, y aquel sonido delicioso hizo que un calorcillo se extendiera por el cuerpo de Elizabeth, hasta las puntas de sus pies.

—¡Vamos, vamos! —dijo él—. No seas pesimista.

—¿Por qué estás leyendo eso? —le preguntó ella. ¡Santo cielo! ¿Qué interés podía tener aquel libro para un hombre guapo y encantador?

Hablando sin rodeos, era un tratado para mujeres desesperadas. ¿Y acaso los hombres no solían comparar a las mujeres desesperadas con la cicuta, las intoxicaciones alimentarias y la peste bubónica?

—Será por mi curiosidad insaciable —contestó él—. ¿Cómo iba a resistirme, después de las heroicidades que tuve que hacer esta mañana para apoderarme de él?

—¿Heroicidades? —exclamó ella—. ¡Me lo sacaste de debajo!

—La noción de heroísmo siempre está sujeta a interpretaciones —dijo él con alegría, lanzándole otra de aquellas sonrisas peligrosamente viriles.

Elizabeth cerró los ojos y dejó escapar un suspiro de cansancio y desconcierto. Aquella debía de ser la conversación más extraña de toda su vida, y sin embargo parecía de lo más natural.

Pero lo más raro de todo era que en realidad no se sentía avergonzada. Tenía las mejillas un poco coloradas, sí, y apenas podía creer que ciertas cosas salieran de su boca, pero era indudable que a aquellas alturas ya debería haberse muerto de vergüenza.

Era por James, se dijo. Había algo en él que la tranquilizaba. Tenía una sonrisa tan fácil, una risa tan reconfortante... Quizá tuviera un lado enigmático y peligroso, y a veces la miraba con un ardor que hacía el aire más denso, pero aparte de eso era casi imposible sentirse incómoda con él.

—¿En qué estás pensando? —le oyó preguntar.

Elizabeth abrió los ojos.

—Estaba pensando que no recuerdo la última vez que me sentí tan ridícula.

—No seas tonta.

—A veces —dijo sacudiendo la cabeza con un aire burlón dirigido contra ella misma— no puedo evitarlo.

Él ignoró su comentario, levantó el libro y lo agitó moviendo un poco la muñeca.

—Esto plantea problemas.

—¿*Cómo casarse con un Marqués*?

—Muchos problemas.

—Me alegra oírlo. Debo decir que me parece dificilísimo estar a la altura de sus edictos.

James empezó a pasearse de un lado a otro. Sus ojos castaños y cálidos tenían una mirada pensativa.

—Me parece evidente —anunció— que la señora Seeton, si es que ese es su verdadero nombre, no consultó con un hombre a la hora de redactar sus edictos.

A Elizabeth, aquello le pareció tan interesante que se sentó.

—Puede ofrecer todas las normas y directrices que quiera —continuó él—, pero su metodología es errónea. Afirma que, si sigues estos edictos, te casarás con un Marqués...

—Creo que con «Marqués» se refiere únicamente a un hombre conveniente —le interrumpió Elizabeth—. Imagino que le pareció que el título sonaba mejor así.

Él sacudió la cabeza.

—Eso no cambia nada. Marqués, caballero conveniente... Somos todos hombres.

—Sí —dijo ella despacio, resistiendo a duras penas el impulso de verificarlo dejando que su mirada recorriera a James de arriba abajo—, es de esperar.

James se inclinó y la miró a la cara con intensidad.

—Contéstame a una cosa. ¿Cómo puede juzgar la señora Seeton, si es que de veras se llama así, si sus normas son apropiadas o no?

—Bueno —contestó Elizabeth, intentando ganar tiempo—, supongo que habrá hecho de carabina de un par de señoritas y...

—Mal pensado —la interrumpió él—. La única persona que puede juzgar si sus normas son adecuadas o no es un Marqués.

—O un caballero conveniente —añadió ella.

—O un caballero conveniente —reconoció él ladeando un poco la cabeza—. Pero te aseguro que, como caballero medianamente conveniente, si una mujer se acerca a mí siguiendo estos edictos...

—Pero no se acercaría a ti —le atajó Elizabeth—. No, si sigue las instrucciones de la señora Seeton. Iría contra las normas. Una dama debe esperar a que el caballero se acerque a ella. No recuerdo qué edicto es, pero sé que lo pone ahí.

—Lo cual solo demuestra lo absurdo que es todo esto. Pero lo que intento decirte es que, si yo conociera a una protegida de nuestra querida señora Seeton, si es que ese es su verdadero nombre...

—¿Por qué no paras de decir eso?

James se quedó pensando un momento. Debía de ser por todos aquellos años trabajando como espía. Pero se limitó a decir:

—No tengo ni la menor idea. Pero, como iba diciendo, si me encontrara con alguna de sus protegidas, huiría en dirección contraria.

Se hizo el silencio un momento y luego Elizabeth dijo esbozando una sonrisa maliciosa:

—De mí no huiste.

James levantó la cabeza de repente.

—¿Qué quieres decir?

Su sonrisa se hizo más amplia, y el placer de haberle sorprendido casi la hizo parecer felina.

—¿No has leído lo que dice sobre practicar los edictos? —Se inclinó para mirar las páginas de *Cómo casarse con un Marqués*, que él estaba hojeando en busca del mencionado edicto—. Me parece que es el número diecisiete —añadió.

James la miró atónito diez segundos seguidos antes de preguntar:

—¿Estabas practicando conmigo?

—Parece bastante cruel, lo sé, y me sentía un poco culpable, pero no tenía elección. A fin de cuentas, si no practicaba contigo, ¿con quién iba a hacerlo?

—Con quién, sí —masculló él, sin saber muy bien por qué se enfadaba. No era porque Elizabeth hubiera practicado con él; eso era bastante divertido, a decir verdad. Pensó que debía de ser por no haberse dado cuenta de lo que pasaba.

Para un hombre que se preciaba de su intuición y su perspicacia, aquello era humillante.

—No volveré a hacerlo —le prometió ella—. Debe de haber sido bastante injusto por mi parte.

Él empezó de nuevo a dar vueltas por la habitación con los dedos apoyados en la mandíbula mientras intentaba decidir cómo sacar partido de la situación.

—¿James?

¡Ajá! Se volvió rápidamente, con los ojos iluminados por una nueva idea.

—¿Para quién estabas practicando?

—No te entiendo.

Él se sentó frente a ella y se inclinó hacia delante, apoyando los brazos sobre los muslos. Esa misma mañana había jurado borrar de los ojos de Elizabeth aquella mirada de desesperación. A decir verdad, aquella mirada no estaba ya allí, pero él sabía que volvería en cuanto ella se acordara de los tres hermanitos hambrientos que tenía en casa. Y él había descubierto un modo de ayudarla y de pasárselo en grande al mismo tiempo.

Iba a ser su tutor. Elizabeth quería cazar a un hombre desprevenido y casarse con él, y nadie sabía más de tales manejos que el Marqués de Riverdale. Con él habían puesto en práctica todos los trucos posibles, desde debutantes de risita floja que le seguían a rincones oscuros, hasta cartas de amor asombrosamente explícitas, pasando por viudas que aparecían desnudas en su cama.

Parecía lógico que, si había aprendido tan bien a eludir el matrimonio, fuera capaz de aplicar sus conocimientos en sentido contrario. Con un poco de esfuerzo, Elizabeth podía cazar a cualquier hombre del país.

Era aquel *esfuerzo* el que había hecho que se le acelerara el pulso y que se hincharan ciertas partes de su anatomía de las que era mejor no hablar. Porque sus enseñanzas tendrían que incluir al menos un examen somero de las artes amatorias. Nada que comprometiera a la muchacha, claro, pero...

—¿Señor Siddons? ¿James?

James levantó la mirada, consciente de que estaba soñando despierto. ¡Santo Dios! Elizabeth tenía la cara de un ángel. Le parecía casi imposible que creyera necesitar ayuda para encontrar marido. Pero ella lo creía, y eso le ofrecía una oportunidad espléndida...

—Cuando estabas practicando conmigo —preguntó con voz baja y reconcentrada—, ¿quién era tu objetivo último?

—¿Quieres decir para casarme?

—Sí.

Ella parpadeó y movió un poco la boca antes de decir:

—Yo... no lo sé, la verdad. No lo había pensado. Solo confiaba en poder asistir a alguna de las fiestas que da lady Danbury. Me parecía un buen sitio para encontrar un caballero conveniente.

—¿Tiene alguna prevista para dentro de poco?

—¿Una fiesta? Sí. Es el sábado, creo. Una pequeña fiesta en el jardín.

James se recostó en su asiento. ¡Maldición! Su tía no le había dicho que esperaba compañía. Si alguno de sus invitados le conocía, tendría que escabullirse. Lo último que necesitaba era que algún caballerete de Londres le diera una palmada en la espalda delante de Elizabeth y le llamara «Riverdale».

—Pero creo que nadie va a quedarse a pasar la noche —añadió ella.

James asintió pensativo.

—Entonces será una oportunidad excelente para ti.

—Entiendo —dijo ella, aunque no parecía tan emocionada como él esperaba.

—Lo único que tienes que hacer es deducir qué hombres están solteros y escoger al mejor del lote.

—Ya he mirado la lista de invitados, y se espera a varios caballeros solteros, pero... —soltó una risa cargada de frustración— olvidas una cosa, James. El caballero en cuestión también tiene que elegirme a mí.

Él desdeñó su protesta con un gesto de la mano.

—Es imposible que fracases. Cuando hayamos acabado contigo...

—No me gusta cómo suena eso.

—... serás irresistible.

Elizabeth se llevó inconscientemente una mano a la mejilla mientras lo miraba con asombro. ¿Se estaba ofreciendo a entrenarla? ¿A convertirla en un buen partido? No sabía por qué se sorprendía tanto; a fin de cuentas, James nunca había dado muestras (excepto por aquel dulce beso) de estar interesado en ella. Y además ella le había dejado claro que no podía casarse con un administrador de fincas sin un céntimo en el bolsillo.

Así que ¿por qué la deprimía tanto que él pareciera ansioso por casarla con un caballero rico y bien relacionado, que era justamente lo que ella le había dicho que quería y esperaba de la vida?

—¿Qué supondría ese entrenamiento? —preguntó con desconfianza.

—Bueno, no tenemos mucho tiempo —dijo él—, y respecto a tu ropa no podemos hacer nada.

—¡Qué amable de tu parte ponerlo de manifiesto! —masculló ella.

Él le lanzó una mirada de reproche.

—Si no recuerdo mal, tú no tuviste reparos en criticar mi atuendo hace un rato.

Ahí la había pillado, reconoció ella. Los buenos modales la obligaron a decir, aunque a regañadientes:

—Tus botas son muy bonitas.

Él sonrió y se miró las botas, que, aunque viejas, parecían de muy buena calidad.

—Sí, ¿verdad?

—Aunque están un poco rayadas —añadió ella.

—Mañana les sacaré brillo —prometió él, y su mirada, algo altanera, convenció a Elizabeth de que se negaba a picar el anzuelo.

—Lo siento —dijo en voz baja—. Eso no venía a cuento. Los cumplidos deben hacerse libremente, sin restricciones ni reservas.

Él la miró un momento con expresión calculadora antes de preguntar:

—¿Sabes qué es lo que me gusta de ti, Elizabeth?

Ella no podía imaginárselo siquiera.

—Eres buena y amable a más no poder —continuó él—, pero a diferencia de la mayoría de la gente amable y buena, no das sermones ni empalagas, ni intentas que todos los demás sean también amables y buenos.

144

Ella se quedó boquiabierta. Aquello era inaudito.

—Y bajo toda esa amabilidad y bondad, pareces poseer un sentido del humor pícaro y travieso, por más que de vez en cuando te esfuerces por disimularlo.

¡Santo cielo! Si decía algo más, Elizabeth se enamoraría de él en el acto.

—No hay nada de malo en pinchar a un amigo, siempre y cuando no haya mala intención —dijo él, y su voz se convirtió en una suave caricia—. Y no creo que tú pudieras ser malintencionada ni aunque alguien te diera una conferencia sobre el tema.

—Entonces supongo que eso nos convierte en amigos —dijo ella, y se le entrecortó un poco la voz.

Él le sonrió, y el corazón de Elizabeth dejó de latir.

—La verdad es que no tienes más remedio que ser amiga mía —dijo, inclinándose hacia ella—. A fin de cuentas, conozco tus secretos más embarazosos.

Una risita nerviosa escapó de los labios de Elizabeth.

—Un amigo que va a encontrarme marido. ¡Qué pintoresco!

—Bueno, yo creo que puedo hacerlo mejor que la señora Seeton. Si es que ese es...

—No lo digas —le advirtió ella.

—Considéralo dicho. Pero si quieres ayuda... —La miró detenidamente—. Porque quieres ayuda, ¿no?

—Eh... Sí. —*Creo.*

—Tendremos que empezar de inmediato.

Elizabeth miró el recargado reloj de mesa que lady Danbury había hecho importar de Suiza.

—Tengo que estar en el comedor dentro de menos de una hora.

Él pasó unas páginas de *Cómo casarse con un Marqués* y sacudió la cabeza mientras leía por encima.

—Mmm... No es mucho tiempo, pero... —Levantó los ojos de repente—. ¿Cómo has conseguido escapar de lady Danbury a estas horas?

—Está durmiendo la siesta.

—¿Otra vez? —Su rostro mostraba claramente su sorpresa.

Ella se encogió de hombros.

—A mí me pareció tan increíble como a ti, pero ella insistió. Exigió absoluto silencio y me dijo que no la despertara hasta pasados setenta minutos.

—¿Setenta?

Elizabeth hizo una mueca.

—Es para mantenerme en ascuas. Son palabras suyas, por cierto.

—No sé por qué, pero no me sorprende. —James tamborileó con los dedos sobre la mesa principal de la biblioteca y luego levantó la vista—. Podemos empezar cuando acabes con ella esta tarde. Necesito tiempo para programar las lecciones y...

—¿Programar las lecciones? —repitió ella.

—Tenemos que organizarnos. Con organización, toda meta es posible.

Ella se quedó boquiabierta.

Él arrugó el ceño.

—¿Por qué me miras así?

—Hablas exactamente como lady Danbury. De hecho, ella dice esa misma frase.

—¿Ah, sí? —James tosió y se aclaró la garganta. ¡Maldición! Estaba metiendo la pata. Elizabeth y sus ojos azules y angelicales tenían algo que le hacía olvidar que estaba allí de incógnito. No debería haber usado una de las máximas predilectas de la tía Agatha, pero se las había repetido tanto de niño que ahora eran también sus máximas.

Había olvidado que estaba hablando con la única persona que conocía tan bien como él todas las peculiaridades de Agatha.

—Estoy seguro de que no es más que una coincidencia —dijo con firmeza. Sabía por experiencia que la gente tendía a creer lo que decía siempre y cuando pareciera saber de qué estaba hablando.

Pero Elizabeth, por lo visto, no.

—La dice al menos una vez a la semana.

—Pues entonces la habré oído en algún momento.

Ella pareció aceptar aquella explicación, porque lo dejó correr y dijo:

—Estabas diciendo algo sobre programar las lecciones...

—Sí. Necesito esta tarde para idear un plan, pero quizá podamos vernos cuando acabes con lady Danbury. Te acompañaré a casa y podremos empezar de camino.

Ella esbozó una sonrisa.

—Muy bien. Nos veremos en la verja a las cuatro y treinta y cinco. Salgo a las cuatro y media —explicó—, pero tardaré cinco minutos en llegar a la puerta.

—¿No podemos encontrarnos aquí?

Ella negó con la cabeza.

—No, a no ser que quieras que seamos la comidilla de todo Danbury House.

—Tienes razón. En la verja, entonces.

Elizabeth dijo que sí con la cabeza y salió de la habitación. Le temblaban tanto las piernas que a duras penas consiguió volver al banco. ¡Santo cielo! ¿En qué demonios se había metido?

*Miau.*

Miró hacia abajo. Malcolm, el gato diabólico, estaba sentado a sus pies, mirándola como si fuera un ratón de cocina.

—¿Qué quieres?

El gato se encogió de hombros. Elizabeth no sabía que un gato pudiera hacer tal cosa, pero tampoco creía que alguna vez fuera a hallarse sentada en el pasillo de Danbury House, conversando con un felino que era, además, su peor enemigo.

—Te parezco ridícula, ¿no?

Malcolm bostezó.

—He aceptado que el señor Siddons me enseñe a encontrar marido.

El gato estiró las orejas hacia delante.

—Sí, sé que te cae mejor que yo. Todo el mundo te cae mejor que yo.

El gato volvió a encogerse de hombros: saltaba a la vista que no estaba dispuesto a contradecirla.

—Crees que no puedo hacerlo, ¿eh?

Malcolm ejecutó un movimiento ondulante con la cola. Elizabeth no supo cómo traducir aquello, pero teniendo en cuenta el notorio desagrado que el gato sentía por ella, se inclinó por creer que significaba: «Yo tengo más posibilidades que tú de encontrar marido».

—¿Elizabeth?

Se puso colorada como un tomate y giró la cabeza hacia un lado. James se había asomado por la puerta de la biblioteca y la miraba extrañado.

—¿Estás hablando con el gato?

—No.

—Juraría que te he oído hablar con él.

—Pues no.

—¡Ah!

—¿Por qué iba a hablar con el gato? Me odia.

Él tensó los labios.

—Sí. Ya me lo has dicho.

Ella hizo como si no notara que le ardían las mejillas.

—¿No tenías que hacer algo?

—¡Ah, sí! El plan de entrenamiento. Nos veremos dentro de media hora, más o menos.

Elizabeth esperó hasta que oyó el chasquido de la puerta al cerrarse.

—¡Santo Dios! —murmuró—. Me he vuelto loca. Completamente loca.

Añadiendo el insulto a la injuria, el gato asintió.

# 10

James se presentó en la verja a las cuatro y cuarto, consciente de que llegaba demasiado temprano, pero incapaz de impedir que sus pies le llevaran al lugar concertado para la cita. Había estado nervioso toda la tarde, tamborileando continuamente con los dedos sobre las mesas y paseándose por las habitaciones. Había intentado sentarse y escribir el programa de lecciones que había ideado, pero le faltaban las palabras.

Carecía de experiencia a la hora de entrenar a una señorita para que se desenvolviera en sociedad. La única señorita a la que conocía de verdad era la esposa de su mejor amigo, Blake Ravenscroft. Y Caroline no estaba precisamente instruida para desenvolverse en sociedad. En cuanto a sus demás conocidas... eran del tipo al que la señora Seeton intentaba amoldar a Elizabeth. De esas por las que le había producido un inmenso alivio huir de Londres.

¿Qué quería él de una mujer? Su oferta de ayuda parecía plantear aquella pregunta. ¿Qué buscaba él en una esposa? Tenía que casarse, sobre eso no había discusión posible, pero le resultaba endiabladamente difícil imaginarse pasando el resto de su vida con una tímida florecilla temerosa de expresar una opinión.

O, peor aún, con una tímida florecilla que ni siquiera tuviera opinión.

Y para colmo de males aquellas señoritas carentes de opinión siempre iban acompañadas de una madre extremadamente dogmática.

Tenía que reconocer que no estaba siendo justo. Había conocido a algunas señoritas interesantes. No a muchas, pero sí a unas pocas. Con una o dos de ellas hasta podría haberse casado sin temor a estar arruinando su vida. No habría sido una boda por amor, ni habría habido pasión, pero podría haber estado lo bastante contento.

Así pues, ¿qué era lo que tenían esas señoritas que habían llamado por un tiempo su atención? Era un cierto gozo de vivir, un amor por la vida, una sonrisa que parecía auténtica, una luz en los ojos. Estaba seguro de que no era el único hombre en ver esas cosas: todas aquellas señoritas se habían casado enseguida, normalmente con hombres a quienes James apreciaba y respetaba.

Amor por la vida. Quizá se tratara de eso, nada más. Había pasado la mañana leyendo *Cómo casarse con un Marqués* y, con cada edicto, había visto disiparse un poco más aquella incomparable luz color zafiro de los ojos de Elizabeth.

No quería que ella se amoldara a un ideal preconcebido de la feminidad inglesa. No quería que caminara con los ojos bajos, intentando parecer misteriosa y recatada. Solo quería que fuera ella misma.


Elizabeth cerró la puerta de Danbury House y echó a andar por la avenida principal. Su corazón latía a toda prisa, tenía las manos sudorosas y, aunque no se sentía avergonzada por que James hubiera descubierto su secreto, estaba muy nerviosa.

Se había pasado toda la tarde recriminándose por aceptar su ofrecimiento. ¿Acaso no se había pasado la noche anterior llorando porque creía que podía querer a James, a un hombre con el que no podía casarse? Y ahora iba a aceptar voluntariamente su compañía, a permitirle que la provocara, que coqueteara con ella, y...

¡Santo cielo! ¿Y si quería volver a besarla? Decía que iba a enseñarla a atraer a los hombres. ¿Eso incluía enseñarla a besar? Y, si así era, ¿debía ella permitírselo?

Elizabeth profirió un gruñido. Como si fuera capaz de impedírselo. Cada vez que estaban juntos en la misma habitación, se le iban los ojos a su boca y se acordaba de la sensación que le habían producido sus labios al tocar los suyos. Y, que Dios se apiadara de ella, quería que la besara otra vez.

Un último atisbo de felicidad. Quizá se tratara de eso. Iba a tener que casarse con alguien a quien no amaba, quizás incluso con alguien que no le gustara demasiado. ¿Tan malo era desear pasar unos últimos días de risas, de miradas furtivas, de deseo recién nacido y hormigueo embriagador?

Mientras caminaba hacia la verja, pensó que, al aceptar encontrarse con James, se estaba arriesgando a acabar con el corazón roto. Pero su corazón no le permitía hacer otra cosa. Había leído lo suficiente a Shakespeare como para confiar en el gran bardo, y si él decía que era preferible amar y perder lo amado que no haber amado nunca, ella le creía.

James estaba esperándola en un lugar apartado, y sus ojos se iluminaron al verla.

—Elizabeth —la llamó, acercándose a ella.

Ella se detuvo, feliz de verlo acercarse mientras la leve brisa revolvía su cabello oscuro. Nunca había conocido a nadie que pareciera sentirse tan a gusto consigo mismo como James Siddons. Tenía un paso tan relajado, una forma de andar tan delicada... Pensó en las innumerables ocasiones en las que ella había tropezado con una alfombra o se había golpeado la mano con una pared, y suspiró, llena de envidia.

Él llegó a su lado y dijo con sencillez:

—Estás aquí.

—¿Creías que no vendría?

—Había pensado que tal vez tuvieras dudas.

—Claro que tengo dudas. Esto es lo más irregular que he hecho nunca.

—¡Cuán admirable por tu parte! —murmuró él.

—Pero no importa si tengo dudas. —Sonrió sin poder evitarlo—. Tengo que pasar por aquí para volver a casa, así que no podría evitarte aunque lo intentara.

—¡Qué suerte la mía!

—Tengo la sensación de que la fortuna te sonríe a menudo.

Él ladeó la cabeza.

—¿Por qué dices eso?

Ella se encogió de hombros.

—No lo sé. Pareces de esas personas que siempre caen de pie.

—Sospecho que tú también eres una superviviente.

—En cierto sentido, sí, supongo. Podría haber renunciado a mi familia hace años, ¿sabes? Mis parientes se ofrecieron a hacerse cargo de Lucas.

—Pero ¿del resto de vosotros no?

Ella sonrió con ironía.

—Las demás no tenemos título.

—Entiendo. —La tomó del brazo y se encaminó hacia el sur—. ¿Es por aquí?

Ella asintió con la cabeza.

—Sí, a una milla por la carretera, y luego a un cuarto de milla por la vereda.

Dieron unos pocos pasos y luego él se volvió hacia ella y dijo:

—Has dicho que en cierto modo eres una superviviente. ¿Qué querías decir con eso?

—Para un hombre, sobrevivir es más fácil que para una mujer.

—Eso no tiene sentido.

Ella le lanzó una mirada compasiva. Él jamás entendería lo que iba a decir, pero suponía que de todos modos tenía que intentar explicárselo.

—Cuando un hombre está en apuros —dijo—, hay muchas cosas que puede hacer, muchas alternativas entre las que elegir para que su suerte cambie. Puede enrolarse en el ejército o en un barco pirata. Puede buscar trabajo, como has hecho tú. Puede usar su encanto y su apariencia... —Sacudió la cabeza y sonrió de mala gana—, como imagino que también has hecho tú.

—¿Y una mujer no puede hacer esas cosas?

—Una mujer que busque trabajo no tiene muchas opciones, si no quiere dejar su casa. El sueldo de una institutriz puede ser algo mejor que el de una dama de compañía, pero dudo que quien me contratara estuviera dispuesto a que Susan, Jane y Lucas vivieran también conmigo en el ala de servicio.

—*Touché!* —dijo él, inclinando la cabeza, comprensivo.

—Y en cuanto al encanto y la apariencia física, una mujer puede usar esas cosas con tres fines. Puede trabajar en el teatro, puede convertirse en la amante de un hombre o puede casarse. En lo que a mí respecta, no tengo inclinación ni talento para actuar, ni deseo avergonzar a mi familia metiéndome en una relación ilícita. —Le miró y se encogió de hombros—. Mi única alternativa es el matrimonio. Eso, supongo, es lo que significa para una mujer ser una superviviente.

Hizo una pausa, y las comisuras de su boca temblaron como si no supiera si sonreír o hacer una mueca de desagrado.

—Es bastante triste, ¿no crees?

James tardó unos segundos en contestar. Le gustaba considerarse un hombre de miras amplias, pero nunca se había parado a imaginar cómo era vivir calzándose, por así decirlo, los prietos zapatos de una mujer. Daba por sentado su estilo de vida, con su sinfín de posibilidades.

Ella ladeó la cabeza.

—¿Por qué me miras tan fijamente?

—Por respeto.

Ella se echó hacia atrás, sorprendida.

—¿Cómo dices?

—Ya antes te admiraba. Parecías una joven extraordinariamente inteligente y divertida. Pero ahora me doy cuenta de que mereces mi respeto, además de mi admiración.

—¡Ah! Yo... Eh... —Se sonrojó, sin saber qué decir.

Él sacudió la cabeza.

—No era mi intención hacerte sentir incómoda.

—No, no es eso —contestó ella, y su voz estridente demostró que mentía.

—Sí, claro que sí. Y tampoco pretendía que la tarde fuera tan seria. Tenemos cosas que hacer, pero no hay razón para que no sean entretenidas.

Ella se aclaró la garganta.

—¿Qué tenías pensado?

—No tenemos mucho tiempo, así que debemos establecer prioridades —contestó James—. Tenemos que concentrarnos solo en las habilidades más importantes.

—¿Que son...?

—Los besos y el boxeo.

A Elizabeth se le cayó el bolso que tenía entre las manos.

—Pareces sorprendida.

—No sé cuál de las dos cosas me sorprende más.

Él se agachó y le recogió el bolso.

—Es muy lógico, si lo piensas bien. Un caballero querrá besar a una dama antes de proponerle matrimonio.

—No, si la respeta —señaló ella—. Sé de buena tinta que los hombres no besan a mujeres solteras a las que respetan.

—Yo te besé.

—Bueno, eso... eso fue distinto.

—Y creo que ya ha quedado claro que te respeto. Pero basta ya de eso. —Desdeñó sus protestas con un ademán—. Tienes que confiar en mí cuando te digo que ningún caballero con un ápice de sentido común se casará con una mujer sin intentar catarla primero.

—Dicho así —masculló ella—, suena muy poético.

—Pero eso puede ponerte en una situación embarazosa.

—¡Vaya, no me digas! —exclamó ella de forma sarcástica.

Él le lanzó una mirada, visiblemente irritado por sus constantes interrupciones.

—Algunos hombres carecen del sentido común y del raciocinio más elementales, y puede que no interrumpan el beso en el momento adecuado. Por eso tienes que aprender a boxear.

—¿Y todo eso vas a enseñármelo en una tarde?

Él sacó su reloj de bolsillo y lo abrió. Su cara era el vivo retrato de la tranquilidad y el desinterés.

—No, esta tarde había pensando enseñarte a besar. Del boxeo podemos ocuparnos mañana.

—¿Y has practicado el deporte de la lucha?

—Por supuesto que sí.

Ella le miró con desconfianza.

—¿No son muy caras las clases? He oído que en Londres solo hay un puñado de instructores de primera calidad.

—Siempre hay formas de conseguir lo que uno quiere —contestó él. La miró levantando una ceja—. Creía que habías dicho que soy de los que siempre caen de pie.

—Supongo que ahora vas a decirme que eres de los que caen de pie, con los brazos en guardia y listo para boxear.

Él se rio y dio un par de puñetazos al aire.

—No hay nada como el boxeo para hacer fluir la sangre.

Ella frunció el ceño, poco convencida.

—No parece una afición muy femenina.

—Creía que habíamos decidido que no íbamos a adherirnos al ideal de feminidad de la señora Seeton.

—No —contestó ella—, pero intentamos buscarme un marido.

—¡Ah, sí! Tu marido —dijo él sombríamente.

—No creo que haya un solo hombre en Inglaterra que quiera casarse con una boxeadora.

—No hace falta que lo seas. Solo tienes que ser capaz de dar un buen puñetazo, para demostrar que no pueden propasarse contigo.

Ella se encogió de hombros y cerró el puño.

—¿Así?

—¡Dios mío, no! No metas dentro el pulgar. Te lo romperás.

Elizabeth colocó el pulgar a un lado del puño.

—¿Así?

James asintió con la cabeza.

—Exacto. Pero hoy vamos a estudiar los besos.

—No, eso podemos ahorrárnoslo. —Lanzó hacia delante el brazo un par de veces—. Me estoy divirtiendo bastante.

James soltó un gruñido. No sabía qué le molestaba más: tener que dejar para otro día la lección de los besos, o que Elizabeth diera los puñetazos más flojos que había visto nunca.

—No, no, así no —dijo, colocándose tras ella. Dejó que su bolso cayera al suelo, le puso una mano en el codo y ajustó el ángulo de su hombro—. Pegas como una muchacha.

—Soy una muchacha.

—Bueno, eso siempre me ha parecido obvio, pero no tienes que pegar como una muchacha.

—¿Y cómo pega un hombre? —preguntó ella, impostando una voz masculina.

—Las muchachas pegan así. —Cerró el puño y movió el brazo adelante y atrás sin apartar mucho el brazo del costado—. Los hombres, en cambio, le dan un poco de balanceo.

—Haz una demostración, por favor.

—Muy bien. Retírate, entonces. No quiero hacerte daño.

Elizabeth le ofreció una sonrisa cargada de sarcasmo y dio unos pasos atrás.

—¿Es suficiente espacio para un hombre?

—No te burles. Solo mira. —Echó el brazo hacia atrás—. Tendré que enseñártelo a la mitad de su velocidad normal porque solo estoy golpeando el aire. Seguramente, al golpear, el impulso me arrastrará consigo.

—Claro, claro, faltaría más —dijo ella, sacudiendo magnánimamente la mano—. A la mitad de su velocidad normal.

—Presta atención. Estás contemplando a un maestro.

—De eso —dijo ella con sarcasmo— no me cabe duda.

James echó hacia delante todo el brazo con un movimiento que arrancaba en el centro de la espalda y recorría su hombro, transmitiéndose a su puño. Si se hubiera movido a toda velocidad, pensó, y si hubiera tenido a alguien enfrente, le habría dejado fuera de combate.

—¿Qué te parece? —preguntó, muy satisfecho consigo mismo.

—Hazlo otra vez.

Él levantó las cejas, pero obedeció, dándole aún más impulso a su brazo. Miró la cara de Elizabeth. Ella había entornado los ojos y le observaba como si fuera una res muy preciada.

Levantó un momento la mirada y dijo:

—Una vez más.

—¿Estás prestando atención o solo intentas hacerme parecer idiota?

—¡Oh! Estoy prestando atención, desde luego que sí. Si pareces idiota, no es cosa mía.

James echó el brazo hacia atrás una última vez.

—Recapitulando —dijo—, una mujer pega desde el hombro, sin utilizar los músculos de la mitad de la espalda.

Elizabeth imitó la pegada femenina.

—Así.

—Exactamente. Un hombre, en cambio, utiliza la fuerza de su espalda al igual que la del brazo.

—¿Estos músculos de aquí? —Levantó el brazo derecho y usó la mano izquierda para señalar los músculos de su costado derecho.

A James se le quedó la boca seca. El vestido de Elizabeth se ceñía a su cuerpo en lugares muy poco frecuentes.

—¿Estos, James? —preguntó ella, señalándose la espalda—. ¿O estos? —Esta vez fue a clavarle el dedo en la espalda, pero falló y le dio más bien en el costado, cerca de la cintura.

—La primera vez lo has hecho bien —dijo él, apartándose de su dedo. Si fallaba otra vez y le clavaba el dedo unos centímetros más abajo, no respondería de sus actos.

—Entonces, es un poco así. —Lanzó un puñetazo a velocidad mediana, moviéndose algo más rápido que él.

—Sí, pero el movimiento tiene que ser un poco más lateral. Mírame una vez más. —Lanzó otro puñetazo—. ¿Ves?

—Creo que sí. ¿Quieres que lo intente?

—Sí. —Cruzó los brazos—. Pégame.

—¡Ah, no! No podría.

—No, quiero que lo hagas.

—No puedo, imposible. Nunca he hecho daño a nadie de forma intencionada.

—Elizabeth, el fin de esta lección es que puedas herir a otra persona si llega el caso. Si no te atreves a dar un puñetazo, esto es una pérdida de tiempo.

Ella pareció dudar.

—Si insistes.

—Insisto.

—Muy bien. —Sin que apenas tuvieran tiempo de prepararse ninguno de los dos, Elizabeth echó el brazo hacia atrás y lo lanzó hacia delante. Antes de que James se diera cuenta de lo que ocurría, estaba tendido en el suelo, con el ojo derecho dolorido.

Elizabeth, en lugar de mostrarse preocupada por su estado, se puso a dar brincos, gritando de alegría.

—¡Lo he hecho! ¡Lo he hecho de verdad! ¿Lo has visto? ¿Lo has visto?

—No —refunfuñó él—, pero lo he sentido.

Ella puso los brazos en jarras y sonrió como si acabaran de coronarla reina del mundo.

—¡Oh, ha sido brillante! Vamos a hacerlo otra vez.

—Mejor no —gruñó él.

Ella dejó de sonreír y se inclinó.

—No te he hecho daño, ¿verdad?

—En absoluto —mintió James.

—¿Seguro? —Parecía decepcionada.

—Bueno, puede que un poquito.

—¡Ah, qué bien! —Se interrumpió, dejando en suspenso lo que iba a decir—. No era mi intención que sonara así. Te lo juro. No quiero hacerte daño, pero he puesto toda mi fuerza y voluntad en ese puñetazo y...

—Descuida, que mañana se notarán sus resultados.

Ella ahogó un gemido de espanto y alegría.

—¿Te he puesto un ojo morado?

—Creía que no querías hacerme daño.

—Y no quiero —se apresuró a decir ella—, pero he de confesar que nunca había hecho nada ni remotamente parecido, y es muy satisfactorio haberlo hecho bien.

James no creía que fuera a lucir un moratón tan espléndido como esperaba ella, pero estaba muy molesto consigo mismo por haberla subestimado tanto. Era tan poca cosa que jamás hubiera imaginado que pudiera hacerlo bien al primer puñetazo. Y aunque lo hiciera bien, tampoco imaginaba que tuviera fuerza suficiente para hacer otra cosa que aturdir un poco a su oponente. Solo confiaba en enseñarle lo necesario para que dejara fuera de combate a un hombre mientras escapaba.

Pero, al parecer, pensó de mala gana, mientras se palpaba el ojo con mucho cuidado, sus puñetazos no eran de efecto fugaz. La miró. Ella parecía tan orgullosa de sí misma que tuvo que sonreír y dijo:

—He creado un monstruo.

—¿Tú crees? —Su cara se iluminó aún más, cosa que James no creía posible. Fue como si el sol irradiara por sus ojos.

Elizabeth empezó a dar puñetazos al aire.

—Quizá puedas enseñarme algunas técnicas avanzadas.

—Ya estás bastante avanzada.

Ella dejó de brincar y se puso seria.

—¿Te ponemos algo en ese ojo? Puede que no se hinche si le ponemos algo frío.

James estuvo a punto de negarse. No tenía tan mal el ojo. Había sido más la sorpresa que otra cosa lo que le había tirado al suelo. Pero Elizabeth acababa de invitarle a entrar en su casa, y aquella era una oportunidad que no podía perder.

—Sí, algo frío es justo lo que necesito —murmuró.

—Sígueme, entonces. ¿Quieres que te eche una mano?

James miró con cierto fastidio su mano estirada. ¿Tan flojo le creía?

—Me has dado un puñetazo en el ojo —dijo en tono seco—. Pero el resto funciona bastante bien, gracias.

Ella apartó la mano.

—Pensaba que... A fin de cuentas, la caída ha sido bastante estrepitosa.

¡Maldición! Otra oportunidad perdida. Su orgullo empezaba a ser un estorbo. Podría haber hecho el camino hasta su casa apoyado en ella.

—¿Por qué no lo intento yo solo y vemos qué pasa? —sugirió. Quizá pudiera torcerse un tobillo veinte metros después, o algo parecido.

—Es buena idea. Pero ten cuidado, no te esfuerces demasiado.

James dio unos pasos con cautela, intentando recordar con qué lado había golpeado el suelo. No quería cojear con el pie equivocado.

—¿Seguro que no te duele?

Tenía que ser un verdadero granuja para aprovecharse de su mirada de preocupación, pero estaba claro que su conciencia había partido hacia destinos desconocidos, porque suspiró y dijo:

—Creo que es la cadera.

Ella le miró la cadera, lo cual hizo que otras regiones cercanas sufrieran una punzada de dolor.

—¿La tienes magullada?

—Supongo que sí —contestó él—. Estoy seguro de que no es nada, pero...

—Pero te duele al andar —dijo ella asintiendo maternalmente con la cabeza—. Es probable que estés mejor mañana, pero es absurdo que te esfuerces. —Arrugó la frente, pensativa—. Quizá convendría que volvieras a Danbury House. Si vas hasta mi casa, tendrás que volver a pie y...

—¡Oh! Seguro que no es para tanto —se apresuró a decir él—. Y dije que te acompañaría a casa.

—James, vuelvo sola a casa todos los días.

—Aun así, debo cumplir mis promesas.

—Te libero encantada de esta. A fin de cuentas, no esperabas que te tumbara de un puñetazo.

—No me duele tanto, de verdad. Es solo que no puedo andar tan deprisa como siempre.

Ella parecía poco convencida.

—Además —añadió él, pensando que tenía que reforzar su posición—, todavía tenemos mucho que hablar sobre la fiesta que lady Danbury ofrece el sábado en su jardín.

—Muy bien —dijo ella con reticencia—. Pero tienes que prometerme que me avisarás si el dolor se vuelve insoportable.

Aquella era una promesa fácil de mantener, puesto que no le dolía en absoluto. Al menos, no como ella creía.

Solo habían dado unos pasos cuando Elizabeth se volvió hacia él y le preguntó:

—¿Te encuentras bien?

—Perfectamente —le aseguró James—. Pero ahora que dominas el arte de la defensa propia, creo que deberíamos pasar a otros aspectos de tu educación.

Ella se sonrojó.

—¿Te refieres...?

—Exactamente.

—¿No crees que convendría empezar por el flirteo?

—Elizabeth, no creo que tengas nada de lo que preocuparte en ese aspecto.

—¡Pero si no tengo ni idea!

—Solo puedo decir que tienes un talento innato.

—¡No! —contestó ella con energía—. No es cierto. No tengo ni la más remota idea de qué decirle a un hombre.

—Pues a mí parecías saber qué decirme. Es decir —puntualizó—, cuando intentabas ceñirte a los edictos de la señora Seeton.

—Tú no cuentas.

Él tosió.

—¿Y eso por qué?

—No sé —dijo ella, sacudiendo un poco la cabeza—. Pero no cuentas. Tú eres distinto.

Él volvió a toser.

—No tan distinto de los demás miembros de mi género.

—Si quieres saberlo, es mucho más fácil hablar contigo.

James se quedó pensando. Antes de conocer a Elizabeth, se preciaba de ser capaz de dejar sin habla a las debutantes llorosas y a sus ávidas mamás con una sola mirada bien puesta. Siempre había sido una herramienta muy eficaz: una de las pocas cosas realmente útiles que había aprendido de su padre.

Por simple curiosidad, fijó en Elizabeth su mirada más soberbia (esa que parecía decir «¡Ojo! Soy el Marqués de Riverdale»; la que, por lo general, hacía escabullirse a hombres ya creciditos) y dijo:

—¿Y si te miro así?

Ella rompió a reír.

—¡Oh, basta! ¡Basta! Estás ridículo.

—¿Cómo dices?

—Para, James. ¡Oh, para de una vez! Pareces un niño pequeño haciéndose pasar por duque. Lo sé, porque mi hermano pequeño intenta ese truco conmigo todo el tiempo.

Picado en su orgullo, él dijo:

—¿Y cuántos años tiene tu hermano?

—Ocho, pero... —Lo que iba a decir se perdió entre su risa.

James no recordaba la última vez que alguien se había reído de él, y no le gustó especialmente que le compararan con un niño de ocho años.

—Te aseguro —dijo con voz gélida— que...

—No digas más —dijo ella, riendo—. De verdad, James, no debería uno comportarse como un aristócrata si no le sale.

Nunca, en toda su carrera como agente secreto del Ministerio de Guerra, se había sentido tan tentado de revelar su identidad. Tenía ganas de agarrarla y zarandearla y gritar:

«¡Soy Marqués, estúpida! Y puedo ser un perfecto esnob cuando me lo propongo».

Pero, por otro lado, había algo delicioso en aquella risa sin artificio. Y cuando Elizabeth se volvió hacia él y dijo: —Por favor, no te ofendas, James. Es un cumplido, en realidad. Eres demasiado bueno para ser un aristócrata. —James pensó que tal vez fuera aquel uno de los momentos más encantadores de su vida.

Tenía la mirada fija en un trozo de suelo sin nada de particular, y Elizabeth tuvo que agachar la cabeza para entrar en su campo de visión.

—¿Me perdonas? —dijo en broma.

—Tendré que pensármelo...

—Si no me perdonas, tal vez vuelva a practicar contigo el boxeo.

Él hizo una mueca.

—En ese caso, te perdono, no hay duda.

—Eso me parecía. Vamos a casa.

Y James se preguntó por qué, al decir ella la palabra «casa», pensó que aquella casa era también la suya.

# 11

Elizabeth se sorprendió por lo poco que le preocupó el estado en que estaba su casa cuando James y ella llegaron a la puerta. Las cortinas de damasco verde estaban descoloridas, y las molduras necesitaban una mano de pintura. Los sillones eran buenos, pero estaban muy raídos, y había cojines estratégicamente colocados sobre las zonas más necesitadas de reparación. La casa tenía, en general, cierto aire de abandono. Había muy pocos adornos: todo lo que tenía algún valor había acabado en la casa de empeño o en el carro del buhonero.

Solía sentir la necesidad de explicar cómo había llegado su familia a aquella situación y de dejar claro que, antes de que sus padres murieran, habían vivido en una casa mucho más grande. Lucas era baronet, a fin de cuentas, y resultaba embarazoso verse reducidos a tal estado.

Pero con James simplemente abrió la puerta sonriendo, segura de que él vería su casita como la veía ella: como un hogar cálido y confortable. Él le había hablado de sus orígenes acomodados, pero también había dicho que su familia había perdido su fortuna, de modo que comprendería que ella no pudiera comprar cosas nuevas y que se viera obligada a economizar.

Por suerte, la casa estaba limpia y recogida, y olía a galletas recién hechas.

—Has tenido suerte —dijo con una sonrisa—. Parece que Susan ha decidido hacer galletas.

—Huele de maravilla —dijo James.

—Galletas de jengibre. ¡Vamos! ¿Por qué no me acompañas a la cocina? Me temo que aquí somos muy poco formales. —Abrió la puerta de la cocina y le hizo entrar. Al ver que no se sentaba enseguida, le miró con el ceño fruncido y dijo—: Por mí no te pongas firme. Tienes la cadera magullada y tiene que dolerte muchísimo. Además, es absurdo que te quedes ahí de pie mientras preparo el té.

James apartó una silla y se sentó.

—¿Esos del jardín son tus hermanos? —preguntó.

Elizabeth apartó una cortina y miró por la ventana.

—Sí, son Lucas y Jane. No sé dónde anda Susan, pero ha tenido que estar aquí hace poco. Las galletas todavía están calientes. —Con una sonrisa, depositó un plato lleno de galletas delante de él—. Voy a llamar a Lucas y a Jane. Seguro que querrán conocerte.

James observó con interés mientras ella golpeaba tres veces el cristal de la ventana. Unos segundos después, la puerta de la cocina se abrió de golpe y aparecieron dos críos.

—¡Ah! Eres tú, Elizabeth —dijo el niño—. Creía que era Susan.

—No, soy solo yo, me temo. ¿Tenéis idea de adónde ha ido?

—Al mercado —contestó el niño—. Con un poco de suerte, alguien nos dará un poco de carne por esos nabos.

—Un poco de lástima, más bien —masculló la niña—. No sé por qué iba a cambiar nadie un buen trozo de carne por esos dichosos nabos.

—Odio los nabos —dijo James.

Los tres Hotchkiss volvieron las rubias cabezas hacia él.

Añadió:

—Una amiga mía me dijo una vez que de un nabo puede aprenderse mucho sobre la virtud de la diligencia, pero nunca he entendido qué quería decir.

Elizabeth empezó a respirar con dificultad.

—A mí eso me parece una idiotez —dijo la niña.

—Lucas, Jane —los interrumpió Elizabeth, alzando la voz—, quiero que conozcáis al señor Siddons. Es amigo mío, y trabaja en Danbury House. Es el nuevo administrador de lady Danbury.

James se levantó y estrechó la mano de Lucas con la misma gravedad con que habría estrechado la del primer ministro. Luego se volvió hacia Jane y le besó la mano. La cara de la niña se iluminó y, lo que era más importante, cuando levantó la mirada hacia Elizabeth buscando su aprobación, James vio que estaba sonriendo.

—¿Cómo estáis? —murmuró.

—Muy bien, gracias —dijo Lucas.

Jane no dijo nada. Estaba muy ocupada mirando pasmada la mano que le había besado.

—He invitado al señor Siddons a tomar té con galletas —dijo Elizabeth—. ¿Os apetece acompañarnos?

Normalmente, James habría lamentado no poder estar a solas con Elizabeth, pero había algo enternecedor en el hecho de estar allí sentado, en la cocina, con aquel pequeño trío que tan bien parecía saber lo que era ser una familia.

Elizabeth dio una galleta a cada uno de sus hermanos y preguntó:

—¿Qué habéis hecho todo el día? ¿Acabasteis los deberes que os puse?

Jane asintió con la cabeza.

—He ayudado a Lucas con la aritmética.

—¡No es verdad! —balbució este, y de su boca salieron volando migas de galleta—. Sé hacer solo las cuentas.

—Puede que sí —dijo Jane encogiéndose de hombros con aire de superioridad—. Pero no las habías hecho.

—¡Elizabeth! —protestó Lucas—. ¿Has oído lo que me ha dicho?

Pero Elizabeth ignoró la pregunta y empezó a olfatear con evidente desagrado.

—¿Se puede saber a qué huele?

—He vuelto a ir a pescar —contestó su hermano.

—Pues ve a lavarte ahora mismo. El señor Siddons es nuestro invitado, y es de mala educación...

—No me importa que huela un poco a pescado —la interrumpió James—. ¿Has pescado algo?

—Estuve a punto de pescar uno asiiií de grande —dijo Lucas, abriendo los brazos casi tanto como podía—, pero se me escapó.

—Siempre pasa lo mismo —murmuró James compasivamente.

—Pero pesqué dos medianos. Los he dejado fuera, en un cubo.

—Son asquerosos —dijo Jane, que había perdido interés por su mano.

Lucas se volvió hacia ella al instante.

—Pues no dices eso cuando te los comes para cenar.

—Cuando me los como para cenar —replicó ella—, no tienen ojos.

—Eso es porque Lizzie les corta la cabeza, tontaina.

—Lucas —dijo Elizabeth con energía—, creo que deberías salir y lavarte un poco para quitarte ese olor.

—Pero el señor Siddons...

—Solo quiere ser amable —le cortó Elizabeth—. Ve ahora mismo y cámbiate de ropa, de paso.

Lucas empezó a refunfuñar, pero obedeció.

—A veces no hay quien le aguante —dijo Jane con un suspiro cansino.

James tuvo que toser para no echarse a reír.

Jane pensó que le estaba dando la razón y explicó:

—Solo tiene ocho años.

—¿Y cuántos tienes tú?

—Nueve —contestó ella, como si aquello supusiera una enorme diferencia.

—Jane —dijo Elizabeth desde el hogar, donde estaba poniendo agua a hervir para el té—, ¿puedo hablar contigo un momento?

Jane se disculpó educadamente y se acercó a su hermana. James fingió no mirar a Elizabeth cuando se inclinó y susurró algo al oído de la niña. Jane asintió con la cabeza y salió corriendo.

—¿Qué ocurre? —preguntó él.

—Me ha parecido que a ella también le vendría bien lavarse un poco, pero no quería avergonzarla diciéndoselo delante de ti.

Él ladeó la cabeza.

—¿De veras crees que se habría avergonzado?

—James, es una niña de nueve años que cree que tiene quince. Tú eres un hombre muy apuesto. Claro que se habría avergonzado.

—Bueno, tú lo sabrás mejor que yo —contestó él, intentando que no se le notara el placer que le había causado su cumplido.

Elizabeth señaló el plato de galletas.

—¿No vas a probar una?

James alcanzó una y le dio un mordisco.

—Deliciosa.

—¿Verdad? No sé cómo las hace Susan. A mí nunca me salen tan ricas. —También alcanzó una y la mordió.

James tenía los ojos fijos en ella. Parecía incapaz de apartar la mirada de su boca. Ella sacó la punta de la lengua para alcanzar una miga que se le había escapado y...

—¡Ya estoy aquí!

James suspiró. Uno de los momentos eróticos más inesperados de su vida, interrumpido por un niño de ocho años.

Lucas le sonrió.

—¿Te gusta pescar?

—Es uno de mis deportes favoritos.

—A mí me gustaría cazar, pero Elizabeth no me deja.

—Tu hermana es una mujer muy sensata. Un muchacho de tu edad no debe manejar un arma sin la supervisión adecuada.

Lucas hizo una mueca.

—Lo sé, pero no es por eso por lo que no me deja. Es porque es una blanda.

—Si no querer ver cómo masacras a un pobre conejo inocente me convierte en una blanda, entonces... —dijo Elizabeth.

—Pero comes conejo —contestó Lucas—. Te he visto.

Elizabeth cruzó los brazos y gruñó:

—Cuando tiene orejas es distinto.

James se echó a reír.

—Pareces la pequeña Jane con su aversión por los ojos de los peces.

—No, no, no —insistió Elizabeth—, es totalmente distinto. Recordad que soy yo siempre quien corta la cabeza a los peces. Así que está claro que no soy escrupulosa.

—Entonces, ¿cuál es la diferencia? —preguntó él.

—Sí —dijo Lucas, y cruzó los brazos y ladeó la cabeza imitando a James—, ¿cuál es la diferencia?

—¡No tengo por qué contestar a eso!

James se volvió hacia Lucas y dijo tapándose con la mano:

—Sabe que no tiene argumentos.

—¡Te he oído!

Lucas soltó una risita.

James intercambió una mirada muy masculina con el pequeño.

—Las mujeres suelen ponerse demasiado sentimentales cuando se trata de pequeñas criaturas peludas.

Elizabeth mantuvo los ojos fijos en el fogón, fingiendo que preparaba el té. Hacía tanto tiempo que Lucas no conocía a un hombre al que pudiera admirar e imitar... A ella le preocupaba constantemente estar privándole de algo importante por haberle criado sola, con la única compañía de sus hermanas. Si hubiera permitido que alguno de sus parientes se le llevara, su hermano no habría tenido un padre, pero al menos habría contado con la presencia de una figura masculina adulta.

—¿Cuál es el pez más grande que has pescado? —preguntó su hermano.

—¿En tierra o en mar?

Lucas le clavó el dedo en el brazo al decir:

—¡En tierra no se puede pescar!

—Me refería a un lago.

Los ojos del pequeño se agrandaron.

—¿Has pescado en el mar?

—Claro.

Elizabeth le miró con desconcierto. Hablaba con tanta naturalidad...

—¿Ibas en un barco? —le preguntó Lucas.

—No, era más bien una barca de vela.

¿Una barca de vela? Elizabeth sacudió la cabeza mientras sacaba unos platos de la alacena. James debía de tener amigos muy bien relacionados.

—¿Cómo era de grande el pez?

—Pues no sé. Puede que así. —James separó las manos una distancia de unos sesenta centímetros.

—¡Jesús! —exclamó Lucas.

A Elizabeth estuvo a punto de caérsele un plato.

—¡Lucas!

—Lo siento, Elizabeth —dijo Lucas de forma automática y sin volverse siquiera para mirarla. No apartó los ojos de James al preguntar—: ¿Se resistió?

James se inclinó y le susurró algo al oído. Elizabeth estiró el cuello y aguzó el oído, pero no distinguió lo que decía.

Lucas asintió con la cabeza, algo abatido, y luego se levantó, cruzó la habitación e hizo una pequeña reverencia delante de Elizabeth. Ella se sorprendió tanto que dejó caer lo que tenía en las manos. Por suerte era solo una cuchara.

—Lo siento, Elizabeth —dijo Lucas—. Es de mala educación usar ese lenguaje delante de una dama.

—Gracias, Lucas. —Miró a James, que le ofreció una sonrisa furtiva. Ladeó la cabeza señalando al muchacho, y Elizabeth se inclinó, dio a Lucas un plato de galletas y dijo—: ¿Por qué no vais Jane y tú a buscar a Susan? Podéis comeros estas galletas de camino al pueblo.

Los ojos de Lucas se iluminaron al ver las galletas. Las pilló rápidamente y salió de la habitación, dejando a Elizabeth boquiabierta.

—¿Qué le has dicho? —preguntó, asombrada.

James se encogió de hombros.

—No puedo decírtelo.

—Tienes que decírmelo. Sea lo que sea, ha sido muy eficaz.

Él se recostó en la silla, muy satisfecho de sí mismo.

—Algunas cosas conviene que queden entre caballeros.

Elizabeth frunció el ceño en broma, y estaba intentando decidir si debía presionarle, cuando se fijó en una mancha oscura que tenía cerca del ojo.

—¡Ay, se me había olvidado por completo! —balbució—. ¡Tu ojo! Tengo que encontrar algo que ponerle.

—Seguro que está bien. He tenido heridas mucho peores, y con muchas menos atenciones.

Pero ella no le hizo caso: cruzó rápidamente la cocina en busca de algo fresco.

—No hace falta que te molestes —lo intentó él otra vez.

Entonces ella levantó la vista, lo cual le sorprendió. Creía que estaba tan absorta en su búsqueda que no iba a prestarle atención, ni mucho menos a responderle.

—No pienso discutir contigo sobre esto —afirmó—. Así que más vale que te ahorres el esfuerzo.

James comprendió que decía la verdad. Elizabeth Hotchkiss no dejaba ningún proyecto a medias, ni incumplía nunca sus obligaciones. Y si se empeñaba en curar su ojo magullado, había muy poco que él (un par del reino, un hombre el doble de grande que ella) pudiera hacer para impedírselo.

—Si crees que es necesario... —murmuró, intentando parecer al menos un poco molesto por sus atenciones.

Ella retorció algo en el fregadero, se dio la vuelta y se lo tendió.

—Ten.

—¿Qué es esto? —preguntó, desconfiado.

—Solo un paño húmedo. ¿Qué creías? ¿Que iba a ponerte el pescado de Lucas en la cara?

—No, hoy no estás tan enfadada como para eso, aunque...

Ella levantó las cejas mientras cubría su ojo hinchado con el paño.

—¿Insinúas que tal vez algún día me hagas enfadar hasta el punto de que...?

—No estoy diciendo nada parecido. ¡Dios mío! Odio que me mimen. No hagas más que... No, es un poco a la derecha.

Elizabeth colocó el paño, inclinándose un poco hacia delante.

—¿Así está mejor?

—Sí, aunque parece que se ha calentado bastante.

Ella se apartó unos centímetros y se incorporó.

—Lo siento.

—Es solo el paño —dijo él, sin poder apartar los ojos de lo que tenía justo delante; la nobleza no le llegaba para tanto.

No sabía si ella se daba cuenta de que le estaba mirando los pechos, pero Elizabeth soltó un pequeño «¡Oh!» y se apartó de un salto.

—Puedo mojarlo otra vez. —Eso hizo, y acto seguido volvió a tenderle el paño—. Será mejor que lo hagas tú.

James miró su cara con expresión tan inocente como la de un perrito.

—Pero a mí me gusta que lo hagas tú.

—Creía que no te gustaba que te mimasen.

—Eso creía.

Elizabeth respondió poniendo una mano sobre la cadera y mirándole con una expresión entre escandalizada y sarcástica. Estaba bastante ridícula y, sin embargo, al mismo tiempo, estaba asombrosa allí parada, con un trapo colgándole de la mano.

—¿Intentas convencerme de que soy tu ángel misericordioso, venido del cielo para...?

La boca de James se distendió en una lenta y cálida sonrisa.

—Exactamente.

Ella le lanzó el paño, dejándole una mancha húmeda en medio de la camisa.

—No te creo ni por un segundo.

—Para ser un ángel misericordioso —dijo él entre dientes—, tienes bastante mal genio.

—Ponte el paño en el ojo —gruñó ella.

James hizo lo que le decía. Jamás se le ocurriría desobedecerla estando de tan mal humor.

Se quedaron mirándose un momento, y luego Elizabeth dijo:

—Quítate eso un segundo.

Él apartó la mano del ojo.

—¿El paño?

Ella asintió una vez con la cabeza.

—¿No acabas de ordenarme que me lo ponga en el ojo?

—Sí, pero quiero echar un vistazo al moratón.

James no veía razón para no complacerla, así que se inclinó hacia delante, levantó la barbilla y ladeó la cara para que ella pudiera ver bien su ojo.

—Mmm... —dijo Elizabeth—. No está tan morado como esperaba.

—Ya te he dicho que no era grave.

Ella arrugó el ceño.

—Te tiré al suelo.

Él estiró el cuello un poco más, desafiándola tácitamente a poner su boca a tiro de un beso.

—Quizá si miras más de cerca...

Ella no picó.

—¿Veré mejor el color del moratón si me acerco más? Mmm... No sé qué estás tramando, pero a mí no vas a engañarme con tus trucos. Soy demasiado lista.

A James le divirtió y encantó al mismo tiempo que fuera lo bastante inocente como para no darse cuenta de que intentaba robarle un beso. Pasado un momento, sin embargo, se dio cuenta de que también le horrorizaba. Si Elizabeth ignoraba hasta tal punto sus verdaderas intenciones, ¿qué diablos iba a hacer cuando se enfrentara a libertinos cuyas metas eran muchísimo menos nobles que la suya?

Y estaba seguro de que tendría que vérselas con ellos. Él podía tener fama de calavera, pero intentaba vivir con un mínimo de honor, lo cual no podía decirse de gran parte de la alta sociedad. Y Elizabeth, con aquel pelo suyo, claro como un rayo de luna, y aquellos ojos, y esa boca, y...

¡Demonios! No era su intención quedarse allí sentado, haciendo el recuento de sus atributos. El caso era que Elizabeth no tenía una familia poderosa que la defendiera, y por tanto los hombres intentarían aprovecharse de ella, y cuanto más lo pensaba James, menos convencido estaba de que pudiera llegar al altar con la pureza (y el alma) intacta.

—Mañana tendremos que dar otra clase de boxeo —dijo.

—Creía que habías dicho...

—Sé lo que he dicho —replicó él—, pero le he estado dando vueltas.

—¡Cuánta diligencia por tu parte! —murmuró ella.

—Elizabeth, tienes que saber defenderte. Los hombres son unos granujas. Unos golfos. Unos idiotas, todos y cada uno de ellos.

—¿Incluido tú?

—¡Yo más que ninguno! ¿Tienes idea de lo que intentaba hacer ahora mismo, cuando estabas mirándome el ojo?

Ella negó con la cabeza.

Los ojos de James ardieron de furia y deseo.

—Si me hubieras dado un segundo más, un solo segundo, te habría puesto la mano en la nuca y, antes de que pudieras contar hasta uno, te habría tenido sentada en mi regazo.

Ella no dijo nada, lo que, por alguna absurda razón que James no entendía, le enfureció.

—¿Entiendes lo que te estoy diciendo? —le preguntó.

—Sí —contestó ella tranquilamente—. Y considero esta lección una parte esencial de mi educación. Soy demasiado confiada.

—En eso tienes mucha razón —masculló él.

—Por supuesto, plantea un dilema interesante para la lección de mañana. —Cruzó los brazos y le miró de forma calculadora—. A fin de cuentas, me dijiste que debía estudiar los aspectos... eh... más amorosos del cortejo.

James tuvo la sensación de que no iba a gustarle lo que venía a continuación.

—Me has dicho que debo aprender a besar y... —llegados a este punto le lanzó una mirada llena de sospechas— que tienes que ser tú quien me enseñe.

A James no se le ocurría nada que pudiera hacerle aparecer bajo una luz más halagüeña, así que mantuvo la boca cerrada e intentó conservar la dignidad mirándola con enfado.

—Y ahora me dices —prosiguió ella— que no debo fiarme de nadie. Así que ¿por qué tendría que fiarme de ti?

—Porque yo quiero lo mejor para ti.

—¡Ja!

Como reprimenda, era breve, concisa y muy efectiva.

—¿Por qué me estás ayudando? —murmuró ella—. ¿Por qué me has hecho esta extraña oferta? Porque es muy extraña, ¿sabes? Seguro que te das cuenta.

—¿Por qué has aceptado tú? —replicó él.

Elizabeth se quedó callada un momento. No había forma de responder a su pregunta. Mentía fatal, y no podía decirle la verdad. Él se lo pasaría en grande si se enteraba de que quería pasar una sola semana (o, con suerte, una quincena entera) en su compañía. Quería oír su voz, y respirar su olor, y sentir su aliento cuando se acercara. Quería enamorarse y fingir que podía durar para siempre.

No, no podía decirle la verdad.

—Los motivos por los que he aceptado no importan —contestó por fin.

Él se levantó.

—¿No?

Sin darse cuenta siquiera, Elizabeth dio un paso atrás. Era mucho más fácil hacerse la valiente cuando él estaba sentado. Pero de pie, en toda su estatura, era el hombre más impresionante con el que se había topado, y las cosas que había pensado sobre lo cómoda que se sentía en su presencia le parecían estúpidas y prematuras.

Ahora era distinto. Él estaba allí. Estaba cerca. Y la deseaba.

Aquella sensación de comodidad (la que le permitía ser tan espontánea en su compañía, decir lo que se le pasaba por la cabeza sin miedo a avergonzarse) se había esfumado, y en su lugar se había instalado una emoción infinitamente más turbadora: una emoción que la dejaba sin aliento, sin razón y sin alma.

James no apartó los ojos de los suyos. Su hermoso color castaño pareció arder lentamente y oscurecerse cuando se acercó a ella. Elizabeth no podía pestañear, no podía respirar siquiera. El aire se volvió caliente, y luego eléctrico, y luego él se detuvo.

—Voy a besarte —murmuró.

Ella no pudo emitir ningún sonido.

James posó una mano en su espalda, a la altura de los riñones.

—Si no quieres que lo haga, dímelo ahora, porque si no...

Elizabeth creyó que no podía moverse, pero sus labios se abrieron en un asentimiento tácito.

James deslizó la otra mano tras su cabeza, y ella creyó oírle murmurar algo cuando metió los dedos entre su sedoso cabello. Sus labios se rozaron una, dos veces, y luego él deslizó la boca hasta la comisura de la de ella y acarició con la lengua la piel delicada del borde de sus labios, hasta que Elizabeth gimió de placer.

Y mientras tanto las manos de James se movían, acariciando su espalda, haciéndole cosquillas en la nuca. Su boca se deslizó hasta su oído y, cuando él murmuró algo, Elizabeth lo sintió, a la vez que lo oía.

—Voy a estrecharte entre mis brazos. —Su aliento y sus palabras calentaron la piel de Elizabeth.

Ella comprendió, con una parte apenas consciente de su ser, que James la estaba tratando con sumo respeto y logró recuperar el habla el tiempo justo para decir:

—¿Por qué me lo dices?

—Para darte la oportunidad de negarte. —Su mirada (ardiente, densa y muy masculina) se deslizó por su cara—. Pero no vas a negarte.

Ella odiaba que su confianza en sí mismo no fuera desencaminada; odiaba no poder negarle nada cuando la estrechaba entre sus brazos. Pero le encantaba aquella turbación cargada de tensión que se apoderaba de ella, la extraña sensación de que por primera vez en su vida comprendía su propio cuerpo.

Y cuando él la apretó contra sí, le encantó sentir que el corazón de James latía tan desbocadamente como el suyo.

Su calor la quemaba, y solo le sentía a él. No oía nada, excepto el fragor de su propia sangre y una voz suave que decía:

—¡Maldita sea!

*¿Maldita sea?*

James se apartó.

Elizabeth retrocedió, tambaleándose, y cayó sentada en una silla que se puso en su camino.

—¿Oyes eso? —susurró James.

—¿Qué?

Un murmullo de voces.

—Eso —siseó él.

Elizabeth se levantó como una bala.

—¡Oh, no! —gruñó—. Es Susan. Y Lucas y Jane. ¿Estoy presentable?

—Eh... Casi —mintió él—. Quizá deberías... —Hizo un vago gesto indicando su cabeza.

—¿Mi pelo? —Ella sofocó un gemido—. ¡Mi pelo! ¿Qué le has hecho a mi pelo?

—Menos de lo que hubiera querido —contestó él entre dientes.

—¡Ay, Dios! ¡Ay, Dios! ¡Ay, Dios! —Se acercó al fregadero, deteniéndose solo un momento para decir por encima del hombro—: Tengo que ser un ejemplo para ellos. Juré ante Dios hace cinco años que sería un ejemplo para ellos, y mírame.

Prácticamente no había hecho otra cosa en toda la tarde, pensó James de mala gana, y solo había conseguido sentirse frustrado.

La puerta principal sonó al abrirse. Elizabeth dio un respingo.

—¿De verdad tengo el pelo revuelto? —preguntó, frenética.

—Bueno, no está como cuando llegamos —reconoció él.

Ella se lo atusó con movimientos rápidos y nerviosos.

—No me da tiempo a peinarme.

Él prefirió no contestar. Sabía por experiencia que un hombre sensato jamás interrumpía a una mujer cuando se estaba acicalando.

—Solo podemos hacer una cosa —dijo.

James la miró con interés cuando metió las manos en una pequeña cazuela llena de agua que había sobre la encimera. Era la misma que había usado para mojar el paño.

Las voces de los niños se acercaron.

Y entonces Elizabeth, a la que anteriormente él consideraba una persona seria y razonable, levantó las manos y se echó agua por toda la cara y el corpiño, empapándole a él de paso.

Estaba claro, se dijo James mientras se sacudía lentamente el agua de las botas, que la cordura de Elizabeth era una cuestión que había que revisar.

# 12

—¡Santo cielo! —exclamó Susan—. ¿Qué te ha pasado?

—Solo un pequeño accidente —contestó Elizabeth. Su capacidad para mentir debía de haber mejorado, porque Susan no levantó los ojos al cielo al instante, ni se puso a resoplar de incredulidad. Verter el agua era un plan chapucero, pero ciertamente inspirado. Ya que no podía arreglarse el pelo, era preferible revolvérselo aún más. Así al menos nadie sospecharía que su desaliño se debía a los dedos de James.

Lucas volvió a un lado y a otro su rubia cabecita, inspeccionando los desperfectos.

—Esto parece el diluvio.

Elizabeth intentó no fruncir el ceño por su comentario.

—Estaba preparando un paño húmedo para el señor Siddons, que tiene un ojo hinchado, y se me ha volcado la cazuela y...

—¿Y cómo es que está de pie? —preguntó él.

—Porque la he puesto yo de pie —replicó Elizabeth.

Lucas parpadeó y dio un paso atrás.

—Será mejor que me vaya —dijo James.

Elizabeth le miró. Se estaba sacudiendo el agua de las manos y parecía muy tranquilo, teniendo en cuenta que acababa de empaparle sin previo aviso.

Susan se aclaró la garganta. Elizabeth no le hizo caso. Susan volvió a aclararse la garganta.

—¿Podrías darme una toalla primero? —murmuró James.

—¡Ah, sí! Claro.

Susan carraspeó de nuevo con un ruido tan ronco que daban ganas de llamar a un médico y a un cirujano y llevarla a un hospital limpio y bien iluminado. Eso por no hablar de una sala de cuarentena.

—¿Qué ocurre, Susan? —siseó Elizabeth.

—¿Podrías presentarme?

—¡Ah, sí! —Elizabeth notó que le ardían las mejillas al darse cuenta de que había cometido un desliz de protocolo—. Señor Siddons, permítame presentarle a mi hermana, la señorita Susan Hotchkiss. Susan, este es...

—¿El señor Siddons? —dijo Susan, sofocando una exclamación de sorpresa.

Él sonrió e inclinó la cabeza con mucha educación.

—Da la impresión de que me conoce.

—¡Oh! Nada de eso —contestó Susan tan rápidamente que hasta un tonto se habría dado cuenta de que estaba mintiendo. Sonrió (demasiado, en opinión de Elizabeth) y luego se apresuró a cambiar de tema—. Elizabeth, ¿te has hecho algo en el pelo?

—Lo tengo mojado —contestó Elizabeth a regañadientes.

—Lo sé, pero aun así parece...

—Está mojado.

Susan cerró la boca y acto seguido logró decir:

—Perdona —dijo sin mover los labios.

—El señor Siddons tiene que irse —dijo Elizabeth, frenética. Dio un salto adelante y le agarró del brazo—. Le acompaño a la puerta.

—Ha sido un placer conocerla, señorita Hotchkiss —le dijo él a Susan por encima del hombro (no podría haberlo hecho de otro modo porque Elizabeth le había hecho pasar a toda prisa junto a sus tres hermanos pequeños y estaba intentando meterle por la puerta del pasillo—. ¡Y a ti también, Lucas! —gritó—. ¡Tenemos que ir de pesca algún día!

Lucas lanzó un grito de alegría y corrió tras ellos.

—Gracias, señor Siddons. ¡Gracias!

Elizabeth casi tenía a James en los escalones de la entrada cuando él se detuvo y dijo:

—Hay una cosa más que tengo que hacer.

—¿Qué cosa? —preguntó ella. Pero él ya se había desasido y se dirigía hacia la cocina. Cuando creyó que no la oía, Elizabeth dijo entre dientes—: A mí me parece que hoy ya hemos hecho de todo.

Él le lanzó una sonrisa traviesa por encima del hombro.

—De todo, no.

Ella se puso a balbucear, intentando dar con una réplica mordaz, pero él arruinó por completo aquel instante derritiéndole el corazón.

—Jane... —dijo James, apoyándose en el marco de la puerta.

Elizabeth no veía el interior de la cocina, pero se imaginó perfectamente a su hermana levantando la cabeza, con sus ojos azules muy abiertos y llenos de admiración.

James le lanzó un beso.

—Adiós, dulce Jane. Ojalá fueras más mayor.

Elizabeth lanzó un suspiro beatífico y se dejó caer en una silla. Su hermana soñaría con aquel beso el resto de su niñez.


El discurso estaba ensayado, pero el sentimiento era sincero, no había duda. Elizabeth sabía que tendría que hablar con James respecto a la conducta escandalosa de ambos, y se había pasado la noche y parte de la mañana ensayando conversaciones. Seguía recitándolas cuando entró en Danbury House intentando esquivar el barro (la víspera había llovido).

Aquel plan (aquel plan extraño, estrafalario e incomprensible que se suponía iba a colocarla ante el altar nupcial) necesitaba normas. Decretos, directrices, esa clase de cosas. Porque si no sabía a qué atenerse cuando estaba en compañía de James Siddons, acabaría por volverse loca.

Su comportamiento de la tarde anterior, por ejemplo, parecía indicar una mente muy distraída. Se había empapado de agua en un ataque de pánico. Eso por no hablar de su apasionada respuesta al beso de James.

Iba a tener que dominarse mínimamente. Se negaba a ser una especie de obra de caridad para entretenimiento de James. Insistiría en pagarle por sus servicios y no había más que hablar.

Además, él no podía agarrarla y estrecharla entre sus brazos cuando ella menos se lo esperaba. Por estúpido que sonara, sus besos tendrían que ser puramente académicos. Solo de esa forma saldría ella de aquel episodio con el alma intacta.

En cuanto a su corazón..., esa puede que fuera ya una causa perdida. Pero por más que ensayaba el pequeño discurso que había preparado, no acababa de sonarle bien. Primero le parecía demasiado imperioso y después demasiado blando. O bien demasiado estridente y acto seguido zalamero en exceso. ¿Dónde demonios podía acudir una mujer en busca de consejo?

Tal vez debiera echar un vistazo más a *Cómo casarse con un Marqués*. Si eran normas y edictos lo que quería, allí los encontraría, no había duda. Quizá la señora Seeton hubiera incluido algo acerca de cómo convencer a un hombre de que se equivocaba sin ofenderlo. O sobre cómo conseguir que hiciera lo que una quería haciéndole creer que había sido todo idea suya desde el principio. Elizabeth estaba segura de haber visto algo parecido en sus lecturas.

Y si el libro no decía nada de aquello, debería decirlo. Elizabeth no alcanzaba a imaginar una habilidad más útil que aquella. Era uno de los pocos consejos femeninos que le había dado su madre antes de morir.

«Nunca te lleves los méritos —le había dicho Claire Hotchkiss—. Conseguirás mucho más si le dejas creer que es el hombre más listo, más valiente y más poderoso de la creación.»

Y por lo que Elizabeth había podido observar, aquello daba resultado. Su padre estaba completamente enamorado de su madre. Anthony Hotchkiss no era capaz de ver otra cosa (ni siquiera a sus hijos) cuando su mujer entraba en la habitación.

Por desgracia para Elizabeth, sin embargo, al aconsejarla sobre qué hacer con un hombre, su madre no había creído preciso explicarle cómo poner en práctica sus consejos.

Tal vez aquellas cosas fueran cuestión de intuición para algunas mujeres, pero desde luego no para ella. ¡Santo cielo! Si había tenido que consultar una guía para saber qué decir a un hombre, era imposible que pudiera hacerle creer que sus ideas eran de él en realidad.

Todavía estaba intentando dominar las nociones más elementales del cortejo amoroso, y aquella parecía una técnica avanzada.

Elizabeth se limpió el barro de los pies en los escalones exteriores de Danbury House, entró por la puerta principal y recorrió con sigilo el pasillo camino de la biblioteca. Lady Danbury aún estaba desayunando, aquella parte de la casa se hallaba en silencio y el maldito librito estaba esperando...

No apartó los pies de la alfombra que se extendía a lo largo del pasillo. Le parecía que el silencio tenía algo de sagrado, pero tal vez se debiera a la interminable algarabía que había tenido que soportar durante el desayuno, cuando Lucas y Jane se habían peleado a cuento de a quién le tocaba recoger. En cuanto sus pies tocaron el suelo, se oyó un horrible estruendo que resonó en todo el pasillo y sacudió sus nervios ya crispados.

Entró corriendo en la biblioteca, inhalando el olor de la madera bruñida y los libros viejos. ¡Cómo disfrutaba de aquellos breves momentos de soledad! Con gesto sigiloso y preciso, cerró la puerta a sus espaldas y recorrió las estanterías con la mirada. Allí estaba, puesto de lado en la balda donde lo había encontrado unos días antes.

Una mirada no le haría ningún daño. Sabía que era un libro absurdo, y que en su mayoría no contenía más que tonterías, pero si podía encontrar algún consejo, por minúsculo que fuera, que la ayudara a resolver el problema que afrontaba...

Alcanzó el libro y lo hojeó, pasando las páginas con destreza mientras leía por encima las palabras de la señora Seeton. Pasó de largo por el asunto del guardarropa, y por aquella bobada sobre las prácticas. Tal vez al final hubiera algo...

—¿Qué estás haciendo?

Levantó los ojos, dolorosamente consciente de que tenía la expresión de un ciervo mirando el cañón del rifle de un cazador.

¿Nada?

James cruzó la habitación y en cinco pasos estuvo a su lado, tan cerca que Elizabeth se sintió intimidada.

—Estás leyendo ese libro otra vez, ¿verdad?

—No exactamente —balbució Elizabeth. Era una idiota por mostrarse tan avergonzada, pero no podía evitar sentir que acababan de pillarla haciendo algo malo—. Estaba más bien hojeándolo.

—La diferencia entre esos dos conceptos me interesa bastante poco.

Elizabeth resolvió enseguida que lo mejor era cambiar de tema.

—¿Cómo sabías que estaba aquí?

—He oído tus pasos. La próxima vez que quieras hacer algo a escondidas, camina por la alfombra.

—¡Eso he hecho! Pero la alfombra se acaba, ¿sabes? Para entrar en la biblioteca hay que dar unos cuantos pasos por el suelo.

Los ojos castaños de James adquirieron un brillo extraño y casi académico cuando dijo:

—Hay formas de amortiguar... ¡Bah! Da igual. Eso no es lo que importa ahora. —Alargó el brazo y le quitó *Cómo casarse con un Marqués*—. Creía que habíamos quedado en que esto no son más que pamplinas. Una colección de sandeces y boberías pensada para convertir a las mujeres en idiotas gimoteantes y descerebradas.

—Yo tenía la impresión de que los hombres ya creían que somos idiotas gimoteantes y descerebradas.

—La mayoría lo son —masculló él—, pero tú no tienes por qué serlo.

—¡Vaya! Señor Siddons, me asombra usted. Creo que eso ha sido un cumplido.

—Y luego dices que no sabes coquetear —murmuró él.

Elizabeth no pudo contener la sonrisa que le salió de dentro. De todos los cumplidos de James, los que hacía a regañadientes eran los que más la enternecían.

Él la miró con el ceño fruncido y su expresión se volvió casi pueril cuando volvió a poner el libro en el estante.

—Que no vuelva a pillarte mirándolo.

—Solo buscaba consejo —explicó ella.

—Si necesitas consejo, yo te lo daré.

Ella frunció los labios un segundo antes de responder:

—No creo que sea apropiado en este caso.

—¿Qué demonios significa eso?

—Señor Siddons...

—James —le espetó él.

—James —se corrigió ella—, no sé por qué estás de tan mal humor, pero no me gusta tu lenguaje. Ni tu tono.

Él lanzó un largo suspiro, y le irritó que su cuerpo se estremeciera al hacerlo. Llevaba casi veinticuatro horas con un nudo en las tripas, y todo por aquella mujercita. Apenas le llegaba al hombro, ¡por el amor de Dios!

Todo había empezado con aquel beso. No, pensó con amargura, había empezado mucho antes, con la emoción, con las dudas, con las fantasías acerca de cómo sería sentir sus bocas unidas.

Y, por supuesto, no había bastado con eso. No había bastado en absoluto. A él no parecía haberle costado ningún trabajo aparentar tranquilidad la tarde anterior, con ayuda de la certera cazuela de agua, que sin duda había embotado su deseo.

Pero la noche le había dejado a solas con su imaginación. Y él tenía una imaginación muy viva.

—Estoy de mal humor —le contestó por fin, y evitó mentirle directamente añadiendo—: porque anoche no dormí bien.

—¡Ah! —Ella pareció sorprendida por la sencillez de su respuesta. Abrió la boca como si fuera a interrogarle y luego volvió a cerrarla.

Menos mal, pensó él. Si se interesaba aunque fuera vagamente por la razón de su insomnio, juraba que se lo diría. Le describiría sus ensoñaciones con todo detalle.

—Siento que tengas insomnio —dijo ella al fin—, pero creo que debemos hablar de tu ofrecimiento de ayudarme a encontrar marido. Estoy segura de que te haces cargo de que es muy anormal.

—Creía que habíamos acordado que no íbamos a permitir que eso guiara nuestros actos.

Ella no le hizo caso.

—Necesito cierta estabilidad en mi vida, señor Siddons.

—James.

—James. —Repitió su nombre con un suspiro—. No puedo estar siempre en guardia, temiendo que te abalances sobre mí en cualquier momento.

—¿Abalanzarme sobre ti? —La comisura de su boca se alzó en un asomo de sonrisa. Le gustaba bastante la imagen que evocaba aquella expresión.

—Y la verdad es que no puede hacernos ningún bien ser tan... eh...

—¿Íntimos? —preguntó él, solo para enfadarla.

Y funcionó. La mirada que le lanzó Elizabeth podría haber hecho añicos una ventana.

—El caso es —dijo ella alzando la voz como si así pudiera ahogar las palabras de él— que nuestra meta es encontrarme un marido y...

—No te preocupes —dijo él, muy serio—, te encontraremos uno. —Pero al decirlo notó un regusto extraño en la boca. Podía imaginarse sus clases con Elizabeth (se imaginaba cada minuto a la perfección), pero la idea de que lograra casarse, como pretendía, le ponía algo enfermo.

—Lo cual me lleva a otra cosa —añadió ella.

James cruzó los brazos. Una cosa más y tendría que amordazarla.

—Respecto a este trabajo y a tu disposición a ayudarme a encontrar marido, no estoy segura de sentirme cómoda estando en deuda contigo.

—No estarás en deuda conmigo.

—Sí —dijo Elizabeth con firmeza—, lo estaré. Insisto en pagarte.

La sonrisa que le dedicó James era tan masculina que a ella le temblaron las piernas.

—¿Y cómo piensas pagarme? —preguntó él con sarcasmo.

—Con el chantaje.

Él pestañeó, sorprendido. Elizabeth se enorgulleció un poco de sí misma.

—¿Con el chantaje? —repitió él.

—Lady Danbury me ha dicho que estás ayudándola a descubrir a la persona que la está chantajeando. Me gustaría ayudarte.

—No.

—Pero...

—He dicho que no.

Ella le miró con enfado y luego, al ver que James no abría la boca, dijo:

—¿Por qué no?

—Porque podría ser peligroso, por eso.

—Tú lo estás haciendo.

—Yo soy un hombre.

—¡Ah! —exclamó ella, cerrando los puños junto a los costados—. ¡Qué hipócrita eres! Todo lo que dijiste ayer sobre que me respetabas y que pensabas que soy más inteligente que la media de las mujeres no eran más que un montón de tonterías para hacer que confiara en ti y así poder... así poder...

—El respeto no tiene nada que ver con esto, Elizabeth. —James puso los brazos en jarras y ella dio un paso atrás al ver la extraña expresión de sus ojos. Era casi como si se hubiera transformado en otro hombre allí mismo, en el espacio de cinco segundos: en un hombre que había hecho cosas peligrosas, que conocía a gente peligrosa.

—Me marcho —dijo ella—. Tú puedes quedarte aquí, a mí me da lo mismo.

James la agarró por el cinturón del vestido.

—Creo que esta conversación no ha terminado.

—No estoy segura de querer tu compañía.

Él lanzó un suspiro largo y cargado de frustración.

—Que te respete no significa que esté dispuesto a ponerte en peligro.

—Me cuesta creer que el enemigo de lady Danbury sea un sujeto peligroso. No la están chantajeando por un secreto de Estado, ni nada parecido.

—¿Cómo puedes estar tan segura?

Ella le miró boquiabierta.

—¿O sí?

—No, claro que no —replicó él—. Pero no puedes estar segura, ¿verdad?

—¡Claro que sí! Llevo más de cinco años trabajando para ella. ¿De veras crees que lady Danbury podría comportarse de manera sospechosa sin que yo lo notara? ¡Por Dios! Fíjate en cómo reaccioné cuando empezó a echar la siesta.

James la miró con enfado. Sus ojos oscuros no admitían discusión.

—No vas a participar en la investigación y no hay más que hablar.

Ella cruzó los brazos y no dijo nada.

—Elizabeth...

Una mujer más cauta tal vez hubiera hecho caso de la advertencia que resonaba con dureza en su voz, pero ella no se sentía especialmente prudente en ese momento.

—No puedes impedir que intente ayudar a lady Danbury. Ha sido una madre para mí y... —Se atragantó cuando él la obligó a retroceder hasta chocar contra una mesa y la asió de los brazos con sorprendente vehemencia.

—Te vendaré los ojos, te amordazaré. ¡Maldita sea! Te ataré a un árbol si es necesario para que no metas la nariz donde no te llaman.

Elizabeth tragó saliva. Nunca había visto a un hombre tan furioso. Sus ojos brillaban, su mano temblaba y su cuello estaba tan tenso que se diría que el más leve toque haría saltar su cabeza.

—Bueno —dijo ella con voz chillona, intentando que la soltara. James no parecía darse cuenta de lo fuerte que la agarraba... o de que la estaba agarrando—. No he dicho que vaya a meter las narices en nada, solo he dicho que iba a ayudarte en cosas inofensivas y...

—Prométemelo, Elizabeth. —Su voz sonaba baja e intensa; era casi imposible no derretirse al sentir la ferocidad de aquellas dos palabras.

—Yo... Eh... —¡Ay! ¿Dónde estaba la señora Seeton cuando la necesitaba? Elizabeth había intentado ponerle de mejor humor recurriendo a zalamerías (estaba segura de que el Edicto Número Veintiséis trataba de eso), pero no había dado el menor resultado. James seguía furioso, sus manos todavía le apretaban los brazos como tornillos de carpintero y, que Dios se apiadara de ella, Elizabeth no parecía poder apartar los ojos de su boca.

—Prométemelo, Elizabeth —repitió él, y ella solo pudo mirar sus labios mientras formaban aquellas palabras.

James le apretó con más fuerza los brazos, y eso, unido a alguna fuerza celestial, consiguió sacarla de su trance, y levantó la vista para mirarle a los ojos.

—No haré nada sin consultártelo primero —murmuró.

—Eso no es suficiente.

—Tiene que serlo. —Hizo una mueca—. James, me estás haciendo daño.

Él miró sus manos como si fueran objetos extraños y la soltó rápidamente.

—Lo siento —dijo, distraído—. No me he dado cuenta.

Elizabeth dio un paso atrás, frotándose los brazos.

—No importa.

James se quedó mirándola un rato antes de soltar un exabrupto en voz baja y alejarse. Se había sentido tenso y frustrado, pero no esperaba la violenta oleada de emociones que Elizabeth había desatado en él. La simple sugerencia de que ella pudiera correr peligro le había convertido en un perfecto imbécil.

Aquella ironía resultaba exquisita. El año anterior, se había reído de su mejor amigo cuando este se vio en una situación parecida. Blake Ravenscroft se había desquiciado por completo cuando su futura esposa intentó tomar parte en una operación del Ministerio de Guerra. A James, todo aquello le había parecido desternillante. Tenía claro que Caroline no corría verdadero peligro, y había considerado a Blake un burro por armar tal jaleo.

Era capaz de mirar su situación actual con la suficiente objetividad como para saber que Elizabeth corría aún menos peligro allí, en Danbury House. Y, sin embargo, la sangre le hervía de miedo y de furia ante la sola sugerencia de que ella pudiera mezclarse en el asunto del chantaje.

Tenía la sensación de que aquello no era buena señal.

Debía de ser una especie de obsesión enfermiza. Desde su llegada a Danbury House, a principios de esa semana, no había hecho otra cosa que pensar en Elizabeth Hotchkiss. Primero había tenido que investigarla como posible chantajista y luego se había visto colocado en la ingrata posición de tutor amoroso.

En realidad, era él quien se había arrogado aquel papel, pero prefería no pensar en ello.

Era lógico que temiera por su seguridad, eso era lo importante. Él había asumido el papel de defensor de Elizabeth, y ella era tan poca cosa que cualquier hombre habría sentido el impulso de protegerla.

En cuanto a aquel deseo (el que le removía las entrañas y hacía arder su pulso), a fin de cuentas era un hombre, y ella una mujer, y estaba allí y era realmente preciosa, en su opinión, al menos, y cuando sonreía él sentía un extraño cosquilleo en...

—¡Maldita sea! —masculló—. Voy a tener que besarte.

# 13

Elizabeth tuvo tiempo de inhalar una rápida bocanada de aire antes de que James la estrechara entre sus brazos. La boca de él se apoderó de la suya con una asombrosa mezcla de energía y ternura, y ella se derritió (sí, se derritió) entre sus brazos.

De hecho, lo último que pensó fue que la palabra «derretirse» aparecía de pronto en su cabeza cada vez con mayor frecuencia. Era por culpa de aquel hombre. Una de aquellas miradas de párpados caídos (de esas que insinuaban cosas oscuras y peligrosas, cosas de las que ella no sabía nada) y estaba perdida.

James sacó la lengua entre los labios y Elizabeth sintió que su boca se abría bajo la de él. Él la exploró por completo, la acarició profundamente, hizo suyo su aliento.

—Elizabeth —dijo con voz ronca—, dime que deseas esto. Dímelo.

Pero ella se había quedado sin habla. Su corazón latía a toda prisa, sus rodillas temblaban y una parte de su ser sabía vagamente que, si decía aquello, no habría marcha atrás. Así que optó por la salida de los cobardes y arqueó el cuello para volver a besarle, invitándole en silencio a continuar con su erótica exploración.

La boca de James se deslizó hasta la línea de su mandíbula, acarició luego su oído y se trasladó a la piel suave de su cuello, sin que entre tanto sus manos dejaran de moverse. Una resbaló hasta la curva de sus nalgas, agarrándolas con exquisita ternura mientras apretaba con suavidad las caderas de Elizabeth contra su miembro erecto. Y la otra se deslizó hacia arriba, por encima de su costado, hacia...

Elizabeth dejó de respirar. Todos los nervios de su cuerpo temblaban de expectación, presa de un ansia tan desgarradora que jamás la hubiera creído posible.

Cuando la mano de James se acercó a su pecho, no importó que hubiera dos capas de tela entre la piel de ambos. Se sintió quemada, marcada, y supo que, ocurriera lo que ocurriese, una parte de su alma pertenecería para siempre a aquel hombre.

James murmuraba cosas, palabras de amor y deseo, pero ella solo percibía el intenso deseo que resonaba en su voz. Y entonces sintió que caía lentamente. La mano de James, apoyada en su espalda, la sujetaba, pero estaba descendiendo hacia la mullida alfombra de la biblioteca.

Él gimió algo (sonó como su nombre). En realidad, parecía suplicarle. Y entonces Elizabeth se halló tendida de espaldas, con James encima. Su peso era excitante; su calor, sobrecogedor. Pero luego él echó las caderas hacia delante y ella sintió la verdadera extensión de su deseo, y su trance sensual se rompió.

—No, James —murmuró—. No puedo. —Si no ponía coto a aquello inmediatamente, no podría pararlo. Ignoraba cómo lo sabía, pero estaba tan segura como de su propio nombre.

Los labios de James se detuvieron, pero respiraba de forma entrecortada y no se apartó de ella.

—No puedo, James. Ojalá... —Se contuvo en el último instante. ¡Santo cielo! ¿Había estado a punto de decirle que ojalá pudiera? Elizabeth se sonrojó de vergüenza. ¿Qué clase de mujer era? Aquel hombre no era su marido ni lo sería nunca.

—Solo un momento más —dijo él con voz ronca—. Necesito un momento.

Esperaron ambos mientras la respiración de James se aquietaba. Pasados unos segundos, él se puso en pie y, tan caballeroso como siempre (incluso en las circunstancias más adversas), le ofreció la mano.

—Lo siento —dijo Elizabeth, dejándole que la ayudara a incorporarse—, pero si voy a casarme... mi marido esperará que...

—No lo digas —gruñó él—. No digas ni una palabra, ¡maldita sea! —Soltó su mano y se apartó de repente. ¡Dios! La había tumbado en el suelo. Había estado a punto de hacerle el amor, de robarle su inocencia para siempre. Sabía que estaba mal, sabía que era atroz, pero no había podido contenerse. Siempre se había preciado de ser capaz de controlar sus pasiones, pero ahora...

Ahora era distinto.

—¿James? —Su voz le llegó desde atrás, suave y vacilante.

Él no dijo nada. No se fiaba de su propia voz. Sentía la indecisión de Elizabeth, aunque estaba de espaldas a ella, notaba que intentaba decidir si debía decir algo más o no.

Pero por Dios que si ella mencionaba la palabra «marido» una vez más...

—Espero que no estés enfadado conmigo —dijo Elizabeth con serena dignidad—, pero si tengo que casarme con un hombre por su dinero, lo menos que puedo hacer a cambio es llegar virgen al altar. —Una breve risa brotó en su garganta, pero sonaba amarga—. Eso hace que todo esto sea un poco menos sórdido, ¿no crees?

La voz de James sonó baja y todo lo firme que pudo cuando dijo:

—Te encontraré un marido.

—Puede que no sea buena idea. Tú...

Él se volvió de repente y le espetó:

—¡He dicho que te encontraré un marido, maldita sea!

Elizabeth retrocedió unos pasos hacia la puerta. Su madre siempre le había dicho que no había forma de razonar con un hombre enfadado y, pensándolo bien, tenía la impresión de que la señora Seeton había escrito lo mismo.

—Luego hablaremos de ese tema —dijo con calma.

Él dejó escapar un suspiro largo y trémulo.

—Por favor, acepta mis disculpas. No quería...

—No pasa nada —se apresuró a decir ella—. De veras. Aunque quizá convendría que hoy diéramos por terminada la lección, teniendo en cuenta que...

Él le lanzó una mirada al ver que se interrumpía.

—¿Teniendo en cuenta que?

¡Maldita sea! Iba a obligarla a decirlo. Sus mejillas se acaloraron cuando contestó:

—Teniendo en cuenta que ya he dado todos los besos que pueden considerarse apropiados antes del matrimonio. —Viendo que él no decía nada, añadió entre dientes—: Seguramente más.

Él asintió con la cabeza.

—¿Tienes la lista de los invitados que vendrán mañana?

Ella parpadeó, sorprendida por el repentino cambio de tema.

—La tiene lady Danbury. Puedo traértela esta tarde.

—Ya la conseguiré yo.

Su tono no invitaba a hacer más comentarios y Elizabeth salió de la habitación.


James se había pasado toda la mañana con el ceño fruncido. Había mirado ceñudo a los sirvientes, a Malcolm y hasta el dichoso periódico.

Su paso, normalmente tan ligero y despreocupado, se entrecortaba con zapatazos y trompicones, y cuando volvió a Danbury House después de pasar un par de horas en el campo, el ruido de sus botas habría bastado para despertar a un muerto.

Lo que de verdad le hacía falta era el maldito bastón de su tía. Sabía que era muy pueril por su parte, pero había algo sumamente satisfactorio en el hecho de desfogar su enfado golpeando el suelo. No bastaba, sin embargo, con dar zapatazos. Con el bastón, podría abrir un agujero en el condenado suelo.

Cruzó a toda prisa el vestíbulo y sin querer aguzó el oído al pasar junto a la puerta entreabierta del salón. ¿Estaba ahí Elizabeth? ¿Y en qué estaría pensando mientras él daba zapatazos? Tenía que saber que estaba ahí. Tendría que haber sido sorda como una tapia para no oír el ruido que estaba haciendo.

Pero en lugar del timbre musical de la voz de Elizabeth, James oyó el croar de rana de su tía.

—¡James!

James soltó un gruñido casi inaudible. Si su tía le llamaba «James», Elizabeth no podía estar con ella. Y si Elizabeth no estaba con ella, eso significaba que Agatha quería hablar con él, lo cual nunca pintaba bien.

Dio un par de pasos atrás y asomó la cabeza por la puerta.

—¿Sí?

—Necesito hablar contigo.

James no supo cómo consiguió no gruñir.

—Sí, ya me lo imaginaba.

Ella dio un golpe con su bastón.

—No hace falta que pongas cara de ir camino de una ejecución.

—Eso depende de a quién se vaya a ejecutar —masculló él.

—¿Eh? ¿Qué has dicho? —*Bum, bum, bum.*

James entró en la habitación y buscó rápidamente a Elizabeth con la mirada. No estaba allí, pero Malcolm sí, y el animal se apresuró a bajarse del poyete de la ventana para trotar a su lado.

—He dicho que quiero un bastón de esos —mintió James.

Agatha entrecerró los ojos.

—¿Qué les pasa a tus piernas?

—Nada. Solo quiero hacer ruido.

—¿Y no podías simplemente dar un portazo?

—He estado fuera —dijo él con voz inexpresiva.

Ella se rio.

—Estás de mal humor, ¿eh?

—Del peor humor.

—¿Quieres contarme por qué?

—No, a no ser que me apuntes con un arma al corazón.

Aquello la hizo alzar las cejas.

—Ya deberías saber que no conviene despertar así mi curiosidad, James.

Él sonrió sin ganas y se sentó en una silla, frente a ella. Malcolm le siguió y se acomodó a sus pies.

—¿Querías algo, Agatha? —preguntó.

—¿No basta con el placer de tu compañía?

James no estaba de humor para juegos, así que volvió a levantarse.

—Si eso es todo, me marcho. Como tu administrador que soy, tengo tareas que cumplir.

—¡Siéntate!

Él se sentó. Siempre obedecía a su tía cuando usaba aquel tono de voz. Algunas costumbres eran muy difíciles de romper.

Agatha carraspeó, lo cual nunca era buena señal. James se resignó a escuchar un largo sermón.

—Mi dama de compañía se comporta de forma muy extraña últimamente —dijo su tía.

—¿Ah, sí?

Ella juntó las yemas de los dedos.

—Sí, está muy cambiada. ¿Lo has notado?

James no pensaba explicarle lo ocurrido durante los días anteriores. Ni en sueños.

—No puedo decir que conozca muy bien a la señorita Hotchkiss —contestó—, de modo que no puedo darte una opinión al respecto.

—¿De veras? —preguntó ella con sospechosa despreocupación—. Creía que os habíais hecho más o menos amigos.

—Sí. Más o menos. Es una joven muy simpática. —Empezó a notar que le ardían las puntas de las orejas. Si el rubor se extendía a sus mejillas, tendría que abandonar el país. Hacía una década que no se sonrojaba.

Claro que hacía casi el mismo tiempo que su tía no le interrogaba.

—Aun así —continuó, sacudiendo un poco la cabeza para taparse las orejas con el pelo—, solo han pasado unos días. Desde luego, no es tiempo suficiente para juzgar su conducta.

—Mmm... —Hubo un momento de silencio interminable, y luego Agatha cambió bruscamente de expresión y preguntó—: ¿Cómo van tus pesquisas?

James parpadeó solo una vez. Estaba muy acostumbrado a los repentinos cambios de tema de su tía.

—No van de ninguna manera —dijo sin rodeos—. No puedo hacer gran cosa hasta que el chantajista vuelva a exigirte algo. Ya te he hablado de tus sirvientes, y aseguras que son todos demasiado fieles o demasiado analfabetos para idear semejante plan.

Los ojos azules como el hielo de Agatha se entornaron.

—No seguirás sospechando de la señorita Hotchkiss, ¿verdad?

—Te alegrará saber que la he descartado como sospechosa.

—¿Qué más has hecho?

—Nada —reconoció él—. No hay nada que hacer. Como te decía, me temo que es el chantajista quien ha de mover ficha.

Lady Danbury juntó rítmicamente las yemas de sus dedos.

—Entonces, ¿me estás diciendo que tienes que quedarte aquí, en Danbury House, hasta que el chantajista vuelva a hacer otra exigencia?

James dijo que sí con la cabeza.

—Entiendo. —Ella se hundió un poco más en la silla—. Así pues, parece que no te queda más remedio que mantenerte ocupado como administrador de la finca para que nadie adivine tu verdadera identidad.

—Agatha —dijo él con cierta urgencia—, ¿no me habrás hecho venir solo para tener un administrador gratis? —Al ver su mirada ofendida, añadió—: Sé lo tacaña que eres.

—No puedo creer que pienses eso de mí —resopló ella.

—Eso y más, querida tía.

Ella sonrió con excesiva dulzura.

—Siempre es agradable que respeten la inteligencia de una.

—Yo jamás subestimaría tu astucia.

Ella se rio.

—¡Ah! Te eduqué muy bien, James. Te quiero mucho.

Él suspiró mientras volvía a levantarse. Su tía era una señora muy astuta a la que no le importaba lo más mínimo meterse en su vida y convertirla de vez en cuando en un infierno, pero a pesar de todo la quería.

—Vuelvo a mis tareas, entonces. No queremos que alguien piense que como administrador soy un incompetente.

Agatha le lanzó una mirada. Nunca le gustaba el sarcasmo, a no ser que procediera de ella.

James dijo:

—Tendrás que avisarme si recibes otra nota del chantajista.

—En cuanto la reciba —le aseguró ella.

James se detuvo en la puerta.

—Tengo entendido que mañana das una fiesta.

—Sí, una pequeña fiesta en el jardín, ¿por qué? —Pero antes de que él pudiera contestar añadió—: ¡Ah, claro! No quieres que te reconozcan. Espera, deja que te dé la lista de invitados. —Señaló al otro lado de la habitación—. Trae esa caja de papeles que hay encima de la mesa.

James hizo lo que le pedía.

—Menos mal que te cambié el nombre, ¿eh? No hubiera estado bien que alguno de los criados mencionara al señor Sidwell.

James asintió con la cabeza mientras su tía hurgaba entre los papeles. Normalmente, desde que había tomado posesión del título a la edad de veinte años, se le conocía por «Riverdale», pero su apellido era también bastante conocido.

—¡Ajá! —exclamó Agatha al sacar una hoja de papel color crema. Antes de entregársela, le echó un vistazo y murmuró—: ¡Ay, Dios! Es imposible que no conozcas al menos a una de estas personas.

James leyó los nombres, dejando que su tía creyera que solo le interesaba la lista por el deseo de mantener en secreto su identidad. La verdad, sin embargo, era que quería ver el plantel de caballeros entre el que supuestamente tendría que escoger un marido para Elizabeth.

*Sir Bertram Fellport.* Un borracho.
*Lord Binsby.* Un jugador empedernido.
*Lord Daniel Harmon.* Casado.
*Sir Christopher Gatcombe.* Casado.
*El doctor Robert Gifford.* Casado.
*El señor William Dunford.* Demasiado golfo.
*El capitán Cynric Andrien.* Demasiado marcial.

—Esto no sirve —gruñó, resistiendo a duras penas las ganas de arrugar el papel en una patética pelotita.

—¿Pasa algo? —inquirió Agatha.

Él la miró, sorprendido. Había olvidado por completo que su tía estaba allí.

—¿Te importa que haga una copia?

—No veo para qué la quieres.

—Solo para mis archivos —improvisó él—. Es muy importante llevar registros precisos. —En realidad, James era de la opinión de que cuanto menos se pusiera por escrito, tanto mejor. No había nada como los documentos escritos para incriminar a una persona.

Agatha se encogió de hombros y le tendió la hoja de papel.

—Hay tinta y una pluma en el escritorio de al lado de la ventana.

Un minuto después, James había copiado pulcramente la lista de invitados y estaba esperando a que la tinta se secara. Volvió junto a su tía diciendo:

—Siempre cabe la posibilidad de que el chantajista se cuente entre tus invitados.

—Lo dudo, pero el experto eres tú.

Aquello le hizo levantar una ceja, extrañado.

—¿Estás delegando en mi opinión? ¡Qué prodigio!

—El sarcasmo no te sienta bien, hijo mío. —Agatha estiró el cuello para mirar el papel que él tenía entre las manos—. ¿Por qué no has anotado los nombres de las mujeres?

Más improvisación.

—Es menos probable que sean sospechosas.

—Bobadas. Tú mismo te pasaste los primeros cinco días persiguiendo a la señorita Hotchkiss con la lengua fuera, pensando que...

—¡Yo no la perseguía con la lengua fuera!

—Hablaba metafóricamente, por supuesto. Solo quería decir que en principio sospechaste de la señorita Hotchkiss, así que no entiendo por qué ahora descartas a todas las demás mujeres de tu lista de sospechosos.

—Me pondré con ellas en cuanto haya terminado con los hombres —masculló James con irritación. Nadie como su tía tenía la capacidad de acorralarle—. Tengo que volver al trabajo.

—Vete, vete. —Agatha agitó la mano con desdén—. Aunque resulta chocante ver al Marqués de Riverdale ocupándose de labores de poca monta con tanta diligencia.

James se limitó a sacudir la cabeza.

—Además, Elizabeth está al caer. Estoy segura de que será mejor compañía que tú.

—No hay duda.

—Márchate.

Él se marchó. A decir verdad, no le apetecía encontrarse con Elizabeth. Quería repasar la lista primero, y preparar sus argumentos respecto a la inconveniencia de la mayoría de los invitados (o sea, de todos).

Y eso iba a costarle cierto trabajo, puesto que dos de ellos eran sus amigos de toda la vida.


Esa tarde, Elizabeth iba camino de su casa cuando tropezó con James, que salía de su casita. Había tenido la tentación de dejar la avenida principal y tomar otra ruta, pero había descartado la idea por parecerle una cobardía. Siempre pasaba por la casa del administrador cuando volvía a casa, y no iba a desviarse por si acaso James estaba en casa y no en el campo o visitando a algún arrendatario, o haciendo cualquiera de las mil cosas por las que le pagaban.

Y de pronto allí estaba, abriendo la puerta de su casita justo cuando pasaba ella.

Elizabeth tomó nota de que no debía volver a fiarse de la suerte.

—Elizabeth —dijo él casi gritando—, te he estado buscando.

Ella echó un vistazo a su expresión tormentosa y decidió que aquel era un momento excelente para que en su casa hubiera una emergencia de vida o muerte.

—Me encantaría quedarme a charlar contigo —dijo, intentando pasar a toda prisa—, pero Lucas está enfermo y Jane...

—Ayer no parecía enfermo.

Ella intentó sonreír con dulzura, pero le resultaba difícil teniendo los dientes apretados.

—Los niños enferman tan rápidamente... Si me disculpas...

Él la agarró del brazo.

—Si de verdad estuviera enfermo, hoy no habrías venido a trabajar.

¡Maldición! Ahí la había pillado.

—No he dicho que esté gravemente enfermo —dijo a regañadientes—, pero quiero atenderle y...

—Si no está gravemente enfermo, podrás dedicarme dos minutos. —Y entonces, antes de que ella tuviera ocasión de ponerse a gritar, la agarró del codo y la hizo entrar en la casita.

—¡Señor Siddons! —gritó ella.

James cerró la puerta de una patada.

—Creía que lo de «señor Siddons» era historia.

—Ya no —siseó ella—. Déjame salir.

—Deja de comportarte como si estuviera a punto de violarte.

Ella le miró con rabia.

—No veo por qué te parece tan descabellado.

—¡Santo Dios! —dijo él pasándose la mano por el pelo—. ¿Desde cuándo eres una arpía?

—Desde que me has obligado a entrar en tu casa.

—No lo habría hecho si no hubieras empezado a contarme mentiras sobre tu hermano.

Ella se quedó boquiabierta y dejó escapar un reoplido de rabia.

—¿Cómo te atreves a acusarme de mentir?

—¿Acaso no es cierto?

—Pues sí —reconoció ella con impertinencia—, pero solo porque eres un patán grosero y arrogante que se niega a aceptar un no por respuesta.

—Negarse a aceptar una negativa suele garantizar un resultado positivo —repuso él en tono tan condescendiente que Elizabeth tuvo que agarrarse a su falda para no darle una bofetada.

Con voz y mirada gélidas dijo:

—Parece que no me queda más remedio que dejarte hablar. ¿Qué es lo que quieres decirme?

James sacudió la hoja de papel delante de ella.

—He conseguido esto de lady Danbury.

—Tu carta de despido, espero —dijo ella entre dientes.

Él dejó pasar el comentario.

—Es la lista de invitados. Y lamento informarte de que ninguno de estos caballeros es aceptable.

—¡Ah! Y supongo que los conoces a todos personalmente —bufó ella.

—Pues sí.

Ella le arrancó el papel de la mano, rasgando una esquinita.

—Vamos, por favor —dijo con desdén—. Hay dos lores y un sir. ¿Cómo puedes conocerlos a todos?

—Tu hermano es sir —le recordó él.

—Sí, bueno, pero tu hermano no —replicó ella.

—Eso no lo sabes.

Ella levantó la cabeza de repente.

—¿Quién eres?

—Mi hermano no es sir —dijo, molesto—. Ni siquiera tengo hermanos. Solo quería decir que tienes la mala costumbre de llegar a conclusiones sin pararte a ordenar los datos.

—¿Qué tienen de malo estos hombres? —dijo ella tan despacio que James comprendió que su furia pendía de un hilo.

—Tres de ellos están casados.

Ella movió la mandíbula. Seguramente estaba rechinando los dientes.

—¿Qué tienen de malo los que no lo están?

—Bueno, para empezar, este... —señaló el nombre de sir Bertram Fellport— es un borracho.

—¿Estás seguro?

—No puedo permitir que te cases con un hombre que abusa del alcohol.

—No has respondido a mi pregunta.

¡Maldita sea, qué terca era!

—Sí, estoy seguro de que es un borracho. Y de la peor especie, además.

Ella volvió a mirar el papel arrancado que tenía en la mano.

—¿Y lord Binsby?

—Es aficionado al juego.

—¿En exceso?

James, que empezaba a divertirse, asintió con la cabeza.

—En exceso. Y está gordo.

Ella empezó a señalar otra vez.

—¿Y...?

—Casado, casado, casado.

Elizabeth levantó la mirada.

—¿Los tres?

James dijo que sí.

—Uno de ellos hasta lo está felizmente.

—Bueno, eso rompe la tradición, desde luego —repuso ella entre dientes.

James declinó hacer comentarios.

Elizabeth dejó escapar un largo soplido y él notó que sus suspiros empezaban a pasar de molestos a cansinos.

—Entonces solo quedan el señor William Dunford y el capitán Cynric Andrien. Supongo que uno es deforme y el otro un necio.

A James le dieron ganas de decirle que sí, pero una sola ojeada a Dunford y al capitán, y Elizabeth se daría cuenta de que la había engañado.

—A ambos se les considera apuestos e inteligentes —reconoció.

—Entonces, ¿cuál es el problema?

—Que Dunford es un calavera.

—¿Y?

—Seguro que te sería infiel.

—No soy precisamente un buen partido, James. No puedo esperar que todo sea perfecto.

Los ojos de James brillaron con intensidad.

—Deberías esperar que tu marido te sea fiel. Deberías exigirlo.

Ella le miró con incredulidad.

—Sería maravilloso, estoy segura de ello, pero no me parece tan importante como...

—Tu marido —contestó él, malhumorado— te será fiel o tendrá que vérselas conmigo.

Elizabeth abrió mucho los ojos, se quedó boquiabierta y luego estalló en un ataque de risa.

James cruzó los brazos y la miró con enfado. No estaba acostumbrado a que se rieran de sus galanterías.

—¡Oh, James! —dijo ella—. Lo siento mucho. Eres un cielo. Casi... —Se enjugó los ojos—. Casi tan dulce que me dan ganas de perdonarte por haberme raptado.

—Yo no te he raptado —respondió él de mala gana.

Elizabeth agitó una mano.

—¿Se puede saber cómo esperas defender mi honor cuando me haya casado?

—No vas a casarte con Dunford —masculló él.

—Si tú lo dices... —dijo ella, tan seria y con tanto cuidado que James comprendió que se moría de ganas de reírse de nuevo—. Bueno, ¿por qué no me dices qué tiene de malo el capitán Andrien?

Hubo un largo silencio. Muy largo. Por fin James balbució:

—Anda encorvado.

Otro silencio.

—¿Vas a descartarle porque anda encorvado? —preguntó, incrédula.

—Es síntoma de debilidad interior.

—Entiendo.

James se daba cuenta de que no bastaba con que Andrien caminara encorvado.

—Eso por no hablar —añadió, intentando ganar tiempo mientras pensaba en una excusa conveniente— de que una vez le vi gritarle a su madre en público.

Elizabeth no pudo contestar. James no sabía si era porque estaba intentando contener la risa o por pura estupefacción.

Y tampoco sabía si quería averiguarlo.

—Fue de lo más irrespetuoso —agregó.

Sin previo aviso, ella alargó la mano y le tocó la frente.

—¿Tienes fiebre? Creo que tienes fiebre.

—No tengo fiebre.

—Pues te comportas como si la tuvieras.

—¿Y vas a mandarme a la cama y a atenderme con cariño si la tengo?

—No.

—Entonces no la tengo.

Ella dio un paso atrás.

—En ese caso, será mejor que me vaya.

James se dejó caer contra la pared, totalmente agotado. De pronto comprendió que Elizabeth surtía aquel efecto sobre él. Si no sonreía como un tonto, estaba furioso. Si no estaba furioso, era presa de la lujuria. Y si no era presa de la lujuria...

Bueno, eso era dudoso, ¿no?

La miró mientras ella abría la puerta, hipnotizado por la curva delicada de su mano enguantada.

—¿James? ¿James?

Sobresaltado, levantó la cabeza.

—¿Estás seguro de que el capitán Andrien anda encorvado?

Él asintió. Sabía que su mentira quedaría al descubierto al día siguiente, pero confiaba en dar con otra excusa más ingeniosa con la que tapar aquella.

Ella frunció los labios.

El estómago de James se encogió y luego dio un vuelco.

—¿No te parece raro? ¿Un militar que anda encorvado?

Él se encogió de hombros, indefenso.

—Ya te he dicho que no te cases con él.

Elizabeth emitió un ruidito gutural.

—Puedo mejorar su postura.

Él solo alcanzó a sacudir la cabeza.

—Eres una mujer extraordinaria, Elizabeth Hotchkiss.

Ella inclinó la cabeza y salió. Pero antes de que pudiera cerrar la puerta, volvió a asomar la cabeza.

—Esto, James...

Él levantó la mirada.

—Ponte derecho.

# 14

Al día siguiente, la noche sorprendió a Elizabeth junto a la verja de Danbury House, rezongando y maldiciéndose a sí misma por su idiotez, luego por su cobardía y a continuación solo porque sí.

Siguiendo el consejo de Susan, el día anterior había olvidado su cuaderno (el cuaderno en el que anotaba todas las cuentas de la casa) en Danbury House. Y como el cuaderno era tan importante para su vida cotidiana, tendría que ir a buscarlo durante la fiesta campestre.

—No hay nada sospechoso en que esté aquí —se decía—. Olvidé mi cuaderno. Lo necesito. No puedo sobrevivir hasta el lunes sin él.

Naturalmente, eso no explicaba por qué había llevado su cuaderno (que nunca salía de su casa) a Danbury House.

Había esperado casi hasta las cuatro, cuando los invitados debían de estar disfrutando del sol en el jardín. Lady Danbury había hablado de un partido de tenis y un tentempié en el prado del sur del jardín. Aquel prado no estaba precisamente en la ruta que tendría que tomar ella para recuperar su cuaderno, pero no había razón para que no se pasara por allí para preguntarle a lady Danbury si había visto el cuaderno.

Ninguna razón, excepto su orgullo.

¡Dios, cuánto odiaba aquello! Se sentía tan desesperada, tan avariciosa... Cada vez que soplaba el viento, se convencía de que eran sus padres que, en el cielo, sentían arcadas al verla rebajarse. Se quedarían espantados si la vieran así, inventando excusas absurdas para asistir a una fiesta a la que no la habían invitado.

Y todo para conocer a un hombre que probablemente andaba encorvado.

Soltó un gruñido. Llevaba veinte minutos delante de la verja, con la cabeza apoyada en los barrotes. Si se quedaba allí mucho más, resbalaría y se le quedaría la cabeza atascada, como a Cedric Danbury en el castillo de Windsor.

No tenía sentido posponerlo más. Levantó la barbilla, echó los hombros hacia atrás y emprendió la marcha, esquivando adrede la casita de James. Lo último que le hacía falta era una audiencia con él.

Entró a hurtadillas por la puerta principal de Danbury House, atenta por si oía ruidos de fiesta, pero no oyó más que silencio. El cuaderno estaba en la biblioteca, pero iba a fingir que no lo sabía, así que cruzó la casa hasta las puertas que daban a la terraza de atrás.

En efecto, una docena de señoras y caballeros elegantemente vestidos se paseaban por el prado. Un par de ellos llevaban raquetas de tenis, algunos bebían ponche y todos reían y charlaban entre sí.

Elizabeth se mordió el labio. Hasta sus voces sonaban elegantes.

Salió a la terraza casi sin abrir la puerta. Tenía la sensación de que parecía tímida como un ratón, pero en realidad no importaba. Nadie esperaba que la dama de compañía de lady Danbury irrumpiera airosamente en la fiesta.

Lady Danbury presidía la reunión al otro extremo de la terraza, sentada en un mullido sillón que ella sabía que pertenecía al saloncito azul. Aquel armatoste forrado de terciopelo era el único mueble del interior de la casa que se había sacado a la terraza, y hacía perfectamente las veces de un trono, lo cual era la intención de lady Danbury, supuso Elizabeth. Sentados juntos a ella había dos damas y un caballero. Las damas asentían atentamente con la cabeza a cada palabra que decía la anfitriona; el caballero tenía los ojos vidriosos y a nadie parecía extrañarle que Malcolm dormitara sobre el regazo de lady Danbury, panza arriba y con las patas en cruz. Parecía un gatito difunto, pero lady Danbury le había asegurado una y otra vez que su columna era increíblemente flexible y que le gustaba aquella postura.

Elizabeth se acercó un poco, intentando distinguir lo que estaba diciendo lady Danbury para interrumpirla en el momento menos inoportuno. No era difícil seguir la conversación; era más bien un monólogo en el que lady Danbury hacía de protagonista.

Estaba a punto de dar un paso adelante para intentar llamar la atención de lady Danbury cuando sintió que alguien la agarraba del codo. Al darse la vuelta se encontró cara a cara con el hombre más bello que había visto nunca. Cabello rubio, ojos celestes... «Guapo» era un adjetivo demasiado tosco para describirle. Aquel hombre tenía la cara de un ángel.

—Más ponche, por favor —dijo, dándole su vaso.

—¡Oh, no! Lo siento, usted no lo entiende, yo...

—Enseguida. —Le dio una palmada en el trasero.

Elizabeth sintió que se ponía colorada y le devolvió bruscamente el vaso del ponche.

—Se equivoca usted. Si me disculpa...

El caballero rubio entornó los ojos de forma amenazadora y Elizabeth sintió que un escalofrío de desconfianza le corría por la espalda. Aquel no era un hombre con el que conviniera enemistarse, aunque cualquiera admitiría que un vaso de ponche no era motivo suficiente para enfadarse tanto, ni siquiera tratándose de un energúmeno.

Encogiéndose un poco de hombros, Elizabeth se olvidó del incidente y se acercó a lady Danbury, que la miró con sorpresa.

—¡Elizabeth! —exclamó—. ¿Qué haces aquí?

Elizabeth intentó componer una sonrisa que esperaba pareciera compungida y atractiva. A fin de cuentas, tenía público.

—Siento muchísimo molestarla, lady Danbury.

—Tonterías. ¿Qué ocurre? ¿Hay algún problema en casa?

—No, no, no es nada grave. —Lanzó una ojeada al caballero sentado junto a lady Danbury. Su color de pelo era muy semejante al de James, y parecían ser de la misma edad, pero sus ojos tenían un aire mucho más juvenil.

James había visto cosas. Cosas tétricas. Se le notaba en los ojos cuando creía que no le estaba mirando.

Pero tenía que dejar de fantasear con James. Aquel caballero no tenía nada de malo. Mirándole con objetividad, tenía que admitir que era guapísimo. Y no estaba encorvado, desde luego.

Pero no era James.

Elizabeth se estremeció mentalmente.

—Me temo que me dejé mi cuaderno aquí —dijo, volviendo a mirar a lady Danbury—. ¿Lo ha visto? Lo necesito antes del lunes.

Lady Danbury sacudió la cabeza mientras hundía la mano en el copioso pelo de color crudo de su gato y le acariciaba la tripa.

—No, no lo he visto. ¿Estás segura de que lo trajiste? Nunca lo habías traído, que yo sepa.

—Sí, estoy segura. —Elizabeth tragó saliva y se preguntó por qué la verdad se parecía tanto a una mentira.

—Ojalá pudiera ayudarte —dijo lady Danbury—, pero tengo invitados. Tal vez quieras buscarlo tú misma. No puede haber más de cinco o seis habitaciones donde pueda estar. Y los criados saben que puedes andar libremente por la casa.

Elizabeth se irguió y asintió con la cabeza. Acababan de despedirla.

—Voy a buscarlo.

De pronto, el hombre sentado junto a lady Danbury se levantó de un salto.

—Será un placer para mí ayudarla.

—Pero no puede irse —gimió una de las señoras.

Elizabeth observaba la escena con interés. Estaba claro por qué a las señoras les interesaba tanto quedarse junto a Lady Danbury.

—¡Dunford! —gritó lady Danbury—. Les estaba contando mi audiencia con la condesa rusa.

—¡Ah! Pero yo ya conozco a la condesa —contestó él con una sonrisa traviesa.

Elizabeth se quedó boquiabierta. Nunca había conocido a nadie que no se acobardara delante de lady Danbury. Y esa sonrisa... ¡Santo cielo! Nunca había visto nada parecido. Estaba claro que aquel hombre había roto muchísimos corazones.

—Además —siguió él—, me apetece jugar a la búsqueda del tesoro.

Lady Danbury arrugó el ceño.

—Supongo, entonces, que no les he presentado. Señor Dunford, esta es mi dama de compañía, la señorita Hotchkiss. Y estas dos señoras son la señora y la señorita Corbishley.

Dunford enlazó a Elizabeth con un brazo.

—Excelente. Estoy seguro de que encontraremos ese cuaderno perdido en un santiamén.

—No hace falta que...

—Tonterías. No soporto ver a una damisela en apuros.

—No es ningún apuro —dijo la señorita Corbishley en tono arisco—. Solo ha perdido un cuaderno, ¡por el amor de Dios!

Pero Dunford se había llevado de allí a Elizabeth y había entrado en la casa por la puerta de la terraza.

Lady Danbury frunció el ceño.

La señorita Corbishley miró con rabia la puerta de la terraza, como si intentara prender fuego a la casa.

La señora Corbishley, que rara vez veía motivos para refrenar su lengua, dijo:

—Yo despediría a esa mujer, si fuera usted. Es demasiado atrevida.

Lady Danbury clavó en ella una mirada mordaz.

—¿Y en qué se basa usted para hacer esa afirmación?

—Bueno, no hay más que ver...

—Conozco a la señorita Hotchkiss desde hace más tiempo del que la conozco a usted, señora Corbishley.

—Sí —contestó ella, y las comisuras de su boca se tensaron de un modo muy poco favorecedor—, pero yo soy una Corbishley. Usted conoce a los míos.

—Sí —replicó lady Danbury— y nunca me han gustado. Deme mi bastón.

La señora Corbishley estaba tan perpleja que se quedó parada, pero su hija tuvo presencia de ánimo suficiente para alcanzar el bastón y ponerlo en manos de lady Danbury.

—¡Pero, pero...! —balbució la señora Corbishley.

*¡Bum!* Lady Danbury se puso en pie.

—¿Adónde va? —preguntó la señorita Corbishley.

Cuando lady Danbury respondió, su voz sonó distraída.

—Tengo que hablar con una persona. Enseguida.

Y se alejó renqueando, pero moviéndose más deprisa de lo que se había movido en muchos años.


—¿Se da cuenta —dijo el señor Dunford— de que estaré en deuda con usted hasta el día en que me muera?

—Eso es mucho tiempo para mantener una promesa, señor Dunford —contestó ella en tono divertido.

—Dunford a secas, si hace el favor. Hace años que nadie me llama «señor».

Ella no pudo menos que sonreír. Había algo extraordinariamente simpático en aquel hombre. Elizabeth sabía por experiencia que quienes habían sido bendecidos con un atractivo físico sobresaliente solían llevar sobre sí la maldición de un genio espantoso, pero Dunford parecía la excepción que confirmaba la regla. Sería un buen marido, se dijo Elizabeth, si ella conseguía que le propusiera matrimonio.

—Muy bien, entonces —dijo—. Dunford a secas. ¿Y de quién intenta escapar? ¿De lady Danbury?

—¡No, por Dios! Con Agatha las veladas son siempre entretenidas.

—¿De la señorita Corbishley? Parecía interesada...

Dunford se estremeció.

—Ni la mitad de interesada que su madre.

—¡Ah!

Él enarcó una ceja.

—Deduzco que está familiarizada con ese tipo de mujeres.

Un pequeño estallido de risa cargado de horror escapó de los labios de Elizabeth. ¡Santo cielo! Ella misma pertenecía a ese tipo.

—Daría una guinea entera por saber qué está pensando —dijo Dunford.

Elizabeth sacudió la cabeza, sin saber si seguir riéndose o si cavar un agujero en el suelo y meterse dentro.

—Son pensamientos demasiado caros para... —Giró de pronto la cabeza. ¿Era la cabeza de James la que había visto asomar por la puerta del saloncito azul?

Dunford siguió su mirada.

—¿Ocurre algo?

Ella agitó una mano con impaciencia.

—Un momento. Creo que he visto...

—¿Qué? —Sus cejas castañas se afilaron—. ¿O a quién?

Ella sacudió la cabeza.

—He debido de equivocarme. Me ha parecido ver al administrador.

Dunford la miró extrañado.

—¿Tan raro es eso?

Elizabeth sacudió un poco la cabeza. No pensaba intentar siquiera explicarle la situación.

—Yo... eh... creo que debí dejarme el cuaderno en el cuarto de estar. Allí es donde lady Danbury y yo solemos pasar el día juntas.

—Enséñeme el camino, pues, milady.

Dunford la siguió al cuarto de estar. Elizabeth se puso a abrir cajones haciendo mucho teatro.

—Puede que algún criado lo haya confundido con un cuaderno de lady Danbury —explicó— y lo haya guardado.

Él se quedó allí parado mientras ella buscaba. Estaba claro que era demasiado educado para atreverse a mirar de cerca las pertenencias de lady Danbury. Pero poco importaba que mirara o no, pensó Elizabeth con ironía. Lady Danbury guardaba bajo llave todas sus posesiones importantes, y Dunford, además, no iba a encontrar el cuaderno, que estaba escondido en la biblioteca.

—Puede que esté en otra habitación —sugirió él.

—Puede ser, aunque...

Una discreta llamada a la puerta la interrumpió. Ella, que no tenía ni idea de cómo iba a acabar la frase, dio las gracias para sus adentros al criado que esperaba en la puerta.

—¿Es usted el señor Dunford? —preguntó el lacayo.

—Sí.

—Tengo una nota para usted.

—¿Una nota? —Dunford alargó una mano y tomó el sobre de color crema. Mientras leía lo que decía la nota, sus labios se fruncieron.

—Espero que no sean malas noticias —dijo Elizabeth.

—Debo regresar a Londres.

—¿Enseguida? —Elizabeth no pudo evitar que su voz reflejara el desencanto que sentía. Dunford no hacía que se le acelerara la sangre, como James, pero era indudablemente un buen partido.

—Me temo que sí. —Él sacudió la cabeza—. Voy a matar a Riverdale.

—¿A quién?

—Al Marqués de Riverdale. Un buen amigo mío, pero es tan impreciso... ¡Fíjese! —Sacudió la nota en el aire, sin darle ocasión de echar un vistazo—. No sé si es una emergencia o si solo quiere enseñarme su nuevo caballo.

—¡Ah! —No parecía haber mucho más que decir.

—Me gustaría saber cómo me ha encontrado —continuó Dunford—. Se esfumó la semana pasada.

—Parece algo serio —murmuró Elizabeth.

—Lo será —dijo él— cuando le estrangule.

Ella tragó saliva para no echarse a reír, porque le parecía inapropiado.

Dunford levantó los ojos y los fijó en su cara por primera vez desde hacía varios minutos.

—Confío en que pueda seguir sin mí.

—¡Oh, por supuesto! —Sonrió con sarcasmo—. Llevo más de veinte años haciéndolo.

Su comentario le pilló desprevenido.

—Es usted una buena muchacha, señorita Hotchkiss. Si me disculpa... Y se marchó.

—Una buena muchacha —dijo Elizabeth, imitándole—. Una buena muchacha. Una buena muchacha, ¡maldita sea! —Gruñó—. Una muchacha buena y aburrida.

Los hombres no se casaban con «buenas muchachas». Querían belleza, fuego y pasión. Querían, en palabras de la diabólica señora Seeton, una mujer totalmente única.

Bueno, no demasiado.

Elizabeth se preguntó si iría al infierno por quemar a la señora Seeton en efigie.

—Elizabeth...

Al levantar los ojos, vio a James sonriéndole desde la puerta.

—¿Qué estás haciendo? —le preguntó él.

—Reflexionar sobre el más allá —masculló ella.

—Una tarea muy noble, sin duda.

Ella le miró malhumorada. Su voz le parecía demasiado afable. ¿Y por qué su sonrisa hacía que se le parara el corazón, mientras que la de Dunford (que, hablando objetivamente, era sin duda la combinación de labios y dientes más deslumbrante de toda la creación) le despertaba ganas de darle una palmadita en el brazo como si fuera su hermana?

—Si no abres pronto la boca —dijo James con voz fastidiosamente inexpresiva—, se te van a hacer polvo los dientes de tanto rechinarlos.

—He conocido al señor Dunford —dijo ella.

—¿Ah, sí? —murmuró él.

—Me ha parecido bastante agradable.

—Sí, bueno, es muy simpático.

Enfadada, ella estiró los brazos junto a los costados.

—Me dijiste que era un golfo —le reprochó.

—Y lo es. Un golfo muy simpático.

Allí había gato encerrado. Elizabeth estaba segura. James parecía demasiado despreocupado por que hubiera conocido a Dunford. Ella no sabía cuál esperaba que fuera su reacción, pero desde luego no esperaba que fuera una indiferencia total. Entornando los ojos preguntó:

—No conocerás al Marqués de Riverdale, ¿verdad?

Él se atragantó y empezó a toser.

—¿James? —Ella corrió a su lado.

—Solo ha sido un poco de polvo —jadeó él.

Elizabeth le dio una palmada en la espalda y luego cruzó los brazos, demasiado enfrascada en sus cavilaciones para prestarle más atención.

—Me parece que ese tal Riverdale es pariente de lady Danbury.

—No me digas.

Ella se tocó la mejilla con el dedo.

—Estoy segura de que alguna vez ha mencionado su nombre. Creo que es su primo, pero puede que sea su sobrino. Tiene montones de hermanos.

James obligó a una comisura de su boca a sonreír, aunque dudaba de que su sonrisa resultara convincente.

—Podría preguntarle por él. Seguramente debería hacerlo.

Él tenía que cambiar de tema, y enseguida.

—A fin de cuentas —prosiguió Elizabeth—, querrá saber por qué se ha ido Dunford tan de repente.

James lo dudaba. Era Agatha quien había ido en su busca para pedirle que apartara a Dunford (aquel golfo sin escrúpulos, le había llamado) de Elizabeth.

—Quizá debería ir a buscarla enseguida.

Sin pararse siquiera un segundo, James empezó a toser de nuevo. El único modo que se le ocurría de impedirle salir de la habitación (aparte de ese) era agarrarla y tumbarla en el suelo, y tenía la sensación de que Elizabeth no lo consideraría apropiado.

Bueno, quizá no fuera el único modo, pero sin duda era el más apetecible.

—¿James? —dijo ella, y la preocupación nubló sus ojos de zafiro—. ¿Seguro que estás bien?

Él asintió con la cabeza mientras seguía provocándose la tos.

—Eso no suena muy bien. —Le puso una mano cálida y suave sobre la mejilla.

James contuvo el aliento. Elizabeth estaba muy cerca, demasiado cerca, y él sintió que su cuerpo empezaba a tensarse.

Ella le puso la mano en la frente.

—Tienes cara de estar pachucho —murmuró—, aunque no parece que estés caliente.

—Estoy bien —dijo él, pero le salió casi un jadeo.

—Puedo pedirte un té.

Él se apresuró a sacudir la cabeza.

—No es necesario. Yo... —Tosió—. Estoy bien. —Esbozó una sonrisa—. ¿Ves?

—¿Estás seguro? —Apartó la mano y le miró con atención. Con cada parpadeo, aquella mirada turbia y desenfocada fue desapareciendo de sus ojos, sustituida por un aire de enérgica eficacia.

¡Qué lástima! Las miradas turbias y desenfocadas eran mucho mejor preludio para un beso.

—¿Estás bien? —repitió ella.

James asintió con la cabeza.

—Bueno, en ese caso —dijo ella, exhibiendo lo que a James le pareció una notable falta de preocupación—, me voy a casa.

—¿Tan pronto?

Uno de los hombros de Elizabeth subió y bajó, encogiéndose de forma conmovedora.

—Hoy no voy a conseguir nada más. El señor Dunford ha tenido que volver a Londres, requerido por ese misterioso Marqués, y dudo que ese Adonis rubio que me confundió con una criada vaya a proponerme matrimonio.

—¿Adonis? —¡Santo cielo! ¿Aquella era su voz? No sabía que pudiera parecer tan huraño.

—Cara de ángel —explicó ella—, modales de buey.

Él asintió, sintiéndose mucho mejor.

—Fellport.

—¿Quién?

—Sir Bertram Fellport.

—¡Ah! El que bebe demasiado.

—Exacto.

—¿Cómo es que conoces a esas personas?

—Ya te lo dije, solía alternar en los círculos de la alta sociedad.

—Si eres tan buen amigo suyo, ¿por qué no vas a saludarles?

Era una buena pregunta, pero James no tenía una buena respuesta.

—¿Y que sepan lo bajo que he caído? Desde luego que no.

Elizabeth suspiró. Sabía muy bien cómo se sentía James. Ella había soportado las habladurías de todo el pueblo, los dedos que la señalaban y las risas disimuladas. Cada domingo llevaba a su familia a la iglesia y cada domingo se sentaba derecha como un palo, intentando actuar como si vistiera a sus hermanos con volantes pasados de moda y calzas con las rodillas peligrosamente raídas solo porque quería.

—Tenemos mucho en común, tú y yo —dijo en voz baja.

Algo brilló en los ojos de James, algo que parecía dolor, o quizá vergüenza. Elizabeth comprendió entonces que tenía que marcharse, porque lo único que deseaba era rodearle los hombros con los brazos y reconfortarle, como si una mujer insignificante como ella pudiera proteger de algún modo a aquel hombre fuerte y grande de las preocupaciones de la vida.

Era ridículo, claro. James no la necesitaba.

Y ella necesitaba no necesitarle. Los sentimientos eran un lujo que no podía permitirse en aquel momento de su vida.

—Me voy —dijo rápidamente, y le horrorizó oír su voz enronquecida. Pasó a toda prisa junto a él e hizo una mueca al rozar su brazo con el hombro. Durante unos segundos, pensó que tal vez él estiraría el brazo y la detendría. Le sintió vacilar, le sintió moverse, pero al final James se limitó a decir:

—¿Te veré el lunes?

Elizabeth asintió con la cabeza y salió deprisa.


James se quedó mirando unos minutos la puerta vacía. El perfume de Elizabeth (una vaga mezcla de fresas y jabón) aún impregnaba el aire. Era una fragancia llena de inocencia, no había duda de ello, pero bastaba para que su cuerpo se pusiera rígido y para suscitar en él el ansia de estrecharla entre sus brazos.

Entre sus brazos, ¡maldita sea! ¿A quién trataba de engañar? Quería tenerla bajo su cuerpo, rodeándolo. La quería encima de él, a su lado. La deseaba. Y punto.

¿Qué demonios iba a hacer con ella?

Ya lo había dispuesto todo para que se enviara a su familia un cheque bancario. De forma anónima, claro. Elizabeth no lo aceptaría de otro modo. Así se acabarían aquellas tonterías de casarse con el primer hombre útil (y con la cartera bien repleta) que se le declarara.

Pero el cheque no solventaría el aprieto en el que él se hallaba metido. Esa tarde, cuando su tía fue a buscarle para decirle que Elizabeth se había ido con Dunford, había sentido un arrebato de celos que jamás hubiera creído posible. Un arrebato que había estrujado su corazón y corrido por su sangre y que le había vuelto medio loco, incapaz de pensar en otra cosa que en alejar a Dunford de Surrey y enviarle de vuelta a Londres.

¡Ja, a Londres! Si hubiera podido mandar a Dunford a Constantinopla, lo habría hecho.

Era absurdo intentar convencerse de que Elizabeth era una mujer cualquiera. La idea de que estuviera en brazos de otro hombre le ponía físicamente enfermo, y no podría continuar mucho tiempo con aquella farsa de encontrarle marido. No, cuando cada vez que la veía se sentía casi arrollado por el deseo de meterla en un armario y poseerla.

Gruñó con resignación. Cada día que pasaba tenía más claro que iba a tener que casarse con aquella muchacha. Era, desde luego, la única solución que podía dar un poco de paz a su cuerpo y a su espíritu.

Pero antes de casarse con ella tendría que revelarle su verdadera identidad, y no podía hacerlo hasta que se hubiera ocupado del asunto del chantaje. Se lo debía a su tía. Sin duda podía dejar a un lado sus deseos durante quince días escasos.

Y si no lograba resolver aquel acertijo en dos semanas..., bien, entonces no sabía qué demonios haría. Dudaba sinceramente de que pudiera aguantar mucho más tiempo en aquel estado de estrés.

Lanzando sin remordimientos una maldición en voz alta, giró sobre sus talones y salió. Necesitaba aire fresco.

Elizabeth intentó no pensar en James al pasar a hurtadillas por su acogedora casita. No tuvo éxito, claro, pero al menos esa tarde no tenía que preocuparse por tropezarse con él. Estaba en el cuarto de estar, seguramente riéndose de su escapada.

No, se dijo, se estaría riendo de ella. Y sería mucho más fácil así. Entonces podría odiarle.

Como si el día no se hubiera torcido ya bastante, Malcolm parecía haber decidido que atormentarla era mucho más divertido que escuchar a lady Danbury sermonear a las Corbishley, y el gato trotaba a su lado, bufando a intervalos regulares.

—¿De verdad es necesario? —preguntó Elizabeth—. ¿Tienes que seguirme solo para bufarme?

Malcolm contestó con otro bufido.

—Animal, nadie cree que me bufas, ¿sabes? Solo lo haces cuando estamos solos.

El gato sonrió, muy satisfecho de sí mismo. Elizabeth lo habría jurado.

Seguía aún discutiendo con el maldito gato cuando pasó por los establos. Malcolm gruñía y bufaba a placer, y Elizabeth le señalaba con el dedo y le mandaba callar, razón por la cual seguramente no oyó los pasos que se acercaban.

—Señorita Hotchkiss...

Ella levantó la cabeza de repente. Sir Bertram Fellport (el Adonis rubio con cara de ángel) estaba delante de ella. Demasiado cerca, en su opinión.

—¡Ah! Buenos días, señor. —Dio un discreto (y esperaba que inofensivo) paso hacia atrás.

Él sonrió, y Elizabeth casi esperó que una bandada de querubines apareciera en torno a su cabeza, cantando angelicalmente.

—Soy Fellport —dijo él.

Ella asintió con la cabeza. Ya lo sabía, pero no veía razón para decírselo a él.

—Tanto gusto.

—¿Ha encontrado su cuaderno?

Debía de haber escuchado su conversación con lady Danbury.

—No —contestó—, no lo he encontrado. Pero estoy segura de que aparecerá. Es lo que pasa siempre.

—Sí —murmuró él. Sus ojos azul cielo la miraban con incómoda intensidad—. ¿Lleva mucho tiempo trabajando para lady Danbury?

Elizabeth retrocedió otro pasito.

—Cinco años.

Él alargó la mano y le acarició la mejilla.

—Debe de llevar usted una vida muy solitaria.

—En absoluto —contestó, tensa—. Si me disculpa...

Él lanzó la mano y la agarró de la muñeca con tanta fuerza que le hizo daño.

—No la disculpo.

—Sir Bertram —dijo ella, y logró que no le temblara la voz, a pesar del martilleo de su corazón—, ¿puedo recordarle que está usted invitado en casa de lady Danbury?

Él tiró de su muñeca, obligándola a acercarse.

—¿Y puedo recordarte yo que eres una empleada de lady Danbury y que por tanto estás obligada a complacer a sus invitados?

Elizabeth miró aquellos ojos asombrosamente azules y vio en ellos algo muy frío y muy feo. Sintió un nudo en el estómago y comprendió que tenía que marcharse de allí enseguida. Fellport tiraba de ella hacia los establos, y en cuanto consiguiera ocultarla a la vista de los demás, no habría escapatoria.

Dio un grito, pero él le tapó la boca violentamente con la mano.

—Vas a hacer lo que te diga —le siseó al oído— y después vas a darme las gracias.

Y entonces los peores miedos de Elizabeth se hicieron realidad al sentir que la arrastraba hacia el interior de los establos.

# 15

James caminaba hacia los establos con las manos metidas en los bolsillos. Se había dejado llevar por un extraño ataque de mal humor. Muy pocas veces tenía que negarse algo que quería de veras, y posponer su noviazgo con Elizabeth le había puesto de un humor de perros.

El aire fresco no le había servido de gran cosa, así que decidió ir un paso más allá y salir a montar. Salir a montar a tumba abierta, a matacaballo, a velocidad de vértigo, con el viento enredándole el pelo. Como administrador de Agatha podía entrar y salir de los establos a su antojo, y si era algo irregular que un administrador galopara por ahí como un loco..., en fin, pensaba moverse tan deprisa que nadie le reconocería.

Pero cuando llegó a los establos, Malcolm estaba de pie, apoyado sobre las patas traseras, arañando frenéticamente la puerta y chillando como un demonio.

—¡Por Dios, gato! ¿Qué mosca te ha picado?

Malcolm maulló, retrocedió unos pasos y embistió la puerta de cabeza.

Fue entonces cuando James reparó en que las puertas del establo estaban cerradas, cosa muy rara a aquella hora del día. Hacía tiempo que los caballos de los invitados estaban cepillados, y seguramente todos los mozos se habían ido a El Saco de Clavos a beber una pinta, pero aun así lo normal sería que las puertas estuvieran abiertas. A fin de cuentas, hacía calor, y a los caballos les vendría bien que corriera el aire.

James abrió las puertas de un empujón e hizo una mueca al oír el crujido de las bisagras oxidadas. Imaginaba que era cosa suya ocuparse de cosas así. O, al menos, encargarse de que alguien lo hiciera. Se dio unos golpecitos con la mano enguantada sobre el muslo y luego se dirigió al armario de arreos para buscar algo con que engrasar las bisagras. No tardaría mucho en arreglarlo y, además, le parecía que hacer alguna labor manual le sentaría bien.

Al acercarse al armario de la puerta, sin embargo, oyó un sonido de lo más extraño.

No fue más que un roce, pero no parecía haberlo hecho un caballo.

—¿Hay alguien ahí? —preguntó levantando la voz.

Siguieron más ruidos, más rápidos y más frenéticos esta vez, acompañados por un extraño gemido de temor.

A James se le heló la sangre.

Había docenas de cuadras. El ruido podía proceder de cualquiera de ellas. Y, sin embargo, James sabía de dónde venía. Sus pies le llevaron a la cuadra del rincón más alejado, y con un grito salvaje que le salió del alma, arrancó la puerta de sus bisagras.


Elizabeth sabía qué aspecto tenía el diablo. Tenía ojos azules y pelo rubio, y una sonrisa feroz y cruel. Ella se resistió con todas sus fuerzas, pero pesando poco más de cuarenta kilos, podría haber sido una pluma: tan poco le costó a él arrastrarla por el establo.

La boca de Fellport devoró la suya, y ella luchó por mantener los labios cerrados. Tal vez él le estuviera robando la dignidad y la voluntad, pero ella preservaría intacta al menos una parte de sí misma.

Él apartó la cabeza y la empujó contra un poste, clavándole los dedos en los brazos.

—Acabo de besarla, señorita Hotchkiss —dijo con voz untuosa—, deme las gracias.

Ella le miró con rebeldía.

Fellport la atrajo hacia sí de un tirón, volvió a empujarla contra el poste y sonrió al ver que su cabeza chocaba contra la madera dura y astillada.

—Creo que tenías algo que decirme —dijo en tono zalamero.

—Váyase al infierno —le espetó ella. Sabía que no debía provocarle; solo conseguiría que arremetiera contra ella. Pero que se fuera al diablo; no pensaba permitirle que controlara sus palabras.

Él la miró fijamente y, por un instante, Elizabeth pensó que quizá no la castigaría por insultarle. Pero luego, con un gruñido furioso, la apartó del poste y la lanzó hacia una cuadra vacía. Elizabeth cayó en el heno e intentó levantarse, pero Fellport era más rápido y más grande, y se abalanzó sobre ella con una fuerza que la dejó sin respiración.

—Déjeme en paz, mal...

Él le tapó la boca con la mano y le torció la cabeza hacia un lado, haciéndole daño. Elizabeth notó que el heno duro se le clavaba en la mejilla, pero no sintió dolor. No sentía nada. Estaba abandonando su cuerpo. Su mente sentía de algún modo que el único modo de superar aquel horror era distanciarse, contemplarlo desde lo alto, hacer que aquel cuerpo (el cuerpo del que Fellport estaba abusando) no fuera suyo.

Y entonces, justo cuando la escisión casi se había completado, oyó un ruido.

Fellport también lo oyó. Tensó la mano sobre la boca de Elizabeth y se quedó inmóvil.

Era el chirrido de la puerta del establo. El encargado de las caballerizas tenía intención de arreglarla la víspera, pero le habían mandado a un recado absurdo y ese día todo el mundo había estado muy ocupado con tantos invitados.

Pero el chirrido significaba que había alguien allí. Y si había alguien allí, entonces ella tenía una oportunidad.

—¿Hay alguien ahí?

Era la voz de James.

Elizabeth empezó a patalear y a retorcerse como no lo había hecho en toda su vida. Encontró fuerzas que no creía poseer, y empezó a gruñir y a gritar bajo la mano de Fellport.

Lo que ocurrió a continuación fue un torbellino borroso. Se oyó un grito (no parecía humano) y luego la puerta de la cuadra se abrió de golpe. Fellport fue apartado de ella bruscamente, y Elizabeth se acurrucó en un rincón, agarrándose a su vestido deshecho.

James parecía poseído. Golpeaba brutalmente a Fellport y sus ojos tenían una mirada salvaje y feroz mientras le apretaba la cabeza contra el heno.

—¿Te gusta el sabor del heno? —siseó—. ¿Te gusta que te aprieten la cara contra el suelo?

Elizabeth los miraba horrorizada y fascinada al mismo tiempo.

—¿Te sientes fuerte sujetándola, abusando de alguien la mitad de grande que tú? ¿Es eso? ¿Crees que puedes hacer lo que quieras solo porque eres más grande y más fuerte? —Le apretó la cabeza aún más contra el suelo, restregándole la cara contra el heno y la tierra—. ¡Ah! Pero yo soy más fuerte y más grande que tú. ¿Qué te parece, Fellport? ¿Qué te parece estar a mi merced? Podría partirte en dos.

Hubo un áspero silencio, interrumpido únicamente por la respiración entrecortada de James. Miraba a Fellport con intensidad, pero sus ojos tenían una expresión distante cuando murmuró:

—Estaba esperando este momento. Llevo años esperando el momento de darte tu merecido.

—¡¿A mí?! —gritó Fellport.

—A todos vosotros —bramó James—. Hasta el último. No pude salvar... —Se atragantó mientras hablaba, y nadie respiró mientras los músculos de su cara se crispaban—. Puedo salvar a Elizabeth —murmuró—. No permitiré que le arrebates su dignidad.

—James... —susurró ella. ¡Santo Dios! Iba a matarle. Y Elizabeth, que Dios se apiadara de su alma, quería verlo. Quería que partiera en dos a aquel hombre.

Pero no quería que James acabara en la horca, como sucedería casi con toda seguridad si le mataba. Porque Fellport era un baronet. Y un administrador no podía matar a un baronet y salir indemne.

—James —dijo en voz más alta—, tienes que parar.

James se detuvo el tiempo justo para que Fellport le viera con claridad la cara.

—¡Tú! —exclamó con un gruñido.

James estaba temblando, pero su voz sonó baja y firme cuando dijo:

—Discúlpate ante la señorita.

—¿Esa zorra?

La cabeza de Fellport chocó de nuevo contra el suelo.

—Discúlpate.

Fellport no dijo nada.

Y entonces, con un movimiento tan rápido que Elizabeth apenas pudo creer lo que veían sus ojos, James sacó una pistola.

Elizabeth contuvo la respiración y se llevó la mano trémula a la boca.

Se oyó un chasquido y James apoyó con fuerza el cañón del arma contra la cabeza de Fellport.

—Discúlpate.

—Yo... yo... —Fellport había empezado a temblar sin control y no le salían las palabras.

James movió el arma muy despacio, casi con ternura, hasta su sien.

—Discúlpate.

—James —repitió Elizabeth con terror evidente—, tienes que parar. No pasa nada. No necesito...

—¡Claro que pasa! —rugió él—. ¡Siempre pasa! Y este hombre va a disculparse o...

—¡Lo siento! —Las palabras salieron de la boca de Fellport como una detonación, agudas y aterrorizadas.

James le agarró por el cuello de la camisa y le levantó del suelo. Fellport sofocó un gemido cuando la tela se le clavó en la piel.

—Vas a marcharte de la fiesta —dijo James en tono homicida.

Fellport solo profirió un sonido ahogado.

James se volvió hacia Elizabeth sin soltarle.

—Enseguida vuelvo.

Ella asintió con la cabeza, trémula, y juntó las manos en un intento por dejar de temblar.

James arrastró a Fellport fuera del establo, dejándola sola en la caballeriza. Sola con un millar de preguntas.

¿Por qué llevaba James una pistola? ¿Y dónde había aprendido a luchar con aquella mortífera precisión? Sus puñetazos no eran propios de un boxeador aficionado. Eran mortales.

Y luego estaban los interrogantes que la asustaban más aún, los que no dejaban que su corazón se aquietara, que su cuerpo dejara de temblar. ¿Y si James no hubiera llegado a tiempo? ¿Y si Fellport se hubiera puesto brutal? ¿Y si...?

No se podía vivir pensando en lo que podía haber pasado y Elizabeth sabía que, deteniéndose a pensar en ello, solo conseguía prolongar su angustia, pero no podía dejar de recordar la agresión una y otra vez. Y cada vez que llegaba al momento en que James la salvaba, él no aparecía y Fellport empujaba más fuerte, le rasgaba la ropa, le amorataba la piel, la...

—Basta —se dijo en voz alta, apretándose las sienes con los dedos mientras se dejaba caer al suelo. Sus temblores comenzaron a convertirse en sacudidas, y los sollozos que no se había permitido sentir comenzaron a agolparse en su garganta. Respiró hondo varias veces, intentando controlar su cuerpo traicionero, pero no tenía fuerzas para contener las lágrimas.

Apoyó la cabeza entre las manos y empezó a llorar. Y entonces sintió algo extrañísimo. Malcolm se subió a su regazo y comenzó a lamerle las lágrimas. Y por alguna razón aquello la hizo llorar más aún.


La entrevista que James mantuvo con sir Bertram Fellport fue breve. No le hicieron falta muchas palabras para explicarle al baronet lo que le ocurriría si volvía a poner un pie en la finca de lady Danbury. Y mientras Fellport temblaba de miedo y resentimiento, James corrigió su amenaza diciéndole que lo mismo le pasaría si se acercaba a menos de veinte metros de Elizabeth, fuera donde fuese.

Después de todo, si seguía adelante con su plan de hacerla su esposa, sin duda sus caminos volverían a cruzarse en Londres.

—¿Está claro? —preguntó con calma aterradora.

Fellport asintió con la cabeza.

—Entonces largo de aquí.

—Tengo que recoger mis cosas.

—Haré que te las envíen —replicó James—. ¿Trajiste carruaje?

Fellport sacudió la cabeza.

—Vine con Binsby.

—Bien. El pueblo está a una milla de aquí. Allí podrás pedirle a alguien que te lleve a Londres.

Fellport asintió con un gesto.

—Y si le dices una palabra de esto a alguien —dijo James en tono amenazador—, si mencionas siquiera que estoy aquí, te mato.

Fellport asintió de nuevo. Parecía arder en deseos de obedecerle y marcharse, pero James seguía agarrándole por el cuello de la camisa.

—Una cosa más —dijo James—. Si hablas de mí, te mataré, como he dicho, pero si mencionas el nombre de la señorita Hotchkiss...

Fellport se ensució.

—Te mataré lentamente.

James le soltó y el baronet retrocedió unos pasos, tambaleándose, antes de echar a correr. Le vio desaparecer más allá de la suave ladera de la colina y luego volvió a los establos. No le gustaba haber dejado sola a Elizabeth después de una experiencia tan traumática, pero no había tenido elección. Tenía que encargarse de Fellport y no creía que Elizabeth quisiera estar en la misma habitación que aquel canalla un minuto más de lo necesario.

Eso por no hablar de que Fellport podría haber revelado su verdadera identidad en cualquier momento.

En cuanto entró en los establos, la oyó llorar.

—¡Maldita sea! —masculló, y casi tropezó al precipitarse hacia ella. No sabía cómo consolarla, no tenía ni la menor idea de qué hacer. Solo sabía que ella le necesitaba y pedía a Dios no fallarle.

Llegó a la cuadra del rincón, cuya puerta colgaba, descuajada, de las bisagras. Elizabeth estaba acurrucada contra la pared del fondo, con las piernas abrazadas y la frente apoyada en las rodillas. El gato había logrado acomodarse en el hueco entre sus muslos y su pecho y James vio con asombro que parecía intentar reconfortarla.

—¿Lizzie? —susurró James—. Oh, Lizzie.

Ella se mecía levemente hacia delante y hacia atrás, y vio que sus hombros subían y bajaban cada vez que respiraba de forma trémula.

Conocía aquel tipo de respiración. Se producía cuando uno intentaba guardar lo que sentía dentro de sí y no tenía fuerzas para hacerlo.

Se acercó a ella con rapidez, sentándose en el heno, a su lado. Pasó el brazo por sus hombros esbeltos y susurró:

—Se ha ido.

Ella no dijo nada, pero James sintió que sus músculos se tensaban.

La miró. Tenía la ropa sucia, pero no rota, y aunque estaba seguro de que Fellport no había logrado violarla, rezó por que su agresión no hubiera pasado de un beso brutal.

¿Un beso? Estuvo a punto de escupir aquella palabra. Fuera lo que fuese lo que Fellport le había hecho, por más que hubiera restregado su boca contra la de ella, aquello no había sido un beso.

James paseó la mirada por la cabeza de Elizabeth. Su cabello dorado, casi blanco, estaba lleno de paja, y aunque no podía verle la cara, parecía desamparada.

Su mano se cerró. Estaba volviendo aquel sentimiento, tan conocido, de impotencia. Podía sentir el terror de Elizabeth. Le atravesaba y le sacudía, enroscado en sus entrañas.

—Por favor —murmuró—, dime qué puedo hacer.

Elizabeth no hizo ningún ruido, pero se arrimó a él. James la abrazó con más fuerza.

—No volverá a molestarte —dijo con fiereza—. Te lo prometo.

—Intento ser fuerte —gimió ella—. Lo intento cada día...

James se volvió y la agarró de los hombros, obligándola a levantar hacia él sus ojos llorosos.

—Eres fuerte —afirmó—. Eres la mujer más fuerte que conozco.

—Lo intento —repitió ella, como si intentara tranquilizarse—, todos los días. Pero no soy lo bastante fuerte. No he...

—No digas eso. Esto no ha sido culpa tuya. Los hombres como Fellport... —James se detuvo para lanzar un suspiro entrecortado— maltratan a las mujeres. Solo así saben sentirse fuertes.

Ella no dijo nada, y James vio que luchaba por contener los sollozos que se agolpaban en su garganta.

—Esta... esta violencia... se debe a un defecto suyo, no tuyo. —Sacudió la cabeza y cerró los ojos un momento—. Tú no le pediste que te hiciera esto.

—Lo sé. —Sacudió la cabeza y sus labios temblaron, formando la sonrisa más triste que James había visto nunca—. Pero no pude detenerle.

—¡Es el doble de grande que tú, Elizabeth!

Ella dio un largo suspiro y se apartó, apoyándose en la pared.

—Estoy cansada de ser fuerte. Estoy tan cansada... Desde el día en que murió mi padre...

James la miró fijamente, escudriñó sus ojos, que de pronto quedaron inexpresivos, y un mal presentimiento estrujó su corazón.

—Elizabeth —preguntó con cautela—, ¿cómo murieron tus padres?

—Mi madre murió en un accidente de carruaje —contestó ella con voz hueca—. Todo el mundo lo vio. El carruaje quedó destrozado. Cubrieron su cuerpo, pero todo el mundo vio cómo murió.

James esperó a que dijera algo sobre su padre, pero ella se quedó callada. Por fin murmuró:

—¿Y tu padre?

—Se suicidó.

James entreabrió los labios, sorprendido, y de pronto se apoderó de él una rabia feroz e incontrolable. Ignoraba por qué el padre de Elizabeth estaba tan desesperado, pero el señor Hotchkiss había tomado el camino de los cobardes, dejando que su hija mayor se hiciera cargo de su familia.

—¿Qué ocurrió? —preguntó, intentando que su ira no se reflejara en su voz.

Elizabeth levantó los ojos y un sonido amargo y cargado de fatalismo escapó de sus labios.

—Fue seis meses después del accidente de mamá. Él siempre... —Se quedó sin voz—. Siempre la quiso más a ella.

James empezó a decir algo, pero las palabras manaban de la boca de Elizabeth con la velocidad de un torrente. Era como si él hubiera roto un dique y ella no pudiera detener ya el flujo de la emoción.

—No pudo seguir adelante —dijo, y en sus ojos comenzó a brillar la rabia—. Cada día se deslizaba más y más en un lugar recóndito que ninguno de nosotros podía alcanzar. Y lo intentamos. ¡Dios! Te juro que lo intentamos.

—Lo sé —murmuró él, apretándole el hombro—. Te conozco. Sé que lo intentaste.

—Incluso Lucas y Jane. Se subían a sus rodillas como antes, pero él los apartaba. No quería abrazarnos. No quería tocarnos. Y al final ni siquiera nos hablaba. —Respiró hondo, pero no logró calmarse—. Yo siempre supe que nunca nos querría como la quería a ella, pero creía que nos quería lo suficiente.

Cerró el puño con fuerza y James vio, lleno de pena e impotencia, que lo apretaba contra su boca. Alargó la mano y, cuando tocó sus dedos y ella le tomó de la mano, sintió un extraño alivio.

—Creíamos —dijo ella en un murmullo triste y levísimo— que nos quería lo suficiente como para seguir viviendo.

—No tienes que decir nada más —susurró James, consciente de que reviviría para siempre aquel momento—. No tienes que contármelo.

—No. —Ella sacudió la cabeza—. Quiero hacerlo. Nunca se lo he contado a nadie.

Él esperó a que recobrara el valor.

—Le encontré en el jardín. Había tanta sangre... —Tragó saliva de forma convulsiva—. Nunca he visto tanta sangre.

James guardó silencio. Ansiaba decir algo que la consolara, pero sabía que sus palabras no podían ayudarla.

Ella se rio con amargura.

—Intenté convencerme de que era su última muestra de cariño, pegarse un tiro en el jardín. Hice muchos viajes al pozo, hasta que la sangre se fue por fin. Si se hubiera matado en casa, sabe Dios cómo lo habría limpiado.

—¿Qué hiciste? —preguntó él con dulzura.

—Fingí un accidente de caza —murmuró ella—. Llevé su cuerpo a rastras hasta el bosque. Todo el mundo sabía que le gustaba cazar. Nadie sospechó nada o, si lo sospecharon, no dijeron nada.

—¿Le llevaste a rastras? —preguntó James con incredulidad—. ¿Era poco corpulento, tu padre? Porque tú eres bastante menuda y...

—Era más o menos de tu estatura, aunque un poco más delgado. No sé de dónde saqué fuerzas —contestó, sacudiendo la cabeza—. Del puro terror, supongo. No quería que los niños supieran lo que había hecho. —Levantó los ojos. De pronto tenía una expresión insegura—. Siguen sin saberlo.

Él le apretó la mano.

—Intento no hablar mal de él.

—Y llevas cinco años soportando esa carga —dijo James en voz baja—. Los secretos pesan mucho, Elizabeth. Es duro llevarlos a solas.

Los hombros de Elizabeth subieron y bajaron cansinamente.

—Puede que me equivocara, pero estaba aterrorizada. No sabía qué hacer.

—Parece que hiciste exactamente lo que había que hacer.

—Le enterraron en tierra consagrada —dijo ella con voz hueca—. Según la Iglesia, según todo el mundo, menos yo, no fue un suicidio. Todo el mundo fue a darnos el pésame; decían que era una tragedia y yo tenía que esforzarme por no gritar la verdad.

Volvió la cabeza para mirarle. Tenía los ojos húmedos y brillantes, del color exacto de las violetas.

—Odiaba que le hicieran parecer un héroe. Fui yo quien ocultó su suicidio y, sin embargo, quería contarle a todo el mundo que era un cobarde, que había dejado que yo recogiera sus pedazos. Tenía ganas de zarandearles hasta que dejaran de decir lo buen padre que había sido. Porque no lo era. —Su voz se hizo más baja y feroz—. No era un buen padre. Nosotros le estorbábamos. Él solo quería a mamá. A nosotros nunca nos quiso.

—Lo siento —murmuró James, tomándola de la mano.

—No es culpa tuya.

Él sonrió, e intentó arrancarle una sonrisa.

—Lo sé, pero aun así lo siento.

Los labios de Elizabeth temblaron, y casi sonrió, pero solo casi.

—¿No es irónico? Cualquiera pensaría que el amor es algo bueno, ¿verdad?

—El amor es algo bueno, Elizabeth. —Y lo decía en serio. Nunca había soñado con decir aquello tan en serio.

Ella negó con la cabeza.

—Mis padres se querían demasiado. Sencillamente, no había sitio para los demás. Y cuando murió mi madre... En fin, no pudimos ocupar su lugar.

—Eso no es culpa tuya —dijo él mientras escudriñaba sus ojos con intensidad, casi hipnotizado—. El amor no tiene límites. Si el corazón de tu padre no era lo bastante grande para acoger a toda su familia, era él quien fallaba, no vosotros. Si hubiera sido un hombre de verdad, se habría dado cuenta de que sus hijos eran un milagro, una prolongación de su amor por tu madre. Y habría tenido fuerzas para seguir adelante sin ella.

Elizabeth asimiló aquellas palabras, dejando que calaran lentamente en su corazón. Sabía que James tenía razón, sabía que las flaquezas de su padre eran de él, no suyas, pero era tan difícil aceptarlo... Levantó los ojos hacia James, que la observaba con la mirada más dulce y bondadosa que había visto nunca.

—Tus padres debían de quererse mucho —dijo con dulzura.

James dio un respingo de sorpresa.

—Mis padres... —dijo lentamente—. La suya no fue una boda por amor.

—¡Ah! —dijo ella en voz baja—. Puede que sea mejor así. A fin de cuentas, los míos...

—Lo que hizo tu padre —la interrumpió James— estuvo mal, fue una cobardía y una muestra de debilidad. Lo que hizo el mío...

Elizabeth vio dolor en sus ojos y le apretó las manos.

—Lo que hizo el mío —murmuró él salvajemente— debería asegurarle un lugar en el infierno.

Elizabeth sintió que se le quedaba la boca seca.

—¿Qué quieres decir?

Hubo un largo silencio y, cuando James habló por fin, su voz sonó muy extraña.

—Yo tenía seis años cuando murió mi madre.

Ella guardó silencio.

—Me dijeron que se había caído por las escaleras. Que se rompió el cuello. ¡Qué gran tragedia!, dijeron.

—¡Oh, no! —murmuró Elizabeth.

James volvió la cabeza para mirarla.

—Ella siempre intentaba convencerme de que era muy torpe, pero yo la había visto bailar. Solía canturrear mientras bailaba el vals sola en el salón de música. Era la mujer más bella y elegante que he visto nunca. A veces me tomaba en brazos y bailaba conmigo apoyado en su cadera.

Elizabeth intentó reconfortarle con una sonrisa.

—Lo mismo hacía yo con Lucas.

James sacudió la cabeza.

—Mi madre no era torpe. Nunca tropezaba con una lámpara, ni tiraba una vela. Él la maltrataba, Elizabeth. Le pegaba todos los días.

Ella tragó saliva, mordiéndose el labio inferior. De pronto la rabia incontrolable que se había apoderado de James al golpear a Fellport tenía sentido. Aquella rabia tenía más de dos décadas de antigüedad. Llevaba demasiado tiempo ardiendo sin llama.

—¿Te... te pegaba a ti? —murmuró.

Él sacudió un poco la cabeza.

—No, nunca. Yo era el heredero. Él me lo recordaba todo el tiempo. Ella no valía nada después de darle un hijo varón. Podía ser su esposa, pero yo era sangre de su sangre.

Un escalofrío recorrió la espalda de Elizabeth, y comprendió que James estaba citando palabras que había oído muchas veces.

—Y me utilizaba —prosiguió él. Sus ojos tenían una expresión anodina, y sus manos grandes y fuertes temblaban—. Me utilizaba para alimentar la rabia que sentía contra ella. Nunca estaba de acuerdo con sus métodos de educación. Si la veía abrazarme o consolarme cuando lloraba, se ponía furioso. Si me mimaba, le gritaba. Decía que iba a convertirme en un pelele.

—¡Oh, James! —Elizabeth alargó una mano y le acarició el pelo. No pudo remediarlo. Nunca había conocido a nadie tan necesitado de consuelo.

—Y así aprendí a no llorar. —Sacudió la cabeza con desánimo—. Y pasado un tiempo empecé a rehuir sus abrazos. Si no la sorprendía abrazándome, quizá dejara de golpearla.

—Pero no fue así, ¿verdad?

—No. Siempre había un motivo para ponerla en su sitio. Y al final... —Soltó el aire en una exhalación brusca y temblorosa—. Al final, decidió que su sitio estaba al pie de las escaleras.

Elizabeth sintió algo caliente en las mejillas, y solo entonces se dio cuenta de que estaba llorando.

—¿Qué fue de ti?

—Eso —respondió él, y su voz se hizo algo más fuerte— es quizá lo único bueno de esta historia. Mi tía, la hermana de mi madre, me arrancó de su lado. Creo que siempre sospechó que él maltrataba a mi madre, pero nunca imaginó que fuera tan grave. Mucho después, me dijo que ni loca habría consentido que mi padre la tomara conmigo.

—¿Crees que lo habría hecho?

—No lo sé. Yo seguía siendo valioso. Su único heredero. Pero necesitaba alguien a quien maltratar, y una vez desaparecida mi madre... —Se encogió de hombros.

—Tu tía debe de ser una mujer muy especial.

Él la miró. Deseaba más que nada en el mundo decirle la verdad, pero no podía. Aún no.

—Lo es —dijo con voz enronquecida por la emoción—. Me salvó. Tan seguro estoy de ello como si me hubiera sacado de un edificio en llamas.

Elizabeth le tocó la mejilla.

—Debió de enseñarte a ser feliz.

—Se empeñaba en intentar abrazarme —dijo él—. Ese primer año, intentó demostrarme cariño, y yo seguí rechazándolo. Creía que mi tío le pegaría si me abrazaba. —Se pasó la mano por el pelo y una risa breve y enojada escapó de sus labios—. ¿Te lo puedes creer?

—¿Cómo no ibas a pensarlo? —preguntó Elizabeth con dulzura—. Tu padre era el único hombre que conocías.

—Ella me enseñó a querer. —Dio un suspiro corto y seco—. Creo que todavía no he logrado perdonar, pero ahora sé querer.

—Tu padre no merece el perdón —dijo Elizabeth—. Siempre he intentado seguir lo que predicaba el Señor, y sé que debemos poner la otra mejilla, pero tu padre no se lo merece.

James se quedó callado un momento. Luego se volvió hacia ella y dijo:

—Murió cuando yo tenía veinte años. No fui a su entierro.

Era el insulto definitivo que un hijo podía dirigir a su padre. Elizabeth asintió con la cabeza, muy seria.

—¿Seguiste viéndole a medida que te hacías mayor?

—Tenía que verle de vez en cuando. Era inevitable. Era su hijo. Legalmente, mi tía no tenía en qué apoyarse. Pero era fuerte y le acobardaba. Él nunca había conocido a una mujer que le plantara cara. No sabía cómo tratar con ella.

Elizabeth se inclinó hacia delante y le dio un beso en la frente.

—Esta noche tendré presente a tu tía en mis oraciones. —Deslizó la mano hasta su mejilla y le miró con melancolía. Deseaba que hubiera un modo de volver hacia atrás las manecillas del reloj, una forma de abrazar a aquel niño pequeño y demostrarle que el mundo podía ser un lugar amable y seguro.

James volvió la cabeza y, apoyado en su mano, besó su palma. Buscaba el calor de su piel e intentaba agradecer el de su corazón.

—Gracias —murmuró.

—¿Por qué?

—Por estar ahí. Por escuchar. Por ser tú.

—Gracias a ti también, entonces —respondió ella—. Por lo mismo.

# 16

Mientras acompañaba a Elizabeth a casa, James sintió que su vida se centraba. Desde que se había visto obligado a abandonar el Ministerio de Guerra, había estado flotando, más que viviendo. El malestar se había apoderado de él; era consciente de que debía seguir adelante con su vida, pero las alternativas que se le presentaban no le parecían satisfactorias. Sabía que tenía que casarse, pero su reacción ante las mujeres de Londres había sido, casi siempre, tibia. Tenía que interesarse más activamente por sus tierras y propiedades, pero le costaba considerar el castillo de Riverdale como su hogar cuando veía la sombra de su padre en cada rincón.

Pero en el espacio de una semana, su vida había tomado un nuevo rumbo. Por primera vez desde hacía más de un año, quería algo.

Quería a alguien.

Quería a Elizabeth.

Antes de esa tarde, se había sentido embrujado, encantado y obsesionado hasta el punto de decidir casarse con ella. Pero algo mágico y extraño había sucedido en el establo cuando intentó consolarla.

Se había descubierto contándole cosas que había guardado en secreto durante años. Y mientras las palabras manaban de su boca, había sentido que dentro de él se llenaba un vacío. Sabía que no estaba embrujado por Elizabeth. Tampoco estaba encantado, ni obsesionado.

La necesitaba.

Y sabía que no encontraría paz hasta que la hiciera suya, hasta que conociera cada palmo de su cuerpo y cada recoveco de su alma. Si aquello era el amor, se entregaba a él de buena gana.

Pero no podía abandonar sus obligaciones, y no dejaría de cumplir la promesa que le había hecho a su tía. Resolvería el misterio de aquel dichoso chantajista. Después de todo lo que Agatha había hecho por él de niño, tenía que resolver aquel misterio por ella.

Elizabeth quería a Agatha. Lo entendería.

Pero eso no significaba que él tuviera que quedarse de brazos cruzados. Le había dicho a su tía que el mejor modo de encontrar al chantajista era esperar otra nota, y era cierto, pero estaba cansado de esperar.

Miró a Elizabeth, se fijó en aquellos ojos de un azul infinito y en su piel inmaculada, y tomó una decisión.

—Mañana tengo que ir a Londres —dijo de pronto.

Ella volvió la cabeza hacia él al instante.

—¿A Londres? —repitió—. ¿Por qué?

—Un asunto familiar muy desagradable —contestó James. Odiaba no poder decirle toda la verdad, pero se consolaba hasta cierto punto pensando que aquello no era del todo mentira.

—Entiendo —dijo ella lentamente.

No lo entendía, por supuesto, pensó él, enfadado. ¿Cómo iba a entenderlo? Pero no podía decírselo. Era poco probable que la persona que estaba chantajeando a Agatha se volviera violenta, pero James no podía descartar por completo esa posibilidad. El único modo de impedir que Elizabeth sufriera algún daño era mantenerla en la ignorancia.

—Volveré pronto —dijo—. Antes de que acabe esta semana, espero.

—No pensarás perseguir a Fellport, ¿verdad? —preguntó con la frente teñida por la preocupación—. Porque si es así...

James puso con delicadeza un dedo índice sobre sus labios.

—No pienso perseguir a Fellport.

Ella no parecía convencida.

—Si vuelves a atacarle, te colgarán —insistió—. Ya debes de saber que...

James la silenció con un beso breve y, sin embargo, lleno de promesas.

—No te preocupes por mí —murmuró contra la comisura de su boca. Se apartó y la tomó de las manos—. Tengo cosas que hacer, asuntos de los que ocuparme antes de...

Se interrumpió, y vio un mudo interrogante en los ojos de Elizabeth.

—Estaremos juntos, te lo prometo.

Al final, tuvo que besarla una última vez.

—El futuro parece muy brillante —susurró, y sus palabras sonaron dulces contra los labios de Elizabeth—. Muy brillante, sí.


Elizabeth seguía guardando aquellas palabras en el corazón cuando, diez días después, seguía sin haber noticias de James. No estaba segura de por qué era tan optimista respecto al futuro; seguía siendo dama de compañía y James administrador de una finca, y ninguno de los dos tenía un céntimo, pero por algún motivo confiaba en la capacidad de James para hacer que el futuro fuera, como él decía, brillante.

Quizás estuviera esperando una herencia de algún pariente lejano. Quizá conociera a algún director de Eton y pudiera arreglarlo todo para que Lucas asistiera al colegio pagando menos. Quizá...

Quizá, quizá, quizá. La vida estaba llena de quizás, pero de pronto aquellos quizá parecían mucho más prometedores.

Después de tantos años cargando con sus responsabilidades, le parecía casi embriagador desprenderse de aquella sensación de preocupación constante. Si James decía que podía resolver sus problemas, ella le creía. Tal vez fuera una necia por pensar que un hombre podía irrumpir en su vida y hacerlo todo perfecto. A fin de cuentas, su padre no había sido precisamente un modelo de rectitud y confianza.

Pero sin duda ella se merecía un poco más de magia en la vida. Ahora que había encontrado a James, no le apetecía buscar dificultades y peligros. Hacía años que no sentía el corazón tan ligero, y se negaba a pensar que algo pudiera arrebatarle aquella felicidad.

Lady Danbury le confirmó que había concedido a James un breve permiso para visitar a su familia. Era una deferencia muy poco frecuente, tratándose de un administrador, pero Elizabeth supuso que lady Danbury le demostraba más consideración debido al tenue vínculo de su familia con los Danbury.

Lo que era extraño, sin embargo, era el enfado que mostraba todo el tiempo. Le había concedido a James tiempo para ocuparse de sus asuntos, pero saltaba a la vista que lo había hecho de muy mala gana. Elizabeth había perdido la cuenta de cuántas veces la había sorprendido rezongando sobre su ausencia.

Pese a todo, lady Danbury estaba demasiado ocupada últimamente con el inminente baile de disfraces para insultar a James. Iba a ser el mayor baile celebrado en Danbury House desde hacía años, y todo el servicio (más los cincuenta sirvientes traídos especialmente para el acontecimiento) bullía, ajetreado, yendo de acá para allá. Elizabeth apenas podía ir del cuarto de estar a la biblioteca (que solo estaba tres puertas más allá) sin tropezar con alguien que corría a ver a lady Danbury para preguntarle por la lista de invitados, el menú, los farolillos chinos, los disfraces o...

Sí, los disfraces. En plural. Porque, para desaliento de Elizabeth, lady Danbury había encargado dos disfraces. Uno de Isabel I para ella y otro de pastorcilla para Elizabeth.

A Elizabeth no le hacía ninguna gracia.

—No pienso llevar encima ese cayado toda la noche —prometió.

—El cayado, ¡ja! Eso no es nada —gorjeó lady Danbury—. Espera a ver la oveja.

—¿Queeé?

—Era una broma. ¡Santo cielo, niña! A ver si desarrollas un poco de sentido del humor.

Elizabeth estuvo un rato balbuciendo sin sentido hasta que por fin logró decir:

—¿Cómo dice?

Lady Danbury agitó la mano desdeñosamente.

—Lo sé, lo sé. Vas a decirme que cualquiera que haya sobrevivido cinco años trabajando para mí debe de tener un sentido del humor excelente.

—Algo parecido —masculló Elizabeth.

—O quizá que, si no tuvieras un sentido del humor fabuloso, el tormento de ser mi dama de compañía ya habría acabado contigo.

Elizabeth parpadeó.

—Lady Danbury, creo que tal vez esté usted desarrollando cierto sentido del humor.

—¡Uf! A mi edad, hay que tenerlo. Es el único modo de pasar el día.

Elizabeth se limitó a sonreír.

—¿Dónde está mi gato?

—No tengo ni idea, lady Danbury. Esta mañana no lo he visto.

Lady Danbury movió la cabeza de un lado a otro y siguió hablando mientras escudriñaba la habitación en busca de Malcolm:

—Aun así —aseguraba—, sería lógico pensar que merezco un poco más de respeto, aunque sea simbólico.

—No sé qué quiere usted decir con eso.

Lady Danbury tenía una expresión sarcástica.

—James y tú no me pasáis una.

Antes de que Elizabeth pudiera contestar, lady Danbury volvió al ataque y dijo:

—A mi edad, estoy en mi derecho de decir lo que se me antoje.

—¿Y qué edad tiene hoy?

Lady Danbury agitó un dedo, señalándola.

—No te pases de lista. Sabes muy bien qué edad tengo.

—Hago lo que puedo por llevar la cuenta.

—Mmm... ¿Dónde está mi gato?

Dado que ya había contestado a esa pregunta, Elizabeth preguntó:

—¿Cuándo... eh... cuándo espera que regrese el señor Siddons?

Lady Danbury tenía una mirada astuta cuando preguntó:

—¿Mi administrador errante?

—Sí.

—No lo sé, ¡demonios! Aquí estamos cayendo en la ruina.

Elizabeth miró por la ventana las infinitas praderas de Danbury House.

—Puede que esté exagerando un poco.

Lady Danbury empezó a decir algo, pero Elizabeth levantó una mano y añadió:

—Y no me diga que a su edad tiene derecho a exagerar.

—Pues sí, lo tengo. Mmm... ¡Malcolm!

Elizabeth miró hacia la puerta. El rey de Danbury House entró en el cuarto de estar pisando sigilosamente la alfombra.

—Ahí estás, tesoro —ronroneó lady Danbury—. Ven con mamá.

Pero Malcolm ni siquiera movió su cola de color café con leche. Mientras lady Danbury lo miraba horrorizada, se fue derecho a Elizabeth y saltó a su regazo.

—Gatito lindo —ronroneó Elizabeth.

—¿Qué está pasando aquí? —preguntó lady Danbury.

—Malcolm y yo hemos llegado a una especie de acuerdo.

—¡Pero si te odia!

—Caramba, lady Danbury —dijo Elizabeth, fingiéndose ofendida—. Lleva años insistiendo en que es un gato encantador.

—Es un minino perfecto, desde luego —masculló lady Danbury.

—Eso por no hablar de la cantidad de veces que me ha dicho que eran todo imaginaciones mías.

—¡Mentí!

Elizabeth se dio una palmada en la cara con burlona incredulidad.

—¡No!

—Quiero recuperar a mi gato.

Elizabeth se encogió de hombros. Malcolm se tumbó de espaldas y estiró las patas por encima de la cabeza.

—Miserable traidor.

Elizabeth sonrió al gato mientras le rascaba bajo la barbilla.

—¡Qué buena vida!, ¿eh, Malcolm? Una vida muy, muy buena.

Malcolm asintió con un ronroneo y Elizabeth comprendió que, en efecto, aquello era cierto.


En Londres, James estaba que rabiaba. Había pasado una semana entera investigando la vida de Agatha, y no había sacado nada en claro. No encontraba a una sola persona que conociera alguien que tuviera alguna rencilla con su tía. Había personas que tenían mucho que decir sobre su mordacidad y su franqueza, pero nadie la odiaba en realidad.

No había, además, ni un solo indicio de algo escandaloso en torno a su pasado. En lo que a Londres concernía, lady Agatha Danbury había llevado una vida ejemplar. Recta y sincera, se la consideraba el ejemplo perfecto de la feminidad inglesa.

A decir verdad, James no recordaba haberse dedicado nunca a una investigación tan aburrida.

Sabía que era improbable que encontrara algo relevante; a fin de cuentas, el chantajista había abordado a su tía en Surrey. Pero en Danbury House no había encontrado ninguna pista, y Londres parecía el siguiente paso lógico. Si el enemigo de su tía se había enterado de su secreto a través del eficaz mentidero de la aristocracia londinense, era lógico pensar que alguien en la ciudad sabría algo.

Pero James se había llevado una amarga decepción.

No quedaba nada por hacer, excepto regresar a Danbury House y confiar en que el chantajista volviera a hacer otra exigencia. Pero parecía improbable. Su tía le habría avisado si hubiera recibido otra nota amenazante. Sabía dónde encontrarle; le había dicho exactamente dónde iba y qué esperaba conseguir.

Agatha se había quejado con amargura de su marcha. Estaba convencida de que el chantajista estaba en Surrey, acechando entre las sombras de Danbury House. Cuando James se marchó, Agatha estaba en plena forma: gruñona y malhumorada, y más irritable que su gato.

James hizo una mueca al pensar en la pobre Elizabeth, encerrada en compañía de su tía toda la semana. Pero si alguien podía acabar con el mal humor de Agatha, estaba convencido de que era Elizabeth.

Tres días más. No dedicaría más tiempo a sus pesquisas en Londres. Tres días y luego volvería a Danbury House y le anunciaría a su tía su fracaso y sus intenciones para con Elizabeth.

Tres días más y podría empezar su vida de nuevo.

El viernes por la tarde, Danbury House estaba sitiada. Elizabeth se encerró en la biblioteca una hora entera solo para escapar de los enjambres de sirvientes que preparaban la mansión para el baile de disfraces de esa noche. No había, sin embargo, modo de escapar al ajetreo: lady Danbury había insistido en que Elizabeth se preparara en Danbury House. Era una sugerencia sensata (de ese modo, no tendría que volver a casa y regresar luego disfrazada), pero no le permitía tomarse ni unos minutos de tranquilidad.

El rato que pasó en la biblioteca no contaba. ¿Cómo iba a contar, si no menos de cinco criados llamaron a la puerta para pedirle su opinión sobre las cosas más nimias? Por fin, Elizabeth tuvo que levantar las manos y gritar:

—¡Pregúntenselo a lady Danbury!

Cuando el primer carruaje apareció en la avenida, ella subió corriendo a la habitación que lady Danbury le había asignado para esa noche. El temido disfraz de pastora colgaba en el armario, y el cayado de marras estaba apoyado en la pared.

Elizabeth se tiró en la cama. No tenía ganas de llegar temprano. Esperaba pasar casi toda la velada sola. No le molestaba tenerse a sí misma por única compañía, pero lo último que quería era que se fijaran en ella. Si llegaba cuando la fiesta estuviera en su apogeo, podría mezclarse con la gente. Para entonces, los invitados de lady Danbury estarían tan enfrascados en sus conversaciones que ni siquiera la verían.

Pero los invitados llegaron en tromba, más que en un goteo, y Elizabeth conocía lo bastante bien a lady Danbury como para saber que la condesa haría que la bajaran a rastras por el pelo si tardaba mucho más en aparecer. Así que se puso el traje de pastora, se colocó el antifaz con pluma que lady Danbury le había comprado y se encaró con el espejo.

—Estoy ridícula —le dijo a su reflejo—. Completamente ridícula. —El vestido blanco era un amasijo de puntillas y volantes, adornado con más encajes de lo que jamás podría permitirse una pastora, y el corpiño, aunque no llegaba a ser indecente, tenía mucho más escote del que ella había llevado nunca.

—Como si las pastoras pudieran correr por el campo así —dijo entre dientes, tirándose del vestido. Naturalmente, también era improbable que una pastora llevara antifaz con plumas, pero eso no venía al caso, comparado con la cantidad de pecho que dejaba al aire.

—Pero no me importa —declaró—. De todos modos nadie sabrá quién soy, y si alguien intenta algo impropio, al menos tengo el dichoso cayado.

Con esas, Elizabeth agarró el cayado y lo enarboló como una espada. Bien armada, salió de la habitación con paso decidido y recorrió el pasillo. Pero antes de llegar a las escaleras se abrió de pronto una puerta y una mujer vestida de calabaza salió a toda prisa, tropezando con ella.

Las dos cayeron sobre la alfombra con un golpe sordo y corrieron a disculparse. Elizabeth se levantó y miró a la calabaza, que seguía sentada de culo.

—¿Necesita que le eche una mano? —preguntó.

La calabaza, que sostenía en la mano su antifaz verde, asintió con la cabeza.

—Gracias. Me temo que últimamente estoy un poco torpe.

Elizabeth tuvo que pestañear un par de veces, pero por fin se dio cuenta de lo que quería decir la cala... ¡la señora! (tenía que dejar de pensar en ella como en una calabaza).

—¡Oh, no! —exclamó, y cayó de rodillas a su lado—. ¿Se encuentra bien? ¿Está...? —Señaló la tripa de la señora, aunque costaba distinguirla bajo el disfraz.

—Estoy bien —le aseguró la señora—. Solo tengo el orgullo un poco magullado, se lo aseguro.

—Espere, déjeme ayudarla a levantarse. —Era difícil maniobrar con el disfraz, pero al final logró que la mujer se levantara.

—Siento muchísimo haber chocado con usted —se disculpó la señora—. Pero es que llegaba muy tarde y sé que mi marido estará abajo, dando golpecitos con el pie en el suelo, y...

—No tiene la menor importancia, créame —contestó Elizabeth. Y luego, como la señora era una calabaza tan simpática, añadió—: La verdad es que se lo agradezco. Puede que sea la primera vez que tengo un accidente así y no soy la responsable. Soy muy torpe.

La nueva amiga de Elizabeth se echó a reír.

—Dado que nos entendemos tan bien, permítame el atrevimiento de presentarme. Soy la señora de Blake Ravenscroft, pero me sentiría muy ofendida si no me llamaras Caroline.

—Yo soy la señorita Elizabeth Hotchkiss, la dama de compañía de lady Danbury.

—¡Santo cielo! ¿De veras? He oído decir que puede ser una auténtica arpía.

—En realidad es un encanto, pero no me gustaría encontrarme con su lado malo.

Caroline asintió con la cabeza y se atusó el pelo castaño claro.

—¿Estoy despeinada?

Elizabeth negó con la cabeza.

—No más de lo que podría esperarse de una calabaza.

—Sí, supongo que las calabazas tienen más libertades en cuestión de peinados.

Elizabeth volvió a reírse. Le caía estupendamente aquella mujer.

Caroline le ofreció el brazo.

—¿Bajamos?

Elizabeth asintió y se dirigieron hacia las escaleras.

—Me quito el tallo ante ti —dijo Caroline con una sonrisa, y se levantó el antifaz verde a modo de saludo—. Mi marido pasó aquí mucho tiempo de niño, y dice que todavía le aterroriza lady Danbury.

—¿Era amigo de sus hijos?

—De su sobrino, en realidad. El Marqués de Riverdale. La verdad es que espero verle esta noche. Tiene que estar invitado. ¿Le conoces?

—No, no. Pero la semana pasada oí hablar de él.

—¿De veras? —Caroline empezó a bajar con cuidado las escaleras—. ¿Qué anda tramando? Hace más de un mes que no sé nada de él.

—La verdad es que no lo sé. Lady Danbury dio una pequeña fiesta campestre la semana pasada, y el Marqués mandó una nota pidiendo a uno de los invitados que se reuniera con él en Londres de inmediato.

—¡Oh, qué emocionante! ¡Y qué propio de James!

Elizabeth sonrió al oír aquel nombre. Ella tenía su propio James, y estaba deseando volver a verle.

Caroline se detuvo en un escalón y se volvió hacia ella con la expresión de una hermana muy entrometida.

—¿A qué ha venido eso?

—¿Qué?

—Esa sonrisa. Y no me digas que no estabas sonriendo. Te he visto.

—¡Oh! —Elizabeth notó que se ponía colorada—. No es nada. Tengo un pretendiente que también se llama James.

—¿De veras? —Los ojos de color aguamarina de Caroline tenían el brillo de una casamentera nata—. Tienes que presentármelo.

—No está aquí, me temo. Es el nuevo administrador de lady Danbury, pero tuvo que irse a Londres hace poco. Una urgencia familiar, creo.

—Es una pena. Ya tengo la sensación de que somos grandes amigas. Me habría gustado conocerle.

Elizabeth sintió que se le empañaban los ojos.

—Eres muy amable por decir eso.

—¿Tú crees? Me alegra que no pienses de mí que soy demasiado atrevida. No me eduqué en los círculos de la alta sociedad, y tengo la exasperante costumbre de hablar sin pensar primero. A mi marido le saca de quicio.

—Estoy segura de que te adora.

Los ojos de Caroline brillaron, y Elizabeth comprendió que la suya había sido una boda por amor.

—Llego tan tarde que estará enfadadísimo conmigo —reconoció Caroline—. Se preocupa tanto por todo...

—Entonces será mejor que nos demos prisa.

—Estoy deseando presentarte a Blake.

—Sería estupendo. Pero primero tengo que encontrar a lady Danbury para asegurarme de que no necesita nada.

—El deber te reclama, supongo. Pero tienes que prometerme que nos veremos luego. —Caroline sonrió con ironía y señaló su traje—. Es muy fácil encontrarme.

Elizabeth llegó al pie de las escaleras y desasió su brazo del de Caroline.

—Prometido. —Luego, agitando la mano con una sonrisa, se alejó a toda prisa del salón de baile. Lady Danbury estaría fuera, recibiendo a sus invitados, y sería más fácil rodear corriendo la casa que intentar abrirse paso entre el gentío de dentro.

—¿Qué demonios...? —James acompañó aquella pregunta con exabruptos mucho más tétricos y malsonantes mientras guiaba a su caballo por entre la larga fila de carruajes que avanzaban lentamente hacia Danbury House.

El baile de disfraces. El maldito, fastidioso e inoportuno baile de disfraces. Lo había olvidado por completo.

Había planeado la velada hasta el último detalle. Iría a ver a su tía y le diría que había fracasado en su empeño, que no lograba descubrir al chantajista y que, aunque prometía seguir intentándolo, no podía dejar su vida en suspenso mientras tanto.

Luego iría a caballo a casa de Elizabeth y le pediría que se casara con él. Se había pasado todo el viaje sonriendo como un idiota, ensayando cada palabra. Había pensado llevarse a Lucas aparte y pedirle la mano de su hermana. Y no porque estuviera dispuesto a que un niño de ocho años decidiera sobre su vida, sino porque la idea de hacer partícipe al pequeño le entibiaba el corazón.

Además, tenía la sensación de que a Elizabeth le encantaría aquel gesto, y esa era posiblemente su verdadera motivación.

Pero no iba a poder escapar de Danbury House esa noche, ni iba a poder tener una audiencia privada con su tía, desde luego.

Irritado por el atasco de carruajes, se apartó de la avenida principal y atajó por el campo salpicado de árboles que corría junto a la pradera principal de Danbury House. Había luna llena, y por las ventanas de la mansión se colaba luz suficiente como para alumbrarle el camino, así que no tuvo que aflojar mucho el paso para llegar a los establos.

Se ocupó de su caballo y entró en su casita, sonriendo al recordar el día en que pilló a Elizabeth curioseando entre sus cosas, unas semanas antes. Todavía no se lo había contado. Pero no importaba; tendría toda una vida para compartir recuerdos con ella, y crear otros nuevos.

Le gustaban la paz y el aislamiento de su hogar temporal, e intentó hacer oídos sordos al ruido de la fiesta, pero no podía ignorar los rugidos de su estómago vacío. Había vuelto a toda prisa a Surrey, ansioso por ver a Elizabeth, y no había parado ni para comer un pedazo de pan. En su casa, por supuesto, no había nada comestible, así que se permitió un último exabrupto y volvió a salir. Con un poco de suerte, llegaría a la cocina sin que nadie le reconociera ni le confundiera con un invitado borracho.

Mantuvo la cabeza agachada mientras se abría paso entre la gente que salía a los prados. Si se comportaba como un criado, los invitados de Agatha verían a un criado y, con suerte, le dejarían en paz. Bien sabía Dios que no esperaban que el Marqués de Riverdale apareciera en público tan desaseado y polvoriento.

Había dejado atrás el borde del gentío y estaba a medio camino de su destino cuando por el rabillo del ojo vio que una pastora rubia tropezaba con una piedra, agitaba el brazo izquierdo de forma frenética intentando mantener el equilibrio y se enderezaba por fin clavando su cayado en el suelo.

Elizabeth. Tenía que ser ella. Ninguna otra pastora rubia podía ser tan encantadoramente torpe.

Parecía ir bordeando el perímetro de Danbury House, camino de la puerta principal. James cambió un poco de rumbo y se dirigió hacia ella con el corazón acelerado pensando que pronto la tendría en sus brazos.

¿Cuándo se había convertido en un bobo romántico?

¿Quién sabía? ¿A quién le importaba? Estaba enamorado. Por fin había encontrado a la única mujer que podía colmar su corazón y, si eso le convertía en un tonto, que así fuera.

Se acercó con sigilo mientras Elizabeth se escabullía hacia la fachada de la casa, y antes de que ella pudiera oír sus pisadas aplastando la grava, alargó el brazo y la asió de la muñeca.

Elizabeth se giró de repente, sofocando un grito. James vio con regocijo que sus ojos pasaban del pánico a la alegría.

—¡James! —gritó, y alargó la mano libre para tomar la suya—. Has vuelto.

Él se llevó sus manos a los labios y besó primero una y luego otra.

—No podía esperar más.

El tiempo que habían pasado separados había vuelto tímida a Elizabeth, que no se atrevió a mirarle a los ojos y susurró:

—Te echaba de menos.

¡Al diablo el decoro! James la estrechó en sus brazos y la besó. Y luego, cuando consiguió obligarse a apartar los labios de los de ella, susurró:

—Ven conmigo.

—¿Adónde?

—Adonde sea.

Y ella fue.

# 17

La noche rebosaba magia. La luna brillaba con fuerza, el perfume delicado de las flores silvestres espolvoreaba el aire, y el viento era un susurro romántico sobre la piel.

Elizabeth pensó que debía de ser una princesa. La mujer que corría por el campo, con el cabello suelto como una cinta dorada, no podía ser la insulsa y anodina Elizabeth Hotchkiss. Por una noche, se sentía transformada. Por una noche no tenía preocupaciones, ni cargas. Estaba bañada en pasión y alegría, envuelta en pura dicha.

Corrieron de la mano. Danbury House se perdió de vista, aunque el aire seguía arrastrando el ruido de la fiesta. A su alrededor, el bosque se hizo más denso y James se detuvo por fin con la respiración agitada por el cansancio y la excitación.

—¡Oh, Dios mío! —jadeó Elizabeth, casi chocando con él—. No corría tanto desde...

Los brazos de James la rodearon, y ella dejó de respirar.

—Bésame —ordenó él.

Elizabeth se había rendido al embrujo de la noche y cualquier duda que pudiera tener, cualquier noción de lo que era impropio o decoroso, se había disipado. Arqueó el cuello, ofreciéndole sus labios, y él los tomó, apoderándose de su boca con una mezcla dulcísima de ternura y deseo.

—No voy a tomarte. Ahora no... Aún no —prometió él junto a su piel—. Pero déjame amarte.

Elizabeth no sabía qué quería decir, pero la sangre corría ardiente por sus venas, y no podía negarle nada. Levantó la mirada, vio fuego en sus ojos de color chocolate y tomó una decisión.

—Ámame —murmuró—. Confío en ti.

A James le temblaron los dedos al posarlos con adoración sobre la piel tersa de sus sienes. El cabello de Elizabeth era como seda dorada bajo sus dedos, y ella parecía dolorosamente pequeña y frágil bajo sus manos, que de pronto se habían vuelto enormes y desmañadas. Comprendió que podía destrozarla. Era menuda y delicada, y era él quien debía protegerla.

—Tendré cuidado —susurró, y apenas reconoció su propia voz—. Nunca te haré daño. Nunca.

Elizabeth confiaba en él. Aquella confianza era un don poderoso, un don que cambiaba el alma.

James dejó que sus dedos vagaran con delicadeza por sus mejillas, hasta la piel desnuda de su cuello. Nunca había visto a Elizabeth vestida así, y su disfraz parecía provocarle dejándole vislumbrar sus hombros desnudos y amenazando con resbalar y caer al menor contacto. Podía enganchar un dedo en la suave tela blanca y dejar al descubierto uno de sus hombros delicados y luego el otro, y seguir bajando luego el vestido hasta desnudar sus...

La sangre se agolpó en su entrepierna. ¡Santo cielo! Si se excitaba tanto con solo pensar en desvestirla, ¿qué demonios pasaría cuando la tuviera de veras desnuda y entregada en sus brazos? ¿Cómo iba a hacerle el amor con la ternura y la atención que ella merecía?

El aliento le quemaba los pulmones cuando deslizó lentamente el vestido sobre uno de sus hombros, sin apartar la vista de la piel que desnudaba. Elizabeth resplandecía a la luz de la luna como una perla rarísima, y cuando él bajó la cabeza para frotar la nariz contra la curva cálida y seductora en la que su cuello se encontraba con su hombro, fue como volver a casa.

Mientras la besaba, su mano obró el mismo ensalmo al otro lado del vestido, y la oyó sofocar un gemido de sorpresa cuando la tela se deslizó hacia abajo, dejando al descubierto la suave prominencia de la parte superior de sus pechos. Elizabeth murmuró algo (James pensó que quizá fuera su nombre), pero no dijo que no, y él desabrochó el botón alojado entre sus pechos, aflojando el escote lo justo para que el vestido cayera.

Ella levantó las manos para cubrirse, pero James se las agarró y las apartó al tiempo que se inclinaba para depositar sobre sus labios un beso suave como una pluma.

—Eres preciosa —murmuró, y el calor de su voz penetró en la boca de Elizabeth—. Preciosa...

Sujetando aún sus manos, alargó el otro brazo y cubrió con delicadeza uno de sus pechos, dejando que llenara su palma. Era sorprendentemente pesado y turgente, y James no pudo sofocar un gruñido de placer al sentir endurecerse el pezón en la palma de su mano.

La miró a la cara, ansioso por ver su expresión, por saber que adoraba sus caricias. Los labios de Elizabeth brillaban, entreabiertos, como si acabara de humedecérselos con la lengua. Tenía los ojos vidriosos y desenfocados, y respiraba de forma entrecortada.

James deslizó una mano hasta tocar sus nalgas y la sujetó mientras se tumbaban en el suelo. La hierba era una alfombra mullida y fresca bajo ellos, y el cabello de Elizabeth se esparció sobre ella como un precioso abanico de oro. James se quedó mirándola un momento, dio las gracias con un murmullo al dios que le había concedido aquel instante y, bajando la cabeza, comenzó a hacerle el amor con la boca.

Elizabeth dejó escapar una exclamación de sobresalto cuando los labios de James se cerraron sobre su pezón. Sintió su aliento ardiente en el pecho y sintió arder su propia sangre bajo él. Su cuerpo se volvió ajeno: se sentía casi como si hubiera crecido tanto que la piel se le había quedado pequeña. La abrumaba el afán de moverse, de poner los pies en punta y frotar las plantas contra la hierba, de flexionar las manos y hundirlas luego en la densa cabellera castaña de James.

Arqueó la espalda bajo él, consumida por el diablo de la pasión, que la instaba a tomar lo que James le ofrecía, fuera lo que fuese.

—James —jadeó, y luego volvió a susurrar su nombre. Era la única palabra que acudía a sus labios, y sonaba como una súplica y una oración.

Él le había bajado el vestido todo lo posible, y una de sus manos se deslizó hasta su pierna, posándose sobre su corva antes de subir por su rodilla. Y luego, tan despacio que Elizabeth sintió la angustia de la expectación, su mano resbaló por su rodilla y apretó la piel tersa de la parte inferior de su muslo.

El nombre de James volvió a escapar de sus labios, pero él se apoderó de su boca y el beso se tragó su voz. Él siguió deslizando la mano por su pierna, hacia la piel más suave de la cara interna del muslo. Ella se puso rígida al presentir que se acercaba al borde de algo, que viajaba hacia un lugar secreto del que no había retorno.

James levantó la cabeza para mirarla. Elizabeth tuvo que parpadear varias veces antes de poder fijar la vista en sus amadas facciones. Luego, con una sonrisa traviesa adornándole los labios, él preguntó:

—¿Más?

Ella, que el cielo se apiadara de su persona, asintió con la cabeza, y vio que su sonrisa se ensanchaba justo antes de que su boca resbalara hasta su barbilla y la levantara para explorar con los labios todo su cuello.

Y entonces su mano se movió más arriba.

Estaba ahora casi en lo alto del muslo, muy cerca del centro mismo de su intimidad femenina. Aquella cercanía era enervante, y la expectación hizo que las piernas de Elizabeth comenzaran a temblar.

—Confía en mí —susurró él—. Confía en mí. No voy a hacerte ningún daño, te lo prometo.

Ella no dejó de temblar, pero separó las piernas un poco para dejar que se acomodara entre sus muslos. Hasta ese momento no se dio cuenta de que James se había mantenido apartado de ella, usando la fuerza de sus brazos para sostener su peso.

Pero eso cambió cuando descendió sobre ella. Su peso, su estatura, su calor eran excitantes. Era mucho más grande que ella, pero Elizabeth no comprendió lo fuerte y poderoso que era hasta que su cuerpo presionó el suyo íntimamente.

Con la mano abarcaba toda la anchura de su muslo, y su pulgar se acercaba de forma peligrosa a los rizos que ocultaban su sexo. Apretaba, insinuaba.

Y luego la tocó.

Elizabeth no estaba preparada para el rayo de pura electricidad que recorrió su columna vertebral. No sabía que pudiera sentir tal ardor, tal hormigueo, un ansia tan desesperada por el contacto con otro ser humano.

Sus dedos la acariciaron hasta que estuvo segura de que no podría aguantar más, y luego volvieron a acariciarla. Su aliento caliente rozó su oído hasta que ella se convenció de que echaría a arder, y luego él siguió susurrándole palabras de amor y pasión. Cada vez que ella creía haber llegado al límite, él la llevaba más alto, precipitándola hacia un nuevo nivel de pasión.

Elizabeth tiró de la hierba, temiendo partir en dos la camisa de James si le abrazaba. Pero entonces, mientras deslizaba un dedo dentro de ella, James susurró:

—Tócame.

Indecisa, temerosa de su propia pasión, acercó las manos al cuello de su camisa. El botón de arriba estaba desabrochado; el segundo se deslizó rápidamente por su ojal, en su afán por tocar la piel de James.

—¡Dios mío, Elizabeth! —jadeó él—. Me matas.

Ella se detuvo y sus ojos volaron hacia los de James.

—No —dijo él, riendo a su pesar—. Está bien.

—¿Seguro? Porque... ¡Ahhhhhhhh!

No supo qué había hecho James, cómo había movido exactamente los dedos, pero la presión que había ido creciendo dentro de ella estalló de pronto. Su cuerpo se tensó, luego se arqueó y se sacudió, y cuando finalmente cayó al suelo, estremecida, estaba convencida de que se había partido en mil pedazos.

—¡Oh, James! —suspiró—. Haces que me sienta tan bien...

Él seguía duro como una roca, y tenso por un deseo que sabía que no podría saciar esa noche. Sus brazos empezaron a temblar, sometidos al peso de su cuerpo. Rodó a un lado y se tumbó junto a ella, sobre la hierba. Apoyó la cabeza en el codo y contempló su exquisito rostro. Elizabeth tenía los ojos cerrados y los labios entreabiertos, y James pensó que nunca había visto nada tan hermoso.

—Tengo que contarte muchas cosas —susurró mientras le apartaba con delicadeza el pelo de la frente.

Elizabeth parpadeó y abrió los ojos.

—¿Qué?

—Mañana —prometió él, subiéndole suavemente el corpiño. Era una pena cubrir una belleza tan perfecta, pero sabía que Elizabeth se avergonzaba aún de su desnudez. O que se avergonzaría, al menos, cuando recordara que estaba desnuda.

Ella se sonrojó, demostrando así su teoría de que, en el reflujo de la pasión, había olvidado que no llevaba nada encima.

—¿Por qué no me lo dices esta noche? —le preguntó.

Era una buena pregunta. James tenía en la punta de la lengua confesarle su verdadera identidad y pedirle que se casara con él, pero algo le retenía. Solo iba a declararse en matrimonio una vez en su vida, y quería que fuera perfecto. Nunca había soñado con encontrar a una mujer que cautivara su alma de forma tan plena. Elizabeth se merecía rosas y diamantes, y a él hincado de rodillas.

Y, además, sentía que debía decirle a Agatha que iba a poner fin a aquella farsa antes de que acabara.

—Mañana —prometió de nuevo—. Mañana.

Elizabeth pareció contentarse con eso, porque suspiró y se sentó.

—Supongo que deberíamos volver.

James se encogió de hombros y sonrió.

—No tengo ningún compromiso urgente.

Aquello le valió el que ella frunciera la frente, juguetona.

—Sí, pero a mí me esperan. Lady Danbury se ha pasado toda la semana incordiándome para que viniera al baile. Si no aparezco, no dejará de darme la lata. —Le miró de soslayo, sarcásticamente—. Y ya está a punto de volverme loca. Si empieza a sermonearme por no haber venido al baile, me sacará de mis casillas.

—Sí —murmuró James—, se le da bastante bien hacer que uno se sienta culpable.

—¿Por qué no vienes conmigo? —preguntó ella.

Era una pésima idea. Cualquiera podía reconocerle.

—Me encantaría —mintió—, pero no puedo.

—¿Por qué?

—Eh... Estoy lleno de polvo del camino y...

—Podemos sacudirte la ropa.

—No tengo disfraz.

—¡Bah! La mitad de los hombres se niegan a disfrazarse. Estoy segura de que podemos encontrarte una máscara.

Desesperado, él balbució:

—Es que no puedo mezclarme con la gente en el estado en que estoy.

Aquello la hizo cerrar la boca, cortando su respuesta. Pasados varios segundos de tenso silencio, preguntó por fin:

—¿A qué estado te refieres?

James gruñó. ¿Nadie le había explicado cómo funcionaban los hombres y las mujeres? Seguramente no. Su madre había muerto cuando ella tenía solo dieciocho años, y a él le costaba imaginar a su tía asumiendo aquella delicada tarea. La miró. Ella tenía una mirada expectante.

—Supongo que no vas a permitir que te diga que en este momento me gustaría tirarme a un lago y que lo dejemos ahí —dijo.

Ella negó con la cabeza.

—Ya me lo imaginaba —masculló él.

—¿No has... eh...?

Él se apresuró a decir:

—¡Exacto! No he...

—El problema —dijo ella sin mirarle a los ojos— es que no estoy muy segura de qué es lo que no has hecho.

—Te lo enseñaré más adelante —prometió él—. ¡Santo cielo! Si no te lo enseño, estaré muerto antes de que acabe el mes.

—¿Un mes entero?

¿Un mes? ¿Estaba loco? Iba a tener que pedir un permiso especial.

—Una semana. Una semana, no hay duda.

—Entiendo.

—No, no lo entiendes. Pero lo entenderás.

Elizabeth tosió y se sonrojó.

—Sea lo que sea de lo que estás hablando —balbució—, tengo la sensación de que es muy atrevido.

Él se llevó sus manos a los labios.

—Tú todavía eres virgen, Elizabeth. Y yo estoy que me subo por las paredes.

—¡Ah! Yo... —Sonrió con timidez—. Gracias.

—Te diría que eso no es un problema —contestó él, tomándola del brazo—, pero sería mentir descaradamente.

—Y supongo —añadió ella con picardía— que también mentirías si dijeras que el placer ha sido tuyo.

—Eso sería una mentira enorme. De proporciones inmensas.

Ella se rio.

—Si no empiezas a mostrarme el debido respeto —refunfuñó él—, puede que te arroje al lago conmigo.

—Seguro que puedes aguantar una pequeña provocación.

—Creo que esta noche ya he aguantado todas las provocaciones que soporta mi cuerpo.

Ella soltó una risita.

—Lo siento —dijo—. No quiero reírme de ti, pero...

—Sí que quieres. —Intentó no sonreír, pero no lo consiguió.

—Está bien, sí, quiero, pero es solo porque... —Dejó de hablar y levantó la mano para tocar su amado rostro—. Es solo porque haces que me sienta libre y feliz. No recuerdo la última vez que me sentí tan capaz de reírme, sencillamente.

—¿Y cuando estás con tu familia? —preguntó él—. Sé que les adoras.

—Sí. Pero incluso cuando nos reímos y bromeamos y lo pasamos en grande, siempre hay una nube que pesa sobre mí y que me recuerda que todo eso puede desaparecer. Que pueden quitarme a mis hermanos en cuanto me vea incapaz de mantenerlos.

—No tendrás que volver a preocuparte por eso —dijo él con vehemencia—. Nunca más.

—¡Oh, James! —dijo ella melancólicamente—. Eres un cielo por decir eso, pero no veo cómo vas a poder...

—Tienes que confiar en mí —la interrumpió él—. Tengo un par de ases en la manga. Además, creía que habías dicho que cuando estabas conmigo esa nube gris y fastidiosa desaparecía.

—Cuando estoy contigo olvido mis preocupaciones, pero eso no significa que desaparezcan.

Él le dio unas palmaditas en la mano.

—Puede que aún te sorprenda, Elizabeth Hotchkiss.

Caminaron hacia la casa en medio de un cómodo silencio. Al acercarse, el ruido de la fiesta se hizo más fuerte: la música se mezclaba con las voces y con algún que otro estallido de carcajadas.

—Parece que la fiesta está teniendo éxito —comentó Elizabeth.

—Lady Danbury no se conformaría con menos —repuso James. Miró la imponente mansión de piedra, que ya se veía desde allí. Los invitados se habían dispersado por el prado, y James comprendió que tenía que desaparecer de inmediato.

—Elizabeth —dijo—, tengo que irme ya, pero iré a verte mañana.

—No, por favor, quédate. —Le sonrió, y sus grandes ojos azules tenían una expresión conmovedora—. Nunca hemos bailado.

—Te prometo que bailaremos. —Mantenía la mirada fija en los invitados que andaban por allí. No vio a nadie que conociera, pero debía tener cuidado.

—Te buscaré una máscara, si es eso lo que te preocupa.

—No, Elizabeth, no puedes. Tienes que hacerme caso.

Ella arrugó el ceño.

—No veo por qué no puedes...

—Porque tiene que ser así. Yo... ¡Ay! —Algo muy grande y mullido chocó con su espalda. Obviamente, no estaban tan lejos de la gente como creía. Se dio la vuelta para regañar a aquel invitado tan torpe...

Y se descubrió mirando los ojos de color aguamarina de Caroline Ravenscroft.

Elizabeth contemplaba la escena que se desarrollaba ante sus ojos con pasmo e incredulidad crecientes.

—¿James? —preguntó Caroline, y sus ojos se abrieron mucho, llenos de regocijo—. ¡James! ¡Qué alegría verte!

Elizabeth miró a James y luego a Caroline, intentando descubrir cómo era posible que se conocieran. Si Caroline conocía a James, debía de saber que era el administrador del que le había hablado un rato antes.

—Caroline —respondió él con voz muy tensa.

Caroline intentó darle un abrazo, pero su traje de calabaza se lo puso difícil.

—¿Dónde has estado? —preguntó—. Blake y yo estamos muy disgustados contigo. Ha estado intentando localizarte para... ¿Elizabeth?

James se quedó paralizado.

—¿Cómo es que conoces a Elizabeth? —preguntó con voz lenta y cuidadosa.

—Nos hemos conocido esta noche —contestó Caroline, quitándole importancia al asunto con un ademán antes de volverse hacia su nueva amiga—. Elizabeth, llevo buscándote toda la noche. ¿Dónde te habías metido? ¿Y cómo es que conoces a James?

—Yo... yo... —Elizabeth no lograba articular palabra, no conseguía verbalizar lo que se hacía cada vez más obvio.

—¿Desde cuándo conoces a Elizabeth? —Caroline se volvió para mirar a James, y su trenza castaña clara le golpeó en el hombro—. Le hablé de ti esta tarde y dijo que no te conocía.

—¿Me hablaste de él? —murmuró Elizabeth—. No, no. No hablaste de James. La única persona de la que me hablaste fue...

—De James —la atajó Caroline—. El Marqués de Riverdale.

—No —dijo Elizabeth con voz temblorosa, y la imagen de un librito rojo lleno de edictos llenó de pronto su cabeza. *Cómo casarse con un Marqués.* No, era imposible—. Esto no es...

Caroline se volvió hacia James.

—¿James? —Sus ojos se abrieron mucho cuando se dio cuenta de que, sin querer, acababa de echar por tierra un secreto—. ¡Oh, no! Lo siento. No imaginaba que estuvieras trabajando de incógnito en Danbury House. Me dijiste que todo eso se había acabado.

—¿Todo eso? —preguntó Elizabeth con voz algo chillona.

—Esto no tiene que ver con el Ministerio de Guerra —replicó James.

—¿De qué se trata, entonces?

—¿El Marqués de Riverdale? —repitió Elizabeth—. ¿Eres Marqués?

—Elizabeth —dijo James, ignorando a Caroline—, dame un momento para explicártelo.

Marqués. James era Marqués. Y debía de llevar semanas riéndose de ella.

—Canalla —siseó. Y entonces, recurriendo a todas las lecciones de boxeo que él le había dado, y también un poco a su instinto, echó hacia atrás el brazo derecho y le asestó un puñetazo.

James se tambaleó. Caroline soltó un grito. Y Elizabeth se alejó.

—¡Elizabeth! —rugió James, echando a andar tras ella—. ¡Vuelve aquí ahora mismo! Tienes que escucharme.

La agarró del codo.

—¡Suéltame! —gritó ella.

—No hasta que me escuches.

—¡Oh! Debes de habértelo pasado en grande conmigo —balbució ella—. Habrá sido muy divertido fingir que ibas a enseñarme a casarme con un Marqués. Canalla. Canalla repugnante.

Él casi dio un respingo al notar el veneno que había en su voz.

—Elizabeth, yo nunca...

—¿Te reías de mí con tus amigos? ¿Te reías de la pobre dama de compañía que creía que podía casarse con un Marqués?

—Elizabeth, tenía mis razones para mantener mi identidad en secreto. Estás sacando conclusiones precipitadas.

—No me trates con condescendencia —le espetó ella, intentando desasirse—. No vuelvas a dirigirme la palabra.

—No voy a dejar que te vayas sin haberme escuchado.

—Y yo he dejado que me tocaras —murmuró ella, y el espanto se veía claramente en su cara—. He dejado que me tocaras y era todo mentira.

Él la agarró del otro brazo y la apretó contra sí hasta que sus pechos se aplastaron contra sus costillas.

—No digas que era mentira —siseó.

—Entonces, ¿qué era? Tú no me quieres. Ni siquiera me respetas lo suficiente como para decirme quién eres.

—Tú sabes que eso no es cierto. —Levantó los ojos y vio que en torno a Caroline, que seguía boquiabierta a unos diez metros de allí, había empezado a formarse una pequeña multitud—. Ven conmigo —ordenó y, tirando de ella, dobló la esquina de Danbury House—. Vamos a discutir esto en privado.

—No pienso ir a ninguna parte contigo. —Se paró en seco, pero no tenía fuerzas para oponerse a él—. Me voy a casa y, si intentas volver a dirigirme la palabra, no respondo de las consecuencias.

—Elizabeth, te estás poniendo tozuda.

Ella estalló. No supo si fue por su tono o por sus palabras, pero estalló.

—¡No me digas lo que soy o no soy! —gritó, golpeándole el pecho con los puños—. ¡No me digas nada!

James se quedó allí parado, dejando que le golpeara. Se quedó tan quieto que, pasado un rato, al no sentir resistencia, Elizabeth se detuvo.

Se apartó y le miró a la cara, sacudida por profundos y violentos sollozos.

—Te odio —dijo en voz baja.

Él no dijo nada.

—No tienes ni idea de lo que has hecho —murmuró Elizabeth, sacudiendo la cabeza con incredulidad—. Ni siquiera crees haber hecho algo mal.

—Elizabeth... —Nunca había imaginado que pudiera costarle tanto pronunciar una simple palabra.

Los ojos de Elizabeth asumieron una expresión algo compasiva, como si de pronto se hubiera dado cuenta de que James estaba por debajo de ella, que nunca sería digno de su amor y su respeto.

—Me voy a casa. Puedes informar a lady Danbury de que dimito.

—No puedes dimitir.

—¿Y eso por qué?

—Porque te necesita. Y tú necesitas el...

—¿El dinero? —le espetó ella—. ¿Es eso lo que ibas a decir?

James sintió que se ponía colorado y comprendió que ella podía adivinar la respuesta en sus ojos.

—Hay cosas que no haría por dinero —le dijo ella—, y si crees que voy a volver aquí y a trabajar para tu tía... ¡Oh, Dios mío! —exclamó con voz ahogada, como si acabara de comprender lo que había dicho—. Es tu tía. Tiene que saberlo. ¿Cómo ha podido hacerme esto?

—Agatha no sabía lo que estaba pasando entre nosotros. Culpes a quien culpes, no cargues ninguna responsabilidad sobre sus hombros.

—Yo confiaba en ella —murmuró Elizabeth—. Era como una madre para mí. ¿Por qué ha dejado que pasara esto?

—¿James? ¿Elizabeth?

Se volvieron los dos y vieron que una calabaza asomaba indecisa la cabeza por la esquina de la casa, seguida por un pirata de pelo negro, algo malhumorado, que agitaba los brazos en dirección contraria, gritando:

—¡Váyanse todos! No hay nada que ver.

—No es buen momento, Caroline —dijo James con voz crispada.

—La verdad —dijo Caroline con dulzura— es que creo que tal vez sea el momento justo. Quizá podríamos entrar en casa. Ir a algún sitio donde podamos hablar en privado.

Blake Ravenscroft, el marido de Caroline y el mejor amigo de James, dio un paso adelante.

—Tiene razón, James. Ya se han desatado las malas lenguas. Dentro de unos minutos estarán aquí la mitad de los invitados.

Caroline asintió con la cabeza.

—Me temo que va a haber un gran escándalo.

—Estoy segura de que ya lo hay —replicó Elizabeth—. Y no es que me importe. Estoy convencida de que no volveré a ver a esta gente.

James sintió que se clavaba las uñas en las palmas de las manos. La cabezonería de Elizabeth le estaba poniendo enfermo. No le había dado ni una sola oportunidad de defenderse. ¿A qué venían todas esas tonterías de que confiaba en él? Si de verdad confiara en él, le habría dejado meter baza.

—Volverás a ver a esta gente —dijo con voz amenazadora.

—¿Ah, sí? ¿Cuándo? —replicó ella—. Yo no soy de tu clase como tú mismo dijiste con toda razón, aunque fuera con engaños.

—No —dijo él con dulzura—. Tú eres mejor.

Aquello la dejó muda de sorpresa. Su boca tembló, y su voz se quebró cuando por fin dijo:

—No puedes hacerme esto. Lo que has hecho es imperdonable, y no puedes usar palabras dulces para conseguir que te perdone.

James rechinó los dientes y dio un paso hacia ella, ajeno al modo en que Caroline y Blake lo miraban, boquiabiertos.

—Te doy un día para calmarte, Elizabeth. Tienes hasta mañana a esta hora.

—¿Y luego qué pasará?

Su mirada se volvió ardiente cuando se inclinó hacia delante, intimidándola adrede con su tamaño.

—Y luego te casarás conmigo.

# 18

Elizabeth le dio otro puñetazo, y está vez le pilló tan desprevenido que James cayó al suelo.

—¡Es horrible que digas eso! —gritó.

—Elizabeth —dijo Caroline, agarrándola de la muñeca y tirando de ella—, creo que acaba de pedirte que te cases con él. Es una cosa muy bonita. Muy bonita. —Se volvió hacia su marido, que miraba a James e intentaba no reírse—. ¿Verdad que sí?

—No lo dice en serio —replicó Elizabeth—. Solo lo dice porque se siente culpable. Sabe que lo que ha hecho está mal y...

—Espere un momento —la interrumpió Blake—. Creía que había dicho que James ni siquiera sabía que estaba haciendo algo malo.

—No lo sabía. No lo sabe. ¡Yo qué sé! —Elizabeth se volvió de repente y miró con los ojos entornados a aquel apuesto caballero—. Y usted ni siquiera estaba allí. ¿Cómo sabe lo que he dicho? ¿Estaba espiándonos?

Blake, que había trabajado muchos años con James en el Ministerio de Guerra, se encogió de hombros.

—Me temo que no puedo evitarlo.

—Pues es una costumbre despreciable. Yo... —Se paró en seco y le señaló con gesto impaciente—. ¿Quién es usted?

—Blake Ravenscroft —contestó él con una amable reverencia.

—Mi marido —añadió Caroline.

—¡Ah, sí! El que es amigo suyo... —señaló a James, que estaba sentado en el suelo con la mano en la nariz— desde hace años. Discúlpeme, pero esa amistad no le hace muy recomendable.

Blake se limitó a sonreír.

Elizabeth sacudió la cabeza. Se sentía extrañamente desquiciada. El mundo se desplomaba a su alrededor a velocidad de vértigo, todo el mundo hablaba a la vez y lo único a lo que parecía capaz de agarrarse era a su ira contra James. Le señaló agitando un dedo sin apartar los ojos de Blake.

—Es un aristócrata. Un condenado Marqués.

—¿Tan malo es eso? —preguntó Blake levantando las cejas.

—¡Debería habérmelo dicho!

—James —dijo Caroline, y se arrodilló a su lado todo lo que le permitió su traje—, ¿estás sangrando?

¿Sangrando? Elizabeth odiaba que aquello le preocupara, pero no pudo sofocar un gemido y enseguida se volvió hacia él. Nunca le perdonaría por lo que había hecho, y no quería volver a verle, desde luego, pero tampoco quería que estuviera herido.

—No estoy sangrando —masculló él.

Caroline miró a su marido y dijo:

—Le ha dado dos puñetazos.

—¿Dos? —Blake sonrió—. ¿En serio?

—No tiene gracia —dijo Caroline.

Blake miró a James.

—¿Has dejado que te diera dos puñetazos?

—¡Qué demonios! Le enseñé yo.

—Eso, amigo mío, demuestra una increíble falta de previsión por tu parte.

James le miró con el ceño fruncido.

—Intentaba enseñarle a defenderse.

—¿De quién? ¿De ti?

—¡No! De... ¡Oh, por el amor de Dios! ¿Qué importa eso? —James levantó los ojos, vio que Elizabeth se alejaba con cautela y se levantó de un brinco—. No vas a ir a ninguna parte —gruñó, agarrándola por el cinturón del traje.

—¡Suéltame! ¡Ay! ¡Eh! ¡James! —Se retorcía como un pez fuera del agua, intentando sin éxito darse la vuelta para mirarle con rabia—. ¡Suéltame!

—Ni lo sueñes.

Elizabeth miró a Caroline, suplicante. Sin duda otra mujer se compadecería del aprieto en que se hallaba.

—Por favor, dile que me suelte.

Caroline miró a James y a Blake y luego volvió a mirar a Elizabeth. Claramente dividida entre su lealtad a su viejo amigo y su simpatía por Elizabeth, balbució:

—Yo... no sé qué está pasando. Solo sé que no te dijo quién era.

—¿Y no basta con eso?

—Bueno —dijo Caroline, intentando ganar tiempo—, James no suele decirle a nadie quién es.

—¡¿Qué?! —gritó Elizabeth, y se dio la vuelta para empujar el aristocrático hombro de James—. ¿Es que lo has hecho otras veces? Es inmoral, es despreciable...

—¡Ya basta! —rugió James.

Seis cabezas disfrazadas se asomaron por la esquina.

—En serio, creo que deberíamos entrar —dijo Caroline en un susurro.

—A no ser que prefiráis tener público —añadió Blake.

—Yo quiero irme a casa —afirmó Elizabeth, pero nadie la escuchaba. No sabía por qué la sorprendía: nadie la había escuchado en toda la noche.

James asintió mirando a Blake y Caroline, y señaló la casa con un brusco movimiento de cabeza. Agarró con más fuerza el cinturón del vestido de Elizabeth y, cuando echó a andar hacia la casa, ella no tuvo más remedio que seguirlo.

Unos instantes después, por una cruel ironía, se encontró en la biblioteca. *Cómo casarse con un Marqués* seguía en la estantería, donde lo había dejado.

Elizabeth reprimió unas ganas irracionales de echarse a reír. La señora Seeton tenía razón: siempre había un Marqués a la vuelta de la esquina. Por todas partes había aristócratas que solo esperaban una oportunidad para humillar a pobres mujeres desprevenidas.

Y eso era lo que había hecho James. Cada vez que le daba una lección sobre cómo cazar a un marido (o a un Marqués, ¡maldito sea!), la había humillado. Cada vez que había intentado enseñarle a sonreír o a coquetear, simulando ser un humilde administrador, la había mancillado con sus mentiras.

Si James no la hubiera tenido sujeta por el cinturón, seguramente habría agarrado el maldito libro y lo habría arrojado por la ventana... y a él detrás.

Elizabeth sintió que la estaba mirando, notó el ardor de sus ojos en la piel y, al mirarle, se dio cuenta de que había seguido su mirada hasta el libro de la señora Seeton.

—No digas nada —murmuró ella, consciente de la presencia de los Ravenscroft—. Por favor, no me avergüences de esa manera.

James asintió brevemente con la cabeza, y Elizabeth notó que su cuerpo se aflojaba, lleno de alivio. No conocía a Blake, y apenas conocía a Caroline, pero no soportaba que supieran que era tan patética que había recurrido a un manual para encontrar marido.

Blake cerró la puerta de la biblioteca y miró a los ocupantes de la habitación con aire inexpresivo.

—Eh... —dijo, mirando a Elizabeth y a James alternativamente— ¿queréis que nos vayamos?

—Sí —respondió James.

—¡No! —gritó prácticamente Elizabeth.

—Elizabeth quiere que nos quedemos —dijo Caroline—, y no podemos dejarla aquí sola con él.

—No sería decoroso —se apresuró a añadir Elizabeth. No quería quedarse a solas con James. Si estaban solos, él la engatusaría, le haría olvidar su enfado. Se serviría de palabras y caricias tiernas, y ella perdería de vista lo que estaba bien y lo que era verdad. Sabía que él tenía ese poder, y se odiaba por ello.

—Creo que hace rato que nos olvidamos del decoro —replicó James.

Caroline se apoyó en el borde de la mesa.

—¡Ay, madre mía!

Blake le lanzó una mirada divertida.

—¿Desde cuándo te preocupa tanto el decoro?

—Desde que... ¡Oh, cállate! —Y luego, en voz baja, añadió—: ¿Es que no quieres que se casen?

—Ni siquiera sabía que ella existía hasta hace diez minutos.

—No voy a casarme con él —declaró Elizabeth, y aunque notó que se le quebraba la voz, procuró ignorarlo—. Y os agradecería que no hablarais como si no estuviera en la habitación.

Caroline miró el suelo.

—Perdona —dijo entre dientes—. Yo lo odio cuando me lo hacen a mí.

—Quiero irme a casa —repitió Elizabeth.

—Lo sé, querida —murmuró Caroline—, pero deberías aclarar esto y...

Alguien empezó a aporrear la puerta.

—¡Fuera! —gritó Blake.

—Mañana te sentirás mucho mejor si lo aclaramos ahora —siguió diciendo Caroline—. Te doy mi palabra de que...

—¡Silencio!

La voz de James retumbó con tal fuerza en la habitación que Elizabeth tuvo que sentarse. Por desgracia, él seguía agarrándola del cinturón, que se le clavó en las costillas de modo que de pronto se encontró sin respiración.

—James —jadeó—, suéltame.

Él la soltó, aunque seguramente más por ganas de amenazar a alguien agitando el puño que por otra cosa.

—¡Por el amor de Dios! —bramó—. ¿Cómo va a pensar uno con tanto alboroto? ¿Es que no podemos mantener una sola conversación? ¿Una sola, que sigamos todos?

—La verdad es que —contestó Caroline, puede que con escasa sensatez—, para ser precisos, solo estábamos discutiendo un asunto. Naturalmente, estábamos hablando todos a la vez...

Su marido tiró de ella con tanto ímpetu que Caroline soltó un gritito. Después de eso, no volvió a decir nada.

—Necesito hablar con Elizabeth —dijo James—. A solas.

—No —respondió Elizabeth de forma rotunda.

Blake empezó a andar hacia la puerta, tirando de Caroline.

—Es hora de que nos vayamos, cariño.

—No podemos dejarla aquí contra su voluntad —protestó Caroline—. No está bien y mi conciencia no me permite...

—No va a hacerle daño —la interrumpió Blake.

Pero Caroline enganchó un pie en la pata de una mesa.

—No pienso dejarla sola—dijo.

Desde el otro lado de la habitación, Elizabeth dijo un sentido «gracias» sin emitir sonido.

—Blake... —dijo James, y miró a Caroline, que había rodeado un sillón de orejas con sus brazos de calabaza naranja.

Blake se encogió de hombros.

—Pronto aprenderás, James, que hay veces en que uno no puede discutir con su mujer.

—Pues que lo aprenda con otra —declaró Elizabeth—, porque yo no pienso casarme con él.

—¡Muy bien! —estalló James, y meneó el brazo con violencia, mirando a Caroline y Blake—. Quedaos a escuchar. De todos modos seguramente ibais a quedaros escuchando detrás de la puerta. En cuanto a ti... —Fijó su furiosa mirada en Elizabeth—. Vas a escucharme y vas a casarte conmigo.

—¿Ves? —le susurró Caroline a Blake—. Sabía que entraría en razón y nos dejaría quedarnos.

James se giró lentamente, con el cuello tan tenso que le temblaba la mandíbula.

—Ravenscroft —le dijo a Blake con voz contenida—, ¿nunca te dan ganas de estrangularla?

—¡Oh! Todo el tiempo —contestó Blake con alegría—. Pero casi siempre me alegro de que se casara conmigo y no contigo.

—¡¿Qué?! —gritó Elizabeth—. ¿Le pidió que se casara con él? —Sacudió la cabeza de un lado a otro durante unos segundos, antes de conseguir dejar de moverse y fijar los ojos en Caroline—. ¿Te pidió que te casaras con él?

—Sí —contestó Caroline, encogiéndose de hombros con indiferencia—. Pero no iba en serio.

Elizabeth miró a James con dureza.

—¿Tienes costumbre de ir por ahí repartiendo falsas proposiciones matrimoniales?

James miró a Caroline con más dureza aún.

—No estás mejorando las cosas.

Caroline miró a su marido con inocencia.

—A mí no me mires buscando ayuda —dijo él.

—Se habría casado conmigo si le hubiera dicho que sí —explicó Caroline con un sonoro suspiro—, pero solo me lo pidió para picar a Blake y animarle a que se declarara. Fue muy atento por su parte. Será un marido estupendo, Elizabeth. Te doy mi palabra.

Elizabeth los miraba a los tres con estupor. Verlos interactuar era agotador.

—Te estamos confundiendo, ¿verdad? —preguntó Caroline.

Elizabeth estaba sin habla.

—La verdad es que es una historia bastante curiosa —dijo Blake, encogiéndose de hombros—. Escribiría un libro sobre ella, si no fuera porque nadie me creería.

—¿En serio? —preguntó Caroline con un brillo de regocijo en los ojos—. ¿Cómo lo titularías?

Furioso, James acercó su cara a la de Blake.

—¿Por qué no lo titulas *Cómo volver completa e irrevocablemente locos a tus amigos*?

Elizabeth sacudió la cabeza.

—Estáis todos locos. No me cabe duda.

Blake se encogió de hombros.

—Yo también lo pienso la mitad de las veces.

—¿Puedo hablar con Elizabeth un momento, por favor? —dijo James.

—¡Cuánto lo siento! —dijo Blake en un tono pensado para fastidiar—. Había olvidado por qué estamos aquí.

James se puso la mano izquierda en el pelo, justo encima de la frente, y empezó a tirar. Le parecía el único modo de no estrangular a Blake.

—Empiezo a comprender —gruñó— por qué los noviazgos es mejor llevarlos en secreto.

Blake levantó una ceja.

—¿Qué quieres decir?

—Quiero decir que lo habéis echado todo a perder.

—¿Por qué? —preguntó Elizabeth—. ¿Por haber revelado tu identidad sin darse cuenta?

—Iba a contártelo todo mañana.

—No te creo.

—¡Me da igual que no me creas! —gritó James—. Es la verdad.

—Perdón por la interrupción —terció Caroline—, pero ¿no debería importarte que no te crea? A fin de cuentas, le has pedido que sea tu esposa.

James empezó a temblar. Ansiaba estrangular a alguno de los ocupantes de la habitación, pero no estaba seguro de cuál de ellos le sacaba más de quicio. Estaba Blake, con sus miraditas burlonas; Caroline, que tenía que ser la mujer más entrometida de la creación, y Elizabeth...

Elizabeth. Sí, tenía que ser ella a quien de verdad quería asesinar, porque solo con pensar en su nombre le subía varios grados la temperatura. Y no se debía únicamente a la pasión.

Estaba furioso. Tan furioso que le temblaban los huesos, le rechinaban los dientes y los músculos parecían a punto de salírsele de la piel. Y sus tres acompañantes no se daban cuenta del peligro que corrían cada vez que hacían otra broma ridícula.

—Voy a hablar —dijo despacio, con voz muy firme—. Y al que me interrumpa le tiro por la ventana. ¿Está claro?

Nadie dijo nada.

—¿Está claro?

—Creía que querías que estuviéramos callados —respondió Blake.

Lo cual resultó ser el incentivo que necesitaba Caroline para abrir la boca y decir:

—¿Crees que es consciente de que la ventana está cerrada?

Elizabeth se tapó la boca con la mano. James la miró con furia. Que Dios se apiadara de ella si se reía.

Él respiró hondo y miró con dureza sus ojos azules.

—No te dije quién era porque vine aquí a investigar el chantaje al que están sometiendo a mi tía.

—¿Alguien está chantajeando a tu tía? —preguntó Caroline con un hilillo de voz.

—¡Santo Dios! —exclamó Blake—. El muy cretino tendrá ganas de morir. —Miró a Elizabeth—. A mí, por lo menos, esa vieja bruja me da terror.

James miró a los Ravenscroft, miró luego la ventana con mucha intención y volvió a mirar a Elizabeth.

—No habría sido prudente informarte del verdadero propósito que me había traído a Danbury House, porque, si recuerdas, tú eras la principal sospechosa.

—¿Sospechabas de Elizabeth? —le interrumpió Caroline—. ¿Es que estás completamente loco?

—Sí —contestó Elizabeth—. Lo estaba y lo está. Loco, quiero decir.

James respiró hondo para calmarse. Estaba a dos pasos de entrar en combustión espontánea.

—Enseguida dejé de sospechar de Elizabeth —gruñó.

—Y entonces deberías haberme dicho quién eras —respondió ella—. Antes de... —Se interrumpió y miró fijamente el suelo.

—¿Antes de qué? —preguntó Caroline.

—La ventana, querida —dijo Blake, dándole una palmadita en el brazo—. Acuérdate de la ventana.

Ella asintió con la cabeza y se volvió hacia James y Elizabeth con expresión expectante.

James la ignoró a conciencia, fijando toda su atención en Elizabeth. Ella estaba sentada en una silla, con la espalda tiesa como un palo y la cara tan tensa que pensó que se haría añicos al más leve contacto. Intentó recordar el aspecto que tenía apenas una hora antes, acalorada por la pasión y la alegría. Y para su horror, comprobó que no podía.

—No te dije quién era en ese momento —continuó— porque sentía que ante todo tenía una responsabilidad para con mi tía. Ella ha sido... —Luchó por encontrar palabras que pudieran explicar su profunda devoción por la vieja gruñona, pero entonces recordó que Elizabeth conocía su pasado. De hecho, era la única persona a la que le había contado por entero la historia de su infancia. El propio Blake solo conocía fragmentos dispersos.

—Ha sido muy importante para mí a lo largo de los años —dijo por fin—. No podía...

—No tienes que explicarme tu cariño por lady Danbury —dijo Elizabeth en voz baja, sin levantar los ojos para mirarle.

—Gracias. —Carraspeó—. Ignoraba... Sigo sin saber la identidad de la persona que la está chantajeando. Además, no tengo modo de saber si ese sujeto puede ser peligroso. No veía razón para mezclarte más en este asunto.

Elizabeth levantó la vista de repente. Sus ojos tenían una expresión conmovedora.

—Sin duda sabrás que yo jamás haría nada que perjudicara a lady Danbury.

—Por supuesto. Tu afecto por ella salta a la vista. Pero el hecho es que no tienes experiencia en tales asuntos y...

—Y supongo que tú sí —dijo ella con un sarcasmo evidente, aunque no desagradable.

—Elizabeth, me he pasado la mayor parte de los últimos diez años trabajando para el Ministerio de Guerra.

—La pistola —murmuró ella—. El modo en que atacaste a Fellport. Ya sabía yo que había gato encerrado.

James masculló una maldición.

—Mi altercado con Fellport no tiene nada que ver con mi trabajo en el Ministerio de Guerra. ¡Por el amor de Dios, Elizabeth! Ese hombre te había atacado.

—Sí —contestó ella—, pero parecías estar muy familiarizado con la violencia. Te fue muy fácil. El modo en que sacaste la pistola... Parecías tener demasiada experiencia.

Él se inclinó hacia delante y la miró con ojos ardientes.

—Lo que sentía en ese momento estaba lejos de resultarme familiar. Era ira, Elizabeth, ira pura, muy distinta a cualquier cosa que hubiera corrido antes por mis venas.

—¿Nunca... nunca habías sentido ira?

Él sacudió la cabeza lentamente.

—Como esa, no. Fellport se atrevió a agredir lo que era mío. Tiene suerte de que le dejara vivir.

—Yo no soy tuya —susurró ella. Pero a su voz le faltaba confianza.

—¿No?

Al otro lado de la habitación, Caroline suspiró.

—James —dijo Elizabeth—, no puedo perdonarte. No puedo.

—¿Qué demonios es lo que no puedes perdonarme? —le espetó él—. ¿No haberte dicho que tenía un maldito título nobiliario? Creía que habías dicho que no querías un Marqués, ¡maldita sea!

Ella se apartó de su rabia y dijo en un susurro:

—¿Qué quieres decir?

—¿No te acuerdas? Fue en esta misma habitación. Tenías el libro en las manos y...

—No menciones ese libro —dijo ella con voz baja y furiosa—. No vuelvas a mencionarlo nunca.

—¿Por qué no? —replicó él. La rabia y el dolor le volvían mezquino—. ¿Porque no quieres que te recuerden lo desesperada que estabas? ¿Lo avariciosa que te habías vuelto?

—¡James! —exclamó Caroline—. Basta.

Pero estaba demasiado dolido, demasiado fuera de sí.

—Tú no eres mejor que yo, Elizabeth Hotchkiss. Pretendes dar lecciones de honestidad, pero pensabas atrapar a un pobre bobo desprevenido y casarte con él.

—¡No es verdad! Jamás me habría casado con nadie sin asegurarme de que primero conocía mi situación. Tú lo sabes.

—¿Sí? No recuerdo que mencionaras tan nobles principios. De hecho, si no recuerdo mal, intentaste poner en práctica tus estratagemas conmigo.

—¡Tú me lo pediste!

—A James Siddons, el administrador de fincas, podías tomarle el pelo —bufó él—, pero para casarte no te valía. ¿Verdad que no?

—¡Yo amaba a James Siddons! —estalló ella. Y entonces, horrorizada por lo que había dicho, se puso en pie de un salto y corrió hacia la puerta.

Pero James fue más rápido. Le cortó el paso y susurró:

—¿Me amabas?

—Le amaba a él —sollozó ella—. No sé quién eres tú.

—Soy el mismo.

—No, no lo eres. El hombre al que yo conocía era una mentira. Él no se habría burlado de una mujer como te has burlado tú de mí. Y sin embargo... —Se le quebró la voz, y una risa espantada escapó de sus labios—. Y sin embargo lo hizo, ¿verdad?

—¡Por el amor de Dios, Elizabeth! ¿Qué demonios he hecho que te parece tan malvado y ruin?

Ella le miró con incredulidad.

—Ni siquiera lo sabes, ¿verdad? Me das asco.

Los músculos de la garganta de James se tensaron de rabia, y tuvo que contenerse para no agarrarla de los hombros y zarandearla hasta que entrara en razón. Su dolor y su rabia eran tan intensos, tan descarnados, que temió que la más leve muestra de emoción desatara el espantoso torrente de su furia. Finalmente, dominándose como casi no creía posible, logró pronunciar entre dientes una sola palabra.

—Explícate.

Ella se quedó muy quieta un momento y luego, dando un zapatazo en el suelo, cruzó la habitación y sacó de la estantería el ejemplar de *Cómo casarse con un Marqués*.

—¡¿Te acuerdas de esto?! —gritó, sacudiendo el librito rojo en el aire—. ¿Te acuerdas?

—Creía que me habías pedido que no mencionara ese libro delante de los Ravenscroft.

—Ya no importa. De todos modos me has humillado por completo delante de ellos. Qué más da ya que acabe el trabajo.

Caroline le puso una mano en el brazo, intentando tranquilizarla.

—A mí me pareces muy valiente —dijo con dulzura—. Por favor, no pienses que has quedado en ridículo.

—¡Ah! ¿Tú crees que no? —le espetó Elizabeth, ahogándose con cada palabra—. ¡Pues mira esto! —Le puso el libro en las manos.

El libro estaba del revés, así que Caroline murmuró algo, perpleja, hasta que le dio la vuelta y leyó el título. Un gritito de alarma escapó de sus labios.

—¿Qué es, cariño? —preguntó Blake.

Ella le pasó el libro en silencio. Blake lo miró, dándole la vuelta un par de veces. Luego los dos miraron a James.

—No sé muy bien qué ha pasado —dijo Caroline con cautela—, pero mi imaginación está barajando toda clase de desastres.

—Me encontró con eso —dijo Elizabeth—. Sé que es un libro ridículo, pero tenía que casarme y no conocía a nadie a quien pedirle consejo. Y entonces él me encontró con eso y temí que se burlara de mí, pero no lo hizo. —Se detuvo para tomar aire y se enjugó rápidamente una lágrima—. Fue muy amable. Y después... después se ofreció a ser mi mentor. Estaba de acuerdo en que no podía tener esperanzas de casarme con un Marqués...

—¡Yo nunca dije eso! —exclamó James con vehemencia—. Lo dijiste tú, no yo.

—Se ofreció a ayudarme a poner en práctica el libro para...

—Me ofrecí a quemar el libro, si recuerdas. Te dije que no eran más que tonterías. —La miró con enfado, y al ver que no se acobardaba, miró a Blake y a Caroline. Aquello tampoco pareció surtir efecto, así que se volvió de nuevo hacia Elizabeth y gritó—: ¡Por el amor de Dios, mujer! En ese libro solo hay una norma que merezca la pena seguir.

—¿Y cuál es? —preguntó Elizabeth con desdén.

—¡Que te cases con tu maldito Marqués!

Ella se quedó callada un momento, mirándolo fijamente con sus ojos azules, y luego, con un gesto que partió en dos las entrañas de James, dio media vuelta.

—Dijo que me enseñaría cómo podía encontrar marido —les dijo a los Ravenscroft—. Pero no me dijo quién era. No me dijo que era un maldito Marqués.

Nadie dijo nada, así que Elizabeth soltó un suspiro amargo y añadió:

—Y ahora ya sabéis toda la historia. Cómo se rio de mí y de mis desafortunadas circunstancias.

James cruzó la habitación en un abrir y cerrar de ojos.

—Yo nunca me he reído de ti, Elizabeth —dijo, mirándola con intensidad a la cara—. Tienes que creerme. Nunca ha sido mi intención hacerte daño.

—Pues me lo has hecho —dijo ella.

—Entonces cásate conmigo. Deja que pase el resto de mi vida intentando compensarte.

Una gruesa lágrima afloró por el rabillo de su ojo.

—Tú no quieres casarte conmigo.

—Te lo he pedido en repetidas ocasiones —respondió él con un suspiro de impaciencia—. ¿Qué más pruebas necesitas?

—¿No se me permite tener orgullo? ¿Acaso es una emoción reservada a la élite?

—¿Tan mala persona soy? —Un suspiro de vago desconcierto acompañó a la pregunta—. Sí, no te dije quién era. Lo siento. Discúlpame por disfrutar..., no, por regodearme en el hecho de que te hubieras enamorado de mí, no de mi título, ni de mi dinero, ni de nada de nada. Solo de mí.

Un sonido estrangulado salió de la garganta de Elizabeth.

—¿Era una prueba?

—¡No! —respondió él gritando—. Claro que no era una prueba. Ya te lo he dicho, tenía razones importantes para ocultar mi identidad. Pero... pero... —Ignoraba cómo expresar lo que sentía y luchó por encontrar las palabras—. Pero aun así era delicioso. No sabes cuánto, Elizabeth. No sabes cuánto.

—No —dijo ella en voz baja—, no lo sé.

—No me castigues, Elizabeth.

Su voz cálida y grave estaba cargada de emoción, y Elizabeth la sintió hasta el fondo del alma. Tenía que salir de allí, tenía que escapar antes de que él tejiera más mentiras alrededor de su corazón.

Apartando las manos de las suyas, corrió hacia la puerta.

—Tengo que irme —dijo con voz angustiada—. No puedo estar contigo ahora mismo.

—¿Adónde vas a ir? —preguntó James, siguiéndola lentamente.

—A casa.

Él alargó el brazo para impedir que se marchara.

—No vas a volver sola a casa. Es de noche y esto está lleno de borrachos.

—Pero...

—Me da igual que me odies —dijo en un tono que no admitía protesta—. No voy a permitir que salgas sola de esta habitación.

Ella lanzó a Blake una mirada suplicante.

—Entonces puedes venir tú. ¿Harías el favor de acompañarme a casa?

Blake se levantó y sus ojos se encontraron un instante con los de James antes de que asintiera con la cabeza.

—Será un honor.

—Cuídala bien —dijo James a regañadientes.

Blake volvió a asentir.

—Ya sabes que lo haré. —Tomó a Elizabeth del brazo y la acompañó fuera de la habitación.

James los vio marchar. Luego se recostó en la pared, temblando por las emociones que llevaba toda la noche intentando mantener a raya. La furia, el dolor, la exasperación, hasta la maldita frustración... A fin de cuentas, no había alcanzado el clímax en la arboleda, con Elizabeth. Todas aquellas emociones se agitaban dentro de él, reconcomiéndole, dificultándole la respiración.

Oyó un leve cloqueo y levantó la vista. ¡Maldición! Había olvidado por completo que Caroline seguía allí.

—¡Oh, James! —suspiró ella—. ¿Cómo has podido?

—Ahórratelo, Caroline —le espetó él—. Ahórratelo.

Y entonces salió hecho una furia y se abrió paso sin contemplaciones entre la gente que se agolpaba en el pasillo. En su casita había una botella de *whisky* que prometía ser la mejor compañía de la velada.

# 19

Elizabeth no tardó en llegar a la conclusión de que Blake Ravenscroft (pese a que James y él fueran uña y carne) era un hombre muy sensato. Mientras la acompañaba a casa, no intentó trabar conversación, ni le formuló preguntas indiscretas, ni hizo nada, excepto darle una palmadita de consuelo en el brazo y decir:

—Si necesitas a alguien, estoy seguro de que Caroline estará encantada de hablar contigo.

Un hombre tenía que ser muy listo para darse cuenta de cuándo debía tener la boca cerrada.

Hicieron el trayecto a casa en silencio, excepto cuando Elizabeth tuvo que darle indicaciones.

Al llegar a la casita de los Hotchkiss, Elizabeth se sorprendió al verla inundada de luz.

—¡Cielos! —murmuró—. Deben de haber encendido todas las velas de la casa.

Y entonces, cómo no, la costumbre hizo de las suyas, y Elizabeth se puso a calcular mentalmente el coste de tantas bujías y a rezar por que no hubieran usado las de cera de abeja, que eran más caras y solía reservar para cuando tenían visita.

Blake apartó los ojos de la carretera para mirarla.

—¿Ocurre algo?

—Espero que no. No sé qué...

El carrocín se detuvo y Elizabeth se bajó de un salto sin esperar a que Blake la ayudara. No había ningún motivo para que hubiera tanto jaleo en casa. De ella salía ruido suficiente como para despertar a un muerto, y aunque parecía una algarabía alegre y bulliciosa, Elizabeth no pudo evitar que el temor se agitara en su pecho.

Entró rápidamente por la puerta y siguió los gritos y las risas hasta el cuarto de estar. Susan, Jane y Lucas estaban tomados de las manos y giraban en corro, riendo y cantando a grito limpio canciones subidas de tono.

Elizabeth se quedó atónita. Nunca había visto a sus hermanos comportarse así. Le gustaba creer que había conseguido cargar ella sola con sus preocupaciones durante cinco años y que habían tenido una infancia razonablemente despreocupada, pero nunca los había visto tan borrachos de felicidad.

Sintió a Blake a su lado y ni siquiera pudo formular una respuesta cuando él le preguntó:

—¿Sabes qué está pasando?

Pasados unos cinco segundos, Susan vio a su hermana en la puerta, mirándolos boquiabierta, y paró el corro, haciendo que Jane y Lucas chocaran entre sí y se entrelazaran en una alegre maraña de brazos delgaduchos y cabello rubio.

—¡Elizabeth! —exclamó Susan—. Estás en casa.

Elizabeth asintió lentamente con la cabeza.

—¿Qué ocurre? No esperaba que estuvierais despiertos aún.

—¡Oh, Elizabeth! —gritó Jane—. ¡Ha pasado algo maravilloso! ¡No vas a creértelo!

—¡Qué bien! —contestó Elizabeth. Sus emociones estaban todavía tan maltrechas que no pudo poner mucho sentimiento en su respuesta. Pero lo intentó. No sabía qué había hecho tan felices a sus hermanos, pero tenía la obligación de borrar en parte el dolor de sus ojos e intentar al menos parecer ilusionada.

Susan se acercó corriendo. Llevaba en las manos un trozo de papel que había recogido de la mesa.

—Mira lo que ha llegado mientras estabas fuera. Lo trajo un mensajero.

—Un mensajero con librea —añadió Jane—. Era guapísimo.

—Era un criado —le dijo Lucas.

—Eso no significa que no fuera guapo —replicó ella.

Elizabeth se sintió sonreír. Oír a Lucas y a Jane pelearse era tan maravillosamente normal... No como el resto de aquella odiosa velada. Tomó el papel y lo miró.

Y entonces empezaron a temblarle las manos.

—¿Verdad que es maravilloso? —preguntó Susan con los ojos azules iluminados por el asombro—. ¿Quién iba a pensarlo?

Elizabeth no dijo nada. Intentaba contener la oleada de náuseas que notaba en el estómago.

—¿Quién crees que habrá sido? —preguntó Jane—. Tiene que ser alguien encantador. La persona más buena y generosa del mundo entero.

—¿Puedo? —murmuró Blake.

Ella le entregó el papel en silencio. Cuando levantó los ojos, Jane, Susan y Lucas estaban mirándola con desconcierto.

—¿No estás contenta? —susurró Jane.

Blake le devolvió el papel y ella volvió a mirarlo, como si leerlo de nuevo pudiera cambiar su ofensivo mensaje.

*Sir Lucas Hotchkiss,*
*Miss Elizabeth Hotchkiss,*
*Miss Susan Hotchkiss,*
*Miss Jane Hotchkiss:*

*Es un placer para mí informarles de que su familia es la beneficiaria de un talón bancario anónimo por un importe de cinco mil libras.*

*Asimismo, su benefactor lo ha dispuesto todo para que sir Lucas ingrese en Eton. Tendrá que presentarse en la escuela a principios del curso entrante.*

*Atentamente,*
*G. Shillingworth*
*Shillingworth e Hijo, abogados*

Era de James. Tenía que ser él. Elizabeth se volvió hacia Blake, incapaz de borrar su mirada de dureza.

—Solo pretendía ayudarte —dijo Blake en voz baja.

—Es ofensivo —logró decir ella a duras penas—. ¿Cómo voy a aceptar esto? ¿Cómo voy a...?

Él le puso la mano en el brazo.

—Estás muy alterada. Quizá, si te lo piensas por la mañana...

—¡Claro que estoy alterada! Yo... —Vio las caras de asombro de sus hermanos y se tapó la boca con la mano, horrorizada por su estallido.

Tres pares de ojos azules volaban entre su cara y la del señor Ravenscroft, al que ni siquiera conocían y...

El señor Ravenscroft. Tenía que presentárselo a los niños. Ya estaban bastante desconcertados por su reacción. Al menos, debían saber quién había en su salón.

—Susan, Jane, Lucas —dijo, intentando que no le temblara la voz—, este es el señor Ravenscroft. Un amigo de... —Tragó saliva. Había estado a punto de decir «del señor Siddons», pero ese no era su verdadero nombre, ¿no?—. Un amigo de lady Danbury —concluyó—. Ha tenido la amabilidad de acompañarme a casa.

Sus hermanos saludaron entre dientes y Elizabeth se volvió hacia Blake y dijo:

—Señor Ravenscroft, estos son... —Se interrumpió y entornó los ojos—. Es el señor Ravenscroft, ¿no? No estarás tú también ocultando algún título, ¿verdad?

Blake sacudió la cabeza y un asomo de sonrisa tocó las comisuras de sus labios.

—Soy un simple señor, me temo, aunque, para serte del todo sincero, mi padre es vizconde.

Elizabeth quiso sonreír, consciente de que Blake intentaba divertirla, pero no pudo. Se volvió hacia sus hermanos y sintiendo un peso en el corazón dijo:

—No podemos aceptar esto.

—Pero...

—No podemos. —Respondió tan rápidamente que ni siquiera se dio cuenta de cuál de sus hermanos había protestado—. Es demasiado. No podemos aceptar una obra de caridad de este tipo.

Jane parecía no estar de acuerdo.

—Pero ¿no crees que quien nos haya dado el dinero quería que lo tuviéramos?

Elizabeth notó un nudo en la garganta y tragó saliva. ¿Quién sabía qué era lo que se proponía James? ¿Formaba todo aquello parte de un gran plan para burlarse de ella? Después de lo que había hecho, ¿quién sabía cómo funcionaba su mente?

—Estoy segura de que sí —dijo con cautela—, si no, no estarían nuestros nombres en lo alto de la página. Pero eso no tiene importancia. No podemos aceptar tanto dinero de un desconocido.

—Puede que no sea un desconocido —dijo Susan.

—¡Pues peor aún! —replicó Elizabeth—. ¡Dios mío! ¿Os imagináis? Alguna persona horrible tratándonos como marionetas, tirando de nuestros hilos, pensando que puede controlar nuestro destino... Es espantoso. Espantoso.

Se hizo un silencio, seguido por un sonido horrible. Era Lucas, que intentaba contener las lágrimas. Miró a Elizabeth con los ojos tan abiertos que rompía el corazón.

—¿Significa eso que no podré ir a Eton? —murmuró.

Elizabeth se quedó sin respiración. Intentó decirle a Lucas que no podría ir, sabía que tenía que decirle que no podían aceptar el dinero de James, pero no le salía la voz.

Se quedó allí, mirando la cara trémula de su hermano. Lucas intentaba con todas sus fuerzas que no le temblara el labio superior y no se le notara la desilusión. Tenía los bracitos rígidos y pegados al cuerpo y la barbilla echada hacia delante, como si manteniendo quieta la mandíbula pudiera contener las lágrimas.

Elizabeth le miró y vio el precio de su orgullo.

—No estoy segura de lo de Eton —dijo, inclinándose para abrazarlo—. Puede que aún podamos conseguirlo.

Pero Lucas se apartó.

—No podemos permitírnoslo. Tú te esfuerzas por ocultarlo, pero yo sé la verdad. Nunca podré ir.

—Eso no es cierto. Puede que esto... —Señaló vagamente la carta— signifique otra cosa. —Esbozó una sonrisa. Hablaba sin convicción, y hasta un niño de ocho años (o especialmente un niño de ocho años) notaba que estaba mintiendo.

Lucas fijó los ojos en ella un momento que fue el más largo y penoso de su vida. Y luego tragó saliva y dijo:

—Me voy a la cama.

Elizabeth no intentó detenerle. No podía decir nada.

Jane le siguió sin decir palabra. Su trencita rubia estaba apagada.

Entonces miró a Susan.

—¿Tú me odias?

Susan sacudió la cabeza.

—Pero no te entiendo.

—No podemos aceptar esto, Susan. Estaríamos en deuda con nuestro benefactor el resto de nuestras vidas.

—¿Y qué importa eso? ¡Ni siquiera sabemos quién es!

—No quiero estar en deuda con él —dijo Elizabeth con vehemencia—. No quiero.

Susan dio un paso atrás. Sus ojos se abrieron como platos.

—Tú sabes quién es —murmuró—. Sabes quién lo ha mandado.

—No —dijo Elizabeth, pero las dos sabían que estaba mintiendo.

—Sí, lo sabes. Y por eso no quieres aceptarlo.

—Susan, no quiero seguir hablando de esto.

Su hermana retrocedió y, al llegar al pasillo, agarró el marco de la puerta.

—Voy a consolar a Lucas —dijo—. Necesita un hombro sobre el que llorar.

Elizabeth hizo una mueca.

—Un golpe directo —murmuró Blake mientras Susan subía las escaleras.

Elizabeth se volvió. Había olvidado por completo que estaba allí.

—¿Cómo has dicho?

Él sacudió la cabeza.

—No merece la pena que lo repita.

Ella se dejó caer contra el respaldo del sofá. Sus piernas se negaban a sostenerla un segundo más.

—Parece que esta noche te has enterado de todos mis secretos.

—En absoluto.

Elizabeth sonrió sin ganas.

—Supongo que vas a volver con el Marqués y a contárselo todo.

—No. Se lo contaré a mi mujer, pero no a James.

Elizabeth le miró con desconcierto.

—Entonces, ¿qué vas a decirle?

Blake se encogió de hombros mientras se dirigía a la puerta.

—Que es un idiota si te deja escapar. Pero sospecho que ya lo sabe.


A la mañana siguiente, Elizabeth se despertó con la certeza de que aquel iba a ser un día horrible. No le apetecía ver a nadie, ni hablar con nadie, ni siquiera consigo misma.

No quería enfrentarse a sus hermanos y a sus caras de desilusión. No quería ver a los Ravenscroft, unos perfectos desconocidos que habían presenciado su rotunda humillación. Se negaba a visitar a lady Danbury; no creía que pudiera pasar el día en compañía de la condesa sin echarse a llorar y preguntarle cómo había podido tomar parte en la farsa de James.

Y, desde luego, no quería ver a James.

Se levantó, se vistió y luego se quedó sentada en la cama. Un extraño malestar se había apoderado de ella. El día anterior había sido tan agotador en todos los aspectos... Sus pies, su cabeza, su corazón: todo se negaba a funcionar. Le alegraría quedarse allí, sentada en la cama, sin ver a nadie, sin hacer nada durante una semana.

Bueno, no le alegraría. Alegrarse era mucho decir. Pero lo que sentía era mucho mejor que lo que sentiría si alguien llamaba a la puerta y...

*Toc, toc.*

Elizabeth levantó la mirada.

—Solo por una vez —masculló mirando al techo—, solo por una vez ¿podrías hacerme un pequeño favor? —Se levantó, dio un paso, volvió a mirar hacia arriba y su semblante adquirió una expresión molesta. Abrió la puerta de un tirón. Susan estaba en el pasillo, con la mano levantada para llamar otra vez. Elizabeth no dijo nada, sobre todo porque tenía la sensación de que no se enorgullecería de su tono de voz si abría la boca.

—Tienes visita —dijo su hermana.

—No quiero verle.

—No es un hombre.

Elizabeth echó la cara hacia delante, sorprendida.

—¿No?

—No. —Susan le enseñó una tarjeta de visita de color crema—. Parece una señora muy simpática.

Elizabeth miró hacia abajo y se fijó en que la tarjeta estaba confeccionada en el mejor y el más caro de los papeles.

*Señora de Blake Ravenscroft*

—Supongo que es la esposa del señor al que conocimos ayer —dijo Susan.

—Sí. Se llama Caroline. —Elizabeth se pasó la mano por el pelo, que aún no se había recogido—. Es muy amable, pero la verdad es que ahora mismo no me apetece tener visitas y...

—Perdona —la interrumpió Susan—, pero no creo que vaya a irse.

—¿Cómo dices?

—Creo que sus palabras exactas fueron: «Imagino que no querrá visitas, pero esperaré encantada hasta que cambie de idea». Luego se sentó, sacó un libro...

—¡Dios mío! No sería *Cómo casarse con un Marqués*, ¿verdad?

—No, era negro, en realidad, y creo que debe de ser una especie de diario, porque se ha puesto a escribir en él. Pero como iba diciendo

—añadió Susan—, luego me miró y dijo: «No te preocupes. Puedo entretenerme sola».

—¿Eso ha dicho?

Susan asintió y se encogió de hombros.

—Así que no me preocupo. Parece encantada escribiendo en su libro. Pero he preparado té por educación.

—No va a marcharse, ¿verdad?

Susan negó con la cabeza.

—Parece de lo más terca. No creo que vaya a irse hasta que te vea. Y no me sorprendería que hubiera traído una muda.

—Supongo que será mejor que me peine y baje —dijo Elizabeth con un suspiro.

Susan alargó el brazo hacia el tocador de su hermana y agarró un cepillo.

—Te ayudo.

Elizabeth pensó que era una estratagema para sonsacarle información. Susan nunca se había ofrecido a peinarla. Pero era tan agradable sentir el cepillo de cerdas en el cuero cabelludo, que decidió seguirle la corriente. Muy pocas veces tenía a alguien que la mimara.

Fue contando las veces que le pasó su hermana el cepillo por el pelo antes de empezar a hacerle preguntas. Una pasada, dos, tres, cuatro... ¡Ah! Se detuvo un momento antes de la quinta, debía de estar preparándose para algo...

—¿La visita de la señora Ravenscroft tiene algo que ver con lo que pasó anoche? —preguntó Susan.

Cinco pasadas. Elizabeth estaba impresionada. Creía que no llegaría ni a tres.

Su hermana volvió a pasarle el cepillo por el pelo.

—¿Lizzie? ¿Me oyes?

—No sé por qué ha venido a verme la señora Ravenscroft —mintió Elizabeth.

—Mmm...

—¡Ay!

—Perdona.

—¡Dame eso! —Elizabeth le arrancó el cepillo—. Y las horquillas también. No me fío de ti cuando tienes objetos punzantes en las manos.

Susan retrocedió, cruzó los brazos y frunció el ceño.

—Cuesta concentrarse si me miras con esa cara de enfado —masculló Elizabeth.

—Mejor.

—¡Susan Mary Hotchkiss!

—No me hables como si fueras mi madre.

Elizabeth soltó un largo y cansino suspiro y se pasó la mano por la frente. Solo le faltaba aquello para completar la mañana.

—Susan —dijo con calma—, te diré lo que quieres saber cuando me sienta capaz de hacerlo.

Susan se quedó mirándola unos segundos. Parecía estar sopesando sus palabras.

—Es lo mejor que puedo ofrecerte —añadió Elizabeth mientras se ponía la última horquilla—. Así que podrías mostrar un poco de generosidad e intentar entender mi situación.

Susan asintió con la cabeza. Una pizca de mala conciencia había oscurecido sus ojos. Se apartó cuando Elizabeth salió de la habitación y luego la siguió escaleras abajo.

Cuando Elizabeth entró en el cuarto de estar, Caroline estaba sentada en el borde del sofá, garabateando en un cuaderno con tapas de cuero.

Al oír pasos, levantó los ojos.

—Supongo que no te sorprende mucho verme.

Elizabeth esbozó una sonrisa.

—No te esperaba, pero ahora que estás aquí, no, no puedo decir que me sorprenda.

Caroline cerró el cuaderno de golpe.

—Blake me lo ha contado todo.

—Sí, eso dijo. Yo... —Elizabeth se detuvo, giró el cuello para mirar hacia atrás y miró con enfado a Susan, que estaba merodeando junto a la puerta. Susan se apresuró a marcharse después de aquella mirada, pero de todos modos Elizabeth se volvió hacia su invitada y dijo:

—¿Te importa que vayamos a dar un paseo por el camino? No sé qué vas a decirme, pero, si quieres que hablemos con intimidad, sugiero que salgamos.

Caroline se echó a reír.

—Me encantan las familias. Son tan entrometidas... —Se levantó sujetándose la tripa—. Estoy segura de que ahora mismo te gustaría que la tuya estuviera en Grecia, o más lejos aún, pero yo no tuve familia de pequeña y te aseguro que es maravilloso tener a alguien que se interesa tanto por ti que hasta escucha detrás de las puertas.

—Supongo que eso depende del humor que se tenga —contestó Elizabeth.

Caroline se dio una palmada en la tripa.

—Por eso, en parte, tengo tantas ganas de que nazca el bebé. No tengo familia detrás, así que más vale que forme una para el futuro.

Salieron por la puerta principal y se alejaron de la casa. Caroline sostenía aún su librito negro. Cuando perdieron de vista la casita, se volvió hacia Elizabeth y dijo:

—Espero que no te sientas ofendida por lo que ha hecho James respecto a ese talón.

—No veo cómo no voy a sentirme ofendida.

Caroline parecía tener algo que decir, pero cerró la boca, sacudió un poco la cabeza y abordó la cuestión desde otra perspectiva.

—Puede que os haya dado ese dinero porque no quería que te sintieras obligada a casarte contra tu voluntad.

Elizabeth no dijo nada.

—Sé que no conozco toda la historia —continuó Caroline—, pero he intentado recomponerla lo mejor que he podido, y creo que estabas convencida de que tenías que casarte bien para mantener a tu familia.

Elizabeth asintió con tristeza.

—No tenemos nada. Apenas puedo darles de comer.

—Estoy segura de que James solo quería darte la libertad de elegir lo que quisieras. Tal vez incluso la libertad de elegir al humilde administrador de una finca.

Elizabeth volvió la cabeza para mirarla.

—No —dijo con voz baja y temblorosa—, nunca ha querido eso.

—¿No? Cuando hablamos antes de la fiesta, me pareció que tu administrador y tú estabais a punto de llegar a un acuerdo.

Elizabeth se mordisqueó el labio inferior. Cuando todavía era el humilde señor Siddons, James no le había hablado de matrimonio, pero le había prometido encontrar un modo de que pudieran estar juntos. Ella había dado por supuesto que hablaba sinceramente, pero ¿cómo iba a confiar en lo que le había dicho si le había mentido respecto a su identidad?

Caroline se aclaró la garganta.

—No creo que debas aceptar la caridad de James.

—Entonces, ¿entiendes por qué me siento...?

—Creo que deberías casarte con él.

—Me ha hecho quedar como una tonta, Caroline.

—No creo que esa fuera su intención.

—Es el resultado, de eso no hay duda.

—¿Por qué piensas eso? —Y luego, antes de que Elizabeth pudiera responder, añadió—: Yo no creo que seas tonta. Ni Blake tampoco. Y James, desde luego...

—¿Podrías dejar de hablar de James, por favor?

—Muy bien. Entonces supongo que vale más que volvamos a tu casa. —Caroline se puso una mano en los riñones—. Últimamente no tengo las energías de siempre. —Luego le tendió su libro negro y preguntó—: ¿Te importa sujetarme esto?

—Claro que no. ¿Es un diario?

—Algo parecido. Es mi diccionario personal. Cuando me cruzo con una palabra nueva, me gusta apuntarla junto con su definición. Luego, claro, tengo que usarla con algún contexto, o se me olvida.

—¡Qué interesante! —murmuró Elizabeth—. Yo también podría probar a hacerlo.

Caroline asintió con la cabeza.

—Anoche escribí sobre ti.

—¿Sí?

Ella asintió otra vez.

—Está ahí, en la última hoja. En la última hoja escrita, quiero decir. Adelante. No me importa que eches un vistazo.

Elizabeth pasó las páginas hasta que encontró la última anotación. Decía:

*Inexorable (adjetivo): inflexible, implacable, empedernido.*

*Me temo que James se mostrará inexorable en su persecución de la señorita Hotchkiss.*

—Yo también lo temo —masculló.

—Bueno, lo de «temer» era solo una forma de hablar —se apresuró a explicar Caroline—. No lo temo, claro. De hecho, si hubiera sido completamente sincera, habría escrito que esperaba que James se mostrara inexorable.

Elizabeth miró a su nueva amiga y sofocó las ganas de gruñir.

—Quizá deberíamos irnos a casa.

—Muy bien, pero si me permites hacer un último comentario...

—Si tiene que ver con James, preferiría que no lo hicieras.

—Tiene que ver con él, pero te prometo que es el último. Verás... —Caroline se detuvo para rascarse la barbilla, sonrió con timidez y luego dijo—: Hago esto cuando intento ganar tiempo.

Elizabeth señaló con la mano el camino que llevaba a su casa y echaron a andar de nuevo.

—Estoy segura de que vas a decirme que James es un hombre encantador y...

—No, no iba a decir eso en absoluto —la interrumpió Caroline—. Es insufrible, pero tendrás que confiar en mí si te digo que esos son los mejores.

—¿Esos con los que no se puede vivir?

—No, esos sin los que no se puede vivir. Y si le quieres...

—No le quiero.

—Sí que le quieres. Te lo noto en los ojos.

—No.

Caroline desdeñó sus protestas con un ademán.

—Sí. Lo que pasa es que todavía no te has dado cuenta.

—¡Caroline!

—Lo que intentaba decir es que, aunque James hiciera una cosa horrible al no revelarte su verdadera identidad, tenía sus motivos para hacerlo, y ninguno de ellos tenía que ver con humillarte. Naturalmente —añadió inclinando la cabeza—, soy consciente de que para mí es fácil decirlo, porque no es a mí a quien un Marqués ha dado lecciones de cómo casarse con un Marqués...

Elizabeth hizo una mueca.

—Pero sus intenciones eran honorables, estoy segura de ello. Y en cuanto se te pase el enfado, un enfado absolutamente justificado y válido... —Caroline la miró para asegurarse de que había oído aquella parte—, te darás cuenta de que serías muy desgraciada si desapareciera de tu vida.

Elizabeth intentó ignorar sus palabras, porque tenía la insidiosa sospecha de que eran más precisas de lo que le gustaría.

—Eso por no hablar —continuó Caroline con alegría— de que a mí me entristecería mucho que desaparecieras de mi vida. No conozco a ninguna muchacha de mi edad, aparte de la hermana de Blake, y está en las Antillas con su marido.

Elizabeth no pudo evitar sonreír, pero se salvó de tener que contestar cuando reparó en que la puerta de la casita estaba abierta. Se volvió hacia Caroline y preguntó:

—¿No la dejamos cerrada?

Fue entonces cuando oyó el golpe en el suelo.

Seguido por una voz que pedía té a gritos.

Seguida por un aullido decididamente felino.

—¡Oh, no! —gruñó Elizabeth—. Lady Danbury.

# 20

Lady Danbury rara vez viajaba sin su gato.

Pero a Malcolm, por desgracia, le costaba apreciar las cosas buenas de la vida fuera de Danbury House. Hacía algún viajecito a los establos, claro, normalmente en busca de algún ratón grande y gordo, pero, como se había criado entre aristócratas, saltaba a la vista que se consideraba uno de ellos, y le desagradaba verse arrancado de sus comodidades.

Para contento de Lucas y Jane, el gato decidió manifestar su enfado con un gemido lastimoso y cargado de reproche. Lo repetía en intervalos de dos segundos, con una regularidad que habría sido impresionante si el sonido que emitía no hubiera sido tan fastidioso.

—Miau —gimió.

—¿Qué es ese ruido? —preguntó Caroline.

*¡Bum!*

—¿El gemido o el golpe? —contestó Elizabeth, apoyando la frente en la mano.

—Miau.

—Las dos cosas.

*¡Bum!*

Elizabeth esperó el siguiente maullido de Malcolm y luego contestó:

—Ese es del gato de lady Danbury y... —*¡Bum!*— ese de lady Danbury.

Antes de que Caroline pudiera contestar, oyeron otro sonido: el que hacían unos pies cruzando apresuradamente la casa.

—Supongo que esa —dijo Elizabeth con sarcasmo— es mi hermana Susan, llevándole el té a lady Danbury.

—No conozco a lady Danbury —dijo Caroline.

Elizabeth la agarró del brazo y tiró de ella.

—Pues hoy estás de suerte.

—¡Elizabeth! —bramó lady Danbury desde el cuarto de estar—. ¡Te estoy oyendo!

—Lo oye todo —masculló Elizabeth.

—¡Eso también lo he oído!

Elizabeth levantó las cejas y le dijo a Caroline sin emitir sonido:

—¿Lo ves?

Caroline abrió la boca para decir algo y luego lanzó una mirada angustiada hacia el cuarto de estar. Le quitó su cuaderno a Elizabeth, tomó una pluma de escribir que había en la mesa del vestíbulo y anotó algo.

Elizabeth miró hacia abajo y leyó: «Me da pánico».

Asintió con la cabeza.

—Suele pasar.

—¡Elizabeth!

—Miau.

Elizabeth sacudió la cabeza.

—No puedo creer que haya traído al gato.

—¡¡¡Elizabeth!!!

—Creo que será mejor que entres a verla —susurró Caroline.

Elizabeth suspiró y se dirigió hacia el cuarto de estar con la mayor lentitud posible. Sin duda lady Danbury tenía una opinión respecto a los humillantes sucesos de la víspera, y ella tendría que quedarse allí sentada hasta que se la diera. Su único consuelo era que arrastraba a Caroline consigo.

—Yo te espero aquí —murmuró Caroline.

—¡Ah, no! De eso nada —replicó Elizabeth—. Yo he escuchado tu sermón. Ahora tú tienes que escuchar el suyo.

Caroline abrió la boca, consternada.

—Vas a venir conmigo —gruñó Elizabeth, agarrándola del brazo—. Y no hay más que hablar.

—Pero...

—Buenos días, lady Danbury —dijo Elizabeth, asomando la cabeza por la puerta del cuarto de estar mientras sonreía entre dientes—. ¡Menuda sorpresa!

—¿Dónde has estado? —preguntó lady Danbury, revolviéndose en el ajado sillón favorito de Elizabeth—. Llevo horas esperando.

Elizabeth levantó una ceja.

—Hace quince minutos que me he ido, lady Danbury.

—Mmm... Cada día eres más descarada, Elizabeth Hotchkiss.

—¿Verdad que sí? —dijo ella con un asomo de sonrisa.

—Mmm... ¿Dónde está mi gato?

—¡Miaaaaaau!

Elizabeth se dio la vuelta y vio pasar una bola de color crema por el pasillo a toda velocidad, seguida por dos niños dando gritos de alegría.

—Creo que ahora mismo está ocupado, lady Danbury.

—¡Bah! ¡Al cuerno con el gato! Ya me ocuparé de él más tarde. Necesito hablar contigo, Elizabeth.

Elizabeth tiró de Caroline para que entrara en la habitación.

—¿Conoce usted a la señora Ravenscroft, lady Danbury?

—Es la esposa de ese muchacho, Blake, ¿no?

Caroline asintió con la cabeza.

—Un muchacho bastante agradable, supongo —concedió lady Danbury—. Es amigo de mi sobrino. Venía de visita cuando eran pequeños.

—Sí —contestó Caroline—. Le da usted pavor.

—Mmm... Es un tipo listo. A ti también debería dártelo.

—¡Oh, desde luego!

Lady Danbury entrecerró los ojos.

—¿Me estás tomando el pelo?

—Como si se atreviera —intervino Elizabeth—. La única persona a la que no aterroriza usted es a mí, lady Danbury.

—Pues ahora mismo voy a intentarlo con todas mis fuerzas, Elizabeth Hotchkiss. Necesito hablar contigo, y es urgente.

—Sí —dijo Elizabeth con cansancio, y se sentó al borde del sofá—. Eso me temía. Nunca antes había venido a mi casa.

Mientras lady Danbury carraspeaba, Elizabeth dejó escapar un largo suspiro, en espera del sermón que sin duda iba a recibir. Lady Danbury tenía una opinión para todo, y Elizabeth estaba segura de que los acontecimientos de la noche anterior no eran una excepción. Dado que James era su sobrino, sin duda se pondría de su parte, y ella se vería forzada a soportar la larga lista de sus muchas cualidades positivas, salpicada por alguna mención ocasional a las virtudes de la propia lady Danbury.

—Anoche —dijo lady Danbury con dramatismo, señalándola con el dedo—, no fuiste a mi baile de disfraces.

Elizabeth se quedó boquiabierta.

—¿Eso era lo que quería preguntarme?

—Estoy muy disgustada. A ti... —señaló con el dedo a Caroline— sí que te vi. Eras la calabaza, ¿verdad? Una fruta muy primitiva.

—Creo que es una hortaliza —murmuró Caroline.

—¡Tonterías! Es una fruta. Si tiene pulpa y semillas, es una fruta. ¿Dónde aprendiste tú biología, niña?

—Es una cucurbitácea —masculló Elizabeth—. ¿Podemos dejarlo así?

Lady Danbury agitó la mano con desdén.

—Sea lo que sea, no crece en Inglaterra. Por lo tanto, a mí no me sirve de nada.

Elizabeth notó que se encorvaba. Lady Danbury era agotadora.

La condesa en cuestión volvió la cabeza de repente para mirarla.

—Aún no he acabado contigo, Elizabeth.

Elizabeth habría gruñido si hubiera tenido tiempo antes de que lady Danbury añadiera:

—Y siéntate derecha.

Elizabeth se levantó.

—Bien —continuó lady Danbury—, me esforcé mucho para convencerte de que fueras al baile. Te conseguí un disfraz, un disfraz muy favorecedor, he de añadir, y tú ni siquiera fuiste a presentarme tus respetos en la puerta. ¡Así me lo pagas! Me sentí muy insultada. Muy...

—¡Miaaaaau!

Lady Danbury levantó los ojos a tiempo de ver a Lucas y Jane pasar corriendo por el pasillo, a grito limpio.

—¿Qué le están haciendo a mi gato? —preguntó.

Elizabeth estiró el cuello.

—No sé si están persiguiendo a Malcolm o si Malcolm les está persiguiendo a ellos.

Caroline se animó.

—Si quieres voy a investigar.

Elizabeth apoyó pesadamente una mano en su brazo.

—Por favor —dijo con mucha dulzura—, quédate.

—Elizabeth —espetó lady Danbury—, ¿vas a contestarme?

Elizabeth parpadeó, confusa.

—¿Me ha hecho una pregunta?

—¿Dónde estabas? ¿Por qué no fuiste al baile?

—Yo... yo... —Elizabeth buscó qué decir. No podía contarle la verdad, claro: que estaba fuera, dejándose seducir por su sobrino.

—¿Y bien?

*Toc, toc, toc.*

Elizabeth salió disparada de la habitación.

—Tengo que abrir la puerta —dijo por encima del hombro.

—¡No escaparás de mí, Elizabeth Hotchkiss! —oyó gritar a lady Danbury. También oyó que Caroline mascullaba en voz baja la palabra «traidora», pero para entonces ya estaba angustiada por si era James quien estaba al otro lado de la pesada puerta de roble.

Respiró hondo. Si era él, no podía hacer nada al respecto. Abrió la puerta de un tirón.

—¡Ah! Buenos días, señor Ravenscroft. —Pero ¿a qué venía aquella desilusión?

—Señorita Hotchkiss. —Él inclinó la cabeza—. ¿Está mi esposa aquí?

—Sí, en el cuarto de estar, con lady Danbury.

Blake hizo una mueca.

—Quizá sea mejor que vuelva después...

—¿Blake? —oyeron llamar a Caroline..., en tono más bien desesperado—. ¿Eres tú?

Elizabeth le dio un codazo en el brazo.

—Demasiado tarde.

Blake entró en el cuarto de estar arrastrando los pies, con la misma expresión de un niño de ocho años a punto de recibir un rapapolvo por haber hecho una travesura con una rana y una almohada.

—Blake —dijo Caroline, casi gorjeando de emoción.

—Lady Danbury —murmuró él.

—¡Blake Ravenscroft! —exclamó lady Danbury—. No te veía desde que tenías ocho años.

—Me he estado escondiendo.

—¡Uf! Os estáis volviendo todos unos descarados ahora que soy vieja.

—¿Qué tal se encuentra? —inquirió Blake.

—No intentes cambiar de tema —le advirtió lady Danbury.

Caroline se volvió hacia Elizabeth y murmuró:

—¿Había algún tema?

Lady Danbury entornó los ojos y miró a Blake agitando el dedo.

—Todavía no te he regañado bastante por esa vez que pusiste una rana en la almohada de la pobre señorita Bowater.

—Era una institutriz horrible —contestó Blake—. Y, además, fue idea de James.

—Estoy segura de ello, pero tú deberías haber tenido la rectitud moral para... —Lady Danbury se interrumpió de repente y miró a Elizabeth con expresión extrañamente alarmada. Elizabeth se acordó entonces de que su empleadora no sabía que había descubierto la verdadera identidad de James.

Como no quería tocar ese tema, se volvió y se puso a mirarse las uñas. Pasado un momento, levantó la vista, parpadeó, fingió sorpresa y preguntó:

—¿Me estaba hablando a mí?

—No —contestó lady Danbury, perpleja—. Ni siquiera he mencionado tu nombre.

—¡Ah! —dijo Elizabeth, y pensó que tal vez había exagerado al hacerse la desentendida—. He visto que me miraba y...

—Da igual —se apresuró a decir lady Danbury. Se volvió de nuevo hacia Blake y abrió la boca, previsiblemente para afearle la conducta, pero no le salió la voz.

Elizabeth se mordió el labio para contener la risa. La pobre lady Danbury se moría de ganas de reprender a Blake por una travesura de colegial perpetrada dos décadas atrás, pero no podía hacerlo porque tendría que mencionar a James y creía que Elizabeth no sabía la verdad y...

—¿Alguien quiere té? —Susan entró en la habitación tambaleándose bajo el peso de una bandeja cargada de tazas.

—¡Eso! —Lady Danbury pareció a punto de saltar de la silla, en sus prisas por cambiar de tema.

Esta vez, Elizabeth se echó a reír. ¡Santo cielo! ¿Desde cuándo podía reírse de aquel chasco?

—¿Elizabeth? —susurró Caroline—. ¿Te estás riendo?

—No. —Tosió—. Estoy tosiendo.

Caroline dijo algo entre dientes que Elizabeth no se tomó como un cumplido.

Susan puso el servicio de té en la mesa con cierto estrépito, pero lady Danbury la cortó acercando la silla y diciendo:

—Ya sirvo yo.

Susan retrocedió y tropezó con Blake, que se acercó a su mujer y susurró:

—El único que falta en esta escena encantadora es James.

—Muérdete la lengua —masculló Elizabeth sin pedir disculpas por haberle oído.

—Lady Danbury no sabe que Elizabeth lo sabe —susurró Caroline.

—¿Qué estáis murmurando? —espetó lady Danbury.

—¡Nada! —Habría sido difícil distinguir cuál de los tres gritó más fuerte.

Se hizo el silencio mientras lady Danbury daba una taza de té a Susan. Luego Blake se inclinó y murmuró:

—¿He oído llamar?

—Deja de bromear —le regañó Caroline.

—Era el gato —dijo Elizabeth con firmeza.

—¿Tienes gato? —le preguntó Blake.

—Es de lady Danbury.

—¿Dónde está mi gato? —preguntó lady Danbury.

—Lo oye todo —masculló Elizabeth.

—¡Te he oído!

Elizabeth levantó los ojos al cielo.

—Hoy pareces estar de muy buen humor —comentó Blake.

—Es demasiado agotador estar afligida. He decidido volver a mi antigua costumbre de hacer de la necesidad virtud.

—Me alegra oírlo —murmuró Blake—, porque acabo de ver que viene James.

—¡¿Qué?! —Elizabeth se giró para mirar por la ventana—. Yo no le veo.

—Ya ha pasado de largo.

—¿De qué estáis hablando? —preguntó lady Danbury.

—Creía que había dicho que se enteraba de todo —dijo Caroline.

Lady Danbury se volvió hacia Susan y dijo:

—Tu hermana parece a punto de sufrir un ataque de apoplejía.

—Tiene esa cara desde anoche —respondió Susan.

Lady Danbury soltó una carcajada.

—Me gusta tu hermana, Elizabeth. Si alguna vez te animas a casarte, quiero que sea mi nueva dama de compañía.

—No voy a casarme —contestó Elizabeth, más por costumbre que por otra cosa.

Lo cual hizo que los Ravenscroft se volvieran y la miraran con incredulidad.

—¡No voy a casarme!

Fue entonces cuando empezaron a llamar a la puerta.

Blake levantó una ceja.

—Y tú dices que no vas a casarte —murmuró.

—¡Elizabeth! —bramó lady Danbury—. ¿No deberías abrir la puerta?

—Estoy pensándomelo —masculló Elizabeth.

Lucas y Jane eligieron ese momento para aparecer en la puerta.

—¿Quieres que abra yo? —preguntó Jane.

—Creo que el gato de lady Danbury se ha perdido —añadió Lucas.

A lady Danbury se le cayó la taza de las manos.

—¿Dónde está mi pobre Malcolm?

—Bueno, entró corriendo en la cocina y salió al jardín, y luego se metió detrás de los nabos y...

—Podría ir hasta la puerta bailando un vals —añadió Jane—. Tengo que practicar.

—¡Malcolm! —gritó lady Danbury—. ¡Gatito! ¡Ven, gatito!

Elizabeth se volvió y miró con el ceño fruncido a Caroline y Blake, que se estaban desternillando de risa en silencio.

Lucas dijo:

—No creo que pueda oírla desde aquí, lady Danbury.

Los golpes se hicieron más insistentes. Al parecer, Jane había decidido dar una vuelta por el pasillo antes de dirigirse a la puerta.

Entonces James empezó a llamar a Elizabeth a gritos y añadió malhumorado:

—¡Abre la puerta ahora mismo!

Elizabeth se dejó caer en un banco, intentando controlar el absurdo impulso de echarse a reír. Si la temperatura en la habitación hubiera sido solo un par de grados más alta, habría jurado que estaba en el infierno.


James Sidwell, Marqués de Riverdale, no estaba de buen humor. Su estado de ánimo no podía describirse siquiera como pasablemente cortés. Llevaba toda la mañana subiéndose por las paredes, y casi había tenido que encadenarse a la cama para no ir en busca de Elizabeth.

Había querido ir a verla a primera hora de la mañana, pero no: Caroline y Blake habían insistido en que le diera un poco de tiempo. Estaba alterada, decían. Mejor esperar a que se calmara.

Así que James había esperado. Contra su propio criterio y, lo que era más importante teniendo en cuenta su temperamento, contra su inclinación natural, había esperado. Y luego, cuando por fin fue a la habitación de los Ravenscroft a preguntarles si creían que ya había esperado bastante, descubrió una nota de Caroline a Blake explicándole que había ido a casa de los Hotchkiss.

Y acto seguido descubrió una nota de Blake dirigida a él diciendo exactamente lo mismo.

Después, para colmo de males, al cruzar a toda prisa el gran salón de Danbury House, el mayordomo le detuvo para decirle que la condesa se había ido a casa de Elizabeth.

La única criatura que no había hecho aquel dichoso trayecto de una milla era el maldito gato.

—¡Elizabeth! —bramó James, aporreando la recia puerta, sorprendentemente bien hecha—. Déjame entrar ahora mismo o te juro que...

La puerta se abrió de golpe. James se quedó mirando el vacío y luego bajó la mirada unos palmos. La pequeña Jane Hotchkiss estaba en la puerta, sonriéndole.

—Buenos días, señor Siddons —gorjeó, tendiéndole la mano—. Estoy aprendiendo a bailar el vals.

James afrontó de mala gana que no podía pasar hecho una furia junto a una niña de nueve años y cargar después con su mala conciencia.

—Señorita Jane —contestó—, me alegra volver a verla.

Ella movió los dedos.

James parpadeó.

Ella volvió a mover los dedos.

—¡Ah, ya! —dijo rápidamente, inclinándose para besarle la mano. Al parecer, una vez le besabas la mano a una niña, tenías que seguir haciéndolo el resto de su infancia.

—Hace un día precioso, ¿no le parece? —preguntó Jane en tono de persona mayor.

—Sí, yo... —Se calló al mirar más allá de la niña, intentando vislumbrar por qué había tanto revuelo en el cuarto de estar. Su tía estaba gritando, Lucas gritaba y Susan apareció de pronto, cruzó el vestíbulo y entró en la cocina.

—¡Lo he encontrado! —gritó la muchacha.

Entonces, para asombro de James, una inmensa bola peluda salió trotando de la cocina, cruzó la entrada y entró tranquilamente en el cuarto de estar.

¡Maldición! Hasta el dichoso gato había llegado antes que él.

—Jane —dijo con lo que le pareció una paciencia heroica—, necesito hablar con tu hermana.

—¿Con Elizabeth?

*No, con Susan.*

—Sí, con Elizabeth —dijo lentamente.

—¡Ah! Está en el cuarto de estar. Pero le advierto... —Jane ladeó la cabeza con coquetería— que está muy ocupada. Esta tarde tenemos un montón de invitados.

—Lo sé —masculló James, y esperó a que Jane se apartara para no atropellarla al entrar en el cuarto de estar.

—¡Miau!

—Ese gato es muy maleducado —dijo Jane muy puntillosa. Ahora que tenía un nuevo tema de conversación, no mostraba indicios de querer moverse—. Lleva todo el día maullando así.

James notó que había cerrado los puños por la impaciencia.

—¿De veras? —preguntó con toda la amabilidad de que fue capaz. Si hubiera usado un tono de voz que se correspondiera con sus sentimientos, la niña habría salido huyendo en otra dirección.

Y el camino hacia el corazón de Elizabeth no incluía, desde luego, hundir a su hermana pequeña en lágrimas.

Jane asintió con la cabeza.

—Es un gato terrible.

—Jane —dijo James, agachándose—, ¿puedo hablar ya con Elizabeth?

La niña se apartó.

—Claro. Debería habérmelo dicho.

James resistió la tentación de responder. Le dio las gracias, volvió a besarle la mano de propina y se dirigió al cuarto de estar, donde, para su sorpresa y leve regocijo, encontró a Elizabeth a gatas.

—Malcolm —siseó Elizabeth—, sal de debajo del armario ahora mismo.

Malcolm soltó un bufido.

—Ahora mismo, miserable minino.

—No llames «miserable minino» a mi gato —bramó lady Danbury.

Elizabeth alargó el brazo e intentó agarrar a aquella bola de pelo recalcitrante. Pero la bola de pelo recalcitrante contestó lanzándole un zarpazo.

—Lady Danbury —anunció Elizabeth sin levantar la cabeza—, este gato es un monstruo.

—No seas ridícula. Malcolm es el gatito perfecto y lo sabes.

—Malcolm —dijo Elizabeth entre dientes— es un engendro del diablo.

—¡Elizabeth Hotchkiss!

—Es la verdad.

—La semana pasada decías que era un gato maravilloso.

—La semana pasada se portó bien conmigo. Y, que yo recuerde, usted le llamó «traidor».

Lady Danbury resopló mientras veía cómo Elizabeth intentaba agarrar al gato.

—No hay duda de que está disgustado porque esas bestias de niños han estado persiguiéndolo por toda la casa.

¡Ya estaba bien! Elizabeth se levantó, fijó en lady Danbury una mirada fulminante y gruñó:

—¡A Lucas y Jane nadie les llama «bestias», excepto yo!

Lo que siguió no fue un completo silencio. Blake se reía audiblemente a pesar de que se tapaba la boca con la mano, y lady Danbury farfullaba, emitía extraños gorgoteos y pestañeaba tan fuerte que Elizabeth habría jurado que oía cómo se cerraban y se abrían sus párpados.

Pero nada podría haberla preparado para los lentos aplausos que oyó a sus espaldas. Se volvió despacio, girando la cara hacia la puerta.

James. Estaba allí, con una ceja levantada y una media sonrisa estampada en la cara. Ladeó la cabeza mirando a su tía y dijo:

—No recuerdo cuándo fue la última vez que oí a alguien hablarte así, tía.

—Solo tú me hablas así —replicó lady Danbury. Luego, dándose cuenta de que la había llamado «tía», empezó a farfullar otra vez, señalando a Elizabeth con la cabeza.

—No pasa nada —dijo James—. Lo sabe todo.

—¿Desde cuándo?

—Desde anoche.

Lady Danbury se volvió hacia Elizabeth y le espetó:

—¿Y no me lo has dicho?

—¡No me lo ha preguntado! —Elizabeth se volvió hacia James y gruñó—: ¿Cuánto tiempo llevas ahí?

—Te he visto meterte debajo del armario, si te refieres a eso.

Elizabeth contuvo un gruñido. Había logrado alcanzar a Jane y decirle que entretuviera a James, confiando en que su hermana le retuviera en el vestíbulo hasta que ella consiguiera devolverle el dichoso gato a lady Danbury.

No quería que la primera vez que la viera después de la debacle de la noche anterior estuviera con el trasero en pompa.

Cuando le echara el guante a aquel gato...

—¡¿Por qué nadie me ha informado de ese cambio en la identidad pública de James?! —gritó lady Danbury.

—Blake —dijo Caroline, tirando del brazo de su marido—, creo que es hora de que nos vayamos.

Él sacudió la cabeza.

—No me perdería esto por nada del mundo.

—Pues vas a tener que perdértelo —dijo James con rotundidad. Cruzó la habitación y agarró a Elizabeth de la mano—. Podéis quedaros todos disfrutando del té, pero Elizabeth y yo nos vamos.

—Espera un momento —protestó ella mientras intentaba sin éxito desasirse—. No puedes hacer esto.

Él la miró de forma inexpresiva.

—¿Hacer qué?

—¡Esto! —replicó ella—. No tienes derechos sobre mí...

—Pero los voy a tener —dijo él, lanzándole una sonrisa muy masculina y cargada de arrogancia.

—Mala estrategia por su parte —le susurró Caroline a Blake.

Elizabeth cerró las manos, intentando desesperadamente contener su ira.

—Esta es mi casa —gruñó—. Si alguien tiene que desear a mis invitados que se diviertan, soy yo.

—Pues hazlo —replicó James.

—Y tú no puedes ordenarme que me vaya contigo.

—No te lo he ordenado. Les he dicho a tus variopintos invitados, todos los cuales, supongo, se han presentado sin que nadie se lo pidiera, que nos vamos.

—Lo está echando todo a perder —le susurró Caroline a Blake.

Elizabeth cruzó los brazos.

—No voy a ir a ninguna parte.

El semblante de James se volvió sin duda amenazador.

—Si se lo pidiera con amabilidad... —le susurró Caroline a su marido.

—Blake —dijo James—, amordaza a tu mujer.

Blake se rio, lo que le valió un fuerte puñetazo en el brazo propinado por su esposa.

—Y tú... —le dijo James a Elizabeth—. He soportado todo lo que me permitía mi paciencia. Tenemos que hablar. Podemos hablar fuera o hablar aquí, delante de mi tía, de tus hermanos y... —señaló a Caroline y Blake— de esos dos.

Elizabeth tragó saliva, nerviosa y paralizada por la indecisión.

James se inclinó hacia ella.

—Tú decides, Elizabeth.

Ella no hizo nada; era incapaz de articular palabra.

—Muy bien, entonces —dijo James—. Yo decido por ti. —Y así, sin más, la enlazó por la cintura, se la echó al hombro y la sacó de la habitación.

Blake, que había estado observando el drama que se desarrollaba ante sus ojos con una sonrisa divertida en la cara, se volvió hacia su mujer y dijo:

—La verdad, cariño, es que tengo que disentir. Al final, creo que se las ha arreglado bastante bien.

# 21

Para cuando James la sacó por la puerta principal, Elizabeth se retorcía como una anguila. Como una anguila furiosa. Pero James había sido muy modesto al describir sus habilidades de boxeo: tenía mucha experiencia, y no había tomado «un par de lecciones», sino muchas más. Cuando estaba en Londres, visitaba todos los días el Establecimiento de Boxeo de Gentleman Jackson, y cuando estaba fuera, solía alarmar y divertir a sus criados saltando ágilmente sobre un pie y sobre el otro y liándose a puñetazos con las balas de heno. Como resultado de ello, tenía los brazos fuertes y el cuerpo endurecido, y Elizabeth, pese a lo mucho que se revolvía, no iba a ir a ninguna parte.

—¡Bájame! —gritó ella.

Él no vio razón para contestar.

—¡Milord! —protestó ella de nuevo.

—James —le espetó él mientras se alejaba de la casa con determinación, a grandes zancadas—. Me has llamado muchas veces por mi nombre de pila.

—Eso era cuando creía que eras el señor Siddons —replicó ella—. Y bájame.

James siguió andando, sujetándola con fuerzas por las costillas.

—¡James!

—Eso está mejor —gruñó él.

Elizabeth pataleó un poco más fuerte y él tuvo que agarrarla también con el otro brazo. Se quedó quieta casi al instante.

—¿Por fin te has dado cuenta de que es imposible escapar? —preguntó James con dulzura. Ella le miró con el ceño fruncido—. Me lo tomaré como un sí.

Por fin, tras avanzar un minuto más en silencio, la dejó junto a un árbol enorme, de espaldas al tronco y con los pies metidos entre las gruesas raíces retorcidas. Se quedó delante de ella, con las piernas abiertas y los brazos cruzados.

Elizabeth le miró con rabia y también cruzó los brazos. Estaba encaramada al montículo que subía hacia el tronco del árbol, así que su diferencia de alturas no era tan grande como solía.

James cambió un poco de postura, pero no dijo nada.

Elizabeth echó la barbilla hacia delante y tensó la mandíbula.

James levantó una ceja.

—¡Oh, por el amor de Dios! —estalló ella—. Di de una vez lo que tengas que decir.

—Ayer —dijo él— te pedí que te casaras conmigo.

Ella tragó saliva.

—Y ayer me negué.

—¿Y hoy?

Ella tenía en la punta de la lengua contestar:

—Hoy no me lo has pedido.

Pero las palabras se extinguieron antes de cruzar sus labios. Aquella era la respuesta que le habría dado al hombre al que conocía como James Siddons. Pero el hombre que tenía ante sí, el Marqués, era otro completamente distinto, y ella no tenía ni idea de cómo debía comportarse a su lado. Y no porque no estuviera familiarizada con las peculiaridades de la nobleza; a fin de cuentas, había pasado cinco años en compañía de lady Danbury.

Se sentía atrapada en un extraño sainete cuyas normas no conocía. Toda su vida le habían enseñado a comportarse; era lo que se enseñaba a todas las niñas inglesas de buena familia. Pero nadie le había dicho nunca qué hacer cuando una se enamoraba de un hombre que cambiaba de identidad como la gente cambiaba de ropa.

Pasado un largo minuto de silencio, dijo:

—No deberías habernos regalado ese dinero.

Él hizo una mueca.

—¿Ya ha llegado?

—Anoche.

James soltó una maldición en voz baja y masculló algo parecido a «¡Qué oportuno!».

Elizabeth parpadeó para contener la humedad que empezaba a formarse en sus ojos.

—¿Por qué lo hiciste? ¿Creías que quería caridad? ¿Que era patética, que estaba indefensa...?

—Creía —la cortó él con vehemencia— que era un crimen que tuvieras que casarte con algún carcamal con gota para mantener a tus hermanos. Además, casi se me rompía el corazón cuando veía cómo te esforzabas intentando plegarte al ideal de feminidad de la señora Seeton.

—No quiero tu compasión —dijo ella en voz baja.

—No es compasión, Elizabeth. Tú no necesitas esos malditos edictos. Lo único que hacían era sofocar tu temperamento. —Se pasó una mano por el pelo con aire cansino—. No podría soportar que perdieras esa chispa que te hace tan especial. El fuego suave de tus ojos, o esa sonrisa furtiva, cuando algo te divierte. La señora Seeton te habría quitado todo eso, y yo no podía quedarme mirando.

Ella tragó saliva, incómoda por la dulzura de sus palabras.

Dando un paso adelante, James salvó la mitad de la distancia que los separaba.

—Lo que hice, lo hice por amistad.

—Entonces, ¿por qué guardar el secreto? —murmuró ella.

Él levantó las cejas con incredulidad.

—¿Me estás diciendo que lo habrías aceptado? —Esperó solo un segundo antes de añadir—: Yo creo que no. Además, se suponía que seguía siendo James Siddons. ¿De dónde iba a sacar tanto dinero el administrador de una finca?

—James, ¿tienes idea de lo humillada que me sentía anoche cuando llegué a casa, después de todo lo que había pasado, y me encontré con esa donación anónima?

—¿Y cómo te habrías sentido si hubiera llegado dos días antes? —repuso él—. Antes de saber quién era. Antes de que tuvieras motivos para sospechar que la había enviado yo.

Ella se mordió el labio. Seguramente habría desconfiado, pero también se habría llevado una alegría. Y, desde luego, habría aceptado el regalo. El orgullo era el orgullo, pero sus hermanos tenían que comer. Y Lucas tenía que ir al colegio. Y si aceptaba la proposición de James...

—¿Te das cuenta de lo egoísta que eres? —preguntó él, interrumpiendo sus cavilaciones, que estaban tomando derroteros muy peligrosos.

—No te atrevas —replicó, y la voz le tembló de rabia—. No te atrevas a llamarme eso. Soy capaz de aceptar que otros insultos puedan ser verdad, pero ese no.

—¿Por qué? ¿Porque te has pasado cinco años esclavizada por el bien de tu familia? ¿Porque les has dado todas tus ganancias sin quedarte con nada?

Había hablado en tono burlón, y Elizabeth estaba demasiado furiosa para contestar.

—Sí, has hecho todo eso —dijo él con cruel pomposidad—, pero tiras por la ventana la única oportunidad que tienes de mejorar de verdad vuestra situación, la única posibilidad de acabar con tus preocupaciones y darles la vida que crees que merecen.

—Yo tengo mi orgullo —contestó ella.

James se rio con sarcasmo.

—Sí, lo tienes. Y está bastante claro que lo valoras más que el bienestar de tu familia.

Ella levantó una mano para abofetearle, pero James la agarró sin dificultad.

—Aunque no te casaras conmigo —dijo, intentando ignorar la punzada de dolor que aquella frase le produjo en el pecho—, aunque no te casaras conmigo, podrías haberte quedado con el dinero y haberme echado de tu vida.

Ella sacudió la cabeza.

—Habrías tenido demasiado control sobre mí.

—¿Cómo? El dinero era tuyo. Un talón bancario. No tenía forma de recuperarlo.

—Me habrías castigado por aceptarlo —murmuró ella—. Por quedármelo y no casarme contigo.

James sintió que algo se enfriaba en su corazón.

—¿Esa es la clase de hombre que crees que soy?

—¡No sé qué clase de hombre eres! —estalló ella—. ¿Cómo voy a saberlo? Ni siquiera sé quién eres.

—Todo lo que necesitas saber sobre mí y sobre la clase de marido que sería ya lo sabes. —Le tocó la mejilla y dejó que todas sus emociones, que todo su amor aflorara a la superficie. Su alma quedó desnuda ante sus ojos, y él lo sabía—. Tú me conoces mejor que nadie, Elizabeth.

La vio vacilar y en ese instante la odió por ello. Le había ofrecido todo, hasta el último jirón de su corazón, ¿y ella no hacía más que dudar?

Masculló una maldición y se volvió para marcharse. Pero solo había dado dos pasos cuando oyó que Elizabeth gritaba:

—¡Espera!

Se volvió lentamente.

—Me casaré contigo —balbució ella.

Él entornó los ojos.

—¿Por qué?

—¿Que por qué? —repitió ella como una idiota—. ¿Que por qué?

—Me has rechazado una y otra vez durante dos días —contestó él—. ¿Por qué has cambiado de idea?

Elizabeth abrió los labios y sintió que su garganta se cerraba, llena de pánico. No podía articular palabra, ni siquiera podía formular una idea. No esperaba que él le preguntara precisamente por qué aceptaba.

James se acercó. El calor y la fuerza de su cuerpo resultaban arrolladores, a pesar de que no hizo ademán de tocarla. Elizabeth se encontró jadeante y acorralada contra el árbol mientras miraba sus ojos oscuros, que brillaban de furia.

—Me... me lo has pedido —logró contestar a duras penas—. Me lo has pedido y he dicho que sí. ¿No era eso lo que querías?

Él negó lentamente con la cabeza y apoyó las manos en el árbol, una a la izquierda de Elizabeth y otra a su derecha.

—Dime por qué has aceptado.

Ella intentó hundirse aún más en el tronco del árbol. Había algo en la férrea y serena determinación de James que la asustaba. Si se hubiera puesto a gritar o la hubiera mirado con reproche, o si hubiera hecho cualquier otra cosa, ella habría sabido qué hacer. Pero aquella furia serena la ponía nerviosa, y el cepo que formaban sus brazos y el árbol hacía que le ardiera la sangre en las venas.

Sintió que sus ojos se abrían mucho y comprendió que la expresión que veía James en ellos la tachaba de cobarde.

—Me has... me has dado muy buenos argumentos —dijo, intentando aferrarse a su orgullo, precisamente la emoción a la que, según él, se entregaba en exceso—. No... no puedo dar a mis hermanos la vida que merecen y tú sí, y de todos modos iba a tener que casarme, y podría haber sido con alguien que...

—Olvídalo —le espetó él—. La oferta queda rescindida.

Ella soltó el aire con un breve y violento soplido.

—¿Rescindida?

—Así no te quiero.

Elizabeth sintió flojera en los tobillos y se agarró al grueso tronco del árbol para no caerse.

—No entiendo —murmuró.

—No voy a casarme por mi dinero —contestó él.

—¡Ah! —exclamó ella, y su energía y su indignación volvieron con todas sus fuerzas—. ¿Quién es el hipócrita ahora? Primero me das lecciones para que me case con algún pobre necio por su dinero, luego me reprochas que no utilice tu dinero para mantener a mis hermanos, y ahora... ahora tienes el descaro de rescindir tu proposición de matrimonio, lo cual es muy caballeroso, debo añadir, porque tengo la honestidad de decirte que necesito tu riqueza y tu posición para ayudar a mi familia.

¡Que es —añadió— justamente lo que has usado tú para intentar conseguir que me case contigo!

—¿Has acabado? —preguntó él con insolencia.

—No —respondió ella. Estaba enfadada y dolida, y quería que él también sufriera—. Al final, ibas a casarte por tu dinero. ¿No es así como funcionan las cosas entre los de tu clase?

—Sí —dijo él con suavidad gélida—, seguramente siempre he estado destinado a casarme por conveniencia. Fue lo que hicieron mis padres, y los suyos antes que ellos, y así sucesivamente. Podría soportar un matrimonio frío cuyo fundamento fuera la libra esterlina. Me han educado para eso. —Se inclinó hacia delante hasta que sus labios quedaron a un suspiro de los de ella—. Pero no podría soportarlo tratándose de ti.

—¿Por qué no? —murmuró ella, incapaz de quitarle los ojos de encima.

—Porque tenemos esto.

Se movió rápidamente: la agarró por la nuca y se apoderó de su boca. Un instante antes de que la estrujara contra sí, Elizabeth pensó que aquel sería un beso de rabia, un abrazo furioso. Pero aunque los brazos de James la sujetaban con fuerza, su boca se movía con una ternura tan asombrosa que sintió que se derretía.

Fue uno de esos besos por los que cualquier mujer se moría, de esos que una no interrumpía ni aunque las llamas del infierno le lamieran los pies. Elizabeth notó que se le aceleraba el corazón y desasió los brazos para rodear su cuerpo. Acarició sus brazos, sus hombros y su cuello, y por fin posó las manos sobre su espesa cabellera.

James le susurró palabras de amor y de deseo, deslizando los labios por su mejilla hasta que llegó a su oído. Le hizo cosquillas en el lóbulo y murmuró algo, satisfecho, cuando ella echó la cabeza hacia atrás, dejando al descubierto el largo y elegante arco de su garganta. Había algo en el cuello de las mujeres, en la forma en que el pelo se apartaba delicadamente de su piel, que nunca dejaba de excitarle.

Pero aquella era Elizabeth, y era distinta, y James se deshizo por completo. Su cabello era tan rubio que casi parecía invisible allí donde se unía a la piel. Y su olor era cautivador: una suave mezcla de jabón y rosas, y algo más, algo que solo tenía ella.

Deslizó la boca por su cuello y se detuvo para rendir homenaje a la línea delicada de su clavícula. Los botones de lo alto de su vestido estaban abiertos; James no recordaba haberlos desabrochado, pero tenía que haberlo hecho, y se deleitó en aquella pequeña franja de piel desnuda.

La oía respirar, sintió el susurro de su aliento en el pelo al besarla bajo la barbilla. Ella jadeaba, gemía entre exhalaciones, y el cuerpo de James se tensó aún más al ver las pruebas de su deseo. Elizabeth le deseaba. Le deseaba más de lo que podía entender, pero él sabía la verdad. Aquello era algo que ella no podía esconder.

Se apartó de mala gana, obligándose a dejar medio metro de distancia entre ellos y a posar las manos sobre sus hombros. Los dos estaban temblando, respiraban trabajosamente y necesitaban aún apoyarse el uno en el otro. James no estaba seguro de poder mantener el equilibrio, y ella no parecía hallarse en mejor estado.

La recorrió con la mirada, fijándose palmo a palmo en su desaliño. Su cabello había escapado de los confines del moño, y cada mechón parecía provocarle, suplicándole que se lo llevara a los labios. Su cuerpo estaba tenso como un muelle, y tuvo que hacer un enorme esfuerzo para no estrecharla contra el suyo.

Quería arrancarle la ropa, tumbarla sobre la hierba mullida y hacerla suya de la manera más primitiva posible. Y luego, cuando hubiera acabado, cuando ella ya no tuviera ninguna duda de que le pertenecía absoluta e irrevocablemente, quería volver a hacerlo, esta vez lentamente, explorando cada centímetro de su cuerpo con las manos, y luego con los labios, y luego, cuando ella estuviera ardiendo y se arqueara de deseo...

Apartó las manos de sus hombros. No podía tocarla mientras su mente se precipitara en territorio tan peligroso.

Elizabeth se tambaleó, apoyada en el árbol, y levantó sus enormes ojos azules para mirarle. Sacó la lengua para humedecerse los labios y James sintió en las tripas aquel pequeño lamido.

Dio otro paso atrás. Con cada gesto que hacía Elizabeth, con cada aliento apenas audible que tomaba, él perdía más y más el dominio de sí mismo. Ya no confiaba en sus manos. Le cosquilleaban, ansiando tocarla.

—Cuando reconozcas que es por eso por lo que me quieres —dijo con voz ardiente e intensa—, entonces me casaré contigo.

Dos días después, el recuerdo de aquel último beso todavía hacía temblar a Elizabeth. Se había quedado junto al árbol, aturdida y perpleja, y le había visto alejarse. Luego había seguido allí diez minutos, con los ojos fijos en el horizonte, mirando pasmada el último lugar en el que le había visto. Y después, cuando su mente despertó por fin de la apasionada turbación en la que la había sumido su contacto, se había sentado y se había echado a llorar.

No había sido sincera al intentar convencerse de que quería casarse con él porque era un acaudalado Marqués. Resultaba irónico, en realidad. Se había pasado el último mes resignándose a tener que casarse por dinero, y ahora se había enamorado y él era tan rico que podía darle a su familia una vida mejor, pero todo salía mal.

Le quería. O, mejor dicho, quería a un hombre idéntico a él. No le importaba lo que le dijeran lady Danbury o los Ravenscroft; en el fondo, el humilde James Siddons no podía ser igual que el altivo Marqués de Riverdale. En la sociedad británica, todo el mundo tenía su sitio; era algo que la gente aprendía desde muy pronto, sobre todo la gente como ella, nacida en el seno de la pequeña nobleza rural que habitaba en los márgenes de la aristocracia.

Parecía que podía resolver todos sus problemas yendo a ver a James y diciéndole que no quería su dinero, sino a él. Se casaría con el hombre al que amaba, un hombre con recursos de sobra para mantener a su familia. Pero no podía sacudirse la insidiosa sospecha de que no le conocía.

Su pragmatismo le recordaba que seguramente no conocería a ningún hombre con el que decidiera casarse, o al menos que no le conocería bien. Los noviazgos de hombres y mujeres rara vez superaban el nivel más superficial.

Pero con James era distinto. Del mismo modo que él decía que no podría tolerar un matrimonio de conveniencia con ella, Elizabeth no creía que ella pudiera soportar una unión sin confianza. Tal vez con otro sí, pero no con él.

Cerró los ojos con fuerza y se tumbó en la cama. Había pasado la mayor parte de los dos días anteriores encerrada en su habitación. Después de sus primeros intentos, sus hermanos dejaron de esforzarse por convencerla de que saliera y empezaron a dejarle bandejas de comida junto a la puerta. Susan le había preparado sus platos favoritos, pero ella casi no los había tocado. Por lo visto, el desamor no abría el apetito.

Alguien llamó a la puerta con indecisión y Elizabeth volvió la cabeza para mirar por la ventana. A juzgar por la altura del sol, era justo la hora de la cena. Si ignoraba que estaban llamando, dejarían la bandeja y se marcharían.

Pero la llamada se hizo más insistente, y Elizabeth suspiró y se obligó a levantarse. Cruzó en tres pasos la pequeña habitación y abrió la puerta, al otro lado de la cual aguardaban los tres pequeños Hotchkiss.

—Ha llegado esto para ti —dijo Susan, tendiéndole un sobre de color crema—. Es de lady Danbury. Quiere verte.

Elizabeth levantó una ceja.

—¿Habéis tomado por costumbre leer mi correspondencia?

—¡Claro que no! Me lo ha dicho el lacayo que ha mandado.

—Es verdad —dijo Jane—. Yo también estaba.

Elizabeth tomó el sobre. Miró a sus hermanos. Ellos la miraron a su vez.

—¿No vas a leerlo? —preguntó Lucas por fin.

Jane le dio un codazo en las costillas.

—Lucas, no seas maleducado. —Miró a Elizabeth—. ¿No vas a leerlo?

—¿Quién es ahora la maleducada? —contestó Elizabeth.

—Ya que estás, podrías abrirlo —dijo Susan—. Aunque solo sea para distraerte de...

—No lo digas —la advirtió Elizabeth.

—Bueno, no puedes seguir revolcándote en la autocompasión eternamente.

Elizabeth lanzó un suspiro y un siseo.

—¿No tengo derecho a un día o dos, al menos?

—Claro que sí —dijo Susan en tono conciliador—, pero ya han pasado.

Elizabeth gruñó y rasgó el sobre. Se preguntaba qué sabían sus hermanos de su situación. No les había contado nada, pero eran como pequeños hurones cuando se trataba de destapar secretos, y habría apostado algo a que ya sabían más de la mitad de la historia.

—¿No vas a abrirlo? —preguntó Lucas, emocionado.

Elizabeth levantó las cejas y miró a su hermano. Estaba brincando.

—No entiendo por qué te hace tanta ilusión saber lo que dice lady Danbury —dijo.

—Yo tampoco lo entiendo —gruñó Susan, y le puso una mano en el hombro para que se estuviera quieto.

Elizabeth se limitó a sacudir la cabeza. Si los Hotchkiss se estaban peleando, la vida debía de estar volviendo a la normalidad, y eso tenía que ser buena señal.

Ignoró los gruñidos de protesta que hacía Lucas por el trato que le dispensaba su hermana, sacó el papel del sobre y lo desdobló. Tardó solo unos segundos en leer los renglones y un «¿Yo?» sorprendido escapó de sus labios.

—¿Pasa algo? —preguntó Susan.

Elizabeth sacudió la cabeza.

—No exactamente. Pero lady Danbury quiere que vaya a verla.

—Creía que ya no trabajabas para ella —dijo Jame.

—Y así es, aunque imagino que tendré que tragar quina y pedir que me readmita. No veo de dónde vamos a sacar dinero para comer, si no.

Cuando levantó la mirada, los tres jóvenes Hotchkiss estaban mordiéndose los labios. Saltaba a la vista que se morían por responder que

a) Elizabeth podía haberse casado con James o b) podía al menos haber ingresado el talón bancario, en vez de romperlo limpiamente en cuatro trozos.

Elizabeth se puso de rodillas para sacar las botas de debajo de la cama, donde las había metido a puntapiés el día anterior. Encontró su bolsito al lado y también lo alcanzó.

—¿Te vas ya? —preguntó Jane.

Elizabeth asintió mientras se ponía las botas sentada en la alfombra de estambre.

—No me esperéis levantados —dijo—. No sé cuánto tardaré. Imagino que lady Danbury hará que un coche me traiga a casa.

—Puede que incluso te quedes a pasar la noche —dijo Lucas.

Jane le dio una palmada en el hombro.

—¿Por qué iba a hacer eso?

—Puede que sea más fácil si está oscuro y... —contestó él con una mirada de enfado.

—En todo caso —dijo Elizabeth, a la que aquella conversación le parecía muy extraña—, no tenéis que esperarme despiertos.

—No te esperaremos —le aseguró Susan, y apartó a Lucas y Jane cuando Elizabeth salió al pasillo. La vieron bajar corriendo las escaleras y abrir la puerta—. ¡Que disfrutes! —gritó Susan.

Elizabeth le lanzó una mirada sarcástica por encima del hombro.

—Estoy segura de que no será así, pero gracias de todos modos.

Cerró la puerta a sus espaldas y Susan, Jane y Lucas se quedaron en lo alto de la escalera.

—Bueno, puede que aún te lleves una sorpresa, Elizabeth Hotchkiss —dijo Susan con una sonrisa—. Puede que aún te lleves una sorpresa.

Los dos días anteriores no podían contarse entre los mejores de James Sidwell. Decir que estaba de mal humor sería quedarse muy corto: los criados de lady Danbury habían empezado a dar largos rodeos por la casa para evitarle.

Su primer impulso había sido emborracharse, pero eso ya lo había hecho una vez, la noche en que Elizabeth descubrió su verdadera identidad, y lo único que consiguió fue una resaca de primer orden. Así que el vaso de *whisky* que se había servido al volver a la mansión después de visitar la casa de los Hotchkiss seguía aún en el escritorio de la biblioteca sin que le hubiera dado más de dos tragos. Por lo general, los sirvientes de su tía, bien enseñados, habrían retirado el vaso medio lleno: no había nada que les molestara más que un vaso de licor dejado encima de una mesa bien bruñida. Pero el semblante feroz que puso James la primera vez que uno de ellos se atrevió a llamar a la puerta de la biblioteca había garantizado que le dejaran solo, y su puerto de abrigo (y su vaso de *whisky* rancio) seguían estando a su entera disposición.

Se estaba recreando en la autocompasión, desde luego, pero le parecía que se merecía un día o dos de comportamiento antisocial después de todo lo que le había pasado.

Todo habría sido más fácil si hubiera podido decidir con quién estaba más enfadado: si con Elizabeth o consigo mismo.

Agarró el vaso de *whisky* por enésima vez ese día, lo miró y volvió a dejarlo. Al otro lado de la habitación, *Cómo casarse con un Marqués* seguía en la estantería. Su lomo de cuero rojo parecía desafiarle en silencio a mirar otra cosa. James tenía la vista clavada en el libro y apenas conseguía refrenar las ganas de lanzarle el vaso de *whisky*.

Veamos, si lo empapaba de *whisky* y lo tiraba a la chimenea, la fogata resultante sería de lo más gratificante.

Estaba pensándoselo, intentando calcular hasta dónde llegarían las llamas, cuando llamaron a la puerta con bastante más energía de la que solían emplear los sirvientes.

—¡James! ¡Abre la puerta ahora mismo!

James gruñó. La tía Agatha. Se levantó y cruzó la habitación. Más valía acabar de una vez. Conocía aquel tono de voz; su tía seguiría aporreando la puerta hasta hacerse sangre.

—Agatha —dijo con excesiva dulzura—, ¡qué alegría verte!

—Tienes un aspecto horrible —espetó ella, y le dio un empujón para pasar y acomodarse en uno de los sillones de orejas de la biblioteca.

—Tú tan diplomática como siempre —murmuró él, apoyándose en una mesa.

—¿Estás borracho?

Él negó con la cabeza y señaló el *whisky*.

—Me serví un vaso, pero no me lo he tomado. —Miró el líquido de color ámbar—. Mmm... Empieza a tener polvo por encima.

—No he venido aquí para hablar de sustancias alcohólicas —dijo Agatha con altivez.

—Pero has cuestionado que estuviera sobrio —repuso él.

Ella ignoró su comentario.

—No sabía que fueras amigo del joven Lucas Hotchkiss.

James parpadeó y se puso más derecho. De todos los cambios de tema que podía haber elegido su tía (y era una maestra en cambiar las tornas de una conversación sin previo aviso), no esperaba que escogiera precisamente ese.

—¿Lucas? —repitió—. ¿Qué pasa con Lucas?

Lady Danbury le entregó un trozo de papel doblado.

—Te ha mandado esta carta.

James la tomó y se fijó en los borrones propios de un niño que había en el papel.

—Supongo que la has leído —dijo.

—No estaba cerrada.

James optó por no insistir y desdobló el papel.

—¡Qué extraño! —murmuró.

—¿Que quiera verte? A mí no me lo parece en absoluto. El pobre niño no se relaciona con ningún hombre adulto desde que tenía tres años y su padre murió en ese accidente de caza.

James levantó la vista de repente. Al parecer, la treta de Elizabeth había funcionado. Si Agatha no había conseguido descubrir la verdad acerca de la muerte del señor Hotchkiss, el secreto estaba a salvo.

—Seguramente querrá preguntarte algo —continuó Agatha—. Algo que no se atreve a preguntarles a sus hermanas. Los niños son así. Y seguro que está confuso por todo lo que ha pasado estos últimos días.

James la miró con curiosidad. Su tía mostraba una extraña sensibilidad por las angustias del pequeño Lucas.

Y entonces Agatha dijo en voz baja:

—Me recuerda a ti cuando tenías su edad.

James contuvo el aliento.

—¡Oh! No pongas esa cara de sorpresa. Es mucho más feliz de lo que eras tú a esa edad, claro. —Bajó el brazo y agarró a su gato, que había entrado a hurtadillas en la habitación—. Pero tiene esa expresión de desconcierto que se les pone a los niños cuando llegan a cierta edad y no tienen un hombre que les guíe. —Acarició el espeso pelaje de Malcolm—. Las mujeres somos muy capaces, claro, y por lo general mucho más espabiladas que los hombres, pero hasta yo tengo que admitir que hay cosas que no podemos hacer.

Mientras James intentaba asimilar que su tía acababa de reconocer que había una tarea que escapaba a sus capacidades, ella añadió:

—Vas a ir a verle, ¿no?

James se sintió ofendido por que lo dudara. Solo un monstruo insensible podría ignorar tal petición.

—Claro que voy a ir a verle. Pero me sorprende el sitio que ha elegido.

—¿El pabellón de caza de lord Danbury? —Agatha se encogió de hombros—. No es tan raro como piensas. Desde que murió mi marido no lo usa nadie. A Cedric no le gusta cazar, y como de todos modos nunca sale de Londres, se lo ofrecí a Elizabeth. Ella lo rechazó, claro.

—Claro —murmuró James.

—¡Oh! Sé que la consideras demasiado orgullosa, pero lo cierto es que tiene pagada la renta de su casa para cinco años, así que no se habría ahorrado ningún dinero si se hubiera mudado. Y no quería desarraigar a su familia. —Lady Danbury puso a Malcolm de pie sobre su regazo y dejó que le lamiera la nariz—. ¿No es un gato encantador?

—Depende de lo que entiendas por «encantador» —dijo James, pero solo por pinchar a su tía. Estaría eternamente agradecido con el gato por haberle conducido hasta Elizabeth cuando Fellport la atacó.

Lady Danbury le miró con el ceño fruncido.

—Como te iba diciendo, Elizabeth se negó, pero dijo que quizá se mudaran allí cuando expirara el alquiler de su casa, así que llevó a todos sus hermanos a visitar el pabellón. Al pequeño Lucas le encantó. —Frunció el ceño pensativa—. Creo que fue por los trofeos de caza. A los muchachos les encantan esas cosas.

James miró un reloj que se usaba como sujetalibros. Tenía que marcharse en un cuarto de hora, si quería llegar puntual a su cita con Lucas.

Agatha olfateó el aire y se levantó, dejando que Malcolm saltara a un estante vacío.

—Te dejo —dijo, apoyándose en su bastón—. Diré a los criados que no te esperen para cenar.

—Estoy seguro de que no tardaré mucho.

—Nunca se sabe, y si el muchacho está preocupado, puede que tengas que pasar un buen rato con él. Además... —se detuvo al llegar a la puerta y se volvió hacia él—, de todas formas hace dos días que no honras mi mesa con tu ilustre presencia.

Una réplica cortante habría arruinado la magnífica salida del escenario de su tía, así que James se limitó a sonreír con sarcasmo y la vio alejarse despacio por el pasillo, su bastón golpeando el suelo con suavidad al compás de sus pasos. Hacía tiempo que sabía que todo el mundo era más feliz cuando Agatha decía la última palabra al menos la mitad de las veces.

James volvió a entrar lentamente en la biblioteca, agarró el vaso de *whisky* y echó su contenido por la ventana abierta. Volvió a dejar el vaso en la mesa, paseó la mirada por la habitación y posó los ojos en el librito rojo que le atormentaba desde hacía días.

Se acercó al estante, lo alcanzó y empezó a pasárselo de una mano a otra. No pesaba casi nada, lo cual parecía una ironía teniendo en cuenta cuánto había cambiado su vida. Luego, de pronto, tomando una decisión que nunca entendería del todo, se lo guardó en el bolsillo de la chaqueta.

Por más que detestara el libro, le hacía sentirse más cerca de ella.

# 22

Al acercarse al pabellón de caza del difunto lord Danbury, Elizabeth se mordisqueó con nerviosismo el labio inferior y se paró a releer la inesperada misiva de lady Danbury.

*Elizabeth:*

*Como sabes, me están chantajeando. Creo que quizá tengas información que ayude a descubrir al villano que me ha elegido como víctima. Por favor, encuéntrate conmigo en el pabellón de caza de lord Danbury a las ocho de esta noche.*

*Atentamente,*
*Lady Agatha Danbury*

Elizabeth no entendía por qué lady Danbury pensaba que ella podía tener alguna información relevante, pero no tenía motivos para sospechar de la autenticidad de la carta. Conocía la letra de lady Danbury tan bien como la suya propia, y aquello no era una falsificación.

Había preferido que sus hermanos no vieran la nota, decirles que lady Danbury quería verla y dejarlo así. Ellos no sabían nada del chantaje, y Elizabeth no quería preocuparles, sobre todo teniendo en cuenta que lady Danbury quería verla a aquellas horas. A las ocho todavía quedaba bastante luz, pero a no ser que la condesa solventara aquel asunto en unos minutos, sería de noche cuando ella volviera a casa.

Se detuvo con la mano en el pomo de la puerta. No había ningún carruaje a la vista, y la salud de lady Danbury no le permitía caminar distancias tan largas. Si la condesa no había llegado aún, la puerta estaría probablemente cerrada y...

El pomo giró.

—¡Qué raro! —murmuró, y entró en la casa.

Había un fuego encendido en el hogar y una cena elegante dispuesta sobre la mesa. Elizabeth se adentró en la habitación, dando vueltas lentamente mientras se fijaba en los preparativos. ¿Por qué lady Danbury...?

—¿Lady Danbury? —llamó—. ¿Está usted ahí?

Sintió una presencia en la puerta, detrás de ella, y se volvió.

—No —dijo James—. Solo estoy yo.

Elizabeth se llevó una mano a la boca.

—¿Qué haces tú aquí? —dijo con voz ahogada.

Él esbozó una sonrisa de soslayo.

—Lo mismo que tú, imagino. ¿Has recibido una nota de tu hermano?

—¿De Lucas? —preguntó ella, sobresaltada—. No, de tu tía.

—¡Ah! Entonces están todos conspirando contra nosotros. Ten... —Sacó un trozo de papel arrugado—. Lee esto.

Elizabeth desdobló la nota y leyó:

*Milord:*

*Antes de que se marche, le ruego me conceda una audiencia. Hay un asunto delicado sobre el que quisiera pedirle consejo. No es cosa que un hombre pueda hablar con sus hermanas.*

*A menos que disponga otra cosa, le espero en el pabellón de caza de lord Danbury a las ocho de esta noche.*

*Atentamente,*
*Sir Lucas Hotchkiss*

Elizabeth sofocó una risita horrorizada.

—Es la letra de Lucas, pero las palabras salieron directamente de la boca de Susan.

James sonrió.

—Ya me parecía un poco precoz.

—Lucas es muy inteligente, claro...

—Claro.

—... pero no me le imagino usando la expresión «un asunto delicado».

—Eso por no hablar —añadió James— de que a los ocho años es improbable que tenga asuntos delicados.

Elizabeth asintió con la cabeza.

—¡Ah! Estoy segura de que querrás leer esto. —Le dio la carta que había recibido de lady Danbury.

Él la leyó rápidamente y dijo:

—No me sorprende. Llegué unos minutos antes que tú y encontré esto. —Le enseñó dos sobres: en uno ponía: «Leer inmediatamente» y en el otro: «Leer después de que os hayáis reconciliado».

Elizabeth ahogó una risa llena de espanto.

—Igual reaccioné yo —murmuró él—, aunque dudo que estuviera la mitad de arrebatador.

Los ojos de Elizabeth volaron hacia su cara. James la miraba con una intensidad serena y ardiente que la dejó sin aliento. Y entonces, sin apartar los ojos de los suyos ni un segundo, preguntó:

—¿Los abrimos?

Elizabeth tardó un momento en comprender de qué estaba hablando.

—¡Ah, los sobres! Sí, sí. —Se lamió los labios, que se le habían quedado secos—. Pero ¿los dos?

Él levantó el que ponía «Leer después de que os hayáis reconciliado» y lo sacudió un poco.

—Esto puedo reservarlo, si crees que hay motivos para que lo leamos dentro de poco.

Ella tragó saliva convulsivamente y eludió la pregunta diciendo:

—¿Por qué no abrimos el otro y vemos qué dice?

—Muy bien. —Asintió con elegancia y pasó el dedo por debajo de la solapa del sobre. Sacó una tarjeta y juntos inclinaron la cabeza y leyeron:

*A los dos:*

*Intentad, en la*

*medida de lo posible, no comportaros como unos perfectos idiotas.*

La nota no iba firmada, pero no había duda de quién la había escrito. Ambos conocían aquella letra alargada y elegante, pero era lo que decía lo que dejaba claro que su autora era lady Danbury. Nadie podía ser tan deliciosamente descortés.

James ladeó la cabeza.

—¡Ah! Mi querida tía.

—No puedo creer que me haya engañado así —refunfuñó Elizabeth.

—¿No? —preguntó él con incredulidad.

—Bueno, sí, claro que puedo creérmelo. Lo que no puedo creer es que haya usado el asunto del chantaje como cebo. Estaba muy preocupada por ella.

—¡Ah, sí! El chantaje. —James miró el sobre cerrado, en el que ponía «Leer después de que os hayáis reconciliado»—. Tengo la insidiosa sospecha de que ahí dice algo al respecto.

Elizabeth sofocó una exclamación de espanto.

—¿Crees que se lo estaba inventando?

—Desde luego, no parecía muy preocupada por que no consiguiera resolver el misterio.

—Ábrelo —ordenó Elizabeth—. Ahora mismo.

James empezó a abrir el sobre, luego se detuvo y sacudió la cabeza.

—No —dijo con voz parsimoniosa—. Creo que voy a esperar.

—¿Quieres esperar?

Él le lanzó una sonrisa lenta y sensual.

—Aún no nos hemos reconciliado.

—James... —dijo ella en un tono a medio camino entre la advertencia y el deseo.

—Tú me conoces —dijo él—. Conoces mi alma mejor que cualquier otra persona sobre la faz de la tierra, quizá mejor que yo mismo. Si al principio no sabías mi nombre..., bueno, lo único que puedo decir es que sabes por qué no te lo dije enseguida. Tenía obligaciones para con mi tía, y le debo más de lo que nunca podré pagarle.

Esperó a que ella dijera algo, y al ver que no lo hacía, su tono se volvió más impaciente.

—Me conoces —repitió—, y creo que me conoces lo suficiente como para saber que nunca haría nada que te hiciera daño o te humillara. —Apoyó las manos pesadamente sobre sus hombros y contuvo el deseo de zarandearla hasta que le diera la razón—. Porque, si no, no hay esperanza para nosotros.

Elizabeth entreabrió los labios, sorprendida, y James vislumbró la tentadora punta de su lengua. Y por alguna razón, mientras miraba la cara que le atormentaba desde hacía semanas, comprendió exactamente lo que debía hacer.

Antes de que ella tuviera ocasión de reaccionar, la tomó de la mano.

—¿Sientes esto? —susurró, poniéndosela sobre el corazón—. Late por ti. ¿Sientes esto? —repitió, llevándose su mano a los labios—. Respiran por ti. Y mis ojos ven por ti. Mis piernas caminan por ti. Mi voz suena por ti, y mis brazos...

—Para —dijo ella, abrumada—. Para.

—Mis brazos... —repitió él con la voz ronca por la emoción—. Mis brazos ansían estrecharte.

Elizabeth dio un paso adelante (solo unos pocos centímetros) y James vio que estaba cerca, que su corazón estaba cerca de aceptar lo inevitable.

—Te quiero —murmuró él—. Te quiero. Veo tu cara cuando me despierto por las mañanas, y por las noches solo sueño contigo. Todo lo que soy y todo lo que quiero ser...

Ella se precipitó en sus brazos y escondió la cara en el cálido puerto de su pecho.

—Nunca lo habías dicho —dijo con voz casi estrangulada por los sollozos que llevaba días conteniendo—. Nunca lo habías dicho.

—No sé por qué —dijo él junto a su pelo—. Quería hacerlo, pero estaba esperando el momento adecuado, y nunca llegaba y...

Ella le puso un dedo en la boca.

—¡Chist! Bésame.

Él se quedó paralizado una fracción de segundo. Sus músculos parecían incapaces de moverse ante una alegría tan grandiosa. Luego, presa de un miedo irracional a que ella desapareciera en sus brazos, la estrechó contra su pecho y devoró su boca con una mezcla de amor y deseo.

—Basta —murmuró, apartándola con suavidad. Y luego, mientras ella le miraba confusa, le quitó una horquilla del pelo—. Nunca lo he visto suelto —dijo—. Lo he visto revuelto, pero nunca suelto, brillando sobre tus hombros.

Le quitó las horquillas una a una, liberando largos mechones de claro cabello dorado. Por fin, cuando la melena le caía ya libremente por la espalda, la apartó y la hizo darse la vuelta lentamente.

—Eres la cosa más bonita que he visto nunca —susurró.

Ella se sonrojó.

—No seas tonto —balbució—, yo...

—La más bonita —repitió él. Después la atrajo hacia sí, levantó un mechón bienoliente y se lo pasó por la boca—. Pura seda —murmuró—. Quiero sentir esto cuando me vaya a la cama por las noches.

Elizabeth creía que tenía ya la piel caliente, pero aquel comentario la puso al borde del abismo. Le ardían las mejillas, y habría usado su pelo para ocultar su rubor si James no la hubiera sujetado por debajo de la barbilla y le hubiera levantado la cabeza para mirarla a los ojos.

Él se inclinó y besó la comisura de su boca.

—Pronto ya no te sonrojarás. —Besó la otra comisura—. O quizá, si tengo suerte, seguiré haciendo que te sonrojes cada noche.

—Te quiero —balbució ella, sin saber por qué se lo decía en ese momento. Solo sabía que tenía que decírselo.

La sonrisa de James se hizo más amplia y sus ojos ardieron de orgullo. Pero en lugar de responder, tomó su cara entre las manos y la acercó para darle un beso más profundo y más íntimo que cualquier otro que hubieran compartido antes.

Elizabeth se derritió y el calor de James se filtró en su cuerpo, alimentando un fuego que ya amenazaba con descontrolarse. Su cuerpo se estremecía de deseo y excitación, y cuando él la tomó en brazos y la llevó hacia el dormitorio, ni siquiera murmuró una protesta.

Unos segundos después cayeron en la cama. Elizabeth sintió que su ropa desaparecía prenda a prenda, hasta que solo conservó la fina combinación de algodón. Solo se oían sus respiraciones agitadas hasta que James dijo:

—Elizabeth... No voy... No puedo...

Ella le miró interrogativamente.

—Si quieres que pare —logró decir él—, dímelo ahora.

Ella levantó la mano y le tocó la cara.

—Tiene que ser ahora —dijo él con voz ronca—, porque dentro de un minuto no podré...

Elizabeth le besó.

—¡Oh, Dios! —gimió él—. ¡Oh, Elizabeth...!

Ella sabía que debía hacerle parar. Debería haber salido huyendo de la habitación y no permitirle que se acercara a menos de veinte pasos hasta que estuviera junto a él en una iglesia, convertidos en marido y mujer. Pero descubrió que el amor era una emoción muy poderosa, y que la pasión apenas le iba a la zaga. Y nada, ni el decoro, ni una alianza de boda, ni siquiera el daño eterno que podían sufrir su reputación y su buen nombre, podía impedirle abrazar a James en ese instante y animarle a hacerla suya.

Buscó con dedos trémulos los botones de su camisa. Nunca se había mostrado tan activa en sus encuentros amorosos, pero que el cielo se apiadara de ella: quería tocar la piel caliente de su pecho. Quería pasar los dedos por sus fuertes músculos y sentir su corazón palpitando de deseo.

Sus manos resbalaron hasta el vientre de James y se quedaron allí un momento antes de sacar con delicadeza su camisa de hilo de la cinturilla de sus calzas. Con un estremecimiento de orgullo, vio que sus músculos se contraían bajo su suave contacto, y comprendió que su deseo era tan grande que no podía contenerlo.

Y al pensar que aquel hombre que había perseguido a criminales por toda Europa y al que, según Caroline Ravenscroft, habían perseguido incontables mujeres, se deshacía bajo sus caricias, Elizabeth se sintió conmovida hasta lo más profundo de su ser. Se sentía tan... tan femenina mientras veía cómo su manita trazaba círculos y corazones sobre los tersos planos de su pecho y su tripa. Y cuando él contuvo el aliento y susurró su nombre, se sintió infinitamente poderosa.

James le permitió explorar su cuerpo un minuto entero antes de que un profundo rugido saliera de su garganta; entonces se tumbó de lado y la arrastró consigo.

—Ya basta —jadeó—. No puedo... Otra más...

Elizabeth se tomó aquello como un cumplido y curvó los labios en una sonrisa íntima y sensual. Pero su emoción por llevar la voz cantante fue efímera. Porque en cuanto la tumbó de lado, James se colocó sobre ella y antes de que Elizabeth pudiera respirar, se sentó a horcajadas sobre su cuerpo y la miró con un deseo descarnado y una expectación cargada de virilidad.

Sus dedos encontraron los pequeños botones que corrían entre los pechos de Elizabeth y rápidamente, con sorprendente destreza, desabrocharon cinco.

—¡Ah! —murmuró, deslizándole la prenda sobre los hombros—. Esto es lo que necesitaba.

Desnudó la parte superior de sus pechos y dejó que sus dedos rozaran el valle que se abría entre ellos antes de bajarle la combinación.

Elizabeth clavó las uñas en las sábanas para no taparse. James la miraba con tal ardor que sintió que un calor húmedo se acumulaba entre sus piernas. Él se quedó quieto casi un minuto. Ni siquiera levantó un dedo para acariciarla, se limitó a mirar sus pechos y a lamerse los labios mientras veía cómo se endurecían sus pezones.

—Haz algo —jadeó ella por fin.

—¿Esto? —preguntó él con dulzura, rozando uno de sus pezones con la palma de la mano.

Ella no dijo nada, solo luchó por respirar.

—¿Esto? —Movió la mano al otro lado y pellizcó su pezón con delicadeza entre el dedo pulgar y el corazón.

—Por favor... —suplicó ella.

—¡Ah! Debes de referirte a esto —dijo él con voz ronca, y sus palabras se perdieron cuando se inclinó y se metió el pezón en la boca.

Elizabeth dejó escapar un gritito. Una de sus manos retorció la sábana, formando una prieta espiral, mientras la otra se hundía en la densa cabellera de James.

—¡Ah! ¿No era esto lo que querías? —dijo él, provocativo—. Puede que tenga que prestar más atención al otro lado. —Y entonces volvió a hacerlo, y Elizabeth pensó que se moriría si James no hacía algo para liberar la insoportable tensión que se iba acumulando dentro de ella.

James se apartó el tiempo justo para quitarle la combinación y luego, mientras se quitaba el cinturón, Elizabeth se tapó con la fina sábana.

—No podrás esconderte por mucho tiempo —dijo él con la voz ronca por el deseo.

Ella se sonrojó.

—Lo sé. Pero es distinto cuando estás a mi lado.

James la miró con curiosidad mientras volvía a deslizarse dentro de la cama.

—¿Qué quieres decir?

—No puedo explicarlo. —Se encogió de hombros, incapaz de hacer otra cosa—. Es distinto cuando me ves toda entera.

—¡Ah! —dijo él lentamente—. ¿Eso significa, entonces, que puedo mirarte así? —Con una mirada provocativa, tiró de la sábana hasta desnudar uno de sus tersos hombros, que procedió a besar amorosamente.

Elizabeth se retorció y soltó una risita.

—Ya veo —dijo él, adoptando un extraño acento extranjero solo por divertirse—. ¿Y qué me dices de esto? —Bajó la mano, tiró de la sábana para destaparle los pies y comenzó a hacerle cosquillas.

—¡Para! —gritó ella.

James se volvió y le lanzó su mirada más diabólica.

—No sabía que tuvieras tantas cosquillas. —Volvió a hacerle cosquillas—. Es importante saberlo.

—¡Oh, para! —jadeó ella—. Para, por favor. No puedo soportarlo.

James le sonrió con todo el amor de su corazón. Era muy importante para él que aquella primera vez fuera perfecta para Elizabeth. Llevaba semanas soñando con ello, con cómo iba a enseñarle lo delicioso que podía ser el amor entre un hombre y una mujer. Y si no se había imaginado exactamente haciéndole cosquillas en los pies, sí se la imaginaba siempre con una sonrisa en la cara.

Como en ese momento.

—¡Oh, Elizabeth! —murmuró, inclinándose para darle un suave beso en la boca—. Te quiero tanto... Tienes que creerme.

—Te creo —dijo ella en voz baja—, porque veo en tus ojos lo que siente mi corazón.

James sintió que sus ojos se llenaban de lágrimas y no tuvo palabras para expresar el torrente de emoción que desató aquella afirmación tan sencilla. La besó de nuevo, trazando esta vez el contorno de sus labios con la lengua al tiempo que deslizaba la mano por su costado.

La sintió tensarse, expectante. Notó cómo se crispaban sus músculos bajo su contacto. Pero cuando llegó al núcleo de su sexo, ella abrió un poco las piernas para recibirle. James jugueteó con sus rizos y a continuación, cuando oyó que su respiración se hacía agitada y rasposa, se deslizó más abajo. Por fortuna, Elizabeth ya estaba lista para él, porque no estaba seguro de poder aguantar ni un minuto más.

Le separó un poco más las piernas y se colocó entre ellas.

—Puede que esto te duela —dijo, y oyó una nota de mala conciencia en su propia voz—. No hay otra forma, pero te prometo que luego todo irá mejor.

Ella asintió con la cabeza y James notó que su cara se había tensado ligeramente al oírle. ¡Maldición! Quizá no debería haberla advertido. No tenía experiencia con vírgenes; ignoraba qué hacer para aminorar su dolor. Lo único que podía hacer era proceder con ternura, lentamente (por difícil que fuera, estando poseído por el deseo más intenso que había sentido nunca) y rezar por que las cosas salieran bien.

—¡Chist! —ronroneó, pasándole la mano por la frente. Se acercó un poco, hasta que la punta de su miembro presionó el sexo de Elizabeth—. ¿Ves? —susurró—. No es nada fuera de lo corriente.

—Es enorme —replicó ella.

Para su propio asombro, James soltó una carcajada.

—¡Oh, amor mío! Normalmente me tomaría eso como el mayor de los cumplidos.

—Y ahora... —dijo ella.

Los dedos de James se deslizaron con ternura por su sien, hasta la línea de su mandíbula.

—Ahora lo único que quiero es que no te preocupes.

Ella sacudió un poco la cabeza.

—No estoy preocupada. Un poco nerviosa, quizá, pero no preocupada. Sé que contigo va a ser maravilloso. Tú haces que todo sea maravilloso.

—Así será —dijo él con fervor contra sus labios—, te lo prometo.

Elizabeth sofocó un gemido cuando él presionó un poco más, penetrándola. Todo parecía tan raro y, en cierto modo, tan perfecto como si estuviera hecha para aquel momento, constituida para recibir a aquel hombre en el acto del amor.

Él deslizó las manos hasta tocar sus nalgas y la ladeó ligeramente. Elizabeth gimió al notar el cambio: James se deslizó con facilidad dentro de ella, hasta alcanzar la prueba de su inocencia.

—Después de esto —le dijo él al oído con voz ardiente—, serás mía.

—Y entonces, sin esperar respuesta, empujó y atrapó la exclamación de sorpresa de Elizabeth con un beso profundo.

Con las manos todavía debajo de ella, comenzó a moverse. Elizabeth gemía con cada acometida y luego, sin darse cuenta, comenzó a moverse también, uniéndose a él en un ritmo primitivo y elemental.

La tensión que hasta entonces había estremecido sus entrañas comenzó a acrecentarse, a hacerse más urgente, y sintió como si la piel se le quedara pequeña. Y entonces algo cambió, y sintió que caía por un precipicio y que el mundo estallaba a su alrededor. Un segundo después, James profirió un grito ronco y la agarró de los hombros con increíble fuerza. Por un instante pareció que se moría; luego, una expresión de dicha perfecta inundó su cara, y cayó sobre Elizabeth.

Pasó un rato. Lo único que se oía era su respiración, que iba haciéndose poco a poco más lenta y más pausada. Después, James se apartó a un lado, la arrimó a su costado y se acurrucó contra ella hasta que quedaron como dos cucharas en un cajón.

—Ya está —dijo con voz soñolienta—. Esto es lo que llevo buscando toda mi vida.

Elizabeth asintió con la cabeza, a su lado, y se quedaron dormidos.


Varias horas después, Elizabeth despertó al oír las pisadas de James sobre el suelo de madera del pabellón de caza. No le había sentido levantarse de la cama, pero allí estaba, entrando de nuevo en el dormitorio, desnudo como el día en que nació.

Ella se sintió dividida entre el impulso de apartar los ojos y la tentación de mirarle sin pudor. Acabó haciendo un poco ambas cosas.

—Mira lo que se nos había olvidado —dijo James, agitando algo en el aire—. Me lo he encontrado en el suelo.

—¡La carta de lady Danbury!

Él levantó las cejas y la obsequió con su sonrisa más traviesa.

—Debí de dejarla caer en mis prisas por salirme con la mía.

Elizabeth pensaba que, con todo lo que había pasado, James ya no podría hacerla sonrojarse, pero por lo visto se equivocaba.

—Ábrela —gruñó.

Él puso una vela en la mesilla de noche y se metió en la cama, a su lado. Como no se apresuró a abrir el sobre, Elizabeth se lo quitó y lo abrió de un tirón. Dentro encontró otro sobre con las siguientes palabras escritas en el anverso:

*Estáis haciendo trampas, ¿verdad? ¿De veras queréis abrir esto antes de reconciliaros?*

Elizabeth se tapó la boca con la mano y James ni siquiera se molestó en acallar la carcajada que brotó en su garganta.

—Es desconfiada, ¿eh? —murmuró.

—Seguramente con motivo —reconoció Elizabeth—. Estuvimos a punto de abrirla antes de...

—¿Reconciliarnos? —concluyó él con una sonrisa perversa.

—Sí —masculló ella—, exactamente.

James señaló el sobre que ella tenía entre las manos.

—¿Vas a abrirlo?

—¡Ah, sí, claro! —Esta vez procedió con más esmero: levantó la solapa del sobre y sacó una hoja de papel blanco delicadamente perfumado y bien doblada por la mitad. La desdobló y la leyeron juntos a la luz de la vela.

*Mis queridos hijos:*

*Sí, eso es: mis queridos hijos. Así es como pienso en vosotros, a fin de cuentas.*

*James, nunca olvidaré el día que te traje por primera vez a Danbury House. Eras tan desconfiado, estabas tan poco dispuesto a creer que podía quererte por ti mismo... Te abrazaba todos los días, intentando demostrarte lo que significa ser una familia; luego, un buen día, tú me devolviste el abrazo y dijiste: «Te quiero, tía Agatha». Y a partir de ese momento fuiste como un hijo para mí. Daría mi vida por ti, pero sospecho que eso ya lo sabes.*

*Elizabeth, tú entraste en mi vida cuando el último de mis hijos se casó y me dejó. Desde el primer día me has enseñado lo que significa ser valiente, leal y fiel a las propias convicciones. Durante estos pocos años ha sido una delicia para mí verte crecer y florecer. Cuando llegaste a Danbury House eras tan joven, tan inexperta, te azorabas tan fácilmente... Pero desde entonces has desarrollado un aplomo, una serenidad y un ingenio que cualquier muchacha envidiaría. No me adulas, ni permites que te mangonee; ese es, posiblemente, el mejor regalo que puede recibir una mujer como yo. Daría todo lo que tengo por poder llamarte «hija mía», pero sospecho que eso también tú lo sabes.*

*Así pues, ¿tan raro es que soñara con juntar a mis dos personas favoritas? Sabía que no podía hacerlo por medios convencionales. James se habría resistido a cualquier intento de casarlo por mi parte. Es un hombre, a fin de cuentas, y, por tanto, neciamente orgulloso. Y yo sabía que no podría convencer a Elizabeth de que viajara a Londres para pasar una temporada a mis expensas. No habría querido participar en una empresa que la mantendría tanto tiempo alejada de su familia.*

*Y así nació mi pequeña estratagema. Todo empezó con una nota a James. Tú siempre has querido rescatarme como yo te rescaté a ti, mi niño. Idear el chantaje fue bastante fácil. (Debo hacer un inciso para asegurarte que fue una invención de principio a fin, y que todos mis hijos son legítimos; engendrados, naturalmente, por el difunto lord Danbury. No soy de esas mujeres que se descarrían y olvidan sus votos nupciales.)*

*Estaba convencida de que, si podía hacer que os conocierais, os enamoraríais (rara vez me equivoco en estas cosas), pero para darle ideas a Elizabeth coloqué en la estantería mi viejo ejemplar de* Cómo casarse con un Marqués. *Jamás se ha escrito libro más absurdo, pero no se me ocurría otra manera de que empezara a pensar en casarse. (Por si te lo estás preguntando, Lizzie, te perdono por birlar el libro de mi biblioteca. Estabas destinada a hacerlo, naturalmente, y puedes quedártelo como recuerdo de tu noviazgo.)*

*Esta es toda mi confesión. No voy a pediros perdón porque no tengo por qué hacerlo, naturalmente. Supongo que mis métodos podrían ofender a algunos, y normalmente no se me ocurriría orquestar una situación tan comprometedora, pero estaba claro que erais demasiado tercos para ver la verdad de otro modo. El amor es un don precioso, y haríais bien no arrojándolo por la ventana por culpa de un orgullo mal entendido.*

*Espero que disfrutéis del pabellón de caza; como veréis, he previsto todo lo necesario. Por favor, tomaos la libertad de quedaros a pasar la noche. A diferencia de lo que suele creer la gente, no controlo el tiempo, pero le he pedido al de arriba una tormenta violentísima, de esas con las que uno jamás se aventuraría a salir de casa.*

*Podéis darme las gracias en vuestra boda. Ya he sacado una licencia especial con vuestros nombres.*

*Con cariño,*
*Lady Agatha Danbury*

Elizabeth se quedó boquiabierta.

—No puedo creerlo —susurró—. Se lo inventó todo.

James levantó los ojos al cielo.

—Yo sí puedo creerlo.

—No puedo creer que sacara ese maldito libro, sabiendo que me lo llevaría.

Él asintió con la cabeza.

—Eso también me lo creo.

Elizabeth se volvió hacia él, con los labios entreabiertos de asombro.

—Y ha sacado una licencia especial.

—Eso —reconoció James— no me lo creo. Pero solo porque yo también pedí una y me sorprende un poco que el arzobispo haya emitido un duplicado.

La carta de lady Danbury resbaló de las manos de Elizabeth y cayó volando sobre las sábanas.

—¿Pediste una? —murmuró.

James tomó una de sus manos y se la llevó a los labios.

—Cuando estaba en Londres, buscando al presunto chantajista de Agatha.

—Quieres casarte conmigo —murmuró ella. Era una afirmación, no una pregunta, pero parecía no poder creerlo.

James le lanzó una sonrisa divertida.

—Solo te lo he pedido una docena de veces estos últimos días.

Elizabeth levantó la cabeza como si despertara aturdida de un sueño.

—Si volvieras a pedírmelo —dijo con picardía—, quizá te diera otra respuesta.

—¿Ah, sí?

Ella asintió.

—Desde luego que sí.

James pasó un dedo por su cuello, y se le encendió la sangre al ver cómo la hacía temblar su caricia.

—¿Y qué te ha hecho cambiar de idea? —murmuró.

—Podría pensarse... —susurró ella mientras su dedo resbalaba más abajo— que tiene que ver con el hecho de estar comprometida, pero si quieres que te diga la verdad...

James se inclinó, sonriendo astutamente.

—¡Oh! Quiero la verdad, no hay duda.

Elizabeth dejó que se acercara hasta que solo les separaron unos centímetros. Entonces dijo:

—Es el libro.

Él se quedó pasmado.

—¿El libro?

—*Cómo casarse con un Marqués.* —Ladeó una ceja—. Estoy pensando en escribir una versión revisada.

James palideció.

—Será una broma.

Elizabeth sonrió y se retorció bajo él.

—¿Tú crees?

—Por favor, dime que es una broma.

Ella se deslizó un poco más abajo por la cama.

—Voy a hacerte decir que es una broma —gruñó él.

Elizabeth le abrazó, sin reparar siquiera en el retumbar de un trueno que hizo temblar las paredes.

—Hazlo, por favor.

Y él obedeció.

# Epílogo

Nota de la autora: entre los expertos en etiqueta del siglo XIX, es unánime la opinión de que las numerosas anotaciones encontradas en los márgenes de este volumen único son obra del Marqués de Riverdale.

Extractos de
### CÓMO CASARSE CON UN Marqués,
**DE LA MARQUESA DE RIVERDALE**
*Segunda edición - Publicada en 1818 - Copias impresas: una*

## Edicto Número Uno

Nunca te decantes por un caballero hasta que estés totalmente segura de su identidad. Cualquier señorita sensata debe saber que los hombres son siempre traicioneros.

*(¡Santo cielo, Lizzie! ¿Todavía no me has perdonado por eso?)*

## Edicto Número Cinco

La opinión popular considera que una mujer no debe pasar más de diez minutos conversando con un caballero en particular. Esta autora no está de acuerdo. Si crees que cierto hombre puede ser un buen candidato para el matrimonio, conviene que sepas cómo piensa antes de comprometerte en un vínculo tan sacrosanto. Dicho de otro modo, media hora de conversación puede salvarte de un error de por vida.

*(Nada que objetar al respecto.)*

## Edicto Número Ocho

Por mucho que quieras a tu familia, un noviazgo se lleva mejor sin que intervenga ningún pariente.

*(¡Ah! Pero acuérdate del pabellón de caza...)*

## Edicto Número Trece

Toda mujer debe saber cómo defenderse de atenciones indeseables. Esta autora recomienda el boxeo. Puede que alguien considere un ejercicio tan atlético poco favorecedor en una joven señorita, pero una tiene que estar preparada para defender su reputación. Tu Marqués no siempre estará cerca. Puede que haya veces en que tengas que defenderte por tus propios medios.

*(Yo SIEMPRE te defenderé.)*

## Edicto Número Catorce

Si dichas atenciones NO fueran indeseables, esta autora no puede ofrecer ningún consejo que pueda publicarse legalmente en este libro.

*(Encuéntrate conmigo en el dormitorio y yo te daré consejo.)*

## Edicto Número Veinte
## (el único que de verdad conviene recordar)

Por encima de todo, sé fiel a tu corazón. Cuando te cases, sea con un Marqués o con el administrador de una finca (¡o con ambos!), será de por vida. Debes ir adonde el corazón te lleve y no olvidar nunca que el amor es el don más precioso de todos. El dinero y la posición social son pobres sustitutos para un abrazo cálido y tierno, y pocas cosas hay en esta vida más satisfactorias que la dicha de amar y saber que te aman.

*(Y TE AMO, Elizabeth. Hasta mi último aliento y para toda la eternidad...)*

¿TE GUSTÓ
ESTE LIBRO?

escríbenos y
cuéntanos tu opinión en

 /Sellotitania  /@Titania_ed

 /titania.ed

#SíSoyRomántica

# Ecosistema digital

**Floqq**
Complementa tu lectura con un curso o webinar y sigue aprendiendo.
**Floqq.com**

**Amabook**
Accede a la compra de todas nuestras novedades en diferentes formatos: papel, digital, audiolibro y/o suscripción.
**www.amabook.com**

**Redes sociales**
Sigue toda nuestra actividad. Facebook, Twitter, YouTube, Instagram.

EDICIONES URANO